ESCRITO A FOGO

Obras do autor publicadas pela Galera Record:

Brilhantes
Um mundo melhor
Escrito a fogo

MARCUS SAKEY

ESCRITO A FOGO

VOLUME 3

Tradução
André Gordirro

1ª edição

Galera

RIO DE JANEIRO
2017

CIP-BRASIL. CATALOGAÇÃO NA PUBLICAÇÃO
SINDICATO NACIONAL DOS EDITORES DE LIVROS, RJ

Sakey, Marcus, 1974-
S152e Escrito a fogo / Marcus Sakey; tradução de André Gordirro. – 1. ed. – Rio de Janeiro: Galera Record, 2017.
(Brilhantes; 3)

Tradução de: Written in fire
ISBN 978-85-01-11259-0

1. Ficção americana. I. Gordirro, André. II. Título. III. Série.

17-45066 CDD: 028.5
CDU: 087.5

Título original:
Written in fire

Publicado originalmente por Thomas & Mercer

Texto revisado segundo o novo Acordo Ortográfico da Língua Portuguesa.

Editoração eletrônica: Abreu's System

Direitos exclusivos de publicação em língua portuguesa somente para o Brasil
adquiridos pela
EDITORA RECORD LTDA.
Rua Argentina, 171 – Rio de Janeiro, RJ – 20921-380 – Tel.: (21) 2585-2000,
que se reserva a propriedade literária desta tradução.

Impresso no Brasil

ISBN 978-85-01-11259-0

Para Joss, que brilha intensamente.

Alguns dizem que o mundo acabará em fogo,
outros, que será em gelo.
Pelo que provei do desejo,
Ficarei ao lado dos que preferem o fogo.

— ROBERT FROST

Deve ser assim que Deus se sente.

Com uma simples olhadela para minha mão estendida, sei o número de folículos pilosos que cobrem a parte detrás e sou capaz de diferenciar e quantificar os fios androgênicos mais escuros da penugem praticamente imperceptível.

Penugem, que vem da palavra pena.

Abro *Gray's anatomy* na página em que descobri a palavra e examino o diagrama de um folículo piloso. E também a textura e a gramatura do papel. A luz fraca que a luminária de mesa lança sobre o livro. O perfume de sândalo da garota a três cadeiras de mim. Posso evocar esses detalhes com perfeita clareza, aquele momento completamente esquecível e esquecido que foi impresso no grupo de células cerebrais do meu hipocampo, como aconteceu com todos os momentos e experiências da minha vida. Sem mais nem menos, posso ativar esses neurônios e avançar ou retroceder a fim de reviver o dia com plena clareza sensorial.

Um dia sem importância em Harvard há 38 anos.

Para ser exato, há 38 anos, quatro meses, quinze horas, cinco minutos e 42 segundos. Quarenta e três. Quarenta e quatro...

Eu baixo a mão e sinto a extensão e a contração de cada músculo individual.

O mundo me invade rapidamente.

Manhattan, esquina da 42 com a Lexington. Barulho de carros e obras, uma multidão de pessoas parecendo lemingues, o ar frio de dezembro, um trecho de Bing Crosby cantando "Silver Bells" saindo da porta aberta de um café, o cheiro de escapamento, falafel e urina. Um ataque sensorial, sem controle, avassalador.

Como descer uma escada e esquecer o último degrau, o vazio onde deveria haver chão sólido.

Como sentar em uma cadeira e depois notar que é a cabine de um caça, voando três vezes mais que a velocidade do som.

Como erguer um chapéu abandonado e descobrir que está em cima de uma cabeça decepada.

O pânico deixa minha pele ensopada, toma conta do corpo. O sistema endócrino libera adrenalina, as pupilas se dilatam, o esfíncter se contrai, os dedos se retesam...

Controle.

Equilíbrio.

Respiração.

Mantra: *você é o Dr. Abraham Couzen. É a primeira pessoa na história a transpor a fronteira entre normais e anormais. Seu soro de RNA não codificante alterou radicalmente sua expressão genética. Um gênio sob qualquer parâmetro, agora você é mais.*

Você é um brilhante.

As pessoas passam por mim enquanto estou parado na esquina, e sou capaz de enxergar o vetor de cada uma, de prever o momento em que elas vão se cruzar e esbarrar, o passo diminuído, o cotovelo inquieto, tudo antes que ocorra. Eu posso, se quiser, separar tudo em linhas de movimento e força, um mapa interativo, como um tecido que tece a si mesmo.

Um homem esbarra em meu ombro, sinto uma breve vontade de quebrar seu pescoço e imagino imediatamente os passos para fazer isso: a palma da mão no queixo dele, um puxão no cabelo, um pé firme no chão para ganhar apoio, um giro rápido e violento vindo dos quadris para obter força máxima.

Eu permito que ele viva.

Uma mulher passa, capto seus segredos pelos ombros curvados e pelo cabelo caído para impedir a visão periférica, pelo sobressalto no olhar ao ouvir a buzina do táxi, pelo casaco folgado, dedo sem anel e sapatos confortáveis. Os pelos nas pernas da calça são de três gatos diferentes, e eu consigo imaginar o apartamento em que ela mora sozinha, a viagem de metrô vindo do Brooklyn, talvez, embora não more na parte badalada. Sou capaz de enxergar o abuso que ela sofreu quando criança — da parte de um tio ou de um amigo da família, mas não do pai —, que a fez forjar seu isolamento. A leve palidez e as mãos trêmulas revelam que ela bebe à noite, muito provavelmente vinho. O corte de cabelo indica que a mulher ganha pelo menos 60 mil dólares ao ano, e a bolsa garante que não passa dos 80 mil. Trabalha em um escritório com pouca interação humana, algo com números. Contabilidade, provavelmente em uma grande corporação.

Deve ser assim que Deus se sente.

Então me dou conta de duas coisas. Meu nariz está sangrando. E estou sendo observado.

Aquilo se manifesta como um formigamento, do tipo que os tolos atribuem ao conceito de "inconsciente coletivo". Na verdade, são simplesmente indicadores reunidos pelos sentidos, mas não processados pelo lobo frontal: o tremor de uma sombra, um reflexo parcial num vidro, o calor e o som quase, porém não completamente, indetectáveis de outro corpo no ambiente.

Para mim, os estímulos são facilmente examináveis, analisados como uma imagem desfocada em um microscópio. Posso evocar minha memória sensorial dos últimos momentos, a textura da multidão, o cheiro da humanidade, o movimento dos veículos. As linhas de força contam uma história, da mesma forma como as ondulações na água revelam rochas embaixo da superfície. Não estou enganado.

Eles estão em grande número, estão armados, e estão aqui por minha causa.

Eu viro o pescoço e estalo os dedos.

Isso vai ser interessante.

CAPÍTULO 1

O tempo estava se esgotando, mas, mesmo assim, Cooper não conseguia parar de olhar.

Não havia nada de especial na corda, que era do tipo sintético em tom amarelo berrante usado para amarrar uma lona. O que chamava atenção era que a corda fora amarrada com um nó de forca e pendurada em um semáforo de Manhattan.

O extraordinário era que havia um cadáver pendurado nela.

Ele talvez tivesse 17 anos. Um moleque boa-pinta, magro, com feições delineadas. Usava uniforme do McDonald's, e, na camisa amarela, o assassino escrevera ESQUISITO. Não foi uma morte aleatória, então. Ele foi linchado por vizinhos, colegas de trabalho, talvez até mesmo amigos. Em algum momento, o moleque perdeu um sapato, e era isso que Cooper não conseguia parar de olhar, a meia branca fina, tão exposta ao vento de dezembro.

— Meu Deus — disse Ethan Park em tom ofegante; eles haviam corrido até chegar à multidão reunida em volta do corpo.

Havia duas semanas que setenta mil soldados foram massacrados pelos próprios equipamentos no deserto do Wyoming, resultado de um vírus de computador criado e implementado por anormais.

A humanidade nunca gostou muito dos excepcionais. E gostava menos ainda quando os excepcionais contra-atacavam.

Ele era apenas um garoto, pensou Cooper. O céu estava cinzento e carregado de neve, e o corpo girava lentamente ao vento. Tênis gasto, um vislumbre de meia branca, tênis gasto.

— Meu Deus — repetiu Ethan. — Nunca pensei que veria algo assim.

Eu temi ver algo exatamente assim a minha vida inteira. Por isso fiz todas as coisas que fiz: cacei minha própria espécie, me disfarcei de terrorista, matei mais vezes do que consigo lembrar. Levei uma facada no coração. Vi minha filha marcada para a academia e meu filho em coma.

E ainda assim não consigo parar.

— Vamos.

— Mas...

— Agora.

Sem esperar por uma resposta, Cooper voltou a correr. Eles percorreram oitocentos metros em Manhattan nos cinco minutos desde que ocorrera a identificação pelas câmeras. Nada mal, mas não era suficiente. Não com o Dr. Abraham Couzen a apenas alguns quarteirões de distância.

Eram dez horas de uma manhã fria, e o vento soprava forte na avenida, canalizado pelos prédios de tijolos vermelhos e tapumes de obras. Os pedestres que Cooper empurrou para passar levavam copos de café e bolsas, verificavam os relógios ou falavam ao telefone, mas, aos olhos dele, todos tinham a incerteza nervosa de reféns que receberam ordens para agir normalmente. Na vitrine de uma delicatéssen, um jornal colado ao vidro mostrava uma foto de página inteira da ruína fumegante que um dia fora a Casa Branca, com as colunas de mármore jogadas como brinquedos em volta da cratera, embaixo das palavras JAMAIS ESQUEÇA.

Sem problema, pensou Cooper, e disparou pela Terceira Avenida, ignorando o barulho das buzinas dos carros. A dica veio por parte de

Valerie West, a velha colega do DAR. Sussurrando como se estivesse com medo de ser ouvida, ela contou que um conjunto de câmeras de segurança havia identificado o rosto de Couzen. "Parado ali como se estivesse curtindo um passeio. Aquele escroto."

Uma avaliação compartilhada por Cooper. O Dr. Couzen era a última esperança de evitar uma guerra total. Todos os horrores dos últimos anos — as academias onde crianças brilhantes sofriam lavagem cerebral, a ascensão de John Smith e seu movimento terrorista, a legislação para instalar microchips nos anormais, a devastação de três cidades, o massacre dos soldados que atacaram a Comunidade Nova Canaã, tudo aquilo — foram apenas sintomas. A causa principal foi a iniquidade entre normais e brilhantes.

Abe Couzen e Ethan descobriram a cura. Eles conseguiram replicar o brilhantismo. Dar dons a pessoas normais. Assim que isso viesse a público, não haveria motivo para guerra. Não haveria necessidade de uma maioria temer os dons de uma minoria minúscula, e, consequentemente, não haveria necessidade de poucos temerem a fúria de tantos. Não haveria motivo para o mundo arder em chamas.

Só que em vez de compartilhar a descoberta, Abraham Couzen fez as malas e desapareceu. E o mundo pegou fogo.

Pode não ser tarde demais. Se você conseguir alcançá-lo primeiro.

Cooper acelerou, chegou à esquina e virou para o sul, com Ethan vindo ofegante atrás. Valerie fizera um enorme favor para eles, mas a mesma varredura de câmera que a avisara teria alertado também outras pessoas no Departamento de Análise e Reação, sem contar os agentes infiltrados cuja verdadeira lealdade era à Comunidade Nova Canaã ou, pior ainda, à organização terrorista de John Smith. Sem dúvida, um exército secreto se dirigia para a Rua 42 com a Avenida Lexington.

Diante das circunstâncias, não houve tempo de bolar alguma coisa tão elaborada quanto um plano. O que Cooper tinha mal podia ser considerado uma intenção: alcançar Couzen primeiro e torcer para que Ethan conseguisse convencer o velho mentor a usar o bom senso.

Se não desse certo, a opção B seria nocauteá-lo e arrastá-lo pela rua. O que seria divertido no Centro de Manhattan.

A Lexington tinha cinco pistas ali, em direção ao sul, e era uma massa de táxis e ônibus em movimento. Ele passou correndo por uma farmácia Duane Reade, se enfiou no meio de dois turistas com câmeras, pulou na rua e voltou para evitar um bando de colegiais. As calçadas tinham tanta gente que foi necessária toda a atenção de Cooper para controlar seus movimentos. Seu dom lhe dava grande vantagem individualmente, mas multidões causavam interferência; subconscientemente, ele continuava tentando calcular as intenções de cada indivíduo ao mesmo tempo. Cooper trincou os dentes e continuou empurrando até ficar livre.

Repentino demais. E tarde demais.

A cinco metros de distância, havia um grupo agitado reunido. O sujeito no meio era frágil, tinha ombros recurvados e os maneirismos espasmódicos de um pássaro. Apesar de todos os feitos, o Dr. Abraham Couzen parecia com o tipo de sem-teto ranzinza que berrava com caixas eletrônicos.

Os quatro homens em volta dele tinham ombros largos e um ar de prontidão. Os ternos eram decentes, mas não de qualidade superior, e feitos para esconder coldres de ombro. Agentes de campo. E, ora vejam só, que surpresa, o responsável era Bobby Quinn, seu velho parceiro. O que significava que o Departamento de Análise e Reação havia chegado ali antes dele. Não tão antes assim, mas a vida podia mudar em...

Tornar público o trabalho de Couzen é a última esperança para evitar uma guerra.

Bobby Quinn pode ser convencido, mas a decisão pode não ser dele.

Fazer o que, então? Atacar quatro agentes do DAR, incluindo seu amigo?

Bem, eles estão concentrados em prender Couzen. Se você...

Puta que pariu!

... segundos.

A coisa aconteceu com uma velocidade que Cooper jamais tinha visto. Em um momento, a pulsação do doutor estava em 75 batimentos cardíacos por minuto, levemente elevada, porém de acordo com as circunstâncias. No momento seguinte, a pulsação pulou para 150.

Cooper começou a berrar um alerta, mas, antes que conseguisse, o cientista esticou dois dedos de cada mão e enfiou-os até a articulação no fundo dos olhos de um agente, desferiu golpes simultâneos de mãos abertas na traqueia de outros dois, e depois deu duas joelhadas na virilha de Bobby Quinn. Antes de sequer ter começado, a luta terminou. Os agentes desmoronaram, ofegando e gemendo.

Abe Couzen respirou fundo. Os dedos tremeram, e um filete de sangue escorreu de uma narina. Mesmo assim, Cooper sentiu uma tranquilidade no Dr. Couzen. De alguma forma, após ter derrubado quatro profissionais armados em menos de dois segundos, o cientista estava calmo. Até a chegada de Ethan, que parou aos trancos ao lado de Cooper. Ao ver o ex-pupilo, uma sucessão de emoções passou rapidamente pelo rosto de Abe: alegria, confusão, suspeita, raiva.

— Você está com eles?

— O quê? — ofegou Ethan furiosamente. — Não, eu estou... este é... ele é...

— Eu não estou com ninguém, Dr. Couzen. — Cooper manteve as mãos abaixadas e afastadas. — Mas estou aqui para ajudar.

Ao redor deles, o mundo estava se dando conta da luta. A maioria das pessoas começou a se afastar. Algumas avançaram para ver o que estava acontecendo. Em algum lugar, uma mulher suspirou de susto. Cooper ignorou tudo aquilo, apenas observou o alvo. Ele não era um captador, não era capaz de ler segredos profundos a partir da linguagem corporal. Mas o que Abe estava pensando não era segredo. O cientista considerava a ideia de matá-los. Todos eles: os agentes, Cooper, até mesmo Ethan. Um cálculo puro, frio como uma cobra, envolto em uma certeza. Ele acreditava que era capaz.

Em vez disso, Abe Couzen deu meia-volta e correu.

Buzinas berraram e pneus cantaram quando o sujeito se jogou em meio ao trânsito. Um taxista pisou fundo no freio, e o carro virou um borrão amarelo que derrapou de lado e bateu em um Honda. Abe sequer desacelerou, apenas passou correndo pelo acidente em andamento, e os carros não o acertaram por menos de vinte centímetros. Cooper entrou em perseguição, mas o ângulo era ruim e, quando chegou à calçada oposta, o alvo já tinha aberto uma vantagem de trinta metros entre os dois. Cooper acelerou, sem tirar os olhos das costas do homem enquanto desviava do tráfego de pedestres que subitamente aumentou, um fluxo de gente saindo do...

Merda. Estação Grand Central. Abe empurrou as portas e derrubou uma mulher. Quando Cooper chegou à porta, ela estava se levantando.

— O que foi, seu babaca? — disse a mulher antes de Cooper derrubá-la novamente.

Ele disparou pelo corredor, passou por anúncios de tablets e da nova coleção de ternos da Lucy Veronica, e entrou no ambiente fresco e úmido do saguão.

Um rugido dominou Cooper completamente, o eco de milhares de conversas sobrepostas. No alto-falante, uma voz cansada implorava:

— Gente! Há mais assentos na linha Metro-North Hudson. Repito, *há mais* assentos na linha Hudson. Por favor, *por favor*, parem de correr pela plataforma...

Todo mundo em Manhattan parecia estar tentando ir embora. Embaixo do domo estrelado do saguão principal, as filas das bilheterias degeneraram em uma multidão amorfa, e a paz mal era mantida por soldados uniformizados com fuzis pendurados nos ombros. Todos os trens saindo de Manhattan estavam listados no painel como esgotados, mas a voz no alto-falante não conseguiu evitar que as pessoas corressem na direção das plataformas, com bilhetes ou não. Não era uma multidão, era uma turba, uma turba que urrava, pulsava e fedia, todo mundo berrando e se empurrando, com bagagens penduradas nos ombros e crianças agarradas firmemente nos braços.

Já era péssimo para qualquer um, mas Cooper *odiava* multidões, se sentia tonto e perdido nelas. O dom dele, jamais sob controle, captava os impulsos e as intenções de todo mundo ao mesmo tempo. Era como tentar se concentrar enquanto o cachorro uivava, o bebê berrava, o telefone chamava e o rádio tocava no último volume. Só que havia mil cachorros, bebês, telefones e rádios fazendo barulho ao mesmo tempo.

Cooper respirou fundo, cerrou e abriu os punhos. Havia uma lixeira perto de cada parede, e ele subiu em uma, observando fixamente a multidão para tentar distinguir os rostos e achar uma agulha no meio do palheiro. Um soldado próximo berrou para que ele descesse, mas Cooper o ignorou e continuou a varredura...

Ele o viu. Abe olhou para trás, a fim de verificar a perseguição, e naquele momento Cooper vislumbrou o rosto do cientista. Apesar da multidão, o doutor havia dobrado a distância entre os dois.

Impossível. A massa de gente era um paredão vivo, lotado de pessoas ombro a ombro. Ninguém conseguiria passar por elas.

Não é verdade. Shannon conseguiria.

Antes de saber o nome dela, antes de um salvar a vida do outro, antes de se tornarem amantes, Cooper chamava Shannon de a Garota Que Atravessa Paredes. Ela captava as pessoas como vetores, podia antever onde um buraco se abriria repentinamente e prever o ponto que outros evitariam; era capaz de pressentir quais pessoas se esbarrariam e atrasariam todo mundo em volta delas. Shannon chamava o dom de "transferência", e, enquanto Cooper odiava multidões, ela se destacava em aglomerações, conseguia se deslocar sem ser tocada e vista.

Abe Couzen estava se deslocando da mesma forma.

O cientista desviou de um homem que caía, fluiu como mercúrio pelo buraco, virou à esquerda e parou completamente até que um espaço surgisse miraculosamente entre duas mulheres que se empurravam. Abe entrou no vão, passou por baixo do braço de um guarda, avançou para a beirada distante do caos.

Cooper observou fixamente, à procura de uma...

Se você não pegá-lo, terá que adivinhar seu destino.

Os trens saindo da cidade estão esgotados, mas o metrô pode levá-lo para praticamente qualquer lugar.

Deve haver uma centena de locais para se esconder efetivamente, especialmente com este caos.

Ele derrubou quatro agentes em um segundo, mas está correndo de você.

Já sei.

... solução. Ele pulou da lixeira e correu de volta por onde veio. Assim que saiu do saguão principal, a multidão diminuiu. Cooper voltou à rua com facilidade e quase esbarrou com Ethan, que disse:

— Você...?

Cooper fez que não com a cabeça e disparou para oeste, depois norte, na Avenida Vanderbilt. Se ele captou a situação corretamente, Abe teria considerado que Cooper era do DAR. Afinal de contas, eles chegaram no momento em que Bobby Quinn tentou prendê-lo. O cientista deve ter pressuposto que Cooper fazia parte do reforço, provavelmente um de vários.

Abe Couzen era um gênio. Se estava fugindo do DAR, ele saberia que o que mais precisava era de mobilidade. Caso se escondesse, o departamento fecharia a Grand Central, acessaria as câmeras de segurança, procuraria sala por sala se fosse necessário. Caso tomasse o metrô, a composição seria parada remotamente e transformada em uma jaula. Caso lutasse, sempre haveria outro agente. Não, se Cooper estivesse certo, Abe teria que voltar à rua o mais cedo possível, e a porta mais próxima era...

Bem ali, por onde o cientista estava saindo. Cooper sorriu e deu um passo à frente.

— Como eu estava dizendo...

— É ele! É o homem armado! — Abe estava pálido e trêmulo, apontando um dedo na direção de Cooper.

Para os soldados que surgiram atrás dele, como Cooper percebeu. Três eram jovens e estavam tensos, com dedos no gatilho dos fuzis.

Foram necessários apenas trinta segundos e o antigo distintivo do DAR de Cooper para esclarecer a situação.

Mas, até lá, Abraham Couzen já havia desaparecido.

CAPÍTULO 2

— Eu não entendo — disse Ethan, mais ou menos pela nona vez. Eles estavam em um táxi, que ia para o oeste. — *Abe* acabou com aqueles caras?

— O que você acha, que eles escorregaram em cascas de banana?

— Imaginei que tivesse sido você. Aqueles eram agentes do DAR, certo? Abe tem mais de sessenta anos. E não é um ninja.

Cooper soltou um muxoxo. Ele estava acostumado a ver pessoas fugindo — na maior parte das vezes, era o que acontecia quando Cooper as perseguia —, mas aquilo era diferente. Ele errara o cálculo, e havia muita coisa em jogo. Cooper pensou sobre o momento em que notou a pulsação do doutor literalmente dobrar de um batimento cardíaco para outro. *Controle do sistema endócrino para manipular o próprio nível de adrenalina. Provavelmente da norepinefrina também, para a concentração. Talvez até mesmo do cortisol e oxitocina. Uma dose suficiente desses hormônios e qualquer um se transforma em ninja.*

— A gente devia ter adivinhado. Droga.

— Adivinhado o quê? Cooper, o que está acontecendo?

— Seu velho amigo se transformou em um brilhante.

— *O quê?*

— Aquele projetinho de laboratório que vocês dois armaram, a poção mágica que transforma normais em anormais? Ele deve ter bebido.

Ethan ficou boquiaberto. Por um instante ele simplesmente ficou sentado ali, com o olhar perdido.

— Puta que pariu. — Um sorriso surgiu no rosto. — Funciona. Quer dizer, os resultados dos testes foram além das expectativas, eu sabia que funcionaria, mas não tínhamos chegado aos testes clínicos.

— Parece que Abe pulou essa etapa.

— O que você consegue me dizer sobre as manifestações dos sintomas? Imagino quais efeitos físicos ele esteja sentindo. Como o dom de Abe se distinguiu? Você notou algum...

— Doutor.

Ethan se conteve e riu.

— É, desculpe. Eu estou apenas... estou apenas tendo um orgasmo científico.

— Tente respirar — suspirou Cooper, que esfregou os olhos. — Uma forma com que o dom se distinguiu foi que Abe tinha um monte deles.

— Você quer dizer habilidades adicionais?

— Não. Quero dizer dons distintos.

— Isto é impossível. Quer dizer, em crianças pode acontecer. É por isso que o teste Treffert-Down não é administrado até os oito anos de idade. Antes disso, os dons têm uma propensão a serem descontrolados, manifestando-se matematicamente num dia, espacialmente no outro. Mas, conforme o cérebro das crianças continua a se desenvolver...

— Você não está me ouvindo. — Cooper tirou o rosto da janela. — Eu vi a pulsação de Abe dobrar. Instantaneamente. Isto é controle endócrino consciente.

— E daí? Cerca de 13% dos brilhantes têm algum nível de CEC.

— São 12,2 por centro. Porém, o mais importante é que ele derrubou quatro agentes. Você acha que aqueles caras não são treinados para cuidar de um brilhante tunado? Um deles era Bobby Quinn, ainda por cima. Eu sei que você e ele não se dão bem, mas acredite, Quinn é bom no que faz. Controle hormonal sozinho não é a resposta. Mas, se Abe também fosse um fisiolinguista, ele talvez pudesse captar a linguagem corporal dos agentes e adaptar uma série de ataques baseada nas posições deles.

— Esses dons poderiam coexistir — disse Ethan. — Seu reconhecimento de padrões é mais do que simplesmente físico. É uma intuição incrementada, não é?

— Mas, por outro lado, na Grand Central, ele conseguiu andar como Shannon. Abe captou os movimentos da multidão antes que acontecessem.

— Talvez ele simplesmente tenha encontrado um buraco.

— Não foi um buraco. Não havia espaço para respirar. E, no entanto, Abe praticamente não desacelerou. Como a cereja do bolo, ao mesmo tempo ele arrumou uma distração. Isto é parecido com resolver uma equação quadrática fazendo malabarismo e correndo uma maratona ao mesmo tempo.

Ethan ficou calado por um momento.

— Se você estiver certo...

— Isto é o que eu faço. — Cooper suspirou. — Eu estou certo. E não são apenas dons múltiplos. É a força deles. Sou do primeiro escalão e trinta anos mais jovem, e, depois do que vi na manhã de hoje, não sei se consigo enfrentá-lo. Isto quer dizer, para todos os efeitos, que o bom doutor Abraham Couzen é do escalão zero. E eu gostaria de saber *como*.

Ethan hesitou.

— Eu preciso de um minuto para pensar.

— Aposto que sim.

Do lado de fora da janela, a cidade passava correndo. A mesma Nova York que ele visitara incontáveis vezes, e, no entanto, não era a mesma de forma alguma. Havia uma tensão perturbadora a respeito de tudo, uma tremedeira nervosa. O país sabia apanhar, mas o ano passado fora uma série de golpes arrasadores. O atentado à bomba na bolsa de valores em março, que resultou em mais de mil mortos. Terroristas anormais tomaram Tulsa, Fresno e Cleveland, que foi completamente queimada nas revoltas subsequentes. A destruição da Casa Branca e o massacre de 70 mil soldados. Sem contar a erosão da ordem social: mercados financeiros fechados, serviços básicos em decadência, desconfiança crescente no governo, violência tribal aumentando.

Os Estados Unidos sabiam apanhar, mas estavam cambaleando, e a prova estava por toda parte. Sacos de lixo empilhados nas esquinas, o plástico preto quase estourando nas costuras. Mercenários particulares com armas automáticas protegendo apartamentos de luxo. Outdoors anunciando que o Madison Square Garden é um santuário para "aqueles que se sentirem ameaçados". As fileiras de prédios quase pareciam estar observando os dois, e foi preciso um momento para se dar conta de que era porque muitos edifícios tinham janelas quebradas. Um quarteirão de pequenas empresas havia sido incendiado, estava sem vidraças, havia tijolos escurecidos, e nada além de ruínas no interior. Uma pichação em uma porta queimada de metal giratória dizia NÓS SOMOS MELHORES DO QUE ISTO.

Cooper pensou no vislumbre da meia branca e ficou imaginando.

— OK — disse Ethan —, é apenas uma teoria, certo? Sem pesquisa, não posso dizer com certeza.

— Passe os dados.

— As pessoas vêm pesquisando a base genética para o brilhantismo há três décadas. Elas não conseguiam encontrar porque não estava ali, não no código. Nosso grande avanço foi descobrir a base epigenética do brilhantismo. Por isso a resposta era tão enigmática, porque a epigenética é a forma como o DNA se expressa, não os genes em si. O DNA é o ingrediente bruto, mas é possível fazer pratos muito diferentes com os mesmos ingredientes, e o DNA humano tem 21 mil genes. Isso é muito ingrediente. O truque é localizar a causa específica. Abe chamou isso de a teoria das três batatas.

— Certo, você me contou — falou Cooper. — Se a causa de um dom é comer três batatas de uma vez, descobrir tal coisa é difícil porque o mundo é grande. Mas assim que a pessoa sabe, basta comer três batatas.

— Eis o problema, porém. A natureza é complicada. A evolução consiste em erros aleatórios, mutações que acabam conferindo uma vantagem de sobrevivência e são passadas adiante. Porém, um monte de lixo também é passado adiante, coisas que realmente não têm muita serventia, mas pegam carona. Então, embora a pessoa acabe ficando com três batatas, elas são batatas feias. Encaroçadas e deformadas. Mas o que nós desenvolvemos foi diferente. Nós realizamos uma engenharia reversa, desenvolvemos uma teoria genética que foi cuidadosamente aplicada.

Cooper entendeu.

— Vocês criaram a batata perfeita. O ideal platônico de uma batata.

Ethan deu de ombros.

— É apenas um palpite.

— Mas, se você estiver certo, então Abe não é apenas superdotado. Ele é a expressão suprema do brilhantismo. Ele pode se deslocar como Shannon, analisar como Erik Epstein, planejar como John Smith.

— Eu... é possível.

Cooper respirou fundo. Suspirou.

— Bem, acho melhor nós o encontrarmos, hein?

O prédio residencial ficava em Hell's Kitchen, um edifício de cinco andares sem elevador em uma rua de tijolos vermelhos gastos e árvores secas. Quando os dois foram à porta da frente, Ethan se pronunciou.

— Não sei o que esse cara significa para Abe. Isso não é um tiro no escuro?

— Se um tiro no escuro é a única coisa que você tem, você dá o tiro mesmo assim. A não ser que esteja pensando em outra pessoa?

Ethan negou com a cabeça.

— Ele é reservado a ponto de ser paranoico. Vincent é a única outra pessoa que ouvi Abe mencionar a respeito de sua vida privada.

A porta da frente estava trancada. Cooper viu LUCE, VINCENT na lista de moradores e tocou a campainha. Não houve resposta.

Bem, você sempre pode quebrar a janela com o cotovelo, depois chutar a porta do corredor. Mas vai fazer barulho. Ou você pode...

Ethan Park se curvou à frente e apertou cinco botões ao mesmo tempo. Após um momento, uma voz disse:

— Alô?

Ethan apertou o botão para falar e disse:

— É a UPS, tem uma encomenda para o senhor.

— Você está de brincadeira. Nem pensar que...

Após um barulho de destravamento, a porta se abriu.

— Qual é o sentido de ter uma tranca — perguntou Cooper —, se a pessoa abre para a primeira voz sem rosto?

— É o fator Manhattan. A pessoa coloca uma corrente e três ferrolhos no apartamento, depois começa a se sentir solitária. Eu já morei aqui, lembra? Uma encomenda não é exatamente a visita de um amigo, mas é quase tão bom quanto.

Eles passaram por um conjunto de caixas de correio e encontraram a escada. No meio do caminho, passaram por um sujeito que descia correndo, sem dúvida para atender à UPS. O quinto andar era mal iluminado e coberto por carpetes sujos. Uma das portas estava entreaberta, com o portal quebrado.

— Merda! — Cooper empurrou Ethan para trás e escancarou a porta.

O local era típico de Manhattan, do tipo em que um homem alto podia cozinhar o jantar sentado em um futon. As paredes eram pintadas em tons de bom gosto, e um dia houve pôsteres de músicos com molduras elegantes pendurados nas paredes. Um dia.

Agora, o chão estava coberto por vidro quebrado e lascas de madeira. O estofamento saía de rasgos na mobília. Prateleiras foram esvaziadas, gavetas, viradas, cortinas, rasgadas. Um piano de armário estava caído; o arco de um violino varara um abajur. Os pés de Cooper esmagaram destroços quando ele entrou.

— Puxa vida — disse Ethan. — Você acha que Abe fez isso?

Cooper deu meia-volta devagar enquanto juntava as peças. Pratos em pedaços, cortinas rasgadas, espelho quebrado. Ele foi até o futon e se ajoelhou. O tecido cheirava a urina. Havia uma mancha de sangue na almofada, um pouco grande, porém centrada em um ponto específico, como se alguém tivesse ficado imóvel enquanto sangrava. *Ou enquanto era mantido preso. Forçado a assistir.*

— Seu merda — disse um homem —, a gente disse para você não voltar...

Na porta estava um sujeito com um peitoral inchado por baixo de uma camisa do uniforme dos Yankees. Atrás dele havia dois outros homens, um com a mesma boa aparência genérica, e o outro era mais baixo, porém mais troncudo.

— Quem é você? — disse Yankees.

Cooper se levantou. Totalmente alerta, ele olhou para a destruição, depois disparou o olhar para o rosto do homem. Notou o movimento súbito dos olhos, o leve rubor, o aumento da pulsação, e descobriu a história toda. Ele forçou um sorriso.

— Está tudo bem. — Cooper mostrou o distintivo. — Estamos procurando por Vincent Luce. Você o conhece?

— Vincent? — desdenhou o homem. — Achei que o conhecia. Eu ouvia Vincent tocando piano o tempo todo. Música estranha, mas bonita. Na verdade ele é um anormal. Jamais disse uma palavra a respeito. Só vivia bem aqui, sem contar para ninguém.

— Como você sabe?

— As paredes são finas. Ele e um coroa qualquer estavam aqui berrando um com o outro. O coroa falou que ele era anormal, e Vincent tentou calá-lo. Disse que era muito importante que ninguém descobrisse.

Cooper concordou com a cabeça, tirou o datapad do bolso e desdobrou o aparelho com um meneio do pulso. Ele abriu uma foto de Abraham Couzen.

— Este cara?

— É, é ele.

— OK, preste atenção. Não estou aqui por causa de uma porta arrombada ou pratos quebrados. Quer dizer, somos todos normais aqui, certo?

Yankees concordou com a cabeça.

— Pois então; você é um vizinho, e as paredes são finas. Imagino que você provavelmente *ouviu sem querer* essa briga rolando.

O homem encarou Cooper e deu um sorrisinho.

— Entendi. Certo.

— Conte-me sobre a briga.

Yankees deu um sorrisão.

— Eu não chamaria de briga.

— Eles chutaram a porta de Vincent — disse Cooper. — Quebraram o nariz dele. Seguraram Vincent enquanto quebravam tudo. E depois, o que aconteceu?

— Nós... um deles mandou Vincent ir embora e nunca mais voltar.

— Você acha que ele obedeceu?

— Quando tudo terminou. — Yankees agarrou a virilha e imitou uma mangueira de incêndio. — Ele captou a mensagem.

Cooper foi tomado por uma súbita lembrança. Uma cabine de banheiro, a porcelana branca manchada de vermelho. Seus olhos inchados, o nariz e dois dedos quebrados, baço rompido. Doze anos de idade, lá na Califórnia, um dos postos que o pai militar ocupou. Um valentão e sua turma parados de pé ao redor dele.

O pior ângulo do mundo: caído no chão, vítima, machucado, vendo outras pessoas que olham para baixo e riem. Lentamente, Cooper acenou com a cabeça.

— Você foi muito prestativo.

— Ei, estamos aí para qualquer coisa. Espero que você encontre aquela aberração.

Cooper deixou que o trio desse um passo na direção do corredor antes de dizer:

— Falando nisso, eu menti.

— Hã?

— Não somos todos normais. — Ele girou os ombros e sacudiu as mãos. — Vocês três humilharam e espancaram um brilhante. Vamos ver se conseguem fazer isso de novo.

Cooper deixou que absorvessem a informação e depois se voltou para Ethan.

— Doutor, faça-me um favor, pode ser? — Ele sorriu. — Feche a porta.

...e estamos de volta, eu não preciso torcer para que vocês tenham continuado sintonizados conosco, eu sei que ficaram, porque é aqui que vocês encontram a verdade. Não as bobagens liberais que as Redes Desinformadoras exibem, mas o papo reto. Verdade 150% sem cortes ou influências, uma transmissão de costa a costa só com coisa boa. Preparem-se para beber com vontade, porque El Swifto está demais nesta manhã.

Faz duas semanas desde os eventos trágicos do dia 1° de dezembro, quando inimigos realizaram um levante no coração da nação e usaram nossas armas contra nós.

E, como reação, os Estados Unidos fizeram... porcaria nenhuma é o que a gente fez, meus amigos, e esse é apenas o termo educado que usei, porque o que tenho em mente não é apropriado para o rádio.

Este país foi fundado por homens que agiram. Homens de visão e força que encararam de peito aberto tudo o que foi jogado contra eles. Estes são os Estados Unidos que eu amo. E, nesses Estados Unidos, nós já teríamos realizado um massacre no Wyoming. Teríamos varrido a Comunidade Nova Canaã e enfiado a cabeça de Erik Epstein em uma lança. Teríamos reduzido a pó toda aquela coleção de covardes e aberrações.

Porém, em vez disso, nossos políticos ficaram nervosos e não pararam de falar. Um bando de burocratas, isso é o que temos no lugar de um governo. Não líderes, não comandantes, não construtores de mundos. Menininhos e menininhas assustados e sem coragem de agir.

Este é o nosso país hoje, meus amigos. Este é o Pesadelo Americano.

Vamos aos telefonemas. Dave, de Flint, é um prazer tê-lo no programa.

"Swift, é um enorme prazer, senhor. Obrigado por dizer as coisas como elas são."

Só cumprindo com o meu dever, Dave.

"O que eu quero saber é: o que as pessoas comuns podem fazer? Eu concordo com tudo o que o senhor está dizendo, estou pronto para fazer alguma coisa a respeito da situação anormal, mas não sei o quê."

Bem, deixe-me falar claramente aqui. A mídia esquerdista gosta de me acusar de racismo. Eles me chamam de intolerante, um alarmista. Insultam da mesma forma qualquer patriota que ouse resistir.

Mas eles não podem me impedir de dizer a verdade, e a verdade é que a Comunidade Nova Canaã, no Wyoming — que massacrou nossos soldados, assassinou o presidente e destruiu a sede do governo —, é um grupo anormal. Foi fundada por anormais, financiada por anormais, governada por anormais.

Os Filhos de Darwin, que fizeram três cidades passar fome e queimaram outra completamente, é um grupo anormal.

John Smith — ó, eu sei, os liberais gostam de dizer que ele foi acusado injustamente, mas vocês ouviram de mim, Swift, que ele é um terrorista — é um anormal.

Algumas pessoas dizem que nem todos os anormais são maus. Talvez. Mas este é um momento de guerra, e embora nem todo anormal seja um inimigo, todos os inimigos são anormais.

Se há bons anormais por aí, patriotas que defendem seu país, o nosso país, seu, Dave, e meu, então eu digo: beleza, eles são meus irmãos.

Mas eu acho que há 99 pessoas normais, decentes e honestas para cada um dos esquisitos — ops, a agência federal de telecomunicações vai me censurar —, e está na hora de lembrarmos disso. Então, se nosso governo é muito fraco, muito frouxo, muito enrolado, muito gordo para fazer alguma coisa, bem, talvez seja o momento de nós mesmos agirmos.

Obrigado pelo telefonema, Dave. A seguir, temos Anne-Marie de Lubbock, Texas...

CAPÍTULO 3

— Podemos entrar agora, senhor — disse o assistente. — Posso trazer...

O chiado estridente da serra circular o interrompeu; quando a máquina fez uma pausa, ele falou:

— Posso trazer um...

Novamente a serra berrou ao cortar madeira. Quando ela parou mais uma vez, o homem abriu a boca para tentar de novo.

— Não é preciso. — O secretário de Defesa Owen Leahy se levantou e entrou no que tinha sido o gabinete da presidência da Câmara dos Deputados.

Detrás de uma mesa de madeira maciça, Gabriela Ramirez acenou com a cabeça para ele, ergueu um dedo e continuou falando ao telefone.

— Compreendo. Sim. Estou tentando arrumar aquela ajuda para o senhor. — Uma pausa. — Bem, governador, talvez se o senhor tivesse declarado estado de emergência quando ocorreu o primeiro ataque dos Filhos de Darwin, o senhor não estivesse nesta situação. Sim. De nada.

Ela arrancou o fone do ouvido e jogou sobre a mesa.

— Senhora presidente — disse Leahy.

— Owen — falou Ramirez.

Lá fora, no corredor, uma pistola de pregos pneumática fez *thunk, thunk, thunk*, um som que chegava ali apenas ligeiramente mais abafado.

— Desculpe pela barulheira. Antes de mais nada, era de se imaginar que o gabinete da presidência da Câmara dos Deputados fosse bem mais seguro, mas evidentemente o Serviço Secreto discorda.

Em 1947, o Congresso ordenou a linha sucessória presidencial em dezessete vagas, mas jamais houvera a necessidade de ir além do vice-presidente. No decorrer de três meses, um presidente sofreu *impeachment* e o sucessor foi assassinado, e agora Gabriela Ramirez, a presidente da Câmara dos Deputados, se tornara a presidente dos Estados Unidos.

— Acho que o Serviço Secreto está certo — disse Leahy. — A senhora deveria se transferir para o Camp David por enquanto.

— O país precisa saber que o governo ainda funciona.

— O país precisa que a senhora permaneça viva.

— O que você pensa a respeito daqueles malucos no deserto?

— É sério, senhora, o Camp David é uma fortaleza...

— Wyoming, fora de Rawlins. O informe de segurança da manhã de hoje disse que havia uns dois mil agora?

— Cerca de cinco mil — disse Leahy. — Com mais gente chegando a cada dia. Eles estão alugando ônibus, chegando em picapes com metralhadoras na traseira. O acampamento fica a quase dois quilômetros da Comunidade Nova Canaã. O noticiário 3D ter feito uma reportagem não ajudou. Daria no mesmo fazer uma propaganda.

— São todos civis?

— Depende do que a senhora quer dizer. Eles são sobrevivencialistas, direitistas, esse tipo de coisa. Muitos são ex-soldados. Mas não há estrutura. Apenas grupos díspares, cada um na sua. Bebendo cerveja e berrando xingamentos antianormais. Disparando armas para o alto.

— Você não está preocupado.

— Eu não diria isso.

— O que você diria?

— Que estou monitorando a situação.

— Muito bem. Você se importa de conversar andando? Tenho uma coisa para resolver com as centrais sindicais. — Gabriela Ramirez ficou de pé, retirou um paletó cor de chumbo do encosto da cadeira e o vestiu. — Qual é a situação da regressão?

— Dentro do cronograma. Todas as ogivas nucleares foram protegidas após o 1º de dezembro. A partir da manhã de hoje, todos os mísseis terrestres foram desativados. Aqueles levados por...

— Perdão, mas quando você diz "desativado"... não há maneira de Erik Epstein conseguir reativá-los?

— Não, senhora.

— Tem certeza? O vírus de computador de Epstein lançou um míssil que destruiu a Casa Branca, e ninguém pensou que ele pudesse fazer aquilo.

Leahy conteve a vontade de ranger os dentes.

— Eles foram desativados fisicamente. Foi como tirar as velas de ignição de um carro. Não há nada que um computador possa fazer a respeito.

A presidente tomou um último gole de café, pousou a caneca na mesa e dirigiu-se para a porta, que Leahy abriu.

— Geoff — disse Ramirez para o assistente —, diga a eles que estou descendo.

No corredor, o som desagradável de obra ecoou no mármore encerado. A serragem tornava o ar turvo. Dois agentes do Serviço Secreto andaram na frente deles, e outros dois vieram por trás.

— E quanto às embarcações navais?

— O material bélico de longo alcance foi desativado tanto em navios quanto em submarinos. O que nos deixa vulneráveis aos inimigos estrangeiros...

— E a Força Aérea?

Leahy suspirou.

— Todos os voos foram suspensos, a não ser os importantes para a missão, e esses aviões estão sendo desarmados. Por todas as Forças

Armadas, as comunicações distribuídas estão sendo substituídas por redes fechadas, a navegação e o apoio a veículos auxiliados por computador estão sendo desligados, a tecnologia da linha de frente está sendo desmantelada... Veja bem, senhora, meu gabinete enviou um relatório detalhado, mas a resposta curta é que nós estamos praticamente voltando o relógio para 1910.

— Você concorda com isso, Owen? — Ramirez olhou de lado para ele. — Seja sincero.

— Eu sou o secretário de Defesa dos Estados Unidos. Passei a vida inteira fortalecendo as Forças Armadas do país, não gosto de desmantelá-las.

— Entendo — disse ela. — Mas seja lá por qual motivo, no dia 1º de dezembro, Erik Epstein limitou seu ataque à Casa Branca e aos soldados que ameaçavam a Comunidade Nova Canaã. O vírus de computador causou quase oitenta mil mortes, mas podia ter matado dezenas de milhões. Epstein detinha o controle operacional completo. Ele podia ter aniquilado nossas Forças Armadas e vaporizado as cidades com nossas próprias armas. Epstein alega que não fez isso porque estava agindo apenas em legítima defesa, mas não lhe darei a oportunidade para mudar de ideia.

Agindo em legítima defesa, pensou Leahy. *Ela não sabe, mas o que isso realmente significa é: reagindo à minha ordem para atacar. Minha ordem ilegal.*

Desde 1986, quando a existência dos anormais foi descoberta, os Estados Unidos caminharam para o conflito aberto. Os superdotados eram simplesmente poderosos demais. Embora fossem apenas 1% da população, eles eram explicitamente melhores do que os outros 99%. Semideuses em um mundo de mortais. Sem controle, os anormais transformariam os americanos normais em obsoletos — ou escravos.

Juntamente com indivíduos que pensavam da mesma forma, Leahy lutara para contê-los. A dissidência pública e o medo foram semeados. Academias especiais foram desenvolvidas para reeducar os mais poderosos. E, após John Smith ter plantado bombas que destruíram a bolsa de valores e mataram mais de mil pessoas, foi aprovada uma legislação para implantar microchips em todos os anormais nos Estados Unidos. Nos meses que antecederam os ataques de 1º de dezembro, Leahy achou que tinha a situação sob controle. Eles chegaram muito perto.

Mas o papel do Presidente Walker no plano fora descoberto, e ele sofrera um *impeachment* e um processo criminal. O Vice-presidente Lionel Clay era um homem bom, mas fraco demais para o grande posto; ele só tinha sido colocado na chapa por motivos de matemática eleitoral. Quando mais ataques terroristas assolaram o país e um grupo anormal dissidente conhecido como os Filhos de Darwin isolou três cidades, Clay ficara nervoso e hesitara. Ele até chegara ao ponto de permitir que a Comunidade Nova Canaã, o enclave anormal de Erik Epstein, se separasse.

Não havia outra escolha a não ser agir contra sua vontade. Então, Leahy ordenara um ataque contra a CNC.

Ele não havia tomado a decisão sozinho. Owen Leahy devia sua carreira e lealdade a Terence Mitchum, oficialmente o terceiro homem mais importante na Agência de Segurança Nacional. Mitchum fora o líder do governo secreto, um patriota perspicaz que compreendera que proteger uma nação exigia firmeza. Infelizmente, Mitchum estava na Casa Branca quando o míssil a atingiu. *Mais uma baixa em uma guerra que o restante da nação só agora está admitindo.*

— Legítima defesa ou não — disse Leahy —, assim que nós tivermos regredido as Forças Armadas a botas e baionetas, nós vamos ter que invadir.

— Eu ainda não tomei esta decisão.

— Senhora presidente, a opinião pública...

— Eu sei que todo mundo quer vingança. Mas, em dado momento, nós vamos nos comprometer a seguir por um caminho perverso. Tem que haver uma solução além de genocídio.

Eles saíram do prédio da Câmara dos Deputados e entraram na South Capitol. O Serviço Secreto havia tomado conta da rua estreita e construído portões pesados e guaritas nas duas pontas. Os únicos veículos permitidos eram do comboio presidencial, composto por quatro Escalades blindados, seis motocicletas e a limusine em si. A manhã estava fria, o escapamento saía como vapor dos veículos ligados, e nuvens baixas passavam no céu.

— Eu concordo — disse Leahy. — Não quero exterminar os superdotados. Mas temos que desmantelar a Comunidade Nova Canaã. E temos que implementar a Iniciativa de Monitoramento de Falhas. Declare como lei, e nós conseguiremos microchipar 95% dos anormais dentro de três meses. Sei que parece antiquado, mas vai funcionar.

— E se eles não obedecerem? Se preferirem lutar até a morte?

— Neste caso...

Uma rajada de som e força lançou Owen Leahy ao ar.

Céu girando, mármore cinza, concreto correndo na direção dele, caindo, Leahy estava caindo, ele colocou as mãos à frente quando colidiu com a rua, um zumbido estridente nos ouvidos como um grito sem fim, fumaça ao redor, fogo e pessoas cambaleando, sangrando, uma agente olhando para o ombro onde não havia mais um braço, o rosto iluminado pela ruína em chamas da limusine.

Leahy arfou, tossiu, viu sangue manchando a rua juntamente com carne — ele arrancara parte da língua com uma mordida. E lá estava, um pedaço da sua língua caído no concreto.

Mãos pegaram Leahy rispidamente, ergueram o secretário de Defesa, ele se debateu, deu uma cotovelada que foi bloqueada, dois homens prenderam seus braços e o arrastaram, e Leahy tentou dizer para os agentes esperarem, que ele precisava da língua, mas aí um dos Escalades surgiu diante dele, alguns debruçados sobre o capô com as pistolas para fora, disparando tiros que ele mal conseguia escutar, apontadas para direções diferentes — não foi apenas uma bomba, era um ataque —, e então os agentes o jogaram pela porta aberta do SUV, onde Leahy colidiu com alguém, a presidente, e ambos caíram embolados, a porta foi fechada com força, alguém bateu nela, e antes que ele ou Ramirez pudesse se mexer, o motorista acelerou e o veículo utilitário arrancou, jogando os dois contra o banco traseiro, tiros que ele agora conseguia ouvir mais claramente, estampidos rápidos, depois veio uma batida assustadora e eles foram jogados novamente quando o Escalade esbarrou em alguma coisa, havia um inferno do lado de fora da janela, a limusine, e finalmente um impulso de velocidade quando o motorista escapou.

Leahy olhou para baixo e se deu conta de que estava em cima da presidente. Ele começou a se mexer, depois se conteve e protegeu o corpo dela com o seu, deitado em cima de Ramirez como um amante, os rostos separados por centímetros. A presidente estava com olhos dilatados e a bochecha rasgada. Leahy sentiu cheiro de fumaça e do perfume dela enquanto a sua boca se enchia de sangue. O utilitário ganhou velocidade, o motorista disse alguma coisa que o secretário de Defesa não conseguiu ouvir por causa do zumbido nos ouvidos e do pensamento que se repetia: uma voz em sua cabeça dizia, sem parar, que aquilo era culpa dele.

CAPÍTULO 4

Luke Hammond acordou gritando, sem emitir som.

O motivo do grito: ver os filhos serem queimados vivos.

Joshua em chamas no céu enquanto o Wyvern se desmantelava em volta dele, o querosene de aviação explodindo em uma onda luminosa que foi sugada pelos pulmões para queimá-lo por dentro enquanto ele caía. Zack queimando no tanque, preso no metal retorcido, cabelos em chamas e a pele borbulhando enquanto a espessa fumaça negra de polímero sufocava o mundo.

Sempre que Luke Hammond fechava os olhos nas últimas duas semanas, ele via os filhos morrerem.

O motivo do silêncio: os quarenta anos de serviço militar, que começaram em uma patrulha de reconhecimento de longo alcance no Vietnã. PRLA. O que significava muito além dos limites, e, portanto, aos 19 anos ele aprendeu a acordar plenamente consciente e sob controle, porque aqueles que acordavam grogues morriam.

A tênue luz do sol surgiu no céu branco do Wyoming. O sol estava a 150 milhões de quilômetros de distância, e, desde que seus filhos morreram, aquele número, de certa forma, parecia ter algum significado. Não os dígitos, e sim a distância, a forma como algo que significa tudo também pode estar eternamente fora de alcance.

— Ele chegou.

Luke se sentou e se recostou na estrutura da caçamba da picape. Um dezembro frio, embora felizmente sem muita neve. A neve podia ter sido a derrota deles. Luke era reformado do Exército havia dois anos, mas ainda assim fez um reconhecimento imediato da situação, como sempre fazia ao acordar, embora até recentemente o informe de situação fosse algo assim: 3H17, ACORDADO POR UMA FORTE VONTADE DE URINAR.

Hoje, porém — recentemente, porém.

Informe de situação: os meninos bonitos que costumavam correr até você, de braços abertos, dizendo "Para o alto! Para o alto!" estão mortos. As horas ensolaradas empurrando os dois no balanço e passando água oxigenada nos joelhos ralados não os protegeram. Os momentos em que adormeceram em seus braços e você, dolorido e cansado, ficou imóvel porque sabia que aquela doçura passageira precisava ser saboreada — aqueles momentos não os protegeram. As milhares de vezes que você disse que os amava não lhes deram abrigo.

Seus filhos estão mortos. Queimados vivos. Estão a 150 milhões de quilômetros de distância.

O que sobrou de você tem 59 anos. Barriga tanquinho e pés calejados. Você estava dormindo na caçamba fria de metal de sua picape, a oito quilômetros de Rawlins, no Wyoming, uma cidade construída para ser de passagem. Cercado por milhares de homens e mulheres com a mesma dor, todos reunidos para um objetivo que nenhum de vocês sabe exatamente enunciar.

— Ele chegou.

Luke afastou os cobertores e saiu da picape.

— Eles ainda estão chegando? — perguntou para o soldado que o acordara.

— Sim, senhor. Mais rápido do que nunca.

Luke concordou com a cabeça. Respirou fundo, sentiu o ar frio nos pulmões — *os pulmões de Josh queimados por um fogo que ardia a 500 graus* — e foi se encontrar com o antigo chefe.

O general de divisão Samuel Miller, aposentado, tinha as mesmas feições curtidas de sol que Luke associava a caubóis, mas os olhos tinham uma astúcia urbana que media, comparava e examinava o mundo. Ele usava um uniforme de campanha com insígnia de patente, duas estrelas no peito, e parecia mais à vontade na farda camuflada do Exército do que no conjunto calça larga e camisa polo que usara da última vez que os dois estiveram juntos.

— Luke — disse o general apertando a mão dele e depois puxando Luke para um abraço. — Eu sinto muitíssimo. Josh e Zack eram bons homens. Bons soldados.

— Obrigado.

O velho amigo o observou.

— Como você está aguentando a barra?

— Eu não sei como responder.

O general concordou com a cabeça.

— Que pergunta estúpida. Desculpe.

— Deixe-me guiá-lo.

Os dois entraram na picape, que tinha um interior tão imaculado quanto o exterior. Antigamente, Luke se orgulhava dessas coisas. Antigamente, pensava que elas tinham importância. Ele ligou o aquecedor e depois partiu, com os pneus esmagando o solo seco.

— Mais de oito mil pessoas aqui, neste momento, e mais chegando o tempo todo.

O acampamento era desordenado, as tendas eram armadas em qualquer lugar que as pessoas paravam. Elas estavam distribuídas em grupos indefinidos, encostadas em veículos e conversando, ou aquecendo as mãos em fogueiras que ardiam lentamente. A maioria tinha fuzis pendurados nos ombros ou pistolas em coldres na cintura. Os dois passaram por um clube de motoqueiros, com as motos paradas em ângulos precisos, homens durões bebendo Budweiser ao lado de uma montanha crescente de latas amassadas. Os motoqueiros acenaram com a cabeça para Luke, que respondeu ao gesto.

— Você já fez as rondas.

— É. Desde que você disse que vinha. Preparando o terreno.

— Como eles são?

— As histórias são todas diferentes e exatamente as mesmas.

Luke deu uma volta informal com o general e deixou que ele absorvesse o todo pelas partes:

Uma milícia vindo de Michigan treinando manobras, vestida em camuflagem verde-oliva que se destacava no cerrado marrom. O ônibus em que eles chegaram tinha sido usado por estudantes no passado, mas agora estava pintado com o nome OS NOVOS FILHOS DA LIBERDADE, com letras de um metro e meio de altura, presas pelas garras de uma águia soltando um grito.

Em volta de uma fogueira ardendo, um grupo de caipiras gastava uma semana de lenha em uma única tarde, com música do Credence Clearwater nas alturas, como se aquilo fosse a maior confraternização de todos os tempos.

Um homem desmontando uma Kalashnikov, sendo observado por uma mulher fumando.

Uma rodinha de soldados que fugiram do quartel, mas ainda uniformizados, compartilhando uma espécie de gargalhada ruidosa que Luke reconheceu. Era o tipo que substituía lágrimas.

— Eles são uma bagunça — disse o general.

— São. Mas não param de chegar. Tudo que precisam é de liderança.

Ele virou a picape na direção contrária.

— Vou te mostrar outra coisa.

Cinco minutos passando pelos acampamentos levaram os dois para a extremidade norte do campo. A partir dali não havia nada além de deserto rochoso e céu acinzentado — e, a 1,5 quilômetro de distância, estava a cerca de seis metros com concertina no topo. A fronteira da Comunidade Nova Canaã. Sessenta mil quilômetros quadrados de terreno, 24% do estado do Wyoming, tudo propriedade de Erik Epstein, que transformou aquilo em uma espécie de Israel anormal. Luke desligou o motor.

— Parece diferente ao vivo, não é?

Com o motor desligado, eles puderam ouvir o vento, um assobio baixo e lúgubre que parecia ter vindo de um lugar muito distante.

— Não vou insultá-lo ao dizer que isso não trará seus filhos de volta — falou Miller. — Mas preciso saber se este é o único motivo.

— Por quê?

— É motivo suficiente para seguir, mas eu quero que você ajude a liderar.

Luke olhou pela janela. Ele estalou os nós dos dedos da mão esquerda, um por vez. Quando terminou, foi para a mão direita.

— Na semana passada, eu acordei no meu sofá. Fiquei bêbado na noite anterior, pensando que aquilo pudesse me ajudar com os sonhos. Tudo o que aconteceu foi ter que lidar com uma ressaca também. Peguei no sono com a 3D, algum programa de notícias do domingo de manhã. Um daqueles de debate com muito falatório. E havia um rapaz. Penteado bonito, camisa elegante, Rolex. Ele falava que talvez a melhor coisa a fazer fosse simplesmente deixar a CNC se separar. Dar soberania, ir adiante com a situação. — Por um instante, Luke estava de volta lá, com a cabeça torta, sensação de sujeira nos dentes, os berros de Zack ecoando nos ouvidos, e aquele rapaz na 3D. — E fui tomado por uma onda de alguma coisa. Não foi raiva ou ódio. Foi... tristeza. Senti pena daquele rapaz, tão disposto a abandonar tudo, e então me ocorreu que devia haver muitos outros se sentindo como ele. Quando percebi, eu estava na picape e depois estava aqui, olhando fixamente aquela cerca. E eu não estava sozinho.

Luke se virou para o antigo chefe.

— Se estou furioso? É claro. Se quero vingança? Sim, caralho. No entanto, é mais do que isso. Aquela terra lá fora, depois da cerca, ainda é o nosso país. E eu passei minha vida defendendo o nosso país. Não estou pronto para simplesmente deixar Erik Epstein destruí-lo, não importa quantos bilhões ele tenha ou o quanto de Wyoming ele possua.

Por um longo momento, o General Miller não disse nada. Apenas observou o deserto e a cerca com aqueles olhos sempre avaliadores.

Então ele disse:

— Boa resposta.

Elvis tocou aqui.
Led Zeppelin tocou aqui.
Os Rolling Stones tocaram aqui.
Agora é a vez do seu astro do rock.

Você quer segurança para eles. Nestes tempos incertos, não seria bom ter um lugar em que sua família estivesse protegida e cuidada? Um lugar onde você pudesse deixar de lado as preocupações e se concentrar nas coisas que importam?

Todos torcemos para que o melhor aconteça. Mas, se alguém que você ame é superdotado e se sente ameaçado, é hora de procurar ABRIGO.

CAPÍTULO 5

O rosto de Natalie tomou conta da tela.

— Manda ver — disse ela. — Eu realmente queria falar com você. Hmm. Bem, tem alguém que quer dar um alô.

Cooper já tinha assistido à mensagem de vídeo três vezes, mas, mesmo assim, o peito se encheu de alegria quando a imagem se contorceu em um lampejo de cores que se transformou no rosto sorridente de Todd.

— Oi, papai!

O menino, seu lindo menino de dez anos, não apenas estava vivo, mas acordado, em um leito de hospital, com um corte de cabelo horrível por causa da cirurgia.

— Estou bem — disse Todd. — Não dói muito. E os médicos disseram que posso correr e até mesmo jogar futebol...

— Eles disseram *em breve*, meu amor...

— E a mamãe me disse que você o pegou, que você pegou o cara! Isso é demais, papai. — O filho mordeu o lábio. — Desculpe ter ficado no caminho. Eu sei que atrapalhei.

Não, Todd, amigão, você não atrapalhou nada. Você agiu como uma criança de dez anos tentando proteger o pai de um monstro. A última coisa que você fez foi atrapalhar...

— Todo mundo é muito legal, mas eu sinto falta de casa. Espero que a gente possa voltar logo. Amo você!

A tela voltou para Natalie. A ex-esposa parecia cansada.

— As coisas estão bem aqui. Erik está nos tratando bem. Ele providenciou esta ligação... Acho que a linha está... Bem, estamos seguros.

Ela respirou fundo, e Cooper notou todas as coisas que Natalie queria dizer, mas não podia. Em parte, era uma questão de privacidade; a família dele ainda estava na Comunidade Nova Canaã, e as comunicações estariam sendo monitoradas. Mas Cooper sabia que havia algo além disso. A última vez que ele tinha visto a ex-esposa havia sido logo após um assassino chamado Soren Johansen ter enterrado uma adaga no coração dele e colocado o filho em coma, o mesmo dia em que Erik Epstein destruiu a Casa Branca e matou 75 mil soldados. O país despencou da beira do precipício naquele dia, e Cooper sabia que Natalie estava imaginando o que aquilo significava. Para ele, para eles, e para os filhos.

No fim, Natalie decidiu dizer "tome cuidado, Nick", e então o vídeo travou na imagem distorcida da mão dela desligando a gravação.

A ligação veio quando ele perseguia Abe Couzen na Grand Central. *Mais um motivo para dar uns tapas no bom doutor.* Fazia duas semanas desde que Cooper falara com a família, e, embora ele tentasse todo dia, jamais tinha conseguido completar a ligação. O noticiário culpava a CNC, dizia que Epstein cortara a comunicação com o resto do país, mas Cooper suspeitava que era o contrário. Se o governo planejava atacar a comunidade, isolá-la seria um passo importante na campanha para conquistar a opinião pública.

Por via das dúvidas, ele tentou ligar de volta.

— Sinto muito — disse a gravação —, a rede está passando por dificuldades técnicas. Sua ligação não pôde ser completada. Por favor, tente novamente mais tarde.

Rediscagem.

— Sinto muito, a rede...

Rediscagem.

— Sinto muito...

Cooper desligou, guardou o celular no bolso e imaginou Abe Couzen morrendo em um incêndio.

— Era a sua ex? — perguntou Ethan com a boca cheia de churrasco grego.

— É. Natalie.

— Ela e Shannon se dão bem?

— O que você quer dizer?

— Você sabe, ex-esposa, namorada atual.

Namorada atual. Cooper visualizou a última vez que tinha visto Shannon. Havia duas semanas. Ele esteve prestes a perder um tiroteio, estava na mira de um dos soldados de John Smith, e, quando Cooper ouviu os tiros, esperou sentir as balas. Em vez disso, ele se virou e descobriu que Shannon surgira do nada, com uma submetralhadora apoiada no ombro. Ela deu aquele sorrisinho de lado para Cooper e disse "Oi."

O problema é que, meia hora depois, nós estávamos nos despedindo. Era assim com eles. Os dois eram soldados em uma guerra secreta, ambos viviam no limite imperfeito da vida. Na teoria, isso parecia romântico, mas na realidade era um inferno para relacionamentos. Shannon era inteligente, *sexy* e incrivelmente capaz, e juntos eles formavam uma equipe formidável. Mas os dois não passaram muito tempo juntos, na verdade. Sempre havia um motivo para um dos dois ter que ir embora, alguma missão secreta ou luta desesperada. E, do jeito que as coisas estavam indo, era difícil imaginar aquela situação mudando.

— É complicado — respondeu Cooper.

— Aposto.

— Você tem notícias de Amy? — perguntou Cooper, querendo mudar de assunto.

Ethan umedeceu e concordou com a cabeça, em um gesto de tristeza cansada.

— Ela ainda está com a mãe em Chicago. Diz que as coisas também estão esquisitas por lá, mas que elas estão bem. Amy me mandou uma foto de Violet.

Ele ofereceu o telefone que Cooper pegou. A menininha era fofa daquele jeito disforme de bebês muito novos, e ele se lembrou da própria filha naquela idade. Kate era tão pequena e leve que ele podia apoiá-la no antebraço, como fez muitas vezes, conversando com ela enquanto preparava o café da manhã com o sol iluminando a cozinha que antigamente dividia com Natalie. Os dois chamavam Kate de "uma surpresa", jamais um acidente. Sua chegada fez com que Cooper e Natalie se esforçassem demais por um tempo, mas a situação começou a se desgastar entre os dois, e foi por volta do primeiro aniversário de Kate que ele e Nat concordaram que era melhor se separar amigavelmente do que ficar junto e arruinar o relacionamento.

— Ela é linda.

Cooper devolveu o telefone e flexionou os dedos. As juntas estavam doloridas, e o local onde a mão tinha sido rasgada até a palma ardia. Ela fora costurada na mesma clínica clandestina em que operara o coração depois que Soren o matou, e, embora a mão doesse como uma filha da mãe naquele momento e o coração ainda perdesse o compasso de vez em quando, a recuperação de Cooper tinha sido praticamente miraculosa. *Tenho que tirar esse chapéu para Erik Epstein.*

— Como você está se sentido?

— Bem o suficiente para fazer uns bicos.

— Engraçadinho. — Ethan amassou o papel alumínio do sanduíche e o atirou em uma cesta de lixo. — Você pegou bem pesado com eles. Os caras no apartamento de Vincent.

— Eles bateram em Vincent, quebraram tudo o que ele possuía, e depois mijaram nele, tudo porque Vincent é um anormal. — Cooper balançou a cabeça. — Eu não gosto de valentões, Doc.

O frio da varanda estava entrando pelo casaco, e o café estava fraco e amargo. Na janela do prédio em frente, luzes de Natal piscavam em sequência, fazendo com que flocos de neve de papel brilhassem em tons de verde e vermelho. Era engraçado pensar que alguém se dera o trabalho de retirar as decorações de um armário no corredor, encontrar fita adesiva e tachas. O mundo continuava girando mesmo enquanto desmoronava.

— Como você faz isso? — A pergunta de Ethan tinha o som de palavras que ele considerou não falar.

— Isso o quê?

— Isso. — Ethan fez um gesto indicando *tudo*. — Eu estou longe de Amy e Vi há duas semanas e estou enlouquecendo, sinto tanta falta delas. Quero abraçar minhas meninas. Quero voltar a trabalhar, quero cozinhar uma refeição sensacional, quero dormir na minha própria cama. Como você vive desta maneira?

— Alguém tem que salvar o mundo.

— Você vive dizendo isso. — Ethan fez uma pausa. — E se não conseguirmos encontrar Abe?

— Nós temos que encontrá-lo.

— É, mas nem tudo pode depender da gente, certo? As coisas vão se ajeitar. Como sempre.

Cooper entendeu. Há um ano, ele teria dito a mesma coisa. Que embora houvesse tensões e preocupações, havia esperança também — sistemas no lugar, e a própria civilização, que tinha massa e momento, uma inércia que a protegeria. Que embora o mundo precisasse de defesa, ele não era tão frágil a ponto de quebrar.

Há um ano, Cooper teria dito todas essas coisas. Agora, ele apenas sustentou o olhar de Ethan e não falou nada.

— Tudo bem — disse Ethan. — Então, nós sabemos que Abe está aqui. E que ele é do escalão zero. E que o DAR está atrás dele.

— Esse último detalhe é o sal na ferida. — Cooper tomou um gole do café horrível. — Há um motivo para a logomarca do DAR ser um olho. Mesmo com recursos limitados, Bobby Quinn será capaz de acessar câmeras de vigilância e de trânsito e drones de notícias. Há centenas de lentes em cada quarteirão. Manhattan é um lugar difícil de se esconder do DAR.

— Podemos usar isso? Apelar para sua amiga, aquela que contou sobre Abe hoje de manhã?

— Não. Valerie nos manteve no jogo, mas não posso pedir para ela jogar contra o próprio time. Além disso, mesmo que ela jogasse, isto nos colocaria em pé de igualdade com o DAR. Precisamos estar à frente deles.

— Como?

— Pelo lado pessoal. Você conhece Abe; eles, não. O DAR não sabe sobre Vincent. Nós vamos encontrá-lo.

Ethan considerou o argumento, enquanto sombras de nuvens passavam pelos arranha-céus e o barulho do metrô surgia embaixo deles a um quarteirão de distância.

— Eu não o vejo voltando para o apartamento. Será que ele tentaria sair da cidade?

— Talvez. Porém, não seria fácil.

Os voos comerciais foram cancelados desde que Epstein demonstrou que podia derrubar qualquer coisa com um computador. Este foi parte do motivo para os trens ficarem tão cheios. Isto, e a sensação crescente de que um conflito aberto estava chegando e que, quando ele chegasse, as cidades seriam um lugar perigoso de estar.

— Ele pode ter um carro...

— Não — disse Cooper. — Pianistas profissionais, mesmo brilhantes, não ganham o suficiente para manter um carro nesta cidade.

Era boa a sensação de estar solucionando um problema. Embora parecesse ter sido há uma vida inteira, fazia menos de um ano que Cooper estava caçando a própria espécie para a divisão mais clandestina do DAR. Voltar a raciocinar daquela maneira foi fácil.

Os vizinhos babacas e racistas de Vincent não o deixaram fazer as malas ou mesmo pegar uma carteira. Ele pode muito bem estar nas ruas sem nada.

Um amigo? Possivelmente. Mas, neste momento, Vincent não se sentiria capaz de confiar em alguém.

Ele está assustado, sem dinheiro e encurralado. À procura de...

Abrigo.

Cooper ficou de pé, tomou o último gole do café, depois amassou o copo e jogou na lixeira.

— Vamos.

■

Ele havia estado no Madison Square Garden apenas uma vez, para um jogo dos Knicks fazia alguns anos, e entrara pelo saguão envidraçado e radiante, com outras 20 mil pessoas. Desta vez, eles entraram por uma porta lateral, o que provavelmente tinha sido uma passagem para funcionários antigamente, um conjunto de portas horríveis de metal no lado sem decoração do prédio imenso. Uma placa móvel em um trailer estacionado dizia ABRIGO PARA REFUGIADOS DO MADISON SQUARE GARDEN, e, embaixo disso, TODOS OS SUPERDOTADOS SÃO BEM-VINDOS. Dois soldados com camuflagem ativa conversavam ao lado da porta, a padronagem digital das fardas se mexia e alterava conforme eles gesticulavam.

— Senhores — disse um deles ao abrir a porta. — Por favor, estejam com a identidade à mão.

A sala era uma antecâmara de segurança apertada. Câmeras monitoravam cada ângulo, e mais soldados operavam um detector de metais e uma esteira de raios X. Uma mãe cansada carregava uma menina de seis anos enquanto o marido discutia com uma mulher bonita em trajes civis.

— Mas eu não entendo — disse ele. — Eu achei que as famílias podiam vir.

— Elas podem — respondeu a mulher. — Mas, para sua segurança, nós estamos alojando os integrantes superdotados da família separadamente.

— Eu não vou abandonar minha esposa e filha.

— É apenas uma questão de alocação de leitos. Vocês ainda continuarão juntos.

— Se nós ficaremos separados, então como...

— Amor. — A esposa do homem tocou no ombro dele. — Nós não temos escolha. A não ser que você queira esperar que alguém derrube a nossa porta e te leve embora?

A menininha ficou assustada ao ouvir isso e disse:

— Quem vai levar o papai?

— Ninguém, meu amor — disse o homem. — Ninguém.

Ele fez carinho no cabelo da filha. Aos olhos de Cooper, a fúria e a impotência do homem ardiam em um perigoso tom de vermelho, mas ele falou:

— Ok.

— Por favor, por aqui. — A mulher bonita se voltou para Cooper. — Bem-vindo ao Abrigo. O senhor está requisitando entrada?

— Não.

Ele abriu a carteira com um gesto. A foto era de um homem completamente diferente. Um homem cheio de certezas, que não *torcia* para que estivesse fazendo a coisa certa, que *sabia* que estava fazendo. Lutando pela causa certa. Tomando decisões difíceis para o bem maior. Personificando os clichês que o fizeram chorar em momentos heroicos no cinema — o crescimento da música, a abnegação audaciosa, a crença de que valia morrer pela causa —, todos os clichês militares em que ele acreditara desde a infância. Eles pertenceram a:

COOPER, NICHOLAS J.
AGENTE
DEPARTAMENTO DE ANÁLISE E REAÇÃO
DIVISÃO DE SERVIÇOS EQUITATIVOS

Além da identidade, havia um distintivo com o olho onividente no centro, a logomarca do DAR. Embora não estivesse de serviço, tecnicamente, Cooper ainda era um agente do governo que estava de licença prolongada. Ele pensou em pedir demissão formalmente do departamento quando aceitou o cargo de consultor especial do Presidente Clay, mas não tinha certeza se permaneceria na política.

Isso é que é um baita eufemismo.

A mulher examinou a identificação.

— Bem-vindos, senhores. — Ela entregou crachás de plástico para Cooper e Ethan. — Por favor, mantenham os crachás com os senhores o tempo todo; eles dão acesso total ao Abrigo. Se estiverem armados, precisamos que deixem suas armas aqui.

— Por quê?

— Apenas uma precaução. Nós temos milhares como residentes, e não podemos correr o risco de um incidente.

Cooper imaginou o que significava aquilo.

— Não estamos armados. Mas talvez você possa me ajudar a encontrar um... residente. Vincent Luce.

Ela digitou em teclas escondidas.

— Seção C, fileira 6, quarto 8. Pegue o elevador ao quinto andar e siga pelo corredor até a entrada do meio da quadra.

Com os crachás em mãos, eles contornaram a estação de segurança, onde soldados passavam as mãos sobre as três malas melancólicas da família. Fazê-las devia ter sido difícil. Como a pessoa decide que partes da vida deve abandonar? O pai o encarou, e Cooper acenou com a cabeça para ele. O homem não respondeu.

Os dois entraram no elevador. Quando as portas se fecharam, Ethan disse:

— Eu não entendo.

— O quê?

— *Nem pensar* que eu traria minha família para cá.

— Não? — Cooper apertou o botão do quinto andar. — Vocês tentaram sair de mansinho de Cleveland no meio da noite, passando por uma quarentena militar. Está me dizendo que, se houvesse um lugar quente e seguro para ir, você não teria considerado?

— Nós não "tentamos". Nós conseguimos. E todas as prisões começam quentes e seguras.

— Prisão? Ora, vamos.

— Observe a rapidez com que isto aqui foi montado. Apenas dias após o ataque, eles tinham distribuição de leitos, segurança, e até mesmo uma campanha publicitária. Alguém planejou isso tudo de antemão.

— E daí?

— E daí, qual a chance de terem feito isso movidos pela bondade de seus corações?

As portas do elevador se abriram, e os dois saíram em um corredor de concreto bruto. Soldados e civis passavam pelas entranhas grosseiras da arena: tubulação elétrica no teto, empilhadeiras estacionadas em vãos, um leve odor de urina velha no ar.

— Falando de residentes e de agir pensando nos outros — disse Cooper. — Vincent é literalmente nossa única pista, e nós vamos pedir que ele traia Abe. Dependendo do que seu antigo chefe significa para Vicent, ele talvez não queira fazer isso.

— Saquei — disse Ethan imitando um sotaque ruim de filme *noir* —, "cê tá" dizendo que talvez a gente "precisamos" engrossar, usar um alicate nele.

— Estou dizendo que ele vai nos ajudar, ponto.

— Espere. Você não está brincando? — Ethan parou de andar. — Ora, vamos, cara. Isso é coisa da Gestapo.

Talvez tenha sido uma sobra de frustração pelo que acontecera de manhã, ou a forma como o mundo parecia desesperado por se destruir, ou o cheiro de urina no corredor. Talvez ele apenas estivesse cansado e dolorido e sem ver os filhos há muito tempo. Seja qual fosse o motivo, a raiva avançou como o bote de uma cobra, e, sem planejar conscientemente o gesto, Cooper girou o corpo e colocou Ethan contra a parede. O cientista gritou de susto.

— Estou farto — enunciou Cooper cuidadosamente — de ser comparado à Gestapo. — Uma voz na mente de Cooper dizia *calma, calma*, mas outra salientava que ele tivera duas chances de matar John Smith, que derrubara um presidente e decepcionara outro, que por mais que tivesse tentado construir um mundo melhor para os filhos, tudo o que fez foi que acelerar o fim desse mesmo mundo. — O país está em guerra porque eu não agi como a Gestapo. Setenta e cinco mil soldados morreram porque eu não agi como a Gestapo. Aquele moleque foi linchado porque eu não agi como a Gestapo.

Foi apenas quando Cooper falou que ele se deu conta de que era aquilo que o assombrava. Um adolescente morto sem um tênis. Foi esse o verdadeiro motivo para ele ter espancado três homens até deixá-los inconscientes naquela manhã. E por isso os músculos se mexeram antes da mente naquele momento. Cooper se obrigou a respirar fundo, viu o medo nos olhos de Ethan, e a própria raiva se desvaneceu tão rapidamente quanto chegou.

— Desculpe. — Ele soltou o doutor. — Estou simplesmente cansado de ser chamado de monstro por pessoas que nunca tiveram que tomar essas decisões.

Ethan o encarou, abriu e fechou a boca.

— Soren teria matado a minha família inteira. Você salvou minha esposa e filha. Nós nem sempre podemos concordar, mas jamais pensarei que você é um monstro.

Cooper concordou com a cabeça e começou a se afastar.

— Um tiquinho temperamental, talvez.

■

Cooper anteviu uma multidão agitada, imaginou conversas altas, berros de crianças, e talvez até mesmo algumas gargalhadas. Em vez disso, havia cerca de cem pessoas andando a esmo pela quadra da arena, falando em sussurros, com o olhar cuidadosamente voltado para baixo. Eram observadas por dezenas de soldados. A sensação era a de um pátio de prisão ou um zoológico.

Fora da quadra, as cadeiras haviam sido retiradas, e fizeram uma rampa de pilhas de quartos pré-fabricados como blocos de Lego, fileira após fileira se erguendo na escuridão. O estádio cavernoso estava assustadoramente silencioso, e o murmúrio de vozes vindo da quadra era fraco contra o peso de todo aquele espaço.

Alguém planejou isso tudo de antemão. Cooper ouviu a voz de Ethan na mente. *Qual a chance de terem feito isso movidos pela bondade de seus corações?*

O soldado ao pé da escada da Seção C tinha o queixo cheio de espinhas. Ele verificou os crachás e disse:

— O senhor precisa que eu solte um deles?

— Eles são mantidos trancados?

— Sim, senhor. Por segurança.

Cooper olhou fixamente para o soldado e respondeu:

— C-6-8.

O guarda começou a subir, e Cooper o seguiu, passando a mão pelo corrimão, sentindo o cheiro de cerveja velha e contando. *Sete por fileira, vinte fileiras por seção, vinte seções, um pouco menos de três mil. Três mil jaulas.*

Jaulas para pessoas como você.

Quando chegaram à jaula de Vincent, o guarda passou o crachá, depois ergueu o fuzil e disse:

— C-6-8! Entrando!

Ele esticou a mão para pegar a maçaneta. Cooper deteve o soldado.

— Pode deixar comigo.

— Tem certeza?

— Tenho.

Ele esperou que o guarda fosse embora e depois abriu a porta.

O cômodo pré-fabricado talvez tivesse 2,5 metros por 1 metro, o tamanho de um quarto de vestir ou de uma folha de compensado. Uma caixa sem janela com espaço suficiente apenas para um catre e um banheiro químico, cujo fedor tomava conta do ar. O homem deitado tinha os traços bonitos de atores de propagandas de uísque, embora o olho roxo e o nariz quebrado diminuíssem o impacto da beleza. Sem desviar o olhar da lâmpada fluorescente, Vincent Luce disse:

— Você não é um guarda.

— Meu nome é Nick Cooper. Precisamos conversar.

— Sobre?

Cooper gesticulou para a porta.

— Quer tomar um ar?

■

O espaço mais sossegado que eles conseguiram encontrar foi a antiga área de imprensa, onde câmeras 3D antigamente gravavam os jogos dos Knicks. Vincent se apoiou na parede exterior, e os olhos se fixaram na arena-transformada-em-prisão; o vidro refletiu o rosto machucado.

— É aqui que vocês torturam com afogamento simulado? Já vou dizendo que não sei nenhum plano secreto dos anormais.

— Eu quero falar sobre o Doutor Abraham Couzen.

— Você está de brincadeira? — O anormal girou, com fogo nos olhos. — Inacreditável.

Cooper estava prestes a explicar, mas se deteve. *Esta não é uma postura defensiva.*

— Primeiro ele revela a minha identidade para aqueles vizinhos fascistas babacas, que... — Vincent se deteve e interrompeu a frase. — E, quando eu tomo a decisão estúpida e assustada de vir para cá, ele quer salvar a situação? Abe que se dane. Eu prefiro ficar a depender dele para me tirar daqui.

— Eu pensei...

Cooper parou. Havia alguma coisa ali que ele não estava percebendo, alguma coisa óbvia.

— Ora, essa é a ideia que ele faz de um gesto romântico?

Ah. Cooper olhou de lado para Ethan, que deu de ombros como se dissesse *ei, isso é novidade para mim.*

— Então você e Abe são um casal?

— Nós terminamos há um ano. Se é que você pode nos chamar de casal, de qualquer forma. Para estar junto, é preciso haver respeito mútuo. Ele nunca me viu como uma pessoa. Mais como um fetiche.

— O que quer dizer? — Cooper puxou uma cadeira de rodinhas e se sentou.

— Ele gosta de esquisitos — respondeu Vincent. — Nunca lhe dei tesão, foi o meu dom. Olhe o trabalho de Abe. Ele poderia ter curado o câncer, mas gasta toda a energia calculando como transformar pessoas normais em brilhantes.

— Espere — interferiu Ethan. — Ele contou para você sobre a pesquisa?

Vincent inclinou a cabeça. Os dedos finos e longos tamborilaram um ritmo no vidro.

— Você é Ethan Park.

— Hã... sim.

— Ouvi falar muito de você. Tanto que quase senti ciúmes.

— Eu... eu também. De você.

Vincent sorriu friamente.

— Duvido. Abe não fala de coisas que não lhe importam. Mas você era o menino prodígio dele. Abe disse que seu trabalho em sequências de telômeros foi crucial. Parte do motivo de ele agora saber como Deus se sente. Babaca.

— Quando foi isso?

— Anteontem, quando estava me mostrando o laboratório dele.

— *O quê?* — disse Cooper na mesma hora em que Ethan falou:

— *O laboratório dele?*

— Hum. — Vincent olhou alternadamente para Cooper e Ethan. — Acabei de entender. Abe não mandou vocês. Vocês estão atrás dele.

Cooper pensou em mentir, mas decidiu que não.

— Você pode me contar sobre o laboratório de Abe?

— É por isso que vocês estão atrás dele? Por causa do trabalho?

— Sim.

— Vocês vão machucá-lo?

— Não.

— Se eu contar — disse o homem lentamente —, você me tira daqui?

— Dou a minha palavra.

Vincent se voltou para Ethan.

— Posso confiar nele?

— Sim — respondeu o cientista sem hesitação, e, apesar de tudo, Cooper teve que admitir que aquilo o fez se sentir bem.

Uma campainha tocou, o som abafado pelo vidro. As pessoas que perambulavam pela quadra da arena reagiram como se tivessem sido chutadas e rapidamente formaram filas, com olhos baixos e mãos na lateral do corpo enquanto retornavam às jaulas.

— Minha música é avançada demais para a maioria dos ouvintes — falou Vincent olhando pelo vidro —, mas Abe adorava me ver tocar. Ele sempre me pedia para fazer um solo duplo. Tocar um solo separado com cada mão, ao mesmo tempo.

O homem sacudiu a cabeça.

— Pensei que ele gostava do som, mas não era isso. Abe apenas queria ver meu dom. — Vincent se voltou para encará-los. — O laboratório dele fica no sul do Bronx, na Avenida Bay. Ele falou como se fosse grande coisa o laboratório ser um segredo, e sobre o dinheiro que havia desviado para construí-lo, que nem Ethan sabia a respeito. Eu não me lembro do endereço, mas é um prédio de tijolos de um andar, sem janelas, em frente a um ferro-velho.

Cooper tirou o datapad do bolso, desdobrou-o com uma virada de mão e acessou o mapa. A rua era perto do rio, e só tinha oitocentos metros de comprimento. Ele sentiu aquela velha onda de certeza, a sensação de que estava bem atrás de um alvo.

— O que você vai fazer com Abe?

Ainda olhando para o mapa, Cooper respondeu:

— Você viu como as coisas estão ficando ruins. Estamos caminhando para uma guerra ou coisa pior. O trabalho de Abe pode prevenir isso.

— Como?

— Igualando os times.

— Você não está preocupado com os efeitos colaterais?

Cooper olhou para Ethan e depois voltou para Vincent.

— Efeitos colaterais?

"Senador, com todo o respeito, não se trata de proibir voos e desligar mísseis. O sistema que leva água potável para a sua casa é controlado por computador. O mesmo ocorre com o sistema que controla o esgoto. A rede elétrica depende de computadores. Comunicações locais, regionais, nacionais e globais. Poços de petróleo. Televisões. Semáforos. Máquinas de venda automática. Transporte e refrigeração de alimentos. Trancas automáticas. Assistência médica. A limusine em que o senhor chegou. O relógio que o senhor está olhando agora. Não existe uma faceta da vida moderna que não dependa de controle por parte de um computador de alguma forma.

Então, quando o senhor pergunta o que é necessário para garantir a nossa segurança contra outro 1º de dezembro, a única resposta que posso dar é esta: compre um rifle e se mude para uma caverna."

— GISELA BRACQ, A "CYBERCZAR" DO FBI, DIANTE DO SENADO DOS ESTADOS UNIDOS

CAPÍTULO 6

Normalmente, ela gostava do trem. Havia algo na dissonância entre a aparente imobilidade da condução e o borrão estonteante do mundo exterior. A justaposição era reconfortante — simbólica, talvez, da forma como ela escolheu viver. Mas toda a concentração de Shannon estava voltada para um de seus amigos mais antigos, e se ela seria capaz de matá-lo.

Shannon retornara à Comunidade havia mais de uma semana e ficara molhando a planta falsa e olhando pelas janelas do apartamento desabitado, quando Erik pediu que ela fosse vê-lo. O estúdio de Shannon ficava em Newton, e ele morava em Tesla, mas, quando o homem mais rico do mundo chamava, a pessoa corria para atender, e assim ela pegou um planador e encontrou Erik naquela tarde.

A ideia dele era intrigante.

Não, queridinha. Saber que um autor favorito lançou livro novo é intrigante. Um restaurante que você nunca experimentou é intrigante. O sorriso de Nick quando você deu um tiro no guarda que estava com a arma apontada para ele foi intrigante.

Isto é completamente diferente.

— Estatísticas ruins — dissera Epstein. — Uma chance de 83,7% de fracasso ao tentar capturar John Smith vivo. Uma chance de 77,3%

de fracasso ao tentar matá-lo. Uma chance de 65,1% de a situação ser revertida, possivelmente resultando na sua morte.

— Sabe, você e John são muito parecidos — dissera Shannon.

— Negativo. Nós somos constituídos por matrizes de personalidade dramaticamente diferentes...

— Talvez — falou Shannon. — Mas uma coisa vocês têm em comum: os dois são realmente péssimos em tentar me convencer a aceitar missões.

Aquela era apenas a segunda vez em que ela encontrava Erik, o verdadeiro Erik, não o irmão Jakob, que era a face pública do homem. A primeira vez havia sido nove dias antes, quando ela entregou Soren Johansen, espancado e drogado, para ele. Foi um pedido de Cooper, que acreditava que Soren pudesse oferecer vantagem de negociação ou informações contra Smith; na ocasião, Shannon não teve muita certeza quanto àquela ideia, mas agora ficou imaginando.

De qualquer maneira, Erik não reagiu à provocação, apenas ficou ali, sentado de maneira relaxada, com o rosto iluminado pela tremulação dos hologramas que pairavam no ar em volta deles: um mapa topográfico do preço de barriga de porco comparado a incidentes de terrorismo, imagens de uma tempestade tropical no mar do sul da China, mapas de vetores de balas disparadas por várias armas, um vídeo de passagem de tempo mostrando musgo subindo uma árvore, imagens de telejornal de uma limusine queimando — a limusine da nova presidente Ramirez; não foi desse jeito que a primeira mulher presidente na história quase morreu em uma explosão duas semanas após o juramento à bandeira? Aquele sacrário era um espaço subterrâneo mais parecido com um planetário do que um gabinete, e, embora Shannon tentasse bancar a inabalável, era difícil não se sentir oprimida pelo volume insano de informações.

— Por que eu concordaria em fazer uma coisa que é quase certo que vai me levar à morte?

— A situação é cada vez mais fluida — dissera Epstein com tom de frustração. — Padrões dependem de dados, mas os dados estão mudando com muita velocidade. É impossível classificar, analisar, especificar. Porém, estatisticamente, um ataque contra a Comunidade é praticamente certo.

— E você acha que entregar John Smith para o governo vai impedir isso?

— Impedir, não. Adiar.

Ela chiou e olhou para o diagrama de um veículo leve sobre trilhos pendurado diante de si.

— John vai saber que não estou mais do lado dele. Por que concordaria em se encontrar comigo?

— Tentação. Muita coisa importante em jogo.

— Que coisa?

— Adesão. Eu. Você. Todos nós, juntos.

Isto seria uma tentação. John tinha a própria revolução e, baseado na merda em que o mundo se encontrava, estava indo muito bem. Mas como ele seria mais eficiente se tivesse o apoio de Epstein?

— Não sei se estou disposta. Uma coisa é traí-lo, outra é tentar matá-lo.

— Capture-o, de preferência.

— Para entregá-lo às pessoas que vão matá-lo.

— As sutilezas anteriores da situação agora são irrelevantes. Só existem duas posições: a favor da guerra e contra a guerra. Não escolher é escolher.

Foi um fato que Shannon não conseguiu questionar, e foi por isso que ela acabou ali, no VLT que dava a volta em Tesla, um trem magnético sem som ou vibração, cuja única prova de movimento era a cidade passando em alta velocidade do lado de fora. Shannon olhou pela janela e ponderou o que significava o fato de John querer uma guerra. Ele era a maior mente estrategista do mundo, um homem que não estava cinco passos à frente, mas sim cinco *anos*, e, se John Smith queria uma guerra, era porque acreditava que podia vencê-la.

Este era um raciocínio realmente muito preocupante. Os brilhantes estavam em desvantagem numérica de um para 99. Qualquer vitória envolveria oceanos de sangue.

Concentração, Shan. Você já está em desvantagem. Não fique distraída também.

Você não sabe se o ás na manga é realmente um ás — ou mesmo se está na manga.

E John deve embarcar na próxima parada.

Normalmente, estar em missão tornava as cores do dia um pouco mais intensas e o sabor do ar um pouco mais doce. Mas agora tudo o que ela sentia era nervoso.

O trem entrou na estação Ashbury sem emitir um som. Um punhado de passageiros saiu, outro entrou. Era meio-dia, e o vagão estava perto da capacidade máxima. Shannon estava com uma bota apoiada no assento à frente, e fazia um sinal negativo sutil com a cabeça para quem olhasse o banco. Ela examinou as pessoas que entraram e passavam pelas fileiras. Dois adolescentes flertavam. Uma moça cantarolava baixinho, de boca fechada, para um recém-nascido. Uma velha cochilava, com a cabeça pendendo para trás em um ângulo incômodo. Um homem com chapéu de caubói vinha pelo corredor. A aba estava abaixada para esconder o rosto, mas ele tinha o tipo físico de John. Shannon flexionou os dedos, pronta para entrar no personagem, só que o homem passou direto por ela. Merda.

Quando olhou de volta para o assento à frente, alguém estava sentado ali. Um garoto, provavelmente com 16 anos, encarava Shannon. A bota dela continuava no banco, e as pernas do rapaz estavam de cada lado do calçado.

Ora, que malandrinho.

— Olha só, eu fico lisonjeada, mas estou esperando alguém — disse ela.

O garoto não disse nada. Mas havia um datapad em sua mão que não estava ali antes. Sem dizer uma palavra, ele ofereceu o aparelho para Shannon.

Ela desanimou. Era lógico. Bem, tinha sido um tiro no escuro. Shannon pegou o datapad, que brilhou ao ganhar vida.

— Olá, Shannon — disse John Smith na tela. — Tenho quer dizer que estou desapontado.

— *Você* está desapontado? Pelo menos eu apareci. Estou aqui. Cadê você?

— Não estou em Nova Canaã no momento — respondeu ele. — É melhor assim, provavelmente, já que noto que você fez novos amigos. Consigo ver seis dos melhores agentes táticos de Epstein, incluindo o sujeito de chapéu que você pensou que era eu. Imagino que eles estejam apenas se deslocando para o trabalho, né?

— Estão aqui para dar proteção — disse ela. — Não sabíamos o que esperar...

— Pare — falou John Smith. — É comigo que você está falando.

Shannon respirou fundo e soltou o ar.

— Ok.

— Nós vamos conversar por um minuto. Mas, primeiro, preciso que você veja algo. Colin?

O garoto diante de Shannon se mexeu velozmente, a mão entrou e saiu voando do bolso. Quando a abriu, Shannon viu um pequeno cilindro com um botão em cima. Ela sentiu um nó no estômago.

— Para pouparmos tempo, deixe-me dispensar suas ideias. Não, você não consegue se mover mais rápido do que Colin, nem se transferir sem que ele perceba. Colin é superdotado e muito, muito bom. E, sim, os sensores das estações do VLT estão calibrados para explosivos convencionais e, portanto, ele não poderia ter embarcado com nenhum. É por isso que, há meia hora, Colin se injetou com nanomáquinas explosivas com acionador por rádio. Individualmente, elas não são lá muita coisa, mas, quando se auto-organizam em uma estrutura molecular no corpo do hospedeiro, as nanomáquinas têm um efeito poderoso. A explosão vai acabar com grande parte deste vagão.

Ela encarou Colin, notou o rosto encovado, os olhos fervorosos, o suor nas têmporas e no pescoço.

— Por quê?

— Eu faria a mesma pergunta para você. Nossa história é antiga.

— Não foi fácil. Mas eu não quero uma guerra, e você, sim.

— Eu não *quero* uma guerra, Shannon; eu *tenho* uma.

— Então por que perder tempo falando comigo?

Na tela, John Smith suspirou.

— Na remota hipótese de que você estivesse dizendo a verdade a respeito da oferta de Epstein. Achei que houvesse uma chance de ele mudar de ideia e perceber que estamos do mesmo lado. Só há dois, afinal de contas: brilhantes e banais. Todo o resto é fachada, e, mais cedo ou mais tarde, o mundo inteiro vai concordar com o meu ponto de vista.

— Você quer dizer que vai forçá-lo a concordar.

— Ninguém sabe ao certo por qual motivo os neandertais foram extintos — disse John Smith. — Alguns cientistas dizem que foi o clima, alguns pensam que foi um conflito direto com o *Homo sapiens*, e outros acreditam que foram os recursos finitos. Qualquer que tenha sido a razão, o fato é que existia uma espécie no planeta que era mais capaz de sobreviver. Simples assim. Os superdotados são a nova ordem, Shannon. O conflito é inevitável. Estou apenas acelerando as coisas um pouquinho. E garantindo a vitória.

— Bela aula de história — falou ela. — Mas tudo o que você fez foi colocar o resto do mundo contra nós. Vamos sofrer uma derrota avassaladora, John.

Ele riu.

— Acho que não.

Shannon encarou o amigo e compatriota de longa data. Um homem por quem ela lutara e matara, na época em que acreditava que tudo o que John Smith queria era igualdade. Alguém que evitava ser capturado há anos, apesar de ser o homem mais procurado no país, e que arregimentara um exército revolucionário enquanto se escondia. *Um homem que venceu três grão-mestres de xadrez simultaneamente quando tinha 14 anos de idade.*

Shannon esteve nervosa o tempo todo. De repente, ela estava com medo. E não por si própria.

— Enfim, sinto muito que a coisa esteja acontecendo assim. Odeio matar brilhantes e te considero uma amiga. Mas você está do outro lado e é perigosa.

Shannon sentiu a pulsação acelerar, a mão começou a tremer. Ela olhou para Colin.

— Não faça isso. Você é apenas um menino, não...

— Ele é um guerreiro santo — falou Smith —, pronto para se sacrificar pelo bem maior.

Colin não sorriu exatamente, mas as palavras o encheram de luz, um brilho fervente pressionou os poros, saiu pelos olhos, e fez o polegar tremer no gatilho. Shannon notou que ele queria fazer aquilo. Colin acreditava que estava seguindo um profeta, acreditava com a certeza de um adolescente.

— John, há civis — disse ela com cuidado para manter a voz baixa; se alguém ouvisse e entrasse em pânico, Colin certamente apertaria o botão. — Inocentes. Do outro lado do corredor tem uma mulher com um bebê.

— Eu venho dizendo para você. Estamos em guerra. Haverá sangue. Como você não entende?

Ele não está blefando.

Hora de ver se o ás na manga tem algum valor.

— Eu entendo, John. E tenho uma coisa para te mostrar.

Muito lentamente, extremamente consciente do polegar nervoso de Colin, ela puxou o próprio datapad e o acionou. Virou o aparelho de maneira que John Smith pudesse ver o vídeo.

Uma sala branca simples, cirúrgica e muito iluminada.

Uma bandeja cheia de instrumentos reluzentes: bisturis, alicates, fios.

Uma mesa com um homem amarrado a ela.

— *Soren?* — disse John incredulamente.

— Pensou que ele estivesse morto, hein? Fui informada de que ele tem um tempo morto de 11,2 segundos. Um segundo de dor para nós é mais do que onze para ele. Pode imaginar?

Houve um longo momento de silêncio. Quando John falou novamente, a voz estava grossa.

— Eu errei. Não estou desapontado, estou enojado. Isto é indigno de você.

— Concordo. Não sou eu fazendo isso. É você.

Shannon ficou sentada completamente imóvel. Todas as células de seu corpo gritavam. Ela conseguiu sentir o cheiro do próprio suor. A vida de todo mundo no vagão do trem dependia de duas coisas: do quanto John realmente se importava com os amigos e do valor que ele achava que a morte de Shannon teria.

— Você vai soltá-lo?

Ela riu.

— Nem pensar. Mas você pode notar que ele não foi tocado, não há uma marca em Soren. A não ser a surra que Nick deu nele, é claro. Mas Epstein remendou Soren, e ele está sendo cuidado. Então, que tal Colin guardar o controle remoto, descer do trem, e todos nós seguirmos em frente com a vida?

O rosto de Smith não revelou nada, mas Shannon imaginou os cálculos por trás da expressão. Pesando custos e benefícios. Ela não tinha dúvida de que John sacrificaria Soren à agonia e queimaria todo mundo naquele trem se acreditasse que valia a pena. Do lado de fora das janelas, o cenário começou a desacelerar. Eles estavam entrando na próxima estação. *Se ele disparar a bomba aqui, vão morrer mais pessoas ainda.*

— John — disse ela. — Eu não sou tão importante assim.

Do outro lado do corredor, o bebê soltou um guincho.

— Beleza. Colin, você agiu bem. Saia. Se alguém tentar detê-lo, exploda o trem.

O garoto pareceu quase desapontado, mas recolocou a mão no bolso e se levantou rapidamente. Quando o trem foi parando, ele desapareceu na multidão diante da porta.

— Eu julguei você mal, Shannon. Como se sente ao se sujar?

— Péssima — respondeu ela. — Mas tenho que me reconfortar com a ideia de que salvei a vida de todas essas pessoas.

Shannon desconectou antes que John Smith pudesse responder.

E tampou o rosto com as mãos.

"Eu não tenho informações sobre isso. Apenas investigamos crimes."

— Jarret Evans, comissário de polícia de Birmingham, sobre as alegações de que policiais de folga sequestraram e executaram três anormais no Alabama

CAPÍTULO 7

A Avenida Bay era uma coleção de armazéns lúgubres, pequenos prédios industriais e garagens. A paleta de cores ia do marrom ao cinza, e o ar tinha um leve cheiro de peixe. Quando o sol de inverno brilhou entre uma brecha estreita nas nuvens, ele provocou lampejos esmaecidos nos para-brisas quebrados no ferro-velho.

O prédio de Abe Couzen era baixo e feio. Sem letreiro, sem caixa de correio, e, no lugar de uma fechadura comum, um leitor de impressão. Exatamente como Vincent havia descrito.

O único problema era que a porta estava aberta.

— Fique atrás de mim — disse Cooper, e Ethan se mexeu com rapidez.

À exceção do caminhão de entregas entrando em uma área de carga e descarga a cinquenta metros, o quarteirão estava em silêncio. Ainda assim, era difícil imaginar circunstâncias positivas nas quais o bom doutor pudesse ter deixado seu laboratório secreto aberto ao público.

Só há uma maneira de descobrir.

Cooper empurrou a porta para terminar de abri-la. A luz do sol era pífia, e a pouca iluminação que entrou não revelou muita coisa. Ele entrou pisando leve.

Havia um zumbido suave de fundo e um cheiro de antisséptico. Um conjunto de interruptores estava embutido na parede. Cooper ponderou por um momento, decidiu que enxergar era melhor do que ter uma surpresa, e acendeu. Lâmpadas fluorescentes estalaram e ganharam vida.

As mesas estavam repletas de centrífugas, sensores e aparatos cuja função ele só podia arriscar um palpite. Trajes de proteção estavam pendurados como cadáveres flácidos em uma fileira. No centro do ambiente, um dos bancos fora derrubado, e um equipamento reluzente estava abandonado onde havia caído. Cacos de vidro cintilavam. Havia um traço brilhante de tom escarlate no banco, que descia até o chão e depois subia pela parede próxima, como se tivesse sido espirrado por um pincel gigante. Uma camiseta manchada de sangue e um casaco com capuz estavam caídos no chão, ao lado de uma geladeira de aço inoxidável.

O Doutor Abraham Couzen não estava em lugar algum.

Cooper levou o dedo aos lábios e depois gesticulou para Ethan permanecer onde estava. Ele foi até a parede do outro lado. A primeira porta levava a um banheiro pequeno. Havia meio rolo de papel higiênico em cima da caixa acoplada da privada, e, na pia, tinha creme dental, escova de dentes e de cabelo, lâmina de barbear descartável e uma lata de espuma de barbear. O outro cômodo era um quarto improvisado, pouco mais do que uma despensa com uma cama de campanha dentro. Não havia ninguém no interior, e nenhum lugar para se esconder.

Merda.

No centro do laboratório, Ethan mergulhou o dedo no esguicho de sangue e o ergueu, vermelho e reluzente. Ainda úmido. Cooper foi até a roupa descartada. Ao lado do casaco havia boa parte de um sanduíche de queijo com presunto feito em pão de forma barato, com muitas mordidas dadas. Cooper estava se dirigindo para um conjunto de servidores quando ouviu o ronco do motor de um caminhão.

Idiota. Como não percebi isso?

Ele se virou para Ethan e só teve tempo de dizer "doutor, não faça nenhuma besteira" antes que homens irrompessem pela porta, aos berros.

Eles usavam armadura completa e um elmo parecido com um capacete de motociclista. Os fuzis de assalto varreram o ambiente em arcos letais, uma dança precisa como um relógio. Cooper sabia que aquilo se devia em parte ao treinamento contínuo e em parte porque aqueles capacetes continham um painel transparente que mostrava a posição dos demais companheiros de equipe, bem como sinal de vídeo, visão térmica, protocolos de avaliação de arma...

— Mão na cabeça! Vamos, agora!

Muito resolutamente, Cooper ergueu as mãos e entrelaçou os dedos.

— De joelhos! No chão, no chão, no chão!

Ele obedeceu e pensou: *Aquele caminhão de entregas estava com o motor ligado, e o motorista dentro estava muito em forma e muito alerta.*

Pensou: *Um esquadrão de Desumanos. A elite das unidades táticas do DAR. Será que eles mataram Abe?*

Pensou: *Será que sou o próximo?*

O oficial em comando usava o mesmo equipamento, mas portava uma pistola em vez de um fuzil de assalto. Ele parou na frente de Cooper e olhou para baixo; a viseira refletiu o laboratório.

— Surpresa.

Mesmo modulada pelo sistema de alto-falantes do capacete, a voz era conhecida. Cooper balançou a cabeça e disse:

— Oi, parceiro.

Bobby Quinn levou a mão ao ouvido, apertou um botão que recolheu a viseira, e revelou um sorriso de dentes arreganhados.

— Ei, Coop. Ainda tentando salvar o mundo?

— Como sempre.

— E como vai a salvação?

— Como sempre.

Quinn deu uma olhadela para Ethan Park, ajoelhado e muito pálido, e depois se voltou para o esquadrão.

— Eles são amigos. Protejam a área.

Os Desumanos entraram em ação rapidamente, cada comando assumiu uma função. Cooper pegou a mão de Bobby e deixou que ele o puxasse.

— Como estão as bolas?

— Quebradas. — Quinn examinou a cena de luta. — Você fez isso?

— Hã-hã. Foi assim que encontramos. Há quanto tempo vocês estão vigiando este lugar?

— Nós não estávamos vigiando.

— Então, como... — Ele fez uma pausa e notou o sorriso culpado de Quinn. — Ah, seu merda. Vocês estavam rastreando a gente.

— Desde hoje de manhã apenas. Eu não sabia que você estava na cidade até então. Mas, quando te vi sair correndo atrás de Couzen, pensei cá comigo, "Bem, Bobby, meu filho, você pode ficar correndo em um mato sem cachorro ou pode ficar parado coçando o saco e deixar que Coop faça o serviço por você." CMR, cara. CMR.

— O caminho de menor resistência — disse Cooper imediatamente. — É bom te ver.

— Você também. O que não significa que não vou te dar uma surra, entretanto. Doutor Park, o senhor pode se levantar agora.

Ethan ficou de pé e andou até lá com hesitação.

— Agente Quinn.

— O senhor vai definitivamente levar uma surra minha.

— Desculpe por ter fugido. Eu estava protegendo a minha família.

— Deixe isso para lá. Onde está o seu chefe?

Ethan deu de ombros.

Um dos Desumanos se aproximou e falou:

— O prédio e a área ao redor estão em ordem, senhor. Nenhum sinal do alvo.

Quinn concordou com a cabeça.

— Fechem a porta e se afastem da rua. Se Couzen voltar, não vamos assustá-lo. Enquanto isso, protejam e confisquem. Embrulhem tudo, todos os terminais, todos os equipamentos, todos os guardanapos.

— Espere, o senhor não pode...

— Doutor Park, é bom o senhor *realmente* moderar as palavras.

Ethan respirou fundo e ergueu as mãos espalmadas.

— Desculpe. Eu só quis dizer que não é bom o senhor transportar o equipamento agora. Alguns vão perder as configurações se forem desligados, e nós precisamos saber quais eram elas.

Quinn chiou.

— Ok. O senhor acaba de se tornar um agente. Ajude a equipe a pegar tudo.

Ethan olhou para Cooper, que acenou com a cabeça. O cientista saiu correndo, dizendo:

— Espere, não toque nisso, por favor...

Quinn retirou o capacete e colocou-o debaixo do braço.

— Como está Todd?

— Acordado. Os médicos dizem que não houve dano permanente.

— Cara, esta é uma *ótima* notícia. Onde estão eles?

— Em Tesla.

Quinn fez uma expressão séria.

— Eles estão na Comunidade? O que você está fazendo aqui, então?

— Não tive escolha. O trabalho de Couzen é a maior esperança de deter a guerra.

— Senhor. — O soldado que interrompeu estava com a viseira levantada, e Cooper se lembrou de como a maioria deles era jovem. — Tudo foi apagado. Os discos de memória dos servidores sumiram, as configurações das máquinas foram apagadas.

— E quanto às anotações físicas?

— Nada, senhor. Mas conseguimos acessar o sistema de segurança. — O sujeito hesitou. — Eu não acho que o alvo voltará.

Quinn fez uma pausa ao ouvir isso, e depois se virou e foi até o terminal do homem. Cooper o seguiu.

Nas imagens da câmera de segurança, o laboratório estava arrumado, o banco, ainda de pé, o equipamento, intacto. A marcação de data e hora registrava apenas meia hora atrás. O Doutor Couzen entrou cambaleando e arrancando as roupas ensopadas de sangue. O homem parecia esfarrapado e estava concentrado demais no ato de pegar um sanduíche da geladeira para notar que não estava sozinho.

Não que fosse fazer muita diferença.

— Puuuuta merda — disse Quinn. — Aquele é...

John Smith saiu do quarto, flanqueado por um homem e uma mulher que Cooper reconheceu. Ele deveria; Cooper manteve ordens de assassinato para ambos quando trabalhava no DAR. Haruto Yamato e Charly Herr. Anormais do primeiro escalão procurados por uma longa lista de acusações de terrorismo e assassinato.

Abe deve ter ouvido alguma coisa, pois girou o corpo. Por uma fração de segundo, os quatro se encararam. Abe soltou o sanduíche e correu na direção da porta. Ele chegou ao meio do caminho quando um homem musculoso surgiu para bloquear a entrada.

— Eu não conheço esse aí.

— Paul York — disse Quinn, com os olhos na tela. — Explodiu os centros de recrutamento em Cali.

Três notórios terroristas, sem falar no próprio Smith. É muita força para um único cientista.

Então, logo a seguir, *Smith jamais faz alguma coisa sem calcular.*

Os três guerreiros se aproximaram. Comparado com eles, Abe parecia frágil, o peito era magro e com manchas de idade.

Até o momento em que ele derrubou um dos bancos pesados do laboratório, e a força do movimento fez o banco levantar alguns centímetros do chão até colidir com Herr. No mesmo gesto, o cientista pegou um bisturi no ar, girou e abriu um talho fundo no peito de York. O esguicho escarlate acertou o banco, o chão e subiu pela parede mais próxima. O musculoso cambaleou para trás, e Abe se voltou para encarar Yamato, que havia desviado do equipamento caindo e armou uma base de luta. Os olhos de Yamato estavam fechando, mas as mãos voaram em uma sequência estonteante de bloqueios e ataques contra a tempestade de golpes que o doutor lançou...

John Smith ergueu uma pistola e apertou o gatilho. As mãos de Abe foram ao pescoço e tocaram o dardo minúsculo que protuberava ali.

E depois desmoronou.

No vídeo, todo mundo começou a trabalhar sem receber ordens. York passou uma espuma em spray na ferida do peito enquanto Yamato amarrava Abe Couzen. Após prender o cabelo, Charly Herr caiu dentro dos computadores, desmontando as máquinas rapidamente e arrancando as unidades de armazenamento de dados. John Smith ficou no centro do laboratório e girou lentamente. Quando viu as câmeras de segurança, surgiu um minúsculo sorriso nos lábios. Através de uma distância de tempo, mas não de espaço, ele e Cooper se entreolharam.

E John Smith jogou um beijo para ele.

Por um momento, Cooper não conseguiu falar, não conseguiu respirar. As mãos tremeram, e ele ouviu um rugido nos ouvidos que parecia mais alto do que a própria pulsação. Cooper mal notou que saíra do lugar quando Quinn disse:

— Onde você está...

— Tem um bar no outro quarteirão.

■

Cooper não achava realmente que o bourbon fosse ajudar. Até o momento ele tinha razão, mas considerou que a persistência era uma virtude. Ao lado dele, Quinn tomou um gole de club soda e olhou o copo de Cooper com uma inveja descarada.

— E agora?

— Agora vou tomar outro. — Cooper virou a bebida, depois gesticulou com o copo.

— Eu quis dizer...

— Eu sei o que você quis dizer. — Uma luz neon caiu em garrafas empoeiradas. Ele esfregou os olhos. — Há três semanas, nós estávamos com John Smith em um prédio decrépito com uma arma em sua cabeça e decidimos fazer "a coisa certa". Deveríamos tê-lo matado.

— Há três semanas tudo era diferente. Mundo engraçado, hein?

— Hilariante.

Eles ficaram calados enquanto o barman enchia o copo. Cooper esperou que ele se afastasse para tomar um gole do bourbon e dizer:

— Qual é o seu plano para Smith?

— Nenhum.

— Você vai deixá-lo escapar?

— O mundo inteiro está pegando fogo, e a água está em falta. — Quinn deu de ombros. — Smith vem fugindo há sete anos. Não há motivo para acreditar que isto vá mudar. Além disso, ele não é a prioridade que um dia foi.

— O que você quer dizer?

Quinn olhou Cooper com uma expressão curiosa.

— Talvez você tenha visto o noticiário? Um grande edifício branco que explodiu?

— Erik Epstein não é o problema, nem a Comunidade Nova Canaã.

— Um monte de cadáveres discordaria de você.

— Aquilo foi legítima defesa — disse Cooper. — Se o valentão do recreio está vindo para cima de você, não é suficiente trocar socos. Você tem que derrubá-lo e chutá-lo com força. Mostrar para todo mundo que atacar você tem suas consequências.

— Então, nesta analogia — perguntou Quinn duramente —, os Estados Unidos são o valentão?

— Só estou dizendo que Epstein *parou*. Ele não precisava ter parado. Epstein podia ter disparado ataques nucleares em cada base militar, podia ter feito chover mísseis no país. Em vez disso, ele demonstrou comedimento.

Os nós dos dedos de Quinn ficaram brancos no copo. Por um longo momento, ele não disse nada. Quando finalmente falou, a voz estava irritadiça.

— Eu não consigo ver as coisas assim. E meu velho parceiro também não teria conseguido.

Era verdade. O Cooper de antigamente teria desejado arrancar os dentes do homem sentado ali naquele dia. *Que diferença um ano faz.*

— Você não esteve na CNC — disse ele baixinho. — Todo mundo está falando como se eles fossem um exército de estupradores escravagistas. Mas eles são apenas moleques, Bobby. Um bando de moleques brilhantes lá no deserto tentando construir um mundo novo porque sentem medo do antigo. E têm todo o direito de sentir medo. Lembra?

Quinn estivera a ponto de retrucar, mas aquela última palavra o pegou desprevenido, e Cooper notou que ele estava levando em consideração as coisas que os dois descobriram, o abuso de poder por aqueles que deveriam usá-lo para proteger. O presidente ordenando o assassinato dos próprios cidadãos; alguém no governo provocando a explosão na bolsa de valores e culpando John Smith; o plano para implementar microchips em todos os anormais; as academias onde as crianças sofriam lavagem cerebral. Todas as coisas que pessoas normais fizeram não porque eram ruins, mas porque estavam com muito medo.

— Talvez você esteja certo — disse Quinn. — Mas eles nos atacaram. Mataram nosso presidente e nossos soldados.

— Apesar do que os últimos cinquenta anos de política americana possam sugerir, "eles nos atacaram, então vamos atacar de volta" não é uma estratégia militar. Eu fui ensinado que guerras bem-sucedidas eram feitas por objetivos mensuráveis. Qual é o objetivo aqui? Eu realmente gostaria de saber. Como seria a vitória? Destruir o Wyoming? Matar todos os superdotados?

O parceiro suspirou. Ele esticou a mão para pegar a soda e disse:

— Dane-se. — Quinn gesticulou para o barman. — Pode me servir um desses?

Enquanto o homem servia, ele falou:

— Tudo bem, vou morder a isca. Diga-me por que devo continuar atrás de Smith.

— Por causa de Couzen. Você sabe que ele tomou o próprio remédio, certo? Ele se transformou em um brilhante.

— Descobri hoje de manhã — disse Quinn. — Era a única maneira de explicar como ele lutou. Mas e daí?

— A teoria de Ethan é que o soro não torna as pessoas simplesmente brilhantes. O soro as transforma no brilhante supremo, com uma gama completa de dons.

— Então você acha que Smith quer o soro para si mesmo. Vai beber a poção mágica, comprar uma capa e se tornar um supervilão?

— Não — respondeu Cooper. — Ethan diz que o trabalho deles não teria efeito nos brilhantes. Algo a respeito da estrutura epigenética existente nos anormais. Ele tentou explicar, mas me deu sono. A questão é que o soro afetaria apenas os normais.

— Então qual é o objetivo? — Quinn balançou a cabeça. — No entendimento da agência, a remoção da barreira para o brilhantismo diminuiria as tensões, em vez de aumentá-las. Se todo mundo puder ser superdotado, há menos motivo para medo. Isto não serve para os planos de Smith. A não ser que ele simplesmente quisesse tirar o soro do jogo?

— Nem pensar. Ele veio pessoalmente. Só há um único motivo na vida para John Smith se expor desta maneira: se ele enxergar vitória. O trabalho de Couzen é crucial para o objetivo de Smith.

— Como?

Cooper suspirou e esfregou os olhos.

— Eu não sei.

— Você não sabe.

— Não sei *ainda*. Mas estou certo. Estamos falando de John Smith. Ele não aposta, ele planeja. O equivalente estratégico de Einstein, lembra?

— Eu não sei, amigão. Acho que você perdeu a capacidade de avaliar a situação. John Smith é um babaca, mas ele tem, sei lá, talvez, *talvez* uns dois mil seguidores dedicados? Não vejo como isso se equipara a trezentos milhões de americanos.

— Não é uma questão de se enfrentar no campo de batalha. Olhe o que os Filhos de Darwin conseguiram. Uma ramificação minúscula da organização de John Smith, talvez trinta pessoas no total. E, no entanto, eles conseguiram isolar três cidades, desligar a rede elétrica e jogar pessoas normais umas contra as outras. A civilização é *frágil*. Só agora estão levando comida para Tulsa e Fresno, e Cleveland foi completamente incendiada. E isto foi apenas um estágio no plano principal de Smith.

Quinn terminou de beber o bourbon e pousou o copo no balcão. Por um momento, os dois ficaram sentados em silêncio, interrompido apenas pelas batidas das bolas de sinuca e o murmúrio da 3D. O sujeito sempre tinha sido o planejador de Cooper, aquele que cuidava da estratégia enquanto ele implementava a tática, e Cooper deixou que Quinn pensasse.

Finalmente, Quinn falou:

— Não seria necessário muita coisa neste exato momento. As pessoas estão estocando comida, fugindo das cidades. E estamos nos aproximando do inverno.

— O que quer que Smith tenha planejado vai piorar ainda mais tudo isso. Confusão e desordem são suas armas favoritas. Ele quer que o país mergulhe no caos e que cada vizinhança se torne o próprio Estado-nação. John Smith não pode nos enfrentar diretamente, mas se as coisas ficarem suficientemente ruins, se houver saques, tumulto, tribalismo, tiranos locais, fome em massa, doenças se alastrando...

— Então, ele não precisa. Smith pode eliminar um alvo de cada vez. — Quinn fez um som que não era uma risada. — Mesmo que você esteja certo, não há nada que o DAR possa fazer a respeito. Nós daremos um tiro em Smith de bom grado se ele entrar na nossa mira, mas o departamento... diabo, o país... está concentrado na Comunidade. Como eu disse, o mundo inteiro está pegando fogo.

— Eu sei — disse Cooper. — Mas talvez eu peça alguma ajuda para você.

— Para fazer o quê?

— Terminar o que eu comecei. — Ele pousou a bebida no balcão e ficou de pé. — Eu vou encontrar John Smith. E vou matá-lo.

Caros camaradas!

Enquanto continuamos a demonstrar o espírito e o poder da grande República Democrática Popular da Coreia em nosso eterno avanço à luz segura da vitória gloriosa, nós oferecemos uma mensagem de esperança aos super-homens oprimidos do mundo.

Nas trevas dos sistemas fracassados em que nasceram, vocês são malvistos pelos seus dons, como sempre é o caso quando cães governam tigres. E assim acontece nas nações corruptas em que aqueles com almas e objetivos poderosos são maltratados, humilhados, desprezados.

Portanto, eu faço um convite cheio de amor para aqueles que desejam apenas morar sob a luz do sol da revolução. Venham a nós, amigos superdotados, venham a nós, nossos compatriotas brilhantes. Venham para casa e se juntem ao seu povo, que vive com objetivos puros e a mente límpida.

Porque chegou o momento de revelar um segredo há muito tempo mantido — a República Democrática Popular da Coreia é composta inteiramente por superdotados. Todo homem, mulher e criança aqui é brilhante. Na verdade, foi por meio da luta sábia, benevolente e abnegada do Partido que os supostos "anormais" surgiram, desenvolvidos por nossos cientistas, que lideram o mundo e são uma das muitas razões para nossa terra magnífica brilhar como um farol.

Portanto, nós convidamos todos os irmãos e irmãs a renunciar aos costumes fracassados de seus anfitriões corruptos e voltar para casa, a fim de se juntar à marcha em avanço pela estrada do destino. O presente glorioso de nosso povo pode ser o futuro iluminado e próspero de todos enquanto conduzimos nossa nação imortal pelo caminho da eternidade...

— Trecho do discurso feito no dia 3 de dezembro pelo Líder Supremo Kim Jong Un, Primeiro Secretário do Partido dos Trabalhadores da Coreia, Primeiro Presidente da Comissão de Defesa Nacional da República Democrática Popular da Coreia e Comandante Supremo do Exército Popular da Coreia.

CAPÍTULO 8

Owen Leahy havia feito carreira na inteligência, mas jamais fora um agente de campo, e toda aquela espionagem estava começando a cansar.

Ele saiu do Camp David à meia-noite, o único passageiro em um voo de transporte lotado com caixas de suprimentos médicos. Após pousar em Denver, Leahy entrou no banco detrás de um Honda modelo civil. Enquanto agentes do Serviço Secreto dirigiam, ele passou as horas lendo embaixo de um cobertor, como uma criança após a hora de dormir. Em Cheyenne, os agentes pararam no meio de um lava a jato, e depois conduziram Leahy pelas mangueiras gotejantes até uma sala de espera previamente liberada. Leahy bebeu café enquanto uma moça eficiente passou meia hora aplicando maquiagem nele: uma espécie de cimento frágil e borrachudo que o fez parecer quinze anos mais velho, sombra para encovar os olhos, base para escurecer a pele, e um bigodinho falso. Ela encerrou colocando um boné, e deu um passo para trás a fim de avaliar a obra.

— Como estou?

Falar doía, mas Leahy considerou que deveria agradecer; ele perdera um centímetro da ponta da língua durante o ataque à Presidente Ramirez. Leahy sequer conseguir falar era prova da magia da equipe médica da presidência.

— Esquecível — respondeu a mulher. — Seu dublê está entrando agora, senhor.

Eles estavam longe de serem gêmeos, mas o homem tinha a mesma compleição física e vestia as mesmas roupas. Leahy pegou as chaves e foi até a picape que o aguardava. A mulher no banco do carona parecia ter 60 anos, mas os movimentos negaram essa ideia; ela tinha a agilidade de uma atleta profissional e uma submetralhadora enfiada entre os pés. Também não tinha personalidade, e ele ficou contente que a viagem para Rawlins, no Wyoming, durasse apenas uma hora.

Por mais cansativas que as precauções pudessem ser, elas eram importantes. Só Deus sabia o que aconteceria se Erik Epstein descobrisse que o secretário de Defesa dos Estados Unidos estava indo se encontrar com a milícia civil acampada na sua porta.

Eles chegaram perto do anoitecer. Leahy sabia que Miller havia começado a organizar a milícia, unindo e inspirando os milicianos, mas uma coisa era examinar imagens de satélite, outra era passar de carro pelo acampamento. Era uma cidade temporária completa, com milhares e milhares de residentes. Placas de compensado pintadas à mão indicavam a área de habitação, de treinamento e o refeitório. Em um lençol esticado entre duas picapes estava escrito RECÉM-CHEGADOS, com uma seta apontando para leste, onde uma grande tenda a céu aberto havia sido montada. Uma massa agitada de gente acampando, falando e treinando, com outras chegando a cada hora, todos os dias. Quase todos eram homens, obviamente, mas eles variavam de encrenqueiros vestindo couro a sujeitos de classe média alta com casacos de esqui. Todo mundo estava armado.

Epstein semeou vento e agora vai colher tempestade.

E depois deste pensamento, veio outro: *O mesmo pode ser dito sobre você.*

Quando Owen Leahy dera a ordem para atacar o complexo de Epstein, as intenções foram simples — forçar o presidente a agir para responder à ameaça crescente dos superdotados. Ele queria uma guerrinha tranquila, que fosse facilmente contida, e da qual pudesse surgir um mundo mais estável. Um mundo onde os superdotados fossem valorizados, mas também mantidos sob controle. Não que Leahy os odiasse. Ele apenas amava mais os netos.

Obviamente, as coisas não saíram como planejado. O objetivo era controlar os superdotados, não aniquilá-los. Porém, após o massacre no deserto e a destruição da Casa Branca... Bem, sua guerrinha tranquila agora ameaçava envolver o país inteiro. Grande parte da opinião pública queria que o Exército pegasse baionetas e começasse a marchar.

O que seria um desastre. Havia um monte de motivos complicados e um simples: os anormais eram responsáveis pela maior parte dos avanços dos últimos dez anos. Se a maioria dos brilhantes americanos fosse eliminada, a nação estaria dando um tiro na própria cabeça.

Ainda há tempo. Você tem uma chance de virar o jogo.

E esse exército desorganizado vai ajudá-lo.

Distraído, Leahy imaginou o que eles estavam fazendo a respeito do saneamento.

Afinal de contas, quinze mil homens geravam um monte de merda.

■

— Senhor secretário, que surpresa.

O general usava um uniforme de campanha sujo de terra. Tinha sujeira embaixo das unhas e um par de óculos de leitura enfiado no bolso da camisa. Atrás vinha outro soldado, talvez com cinquenta anos de idade, magro e com olhos de assassino.

— Não precisamos de cerimônia, Sam. Pode me chamar de Owen.

Leahy estendeu a mão. Miller o cumprimentou com a pegada firme de sempre.

— Este é Luke Hammond, meu lugar-tenente.

Hammond cumprimentou com a cabeça e não falou nada. Ele cruzou a tenda sem fazer barulho e ocupou uma posição na parede dos fundos. A tenda era de camuflagem ativa, e o padrão do tecido com nanomáquinas embutidas se alterou atrás dele.

— Eu vi a tentativa de assassinato na 3D — disse Miller. — Um ataque coordenado?

Leahy concordou com a cabeça.

— Três homens, todos brilhantes. Dois fuzis de assalto e um lança-rojão. Foram abatidos pelo Serviço Secreto.

— Você está bem?

— Arranquei meia língua com uma mordida. Eles substituíram por tecido transplantado. Neotecnologia, um tipo de músculo criado em laboratório a partir de células-tronco. Dói que nem o diabo. O médico disse que tive sorte de não ter um problema de fala. — Leahy fez uma pausa. — Teria sido um ferimento para encerrar a carreira. Um secretário de defesa com a língua presa não tem utilidade.

Miller deu um sorrisinho, mas não riu.

— E a presidente?

— Cortes, hematomas e um novo respeito com relação a conselhos em questões de segurança. Ela transferiu o gabinete para o Camp David.

— Ótimo. — Samuel Miller ainda se comportava com o jeito de general de duas estrelas; um homem acostumado a estar no comando em qualquer ambiente. — Pois, então, considero que esta conversa jamais aconteceu.

— Eu agradeço.

— E eu agradeço a gentileza de ter vindo aqui pessoalmente. Mas você tem que saber que estamos empenhados. — Antes que Leahy pudesse responder, Miller ergueu a mão. — Esta é uma organização civil em uma terra de propriedade particular. Mais precisamente, há quase quinze mil de nós, e a cada dia chegam mais. Homens e mulheres comuns que estão dispostos a lutar pelo país, mesmo que isso signifique desafiar a presidente. Não vamos nos render pacificamente. Se você quiser se livrar de nós, terá que enviar soldados.

— Você entendeu errado, Sam. Não estou aqui para pedir que desmanche seu exército. — A lona da tenda se inflou e estalou com a força do vento oeste. — Estou aqui para pedir que o use.

■

— Nós poderíamos falar sobre moralidade democrática e doutrina do uso da força o dia inteiro — disse Leahy. — Sobre o clima político, impacto na mídia, os custos e benefícios de guerras não declaradas. Mas a moral da história é que, às vezes, para proteger o país, as coisas têm que ser feitas de maneira que o envolvimento do governo não possa ser visto. Esta é uma dessas ocasiões. Não importa a opinião das pessoas sobre os superdotados ou Erik Epstein, a Comunidade Nova Canaã representa uma ameaça direta à segurança do país.

— Entendo. — Miller concordou com a cabeça lentamente. — Você precisa de um joguete.

— Como sempre — falou Leahy —, os Estados Unidos precisam de soldados que farão o que for necessário para defendê-los.

— Ao mesmo tempo em que fornecem uma negação plausível — disse Luke Hammond.

Leahy quase havia se esquecido de que o sujeito estava ali, tão parado daquele jeito.

— Isto não é uma manobra política. É uma manobra prática. Se as Forças Armadas dos Estados Unidos atacarem diretamente, Erik Epstein usará todos os recursos à disposição para contra-atacar. Estamos tomando medidas para limitar o dano, mas, nos últimos cinquenta anos, a nação se tornou tão dependente de tecnologia que nos proteger contra a CNC é impossível. Há computadores ligados a tudo, até aos nossos *esgotos*. Qualquer vitória seria pírrica. A não ser que estejamos dispostos a voltar para uma sociedade agrária, movida a cavalos, os anormais são simplesmente capazes de provocar um dano muito grande. Mas uma milícia civil, agindo sem permissão oficial, pode conseguir vencê-los sem elevar os riscos àquele nível.

— Que tipo de apoio você oferece? — perguntou Miller.

— Nenhum.

— Nenhum?

— Nenhum equipamento, nenhum soldado, nenhum consultor, nenhuma informação, nenhum apoio aéreo. Não pode haver rastro de conexão entre nós. Na verdade, suspeito que a presidente vá condenar qualquer ataque a Nova Canaã e ordenar que vocês baixem as armas. E quando vocês se recusarem, ela mandará o Exército detê-los.

Hammond e Miller se entreolharam.

— Neste caso... — disse o general.

— Mas as Forças Armadas não farão isso. — Leahy fez uma pausa para deixar que a informação fosse absorvida. O som de disparos surgiu vindo de longe, os estampidos organizados e constantes de um estande de tiro. — Elas não se intrometerão. É o que estou lhe prometendo.

Miller coçou o queixo. Hammond apenas encarou fixamente com aqueles olhos mortos. Finalmente, o general falou:

— Owen, o que você está propondo parece um golpe de estado.

— Não. Os militares não vão tomar o poder, nem eu. Este é o cerne da questão: nós não vamos detê-los *porque não seremos capazes.*

— A regressão.

Leahy concordou com a cabeça.

— A Presidente Ramirez ordenou que todas as Forças Armadas internas sejam restabelecidas a um nível sem tecnologia, voltando essencialmente à botas e baionetas. Estou cuidando disso. E posso lhe garantir que seremos capazes de demonstrar que, apesar da nossa vontade de fazer o que a presidente quer, simplesmente não seremos capazes. Não sem dar a Epstein o mesmo controle que ele explorou há duas semanas.

— Um risco que obviamente não podemos correr. — Miller concordou com a cabeça. — Mas a situação não se sustentará.

— Não. Tudo isso se baseia em você agir rápido, Sam. Se as coisas evoluírem rapidamente, as Forças Armadas podem alegar de maneira plausível que não há nada que possamos fazer. Que apesar da indignação justa da presidente, o ataque anterior de Epstein prova que nós não ousamos nos envolver.

— E o que vai impedi-lo de lançar ataques como último recurso, de qualquer forma? — Luke Hammond se inclinou à frente. — Se ele notar que a Comunidade será destruída, por que não levar o resto da nação com ela?

— Por dois motivos. Primeiro, seria necessário um grande sociopata para atacar civis inocentes no país inteiro se ele não estiver sendo atacado por eles; se os civis, na verdade, estiverem tentando apoiá-lo. Epstein é muitas coisas, mas não um monstro. Segundo, a CNC como um todo não será destruída. Seu exército não será capaz de passar pelo Anel de Vogler, não sem apoio militar, e Epstein saberá disso.

— Então qual é o sentido? Você está nos pedindo para lutar uma guerra que sabe que não podemos vencer.

— Genocídio não é vitória — disse Leahy. — Meu Deus, homem, você acha que eu quero que vocês destruam toda a Comunidade Nova Canaã? O objetivo é dominar Epstein.

— Este é o seu objetivo — falou Hammond. — Não o nosso. O que ganhamos com isso?

— Vingança. Seu exército obtém a vingança que todos nós queremos desesperadamente. Vocês dão uma surra na Comunidade, mostram aos brilhantes que ações têm consequências. E, ao mesmo tempo, protegem o país. Não foi isso que vocês passaram a vida inteira fazendo?

Hammond começou a responder, mas Miller ergueu a mão para detê-lo.

— E o objetivo final?

Uma guerrinha tranquila. E um futuro para meus netos.

— Paz — respondeu Leahy. — O que mais?

CAPÍTULO 9

— ...e eu digo que eles não podem matar nossos irmãos sem que haja retaliação. Eles não podem matar nossos líderes sem que haja retaliação. Porque *nós* retaliaremos.

Com postura rígida e ira nos olhos, o homem andou de um lado para o outro em cima de um ônibus pintado com uma águia e as palavras Os Novos Filhos da Liberdade. O ônibus estava estacionado no meio de um mar de gente que passava dos limites da tela. Na parte debaixo, uma barra de notícias identificava o orador como Samuel Miller, general de divisão aposentado do Exército americano.

— Há duzentos e cinquenta anos, um grupo se rebelou contra a tirania. Embora estivessem enfrentando o maior poder militar da época, eles não eram soldados profissionais; eram fazendeiros, comerciantes e bancários. Eram homens e mulheres comuns que disseram "Chega, isto acaba agora." Eles se uniram e mudaram o mundo.

"Hoje, nossos inimigos não estão separados de nós por mares vastos; não são comunistas ou reis estrangeiros. Os inimigos modernos dos Estados Unidos cresceram em nossos lares. Comeram nossa comida, frequentaram nossas escolas, rezaram em nossas igrejas. E quando lhes conveio, eles nos atacaram da maneira mais covarde.

Nem tiveram a coragem de nos enfrentar. Eles mataram com um computador."

A palavra saiu cheia de aversão, e o público respondeu com vaias e brados.

— Não — disse ele quando as pessoas se calaram —, os inimigos modernos dos Estados Unidos não estão do outro lado do mundo. Estão no coração da nossa grande nação. Estão a apenas 140 quilômetros — Miller apontou para trás — naquela direção, na cidade de Tesla. Dali, terroristas lançaram um ataque que assassinou nossos filhos e filhas, diante dos nossos olhos.

"Quem está no poder nos diz para ignorar o golpe. Para dar a outra face. Para perdoar aqueles que não apenas roubaram nossa terra, mas o nosso futuro.

"E, assim, nós nos vemos diante de uma escolha. Vamos nos deitar e ver o sonho do nosso país definhar e morrer? Ou vamos, como aqueles patriotas de antigamente, nos levantar?

"Não se iludam. Fiquem ao meu lado, e os frouxos no poder vão condená-los. Fiquem ao meu lado, e vocês vão sangrar. Fiquem ao meu lado, e vocês podem ser convocados a fazer o maior dos sacrifícios.

"Mas, nas histórias estudadas pelos *filhos* dos filhos dos nossos filhos, este momento viverá para sempre. Viverá para sempre como o momento em que os Estados Unidos mergulharam nas trevas... ou como o momento exato em que um grupo de pessoas comuns, fazendeiros, comerciantes e bancários, se ergueram e disseram: 'Chega, isto acaba agora.'"

Miller baixou o microfone e esperou.

Das fileiras da frente, começaram os brados.

— Isto acaba agora.

Rapidamente a multidão começou a repetir.

— Isto acaba agora!

Até que, em uníssono, vinte mil pessoas gritaram:

— Isto! Acaba! Agora!

— Isto! Acaba! AGORA!

— ISTO! ACABA! AGORA!

Miller ficou rígido diante das ondas de som que iam e vinham, olhando para o exército — e então prestou uma continência perfeita.

A imagem cortou para um repórter que vestia roupa de camping e uma expressão grave.

— Este foi o general aposentado do Exército, Samuel Miller, se dirigindo a uma multidão do lado de fora da Comunidade Nova Canaã que passou de vinte mil pessoas nas duas últimas semanas. Os Novos Filhos da Liberdade vêm recebendo grande apoio, de fontes que vão de doadores da sociedade civil ao bilionário Ryan Fine, fundador e presidente da Finest Supplies, a rede nacional de supermercados...

Cooper amassou o datapad e esfregou os olhos. O helicóptero era civil, mais silencioso e estável do que ele estava acostumado, mas, no assento ao lado, Ethan Park ainda parecia nitidamente incomodado.

— Nós vamos voar até isso aí?

— Nós vamos voar *sobre* isso aí. O que Miller deixou de mencionar é que aqueles 140 quilômetros estão ocupados, defendidos e cercados por uma cerca grande pra cacete.

Levou mais tempo do que Cooper gostaria para ir à CNC. Houve uma época em que Epstein teria disponibilizado um jatinho. Do jeito que as coisas estavam, a viagem levaria dois dias em dois carros, um trem e agora aquele helicóptero.

— Ainda assim, você tem certeza de que esse é o lugar mais seguro?

— Honestamente, doutor, eu nem sei o que essa pergunta significa hoje em dia.

— O que significa, seu babaca, é que você me convenceu a levar a minha família para lá. Significa que, neste momento, minha esposa e nossa filha de quatro meses estão em outro helicóptero a caminho do que parece ser uma zona de guerra.

— Você se sentiria mais seguro em Manhattan? — Cooper olhou para Ethan. — Convencer Bobby Quinn a deixar você vir comigo me custou todos os favores que ele me devia, e se Bobby soubesse o lugar para onde estou te levando, ele não teria permitido. Você preferiria ser perseguido pelo DAR? Sem falar em John Smith?

— Não. — Ethan suspirou. — É só que... eu jamais me alistei para lutar em uma guerra.

— Isto não manterá você a salvo quando as bombas caírem. — O helicóptero realizou uma inclinação lateral, e do lado de fora da janela, Cooper viu a cidade espelhada que era Tesla, com o vidro solar reluzindo sob o sol do meio-dia. — A única saída é por dentro. Você ajudou Abe a descobrir como transformar pessoas normais em superdotadas uma vez. Reproduza esse trabalho, e o General Miller e seu bando armado não serão um problema.

Do lado de fora da janela, Tesla foi crescendo. A cidade era uma bela malha disposta em volta de um grupamento de prédios retangulares e reluzentes que eram o centro corporativo do poder de Erik Epstein. Mais de trezentos bilhões de dólares em ativos, espalhados por todas as indústrias. Riqueza como uma entidade viva, riqueza que crescia, se transformava e mudava, que se alimentava de empresas menores e espalhava seus tentáculos por todas as facetas da vida americana. Era difícil superestimar tanto dinheiro assim; maior do que o valor de mercado combinado do McDonald's e da Coca-Cola, ele deu origem àquele novo Israel no coração do deserto americano. Um lugar onde brilhantes podiam viver e trabalhar sem medo.

Ou pelo menos essa tinha sido a ideia. Cooper imaginou que o clima havia mudado um pouco.

A pista de pouso era conhecida. Ele pousara ali duas vezes antes — uma vez em um planador com Shannon, quando estava disfarçado e ambos estavam enganando um ao outro; e novamente havia algumas semanas, a bordo de um jatinho diplomático do governo, como um embaixador e consultor especial do presidente dos Estados Unidos.

E agora cá está você novamente. Nem agente nem político, mas alguma coisa diferente.

No momento em que os esquis de pouso tocaram o solo, Cooper começou a soltar o cinto de segurança. Ele não tinha certeza de que a mensagem havia chegado, mas caso tivesse sido recebida, eles estariam à espera...

— É isso, então? Para você e para mim?

— Por enquanto, pelo menos — respondeu Cooper, ainda olhando pela janela.

— Então. Bem, eu nunca te agradeci realmente.

O tom sério trouxe Cooper de volta ao momento presente, e ele se virou para ver Ethan com a mão esticada.

— Por ter salvado minha família. Eu te devo uma — disse o doutor.

— Não tem problema.

— Na verdade, tenho a impressão de que o mundo inteiro está em dívida com você.

A opinião, inesperada e provavelmente exagerada, tocou em algo no peito de Cooper.

— Obrigado, doutor. — Ele esticou a mão e cumprimentou Ethan. — Você mandou bem.

Os dois ficaram assim por um momento, se cumprimentando, e o gesto encheu Cooper daquele calor humano que ele sempre sentiu em relação à fidelidade e camaradagem, o mesmo sentimento que o fizera sentir orgulho de ser um soldado havia tanto tempo.

Então, a porta se abriu, e Cooper viu três figuras correndo em sua direção. Ele saiu do banco e correu pela pista para encontrá-las, tomou o filho e a filha nos braços, e ergueu os dois ao peito. Todos riram, choraram e sorriram como se tivessem encontrado o último lugar seguro na Terra. Cooper os apertou até achar que as colunas deles pudessem quebrar, Kate pendurada nele, Todd dizendo "Papai, papai, papai!" e batendo nas costas de Cooper.

Quando abriu os olhos, ele viu Natalie parada ali, com um sorriso nos lábios apesar do medo que Cooper captava na postura dela.

— Ei — disse Natalie.

— Ei.

Cooper pousou os filhos e abraçou a ex-esposa, e nenhum deles se conteve quando as crianças abraçaram os pais pela cintura e as nuvens cinza e frias da tarde foram levadas pelo vento.

— Senhor Cooper — falou uma voz atrás dele.

Cooper se virou e viu a mulher alta com a beleza diáfana de uma modelo de passarela. Ele levou um momento para identificá-la; a diretora de comunicação de Epstein, o nome dela era...

— Patricia Ariel — disse a mulher. — Estou com um carro aqui. O Senhor Epstein está a sua espera.

Ele ainda estava com um braço nas costas de Natalie e sentiu os músculos da ex-esposa se contraírem. Todd e Kate olharam com expressões idênticas de mágoa. Cooper olhou para eles, e depois se voltou para Ariel.

— O Senhor Epstein — disse ele — terá que esperar um pouquinho mais.

— Senhor, ele deixou bem claro...

— Acho que mereço um dia com a minha família. Se Erik discordar, ele pode mandar soldados para me pegar. — Cooper deu um sorriso lacônico para ela. — Mas é melhor que ele mande vários.

■

Natalie e as crianças ainda estavam na residência diplomática, uma bela casa de três andares em uma praça pública. Estava bagunçada de uma forma que Cooper sentia saudade, aquele jeito de local habitado por crianças — brinquedos, livros e cobertores espalhados, pratos na pia da cozinha, o cheiro de comida processada no ar.

Todd e Kate tagarelavam sem parar, falavam um por cima do outro, contavam histórias e faziam perguntas que Cooper respondia o mais rápido possível: onde ele esteve, se estava bem, se veria aquele desenho, se viu aquela pirueta, se encontrou a nova presidente, se tinha voltado para a casa deles, se queria jogar futebol.

Sim. Sim, ele queria.

O Wyoming era frio em dezembro, a temperatura ficava em torno dos vinte e poucos graus Fahrenheit — dois graus Celsius negativos, dizia o termômetro na janela, pois obviamente a CNC usava outro sistema métrico —, mas Cooper mal precisava de um casaco para se aquecer. Só ficar na quadra jogando com a família já lhe aquecia o bastante.

Ele levantou a bola com o pé, quicou nos dois joelhos e tocou para Todd.

— Como está se sentido, moleque?

— Estou bem — respondeu o filho. — Não dói, mas odeio meu cabelo.

Os cirurgiões rasparam parte da cabeça de Todd, e o trecho com cabelos ralos chamava a atenção como uma cicatriz.

— A coisa boa em relação ao cabelo — disse Natalie — é que ele cresce.

— Muito devagar.

— Eu acho bacana — falou Cooper. — Você parece durão.

— Você parece um mané — disse Kate e deu uma risadinha.

Todd mostrou a língua para a irmã, e depois chutou a bola delicadamente na direção dela. Todd era um bom garoto, um bom irmão mais velho. Cooper e Natalie compartilharam um rápido olhar de prazer, e um daqueles momentos de comunicação psíquica provocado por anos vivendo juntos. *Veja o que fizemos.*

— O que vocês andaram aprontando? Fizeram novos amigos?

Todd deu de ombros.

— Tanto faz. Quero ir para casa.

— Eu ainda gosto daqui — falou Kate. — Mas é diferente de antes.

— Como assim?

— Os adultos estão com medo.

Intelectualmente, Cooper sabia que Kate era superdotada, quase certamente do primeiro escalão. Mas isso não tornava mais fácil ouvir a filha de cinco anos anunciar que todos os seus responsáveis estavam assustados.

— Você está com medo, meu bem?

— Não — disse Kate. — Você vai proteger a gente.

Ela falou com a fé de uma criança, a certeza ingênua de que os pais manteriam o mundo a uma distância segura. Que sempre a pegariam quando ela caísse, sempre se colocariam entre ela e o perigo. Isto era bom; era assim que Kate deveria se sentir. E, no entanto, as palavras da filha encheram Cooper de uma mistura de orgulho e terror mais profunda e poderosa do que qualquer coisa que ele sentira um dia na vida.

— Não é?

— Claro, amor — disse Cooper. Mas como Kate era capaz de captá-lo, a única maneira de injetar seriedade nas palavras era levá-las a *sério*. Era se comprometer sinceramente com tudo o que as palavras implicavam. Naquele momento, Cooper soube que incendiaria o mundo inteiro se aquilo não apenas mantivesse a filha a salvo, mas também confiante na crença da própria segurança.

— Papai — disse Todd, com a expressão ao mesmo tempo firme, mas insegura, como alguém que olhava uma longa queda e permanecia completamente imóvel —, por que isso está acontecendo? Tudo isso?

— Eu não sei, amigão. — Cooper fez uma pausa. — Quer dizer, nós já conversamos antes sobre as pessoas serem diferentes, certo?

— É, mas... A mamãe falou que o presidente e um monte de outras pessoas morreram. Isso não aconteceu só porque elas eram diferentes, certo?

Cooper olhou para Natalie, notou o pequeno gesto com os ombros, e naquele instante de comunicação psíquica, ele quase ouviu a ex-esposa dizendo *Boa sorte com essa pergunta, papai.*

Houve a tentação de mentir. Mas com o mundo no estado em que se encontrava...

Kate chutou a bola para Cooper, que a prendeu sob o pé.

— Não há uma resposta simples para a sua pergunta. Topa saber a complicada?

— Sim.

Cooper olhou para Kate, que concordou com a cabeça, seriamente.

— Ok. A vida não é como no cinema, sabe, em que os bandidos só querem ser bandidos, vilões. Na vida real, não há muitos vilões. Na maior parte das vezes, as pessoas acreditam que estão fazendo a coisa certa. Mesmo aquelas que estão fazendo coisas ruins geralmente acreditam que são heróis, que as coisas terríveis que estão fazendo são para evitar algo pior. Elas estão com medo.

— Mas se não há vilões de verdade, de quem elas têm medo?

— É como um círculo. Quando as pessoas estão com medo, é fácil para elas decidir que qualquer coisa diferente é do mal. É fácil esquecer que todo mundo é basicamente igual, que todos nós amamos nossas famílias e queremos uma vida normal. E o que torna a situação pior é que algumas pessoas se aproveitam disso. Elas metem medo nas outras de propósito porque sabem que, se fizerem isso, todo mundo vai começar a agir de maneira estúpida.

— Mas por que elas querem isso?

— É uma forma de controlar as pessoas. Uma maneira de conseguir o que desejam.

— E quanto ao cara no restaurante que tentou matar você? Ele é um vilão?

— Sim — disse Cooper. — Ele é. É doente. A maioria dos vilões da vida real é doente. Geralmente não é culpa deles. Mas isso não importa. Eles são doentes e fazem coisas que não podem ser perdoadas. Como machucar você.

Todd ponderou a respeito, mordendo o lábio.

— Os bandidos algum dia vencem?

Uau. Cooper hesitou. Finalmente, respondeu:

— Só se as pessoas boas permitirem. E há muito mais pessoas boas. — Ele se abaixou e pegou a bola de futebol. — Agora é a minha vez de fazer uma pergunta importante.

— Qual?

— Vocês estão aqui há algumas semanas. — Cooper inclinou a cabeça. — Já sabem onde comer uma pizza decente?

Eles sabiam.

■

Após Cooper sussurrar o último boa-noite e fechar a porta do quarto, ele encontrou Natalie na cozinha com uma garrafa de vinho e duas taças. Ela serviu sem perguntar, e Cooper pegou a taça, brindou e se sentou na cadeira oposta. Por um longo momento, os dois apenas se entreolharam. Era como voltar para casa após longas férias e andar pelos cômodos, abrindo as cortinas, passando o dedo sobre o tampo da mesa. Recuperando o espaço.

— Fiquei orgulhosa de você hoje — disse Natalie. — Da forma como falou com eles.

— Jesus. Por que eles não perguntam de onde vêm os bebês, como crianças normais?

— Eles não tiveram uma vida normal.

Uma das coisas que Cooper sempre adorara em Natalie era que seus sentimentos, palavras e atitudes eram mais sinceros do que os da maioria das pessoas que ele conhecia. Ela não tinha um gene passivo--agressivo no DNA. Se Natalie estivesse furiosa, ela diria para ele.

Portanto, Cooper entendeu que ela estava simplesmente afirmando um fato, e não fazendo uma acusação. *Mas, ainda assim, você é o motivo disso. Seu trabalho, sua cruzada, sua missão para salvar o mundo. Se você tivesse sido apenas um pai normal, eles teriam tido uma vida normal.*

Obviamente, se Cooper tivesse sido um pai normal, Kate estaria em uma academia neste exato momento, com a identidade confiscada, a força e a independência esmagadas, medos cultivados. Cooper tinha visto em primeira mão como eram aqueles lugares, e havia jurado que sua filha anormal jamais acabaria num deles.

Beleza, mas em vez disso, um assassino colocou seu filho normal em coma. E você levou os dois para o centro de uma zona de guerra. Então, não distenda um músculo ao se dar um tapinha nas costas.

Natalie tomou um gole do vinho.

— Quanto tempo você vai ficar?

— Só hoje à noite.

Ela suspirou e esticou o braço sobre a mesa. As mãos se tocaram, os dedos se entrelaçaram facilmente, como de hábito.

— É importante?

— Eu vou atrás de John Smith.

Natalie contraiu os dedos.

— É muita coisa. Por que tudo depende de você?

— Eu não sei, Nat. Acredite, uma folga cairia bem.

— Tem certeza de que não pode tirar uma?

Cooper ponderou. Pensou no menino linchado em Manhattan. Nos soldados queimando no deserto. Na forma como Abe Couzen agira na manhã daquele dia, na certeza do cientista de que podia matar todos eles. Em John Smith sorrindo para a câmara de segurança e jogando um beijo para ele.

— Sim — respondeu. — Tenho certeza.

Natalie encarou Cooper por um longo momento, e ele captou o conflito e a tensão dentro da ex-esposa. Cooper a conhecia havia tanto tempo; eles eram pouco mais do que moleques quando ficaram juntos pela primeira vez, e Cooper reconheceu os padrões de Natalie intimamente por uma década. Era uma das coisas que havia entre os dois, o fato de que ele a conhecia tão bem que geralmente era capaz de saber o que Natalie estava prestes a dizer antes que ela falasse.

Como agora.

— Ok — disse ela.

Cooper acenou com a cabeça e apertou a mão de Natalie mais uma vez. A seguir, desentrelaçou os dedos para pegar a taça de vinho e...

— Leve-me para a cama.

... engasgou ao beber. Cooper tossiu e cuspiu o que sobrou do vinho na taça. Quando conseguiu respirar novamente, disse:

— Perdão?

— Leve-me para a cama.

Ele teve a lembrança de um mês atrás, os dois no forte que montaram com as crianças, e o beijo que compartilharam. Cooper percebera naquele momento que algo mudara para ambos. Eles despertaram novamente para as possibilidades de uma vida a dois. Mas as semanas desde então não permitiram tempo para explorar esses sentimentos.

— Nat...

Cooper encarou a ex-esposa, querendo muito aceitar a oferta. Não era apenas consolo ou desejo, era uma saudade de Natalie pessoalmente. Ela era a mulher mais sexy e forte que ele conhecera na vida. Mesmo que os dois já tivessem transado umas mil vezes, havia anos que não acontecia, e a ideia da mistura de experiência com novidade percorreu o corpo de Cooper como uma droga.

Mas aquela era a mãe de seus filhos, não alguém para passar o tempo. Não para consolo casual. Além disso, havia Shannon. Eles só estiveram juntos algumas poucas vezes, mas os dois também salvaram a vida um do outro, derrubaram um presidente e lutaram lado a lado para impedir uma guerra. O relacionamento deles não era convencional, e não houve tempo para discutir se era exclusivo, ou em que pé estava, mas ainda assim...

— Nick, pare. — Ela pousou a taça e se debruçou, apoiou o queixo na mão, com o outro braço cruzado no cotovelo, olhos fundos e intensos, cabelo emaranhado caindo sobre o ombro, com cheiro de vinho tinto e ar frio. — Não estou sugerindo que a gente se case de novo. Você está prestes a partir sozinho novamente, caçando o homem mais perigoso do mundo, e eu odeio isso, mas compreendo, e sei que está fazendo por nós. Mas antes de você partir...

Natalie encarou Cooper por um longo momento, que ficou elétrico. Então, se levantou e deu uma risada rouca.

— Antes de partir, venha para o quarto e me coma.

VOCÊ SABE QUEM SÃO SEUS VIZINHOS?

O DAR sabe. Eles têm uma lista de todos os anormais nestes Estados Desunidos. Peça para vê-la, porém, e eles dizem coisas como "divulgar tal informação não é do interesse da segurança pública," porque poderia "prejudicar o bem-estar, tanto comercial quanto pessoal, de cidadãos americanos."

Igor, traga o Aparelho Descaôzador. Sim, ótimo, meu amiguinho bizarro. Aperte o botão, vamos ver a tradução.

O quê? Tem certeza, seu inválido nojento?

Hã. Igor diz que a tradução é "nós nos importamos mais em não aborrecer os esquisitos do que com as vidas de nossos filhos."

Felizmente, ainda há alguns heróis de verdade em nosso mundo de drogas-tô-dentro, e alguns deles são integrantes da nossa pequena comunidade de hackers.

E assim, saindo quentinha dos sistemas do DAR, surrupiada como doce da mão de criança, está uma lista com 1.073.904 anormais — e seus endereços. De nada.

É melhor agradecerem, seus viados, porque isto parece ser o canto do cisne. O Desgoverno já está bufando e soprando para derrubar a nossa casa. A vingança está na mão de vocês — toquem um pouco de rebu para o kOS, pode ser?

Então, peguem. Não, é sério, peguem. Baixem, compartilhem, espalhem como se fossem fundos de doação de campanha eleitoral.

Aqui está a lista completa.
Aqui está por estado.
Por cidade.
Por CEP, seu mané preguiçoso.

Este ato de desobediência civil foi trazido pelos alegres brincalhões e rebeldes endiabrados da Konstant kOS. Todos os direitos estuprados.

CAPÍTULO 10

O ambiente era do tamanho de um enorme planetário, só que, em vez de estrelas, dados holográficos flutuavam no ar; tabelas, gráficos, imagens em vídeo, topografias em 3D, barras de notícias — um conjunto estonteante de informações brilhando na escuridão subterrânea. Para uma pessoa comum — para Cooper —, aquilo fazia pouco sentido. Era simplesmente informação demais, muitas ideias não relacionadas sobrepostas.

Mas para Erik Epstein, que absorvia dados da mesma forma que outras pessoas absorviam uma transmissão, aquilo continha todos os segredos do mundo. O anormal fizera seus bilhões ao descobrir padrões na bolsa de valores, o que, com o tempo, obrigou os mercados financeiros globais a fechar e se reinventar.

— Ontem — disse Erik —, seu atraso foi inconveniente. O tempo é um fator.

— O tempo é sempre um fator.

Cooper olhou ao redor enquanto os olhos se ajustavam à escuridão. Vestido com um casaco encapuzado e um par de tênis All-Star, Erik estava no centro do ambiente, o animador pálido daquele circo digital. Os olhos pareciam mais encovados do que normalmente, como se ele não dormisse há uma semana. Ao lado dele, o irmão

Jakob era a imagem da elegância em um terno Lucy Veronica de cinco mil dólares. Os dois não podiam ser mais diferentes; Erik era o super geek ao lado do ar de comando natural de Jakob, mas, na verdade, ambos funcionavam como uma equipe; Erik era o cérebro, o dinheiro, o visionário, e Jakob era o rosto e a voz, o homem que jantava com presidentes e magnatas.

— E eu não trabalho para você — disse Cooper.

— Não — falou Jakob —, você deixou isso muitíssimo claro. Na verdade, você falhou em tudo que pedimos que fizesse.

— Isso não é exatamente verdade. Eu convenci o Presidente Clay a deixar que a Comunidade se separasse. Obviamente, isso foi antes de vocês o assassinarem.

Provavelmente não era uma boa ideia ser tão petulante, visto que ele estava falando com dois dos homens mais poderosos do mundo. Mas Cooper simplesmente não conseguia se obrigar a se importar com isso. Parte do motivo era que a petulância permitia que ele contivesse a fúria em ebulição; não importava o que Cooper havia dito para Quinn, não importava que ele compreendesse filosoficamente as ações dos irmãos, eles ainda assim assassinaram soldados, e isto Cooper jamais poderia perdoar.

A outra parte talvez tenha a ver com a noite de ontem. Houve motivos para ele e Natalie terem se divorciado, bons motivos, mas que não tinham nada a ver com a cama. Um fato que ficara evidente na noite anterior, o que deixou Cooper com uma autoconfiança relaxada.

Eles não falaram sobre o assunto naquela manhã. Os filhos estavam acordados, e nenhum deles queria confundir Kate e Todd. Embora a noite anterior estivesse enraizada no passado, Cooper sabia que Natalie estava interessada no futuro. E ela não era a única. Não era apenas o sexo, ou mesmo a própria Natalie. Eles funcionavam bem juntos. Facilmente. Houve um instante, quando Cooper parou de fazer panquecas para dar uma caneca de café para Natalie, que pareceu tão confortável quanto colocar um velho jeans e uma camiseta favorita. Uma sensação de estar em casa.

— Você está diferente — disse uma voz miúda.

Cooper apertou os olhos e viu uma menina encolhida em uma cadeira, com os joelhos recolhidos diante dela, e uma franja roxa que formava uma cortina escondendo o rosto abaixado. Millicent, a companhia quase constante de Erik Epstein, e uma das captadoras mais poderosas que Cooper conhecera na vida. Ela captava os medos interiores e as trevas secretas de todos ao redor; intuiu as fraquezas do pai e as crueldades da mãe antes mesmo que pudesse falar. Uma menina de dez anos de idade cujas observações davam forma a negócios de bilhões de dólares e resultavam em assassinatos. Como sempre, Cooper sentiu uma onda de dó por ela; demais, demais.

— Oi, Millie. Como vai?

— Você está diferente. Aconteceu alguma coisa?

Ela ergueu a cabeça e encarou Cooper com olhos experientes no rosto de uma menininha.

Natalie montada em você, as coxas apertando sua cintura, a cabeça jogada para trás...

— Ah — disse Millie. — Sexo. Mas eu achei que você e Shannon estivessem transando.

Pela primeira vez em uma década, Cooper se viu enrubescendo. Para esconder a reação, ele se voltou para os Epstein.

— Vocês cuidaram de Ethan Park?

— Sim — respondeu Jakob. — Nós fornecemos uma instalação que vai além de tudo o que ele já viu, juntamente com uma equipe, todos brilhantes. Com o conhecimento que ele tem sobre o processo do Doutor Couzen, redescobrir a terapia genética para criar dons é apenas uma questão de tempo.

— Que vocês não têm.

— É duvidoso — disse Erik. — Os dados são vagos. Fatores discrepantes, matrizes de personalidade sob um excesso de estresse, variáveis não exploradas. As previsões estão abaixo do limite da utilidade.

— É? — Cooper apontou para uma transmissão entre dois gráficos, uma imagem vista do alto do solo rochoso do lado de fora da fronteira sul de Nova Canaã. O acampamento era uma multidão em atividade, vinte mil pessoas se preparando para a guerra. — Eles parecem bastante seguros.

— Não tem importância.

— Um exército está prestes a invadir sua fronteira, e você diz que isto não tem importância?

— Não. O termo *exército*, não. Milícia. É estatisticamente bem menos eficiente.

— É — disse Cooper. — Mas esta é a parte que você nunca entendeu, Erik. Os dados têm limites. Nem todas as emoções podem ser quantificadas. Você matou milhares de pessoas, fez isso em cadeia nacional de 3D. Quer uma previsão? — Ele enfiou as mãos nos bolsos. — Eu prevejo que eles estão vindo atrás de você.

— Você parece quase feliz com isso — falou Jakob.

Você tem razão, seu merdinha ardiloso. Foi o meu país que vocês atacaram, meus soldados que vocês mataram, meu presidente que vocês assassinaram...

Ele parou um instante e respirou fundo.

— Só estou cansado de todo mundo piorar as coisas.

— Cooper — disse Erik com a voz hesitante. — Eu... eu não queria ter feito aquilo. Eles me obrigaram. — O bilionário olhou em volta da sala como se procurasse apoio, alguém que lhe dissesse que estava tudo bem. — Não foi fácil. Não foi. Eu estou... Eu ouço as explosões e vejo as pessoas morrendo. Eu não queria machucá-las, mas elas queriam nos machucar. Iam nos machucar. Eu tive que fazer aquilo. Eles me obrigaram.

As olheiras, o extremo nervosismo, os ombros mais caídos do que o normal. Ele está sofrendo. A compreensão não lhe provocou compaixão.

— Eu entendo o motivo pelo qual você fez o que fez. — Cooper manteve a voz controlada e fria. — Mas as pessoas que você matou não eram monstros. Eram servidores públicos. Líderes. Soldados. Se está procurando por compaixão, eu sou o cara errado.

Epstein ficou boquiaberto como se tivesse levado um tapa. Ele encarou Cooper por um momento, depois se virou e esfregou os olhos com as costas das mãos. Atrás de Epstein, os dados giravam e rodopiavam, hologramas nítidos flutuando no nada. Jakob olhou para Cooper com desdém, depois foi até o irmão e colocou a mão no ombro.

Com as costas ainda voltadas para Cooper, Erik disse:

— A milícia não é um elemento importante. Não possui armamento sofisticado, nem apoio aéreo. Não é um elemento importante.

— Você está subestimando as emoções novamente. Especialmente o ódio.

— E você — disparou Jakob — está nos subestimando. Novamente. A Comunidade está muito longe de estar indefesa.

— Mesmo assim...

— Outros tentaram nos machucar. Eles morreram. Se essas pessoas tentarem, elas vão morrer também. — Erik se voltou para encará-lo. — Vão queimar no deserto.

Queimar no deserto? Essa escolha de palavras não pode ser acidental.

— É verdade, então — disse Cooper. — O rumor a respeito de seu pequeno perímetro de defesa. A Grande Muralha de Tesla.

— Se por "pequeno perímetro de defesa" — retrucou Jakob — você entende uma rede de dez mil baterias de canhões de micro-ondas que geram uma radiação direcionada capaz de reduzir carne a cinzas e ossos a pó, então, sim. É verdade.

— Eu não quero que isso aconteça — falou Erik. — Eu gosto de gente.

Cooper queria magoá-lo novamente. Queria atacar verbalmente e fazer o homem sentir o que causara, fazê-lo sofrer por causa disso. Ele se controlou. Apesar das atitudes de Erik, a sinceridade na voz do homem era difícil de duvidar. *Ele nunca tomou uma atitude agressiva, apenas defensiva. Foram brutais, certamente, mas foram tomadas para proteger sua gente.*

Além disso, goste ou não, você precisa da ajuda de Erik.

— John Smith — disse Millie.

Ela estava encarando Cooper novamente, com olhos brilhando pelo reflexo dos dados. Ele suspirou.

— É. Por mais que as coisas estejam ruins agora, ele está prestes a piorá-las. — Cooper contou para eles sobre ter rastreado Abe Couzen, sobre a luta na rua e a perseguição na estação ferroviária, a forma como os dons de Abe se manifestaram, e descreveu o sequestro do cientista. — Agora, é possível que Smith apenas queira manter o soro longe de nós.

— Não — disse Erik. — Esta seria a manobra de um aprendiz. Smith é um grão-mestre. Todas as jogadas funcionam com máxima eficiência em vários níveis.

— Concordo.

— É por isso que pedimos que você o matasse há três meses.

Meu Deus. Três meses. Só passou isso? Cooper se recordou daquela conversa, quando encontrara o verdadeiro Erik Epstein pela primeira vez. O homem contando casos da história antiga, os primeiros terroristas na Judeia do Século I, que matavam romanos e colaboradores. Como aquilo provocara uma reação que castigou não apenas os assassinos, mas todos os judeus. A comparação com John Smith. O argumento de que, se permitissem que ele vivesse, as Forças Armadas americanas atacariam a CNC dentro de três anos.

Só que, como você poupou Smith — diabos, você o exonerou —, o ataque aconteceu em três meses, em vez disso.

Você fez o que achou que era certo, o que seu pai lhe ensinou. E o mundo está sofrendo por causa disso.

De uma forma bem real, esta situação é culpa sua.

— Sim — disse Millie.

Cooper lutou contra a vontade de fuzilá-los com os olhos, de esbravejar, de dizer que fizera o melhor possível. Conteve as reações e os nervos até conseguir falar em um tom calmo e controlado.

— Já falamos sobre meus erros. E os de vocês. Por enquanto, temos que colocar isto de lado e nos concentrar em dar fim a essa situação. Porque John Smith certamente está concentrado nisso.

Por um momento, os irmãos simplesmente se entreolharam. Finalmente, Erik se voltou para Cooper.

— O que você propõe?

— Primeiro, temos que encontrar John Smith. Não creio que vocês saibam onde ele está?

— Não.

— Vocês sabiam antes.

— Isto foi antes.

Certo. Bem, lá se foi o modo fácil.

— Então preciso falar com alguém que saiba. — Cooper respirou fundo e deixou o ar sair lentamente. — Preciso ter uma conversa com o homem que me matou.

"Eu só queria ver se funcionaria."

— Ernie Ito, 11 anos de idade, sobre o motivo de ter soltado uma cepa autóctone de botulismo no refeitório da sua escola, o que resultou na internação de mais de quatrocentas crianças e três mortes até então. Ito, um brilhante do segundo escalão, desenvolveu a cepa bacteriana como projeto de feira de ciências.

CAPÍTULO 11

Quando a corrente se esticou, Luke Hammond sentiu algo explodir no peito. Um sentimento que ele havia tido algumas vezes antes.

Aos 19 anos, enfiado no mato no Laos, observando um vilarejo queimar, com a fumaça negra encobrindo o céu úmido. Em um telhado arruinado em Beirute, quando uma mesquita antiga entrou em colapso em meio a uma nuvem de poeira. Olhando um monitor de computador que rastreava soldados de elite exterminando um campo de treinamento em El Salvador.

Não era uma sensação que Luke Hammond havia buscado. Nem uma sensação de que se orgulhasse. Nem algo que ele tenha tentado passar para os filhos. Mas ainda que jamais tenham discutido a respeito, Luke suspeitava de que cada um tinha sentido a mesma coisa também.

Uma alegria terrível e furiosa em destruição. Um urro triunfante de vitória — *não, não exatamente* — de... poder. Poder que a pessoa possuía, e o inimigo, não.

Ele desacelerou a picape, olhou para a esquerda e a direita, para as dezenas de outros veículos, picapes, jipes e semirreboques, todos presos por correntes frias de aço à cerca que abrigava as pessoas que mataram seus filhos.

Então, Luke apertou a buzina e a manteve apertada por um longo tempo. Uma segunda vez.

Na terceira, ele acelerou e ouviu o rugido de todos os outros motores quando os motoristas fizeram o mesmo.

Um grito estridente tomou conta do ar quando o aço foi esticado até o ponto de ruptura. Luke parou, colocou a picape em marcha a ré, voltou três metros, e depois arrancou à frente novamente. Os demais fizeram o mesmo, e a força somada foi transmitida pelas correntes até a cerca. O metal se dobrou, a terra estourou, o arame farpado desenrolou. O poste foi arrancado do chão, juntamente com outros dezenove. Pelo retrovisor, Luke viu cem metros da fronteira da Comunidade Nova Canaã se ondular e entrar em colapso.

Então, veio o grito da multidão.

— Isto. Acaba. Agora!

Mil vozes gritando em uníssono.

— Isto. Acaba! Agora!

Batendo no peito, pulsando nas veias, berrando a plenos pulmões.

— Isto! Acaba! Agora!

■

Os últimos dias foram uma confusão de atividade. Parecia sempre haver cinquenta coisas que precisavam ser feitas, uma centena de tarefas urgentes. Eles estabeleceram uma hierarquia de comando, nem tanto uma estrutura formal de patentes, mas uma delegação flexível de esforços. Miller estava no topo e Luke era o número dois, mas embaixo deles havia dez outros ex-soldados que formavam a equipe principal. Depois disso, os líderes eram escolhidos pelos grupos que representavam. Miller fora inflexível quanto a isso, e insistira que a liderança fosse rasa e ampla. Eles eram analistas e publicitários, presidentes de clubes de motociclistas e comandantes de milícias de periferia, organizadores de patrulhas de vizinhança juntamente com chefes de grupos de escoteiros. Aqueles que chegaram em grupos tendiam a permanecer dentro deles; outros se organizavam como times improvisados para um jogo de basquete, resultando em esquadrões desorganizados que iam de dez a duzentos integrantes.

Até agora, o sistema funcionava. Apesar de todas as diferenças, todo mundo estava unido por raiva, sofrimento e perda. Houve brigas, porém menos do que Luke teria imaginado.

— Desde que continuemos em frente — dissera Miller —, nós permaneceremos juntos.

— Pelo menos até as mortes começarem. Isto aqui não é um exército.

O general dera um sorriso cruel.

— As mortes são o que nos transformarão em um.

O tempo dirá, pensou Luke. Mas com o passar dos anos desde que conhecera Miller, ele aprendera a não apostar contra o general. Além disso, havia muita coisa a ser feita.

O que havia começado como uma reunião improvisada se transformara em uma enorme empreitada. As pessoas se dividiram de acordo com os seus conhecimentos: contadores cuidavam da logística; professores de história ensinavam táticas; cozinheiros alimentavam milhares. Mas foi o apoio da iniciativa privada que realmente fez a diferença.

— Olha essa, chefe... temos patrocínio corporativo — brincou Ronnie Delgado quando os caminhões da Finest Supplies começaram a chegar.

Carretas de três eixos cheias de enlatados, água mineral, rifles, munição — tudo doado por Ryan Fine, o CEO que o noticiário não parava de chamar de "bilionário excêntrico."

— Isso é o bacana de ser um bilionário — disse Delgado. — Os pobres são chamados apenas de loucos.

Delgado era um peão de fazenda e ex-integrante da Guarda Nacional, um rapaz de 28 anos que provara ter caído do céu. Ele trabalhava incansavelmente e mantinha um ritmo constante de piadinhas que amenizava o clima, porém, mais importante era o jeito que tinha com cavalos.

Quando o General Miller anunciara que havia convencido Ryan Fine a esvaziar os estábulos para eles — *Delgado: "o que acontece com esses caras do mundo corporativo que assim que enriquecem cismam de colocar botas de caubói?"* —, Luke não ficou muito empolgado. Mil cavalos seguindo o rastro do exército parecia uma irritação barulhenta e fedorenta. Embora Luke jamais tivesse sido da nova geração de soldados, aqueles que pareciam mais com hackers do que com guerreiros, aquilo era o cúmulo da ideia de baixa tecnologia.

— Cavalos não dão defeito — dissera Miller. — Não são prejudicados por vírus de computador e não precisam de gasolina.

— E quando ficarmos sem comida para eles?

— Então teremos carne fresca.

Agora, após uma confusão de esforços constantes e decisões rápidas, de trabalho feito com sono e café ruim, era a hora. O buraco de cem metros que eles fizeram na cerca da Nova Canaã era o primeiro ataque.

Os caminhões foram à frente. Cada um tinha um motorista e um carona; o resto do espaço estava repleto de provisões, cada centímetro quadrado ocupado. Era uma inversão da tática tradicional, mandar o comboio de abastecimento à frente do exército, mas eles não esperavam que os veículos fossem longe.

Atrás das picapes, o restante dos Novos Filhos da Liberdade seguiu a pé. Avançavam de maneira desorganizada, com mochilas e rifles pendurados nos ombros. Vinte mil pessoas passando por cima da cerca arrancada e quebrada, esmagando-a com as botas contra a terra. A temperatura do dia estava um pouco abaixo do frio congelante, mas o céu estava limpo, e os homens — e mulheres também, embora não muitas — andavam com uma energia nervosa, falando, gritando e cantando como se estivessem marchando para entrar em um estádio de futebol americano, não para a guerra.

— Lá vamos nós — disse Delgado. — A carga da maior turba de linchamento do mundo.

— Ei — falou Luke duramente. — Cuidado com o que fala.

— Só estou brincando, chefe...

— Nem de brincadeira. Nós podemos não ser o Exército Continental, mas também não somos a KKK. A questão não é ódio.

— Meu irmão foi o primeiro a ir para a faculdade — falou Delgado. — Princeton, bolsa de estudos integral. Ele venceu quinhentos candidatos para uma vaga como estagiário na Casa Branca. Na maior parte do tempo, meu irmão pegava café e atendia ao telefone, e provavelmente era o que ele estava fazendo quando Erik Epstein o explodiu. Então, não...

— Meus filhos — disse Luke, lutando para que a voz não tremesse — foram queimados vivos. Um era piloto de caça; o outro, um artilheiro de tanque. Todos nós perdemos alguém, Ronnie. — Ele respirou fundo. — Verifique os cavalos, pode ser? — Luke fez uma pausa. — Ei, sinto muito pelo seu irmão.

Delgado concordou com a cabeça.

— Você também. Seus filhos.

Luke passou pela multidão, cumprimentando e respondendo a perguntas. Todo mundo sabia quem ele era, e mais de um disse "Isto acaba agora." Luke repetiu a frase, mas as palavras já não tinham mais significado para ele, foram transformadas em meros sons.

Luke levou uma hora para chegar até Miller. O general estava perto da vanguarda da coluna irregular, a pé. Ele sorriu quando viu Luke.

— "E deste dia até o fim do mundo, a festa de São Crispim e São Crispiano nunca passará sem que esteja associada à nossa recordação."

— "Nós, estes poucos; nós, um punhado de sortudos; nós, um bando de irmãos" — respondeu Luke. — "Porque aquele que hoje verter o sangue comigo será meu irmão." *Henrique V.* Você acha que sangraremos hoje à tarde?

Miller deu de ombros.

— Em breve.

— Nós podíamos ter cedido um jipe, você sabe. Não precisava andar.

— MacArthur também não precisava meter o pé na água nas Filipinas. Os engenheiros do Exército montaram pontões para ele. Mas o velho Douglas sabia o que estava fazendo.

O general verificou o relógio e olhou para o horizonte. Não havia nada para ver a não ser o cerrado poeirento que levava às montanhas distantes sob um céu feio. Muito feio. Quando a destruição começasse, ela viria de cima.

Aquele será o momento, pensou Luke. *Vamos vencer naquele momento ou seremos derrotados, e os Novos Filhos da Liberdade sequer serão uma nota de rodapé nas histórias.*

— Posso perguntar uma coisa? O Secretário Leahy. Você confia nele?

— Não exatamente — respondeu Miller. — Owen é um político, mas fará o que disse e conterá as Forças Armadas. Isto serve aos propósitos dele. Owen calcula que, se penetrarmos fundo na Comunidade, Epstein irá ao governo de chapéu na mão. Trocará a liberdade do povo dele pelas suas vidas.

— Foi a minha interpretação também. Mas se ele estiver apenas nos usando...

— Por que topamos? Primeiro, isto serve aos nossos propósitos. Porém, mais do que isso, na hora em que Owen perceber que temos outros planos, será tarde demais.

Luke olhou intensamente para ele.

— Você não pretende parar?

— Você esteve no Vietnã. O que aprendeu sobre medidas parciais?

— Que elas não dão certo.

Miller concordou com a cabeça.

— Vamos até o fim. Reduziremos a CNC a cinzas.

— Mas... o Anel de Vogler. Se somente metade dos rumores for verdadeira...

— É verdadeira. Eu liguei para um velho amigo do DAR e recebi o relatório da agência. Dez mil baterias de canhões de micro-ondas com campos de tiro sobrepostos. A sensação será de calor no início, depois parecerá uma queimadura feia de sol, aí os olhos vão estourar e o sangue vai ferver.

— O governo deixou que construíssem isso? — Luke balançou a cabeça. — Políticos.

— Pois é. Sem dúvida, Epstein fez um monte de doações generosas. Mas suspeito que ele não sofreu restrições porque o Anel de Vogler é puramente defensivo e inútil contra as forças militares americanas.

— Um bombardeio abriria uma passagem em dez minutos. — Luke chiou. — Mas não temos artilharia nem apoio aéreo. Podemos contornar as defesas?

— Eles projetaram o Anel de Vogler para transformar Tesla em um último refúgio. A população inteira da Comunidade pode recuar para a capital. A rede cerca a cidade com um anel de morte perfeito e uniforme.

— Então, como passaremos?

Miller sorriu.

"Sou seu vizinho, pelo amor de Deus. Por que vocês estão fazendo isso?"

— Lee Parker, 32 anos, para os assaltantes mascarados que teoricamente o mantiveram sob mira de arma de fogo e colocaram fogo em sua casa em Portland. Os agressores o confundiram com Leigh Parker, 25 anos, uma superdotada do terceiro escalão — e uma mulher — cujo nome apareceu na lista de anormais vazada pelo grupo de hackers Konstant kOS.

CAPÍTULO 12

O saguão era amplo e alto, com grandes tubos metálicos de ventilação que se flexionavam e zumbiam conforme o ar passava. A três metros acima ficava o teto de concreto, e a fiação dos painéis solares do telhado irrompia em conjuntos coloridos que fizeram com que ele se lembrasse das fitas com que a mãe costumava embrulhar os presentes de Natal, usando as pontas da tesoura para enrolá-las. Entre o sistema de ventilação e o teto ficavam as vigas expostas, e era dali que o Falcão vigiava, empoleirado sem ser visto na dobra de um joelho de metal. Ele sempre gostara de escalar, e ficara contente ao descobrir que, se metesse os pés na parede, era capaz de subir correndo por um cano, depois passar as pernas por cima e ficar sentado nas vigas. O Falcão passava horas ali, a maior parte do tempo no saguão, mas às vezes entrava de mansinho em outros ambientes do prédio enquanto seguia as pessoas que andavam lá embaixo.

Os outros debochavam deste hábito, mas na maioria das vezes não riam de maneira maldosa. Uma vez, Tabitha chegou até a dizer "Deixem-no em paz, Aaron está de vigília." Ela tinha 19 anos e participava de missões, e quando Tabitha disse aquilo, ela sorriu de uma maneira que Falcão gostava de imaginar que significava outra coisa que ele sabia que não era verdade.

Você também participará de missões, pensou Aaron Harowski para si mesmo. *Talvez você e Tabitha juntos.*

Ele queria pedir para Tabitha chamá-lo de Falcão, mas tinha medo de que ela risse. Ainda assim, havia um consolo na palavra usada por ela, *vigília*. Como se ele fosse um cavaleiro. Um guerreiro sagrado. O Falcão, permanecendo de vigília em dedicação silenciosa. Afinal de contas, eles estavam atrás das linhas inimigas. Ou talvez não exatamente inimigas, porque a Comunidade era para os superdotados, mas, ainda assim, as forças de segurança de Erik Epstein podiam descobri-los a qualquer momento. Era o que todo mundo dizia. Aaron não queria que isso acontecesse exatamente, mas se ocorresse e ele estivesse de vigília, talvez conseguisse alertar os demais. Ou até mesmo ajudar. Cair por trás dos invasores e roubar uma de suas armas.

Idiota. Eles seriam brilhantes. O que um normal de 14 anos de idade seria capaz de fazer contra invasores?

Ainda assim, eles não estariam esperando. E se Aaron neutralizasse o sujeito do outro lado da porta, seria possível se aproximar de mansinho dos demais. Ele era bom de tiro, treinara até o dedo do gatilho sangrar. Se ele tivesse um fuzil e estivesse atrás dos soldados, eles estariam de preto e com capacetes que os tornavam parecidos com insetos, apontando armas para Tabitha, que por algum motivo estaria vestindo uma camisola branca rasgada...

Passos rápidos chamaram a atenção de Aaron. Dois cientistas andavam às pressas pelo corredor com uma maca entre eles. Enquanto o Falcão observava, um golpe de vento frio abriu a porta da frente. Haruto Yamato, que todos eles chamavam de sensei quando dava aulas de combate corpo a corpo, entrou cambaleando juntamente com a Senhorita Hess, o que assustou Aaron. Os dois colocaram um velho na maca e deixaram-no ali. A seguir, entrou um grandalhão pela porta andando cautelosamente, como se algo estivesse doendo muito.

John veio por último, mas, como sempre, pareceu que tinha vindo primeiro. Aaron pensou muito sobre o motivo dessa impressão, e suspeitava que tinha algo a ver com a forma como todo mundo olhava para ele. Como se todos fossem bússolas e John fosse o Polo Norte. Ele falou com cientistas, que rapidamente amarraram os pulsos e tornozelos do velho.

— Charly, Haruto, cuidem da segurança. Vocês viram do que Couzen é capaz. Eu não quero nenhuma surpresa. Paul, vá com eles, e cuide deste ferimento.

— Não, eu vou ficar...

— Paul. — John colocou a mão no ombro do grandalhão. — Eu vou precisar de você.

Aaron sentiu uma pontada de inveja, imaginou John fazendo aquilo com ele, colocando a mão no seu ombro, olhando nos seus olhos e dizendo "Eu vou precisar de você, Falcão."

Não seja burro.

O velho na cama estava diretamente embaixo de Aaron, que olhou com atenção, pensando no que a mãe sempre dissera, que a maioria das pessoas passava pela vida com os olhos fechados. Esse pensamento levou a uma lembrança, dentro de um carro, sol dourado, havia alguns anos, voltando do McDonald's, ambos comendo batatas fritas enquanto a mãe fazia perguntas sobre o crachá do caixa, o preço do pedido, as cores dos carros que estiveram estacionados ao lado do deles quando saíram. A forma como ela olhara para ele com um sorriso quando Aaron soubera todas as respostas, aquele sorriso em que ela mostrava todos os dentes, não o sorriso educado que a mãe dava nas fotos, mas o verdadeiro, de quando ele a fazia rir...

Pare.

O velho era magro, tinha um narigão e cabeça careca. Estava inconsciente, mas ainda parecia furioso. Tinha arranhões violentos por todo o rosto, o que era estranho, pois Aaron não era capaz de imaginar o Sensei Haruto arranhando alguém como uma menininha. E a Senhorita Herr *definitivamente* não teria feito isso, nem mesmo quando era uma menininha, se um dia o foi. Então, Aaron olhou com mais atenção, e foi aí que notou as manchas embaixo das unhas do velho.

— Um, dois, três — disse um dos cientistas, e no três ele e o outro cara se levantaram juntamente com a maca.

O sensei, a Senhoria Herr e o cara musculoso foram atrás. Eles tomaram a direção do laboratório, e Aaron pensou em seguir. Mas John não foi; ele ficou parado ao lado da parede até que todos saíssem e depois desmoronou, como se um peso enorme tivesse caído nos ombros. John se sentou em um banco, apoiou os cotovelos nos joelhos e ficou olhando para o nada.

Sem olhar para cima, ele disse:

— Ei, Falcão.

Aaron sentiu uma onda de alguma coisa que não sabia exatamente o que era — similar, porém diferente da sensação que teve quando Tabitha sorriu para ele. Aaron pensou em retornar para a tubulação elétrica, mas em vez disso agarrou a parte inferior da viga, desceu o corpo e ficou pendurado. Ele se arrependeu da manobra imediatamente, pois o piso pareceu se afastar de alguma forma em vez de se aproximar. Mas a única opção era se contorcer e tomar impulso para voltar para cima, e *nem pensar* que ele faria isso na frente de John. Aaron simplesmente respirou fundo e abriu os dedos antes que pensasse demais. A queda foi de mais ou menos três metros, e o pouso doeu, mas ele ficou orgulhoso por não demonstrar dor.

— Oi, Senhor Smith.

— John.

Aquela onda novamente.

— Oi, John. Quem era aquele?

— Um cientista chamado Abraham Couzen.

— Um brilhante?

— Não, apenas um gênio.

— Ele vai nos ajudar?

— Você que me diz.

Aaron pensou um pouco a respeito.

— Então, ele não é um de nós, mas sabe de alguma coisa.

O sorriso que surgiu nos lábios de John foi breve, mas satisfeito.

— Isso mesmo. Ele desenvolveu algo muito importante. Talvez a coisa mais importante nos últimos dois mil anos.

— Uau. — Aaron fez uma pausa. — Ele vai contar para nós?

— Ele não precisa. Eu já tenho.

— Então, por que precisamos dele?

— Em parte para que ele não possa contar para mais ninguém. E em parte porque quero ver o que acontece com o Doutor Couzen.

— O que vai acontecer?

— Ele vai morrer.

— Ah.

John ergueu o olhar. Ele era diferente da maioria dos adultos, que só olhavam de verdade para as crianças quando estavam furiosos. Esta era uma das coisas que Aaron adorava a respeito dele, que John o *enxergava*, olhava para ele e falava como se Aaron importasse, e não como se ele fosse apenas outro moleque, outro órfão de guerra cuja mãe havia...

Pare.

— Você está bem?

Aaron ficou trocando o pé de apoio.

— Por que ele vai morrer?

— Ele é muito velho.

— Ele não parecia *tão* velho assim.

John pareceu estar prestes a dizer alguma coisa, mas não falou. Em vez disso, deu um tapinha no lugar ao lado no banco. Aaron se sentou.

— Sabe, sua mãe tinha muito orgulho de você.

Eu sei, foi o que ele queria dizer, mas quando Aaron abriu a boca, ele se deu conta de que não podia confiar em si mesmo; então, não falou nada, apenas olhou para as botas. *Não chore, não chore, seu marica, não chore.*

Houve o som de um isqueiro, e em seguida o cheiro forte de fumaça.

— Quer saber um segredo? — perguntou John.

O Falcão ergueu os olhos e concordou com a cabeça mais rápido do que queria.

— Estamos prestes a vencer.

— Estamos? Por causa do Doutor Couzen?

John Smith deu um grande trago no cigarro.

— Em parte. Ele é a última peça de um plano em que venho trabalhando há muito tempo. Um plano que muda tudo.

— O que é?

— É complicado.

— Eu sou bem esperto.

— Eu sei, Falcão. — A voz de John parecia quase magoada. — Eu sei disso.

— Quer dizer, é claro que sou apenas um normal. Eu queria não ser, mas não há nada que eu possa fazer a respeito. Mas faria qualquer coisa por... — Aaron se conteve antes de dizer *você* e consertou para — ... pela causa.

Depois, ele ficou em dúvida se tinha se detido a tempo, porque a forma como o amigo olhava para ele mudou.

— O que foi? — perguntou Aaron.

Por um longo momento, John apenas encarou o rapaz, segurando o cigarro muito perto dos lábios.

Como se tivesse se esquecido de que o cigarro estava ali.

CAPÍTULO 13

Soren olhava fixamente.

A jaula era feita de ladrilhos de metal de 45 por 45 centímetros. Tinha seis ladrilhos de altura, seis de largura e dez de comprimento. O piso era de concreto. A porta de metal substituía exatamente dez ladrilhos.

Cada ladrilho tinha revestimento esmaltado branco lustroso cheio de furinhos, que eram a única fonte de luz. Uma luz suave brilhava constantemente por trás deles, jamais diminuindo ou aumentando a intensidade. A única mudança ocorria quando o gás fluía pelos furinhos em todas as direções ao mesmo tempo, e Soren se via em um súbito redemoinho de bruma, como se voasse por uma nuvem iluminada pelo sol.

Quando aquilo acontecia, havia pouca escolha a não ser respirar regularmente e esperar.

Duas vezes por dia, uma bandeja com uma sopa gosmenta de proteínas e aminoácidos era enfiada por uma fenda na porta. A bandeja ficava presa, e o único utensílio para comer era um canudo grosso de papel. Uma privada de plástico presa ao chão recolhia a excreção de Soren. Certamente ele estava sendo observado: os sinais vitais eram registrados por instrumentos sensíveis escondidos atrás dos ladrilhos de metal.

A primeira ocasião em que o gás fluiu foi após ele ter recusado a comida várias vezes seguidas. Ele acordou no catre (com dois ladrilhos de largura por quatro de comprimento), nu, com uma sensação de violação na garganta por causa da raspagem do tubo que eles devem ter usado para alimentá-lo. Várias outras vezes, Soren claramente tinha recebido um banho. Em uma ocasião recente e memorável, as escoriações leves em volta dos pulsos e tornozelos indicavam que ele tinha sido amarrado enquanto estava inconsciente, e, portanto, talvez tenha sido levado a algum outro lugar, embora não houvesse como ter certeza.

Soren procurou o nada a maior parte da vida. Mas uma jaula vazia e imutável não era o nada. Era uma maldição em forma física. Um oceano de tempo para se afogar. Sem livros, sem janelas, sem visitas, nem mesmo uma aranha em que ele pudesse se transformar. Suas memórias não eram exatamente um lugar para se refugiar. Tinha tido poucos momentos de verdadeira satisfação e até mesmo de felicidade, muito prezados por Soren, que tentava se lembrar de todos os detalhes de um jogo de xadrez com John, ou da forma como a luz do sol provocava uma sombra na curva delicada do pescoço de Samantha. Mas os filmes mentais foram exibidos tantas vezes que as cores estavam esmaecendo, e ele temia perdê-los completamente. Soren podia se exercitar, meditar e se masturbar, mas isto tudo deixava a maior parte das horas intocada.

Então, ele contava.

A soma podia ser calculada: os furinhos estavam em fileiras iguais de 48, totalizando 2.304 furinhos por ladrilho. O número de 182 ladrilhos significava 419.328 furinhos. Tirando os 3.456 bloqueados pelo catre, sobravam 415.872 furinhos.

O número em si não tinha significado algum. O propósito era oferecer uma referência. Uma forma de reconhecer que ele errara, que deixara passar um furinho ou contara um duas vezes. Chegou ao ponto em que era hora de retornar ao início. Como Sísifo, rolando eternamente a pedra montanha acima no Tártaro, eternamente perdendo a pedra, eternamente começando de novo.

Camus escrevera que se deve imaginar que Sísifo esteja feliz, pois sua luta absurda reflete os esforços da humanidade em encontrar significado em um mundo onde ele está ausente, e, portanto, a luta em si deve ser suficiente. Mas Camus nunca esteve naquela jaula. Nem a física, nem a jaula dentro da mente de Soren, onde sua maldição transformava um segundo em onze. Com nada para separar um dia do outro, era difícil dizer exatamente quanto tempo fazia que ele estava ali, mas talvez duas semanas de tempo "real".

Quase seis meses para ele. Seis meses passados contando furinhos.

Pois, então, quando a porta começou a se mexer, Soren não acreditou. Alucinações já haviam vindo antes. Mas quando ele virou a cabeça para olhar, a porta não se fechou sem fazer barulho. Em vez disso, ela se abriu mais ainda. Levou vinte de seus segundos para o homem atrás da porta ser revelado. Por um minuto inteiro do tempo de Soren, os dois simplesmente se encararam.

— Oi — disse Nick Cooper.

■

Cooper havia tentado se preparar.

Quando civis diziam isso, significava respirar fundo e cerrar os punhos. Mas o truque era ir mais fundo. Imaginar as possibilidades, boas e ruins, em detalhes. Visualizá-las da forma que os astronautas se preparam para andar no espaço, passando semanas considerando o que fazer se esta vedação vazar ou se aquela válvula falhar. Era um método que fora muito útil no passado, uma forma de entrar em um ambiente já sabendo o que poderia encarar e como reagir.

Mas nenhum exercício de visualização poderia ter preparado Cooper.

O primeiro pico foi de medo. Medo profundo, primitivo, puro. Em algum nível bem mais baixo estava o controle, o subconsciente; as próprias células reconheciam Soren como o homem que o matara, que enfiara um faca de fibra de carbono no seu coração. Mesmo tendo sobrevivido, mesmo tendo contra-atacado, mesmo tendo vencido até, o medo inicial continha uma pureza horripilante.

Rapidamente, porém, outras emoções o invadiram. Fúria contra o monstro que atacara seu filho, que quase matara seu lindo menino, uma das duas coisas que Cooper criara e que tinha certeza de que melhoravam o mundo. Uma sensação obscena de poder que estimulava a parte instintiva do cérebro que queria se enraizar, saborear e dominar. Uma certeza de que Soren sabia alguma coisa que poderia ajudá-lo, e uma voz na cabeça que o lembrava do que estava em jogo.

A emoção menos esperada e menos desejada, dó. Algo dentro de Cooper sentiu pena pela carcaça que estava ali, nua e tremendo.

— Oi.

Ele fechou a porta e pousou a cadeira. Era apenas uma simples cadeira de madeira, mas parecia totalmente fora de contexto naquela prisão pálida. E aquele havia sido parte do motivo para Cooper tê-la levado, obviamente. Uma cadeira velha, o tipo de móvel que ninguém notava, e, no entanto, ela parecia quase gerar a própria gravidade. Cooper passou a mão pelas ripas do encosto e depois se sentou.

— Aposto — disse Cooper — que você nunca esperou me ver novamente, hein?

Soren apenas olhou fixamente. Toda a postura dele tinha um quê de estupefação reptiliana. Foi assim que ele havia vencido Cooper na primeira vez. O corpo de todas as pessoas traía suas intenções, mas a percepção de tempo de Soren significava que ele essencialmente não tinha intenções.

Lembre-se do restaurante. Em um segundo, você estava no café da manhã com seus filhos, e, no próximo, houve gritaria e uma chuva de sangue, e este homem mostrou essa mesma ausência de expressão enquanto analisava o movimento de um segundo guarda-costas e colocava a faca onde faria o máximo de dano.

Ele matou dois guardas, dividiu sua mão ao meio e esfaqueou seu coração, e o único momento em que você sabia o que Soren ia fazer foi quando ele colocou Todd em coma.

— Você sabe onde está?

Nada.

— Eu sei que você não é exatamente uma pessoa sociável — disse Cooper —, mas todo o lance da interação funciona melhor se você usar palavras.

Nada.

Cooper se recostou e cruzou a perna sobre o joelho. Observou o sujeito. Pele pálida e pulsação constante, embora alta pela leitura que ele notara no monitor do lado de fora. Nenhum tremor nas mãos. Pupilas sem dilatação.

Será que ele perdeu a noção da realidade? Este lugar seria o suficiente para enlouquecer um homem normal, quanto mais Soren.

Havia uma cicatriz na canela esquerda que estava sarando, mas ainda brilhava. Não era surpresa; da última vez em que os dois se encontraram, Cooper havia pisado na perna com tanta força que quebrou a tíbia a ponto de ela romper músculo e pele. Com um sorriso presunçoso, ele apontou para a cicatriz.

— Vejo que remendaram você.

Os músculos em volta dos olhos de Soren se contraíram, e as narinas se arreganharam. Apenas uma levíssima tremulação, mas o suficiente para Cooper notar e forçar a vantagem.

— E como está a mão? Batendo punheta com a esquerda, uma vez que quebrei todos os dedos da direita?

Novamente, a tremulação rápida que surgiu e foi embora.

— Eu sei que você me compreende — disse Cooper. — Você pode até não reagir, mas sei que está consciente. Então, vamos tornar isso mais fácil. Sente-se.

Por um momento, o homem permaneceu imóvel. Depois, ele foi até a beirada do catre e se sentou. Cada acionamento de músculo foi preciso; cada movimento, gracioso.

Claro que são. Ele tem onze vezes mais tempo para executá-los.

— Então, por onde começar? — Cooper entrelaçou as mãos atrás da cabeça. — Você está em Nova Canaã, e tenho que lhe dizer, todo o dia desde que dei uma surra em você tem sido melhor do que o anterior. Primeiro, a Comunidade e os Estados Unidos chegaram a um acordo, e o Exército foi embora sem disparar um tiro. Depois, como demonstração de boa-fé, Erik Epstein acionou seus recursos formidáveis. Na quinta-feira passada, John Smith foi morto a tiros.

Embora estivesse passando uma tranquilidade arrogante, os olhos de Cooper jamais abandonaram o rosto de Soren. Ele viu a pulsação aumentar, a respiração, o leve rubor nas bochechas e o brilho nos olhos. Por um momento, Soren pareceu quase humano. *Te peguei.*

Uma coisa foi saber que Smith e Soren frequentaram a mesma academia, ouvir Shannon descrevê-los como amigos. Mas não havia como dizer o que isto realmente significava, no caso de Soren. Descobrir foi o ponto principal daquele exercício.

E agora você descobriu. Na verdade, este psicopata de olhos frios realmente se importa com alguém.

Deixe-o sentir esta perda por um tempo.

— Tem mais, muito mais, mas você pegou o espírito da coisa. Crise evitada, fim da revolução, muita alegria. Neste momento, estamos basicamente fazendo a faxina. Eu contei isso para que você possa considerar a sua posição. — Houve a tentação de continuar provocando, mas a técnica básica de interrogatório dizia para deixar o sujeito esquentar a cabeça, e isso seria mais efetivo naquela situação. Cooper ficou de pé e alongou o corpo. — Vamos nos falando. Quando a conversa acontecer, você pode me ajudar ou não. Honestamente, não me importo muito, mas, por outro lado, não sou eu que estou em uma jaula.

Ele pegou a cadeira e deu um passo na direção da porta.

— Espere.

A voz veio de trás, e foi apenas naquele momento que Cooper se deu conta de que, na verdade, jamais tinha ouvido o sujeito falar antes. Ele se virou.

— Sim?

— Você sabe o que costumo fazer na minha jaula?

— Não muita coisa, pelo que eu vi.

— Eu me recordo de momentos. Sem parar. Momentos como a sua morte. — A voz de Soren saiu sem emoção. Seu olhar era vago. — Ao lado do filho subjugado que você não conseguiu proteger.

Cooper sorriu.

Então, ele girou nos quadris e ergueu a cadeira com o movimento, e as pernas acertaram o rosto de Soren. A força derrubou o homem de lado, que jogou as mãos para trás em uma tentativa fracassada de se amparar. Ele caiu do catre para o chão com força no momento em que Cooper deu um passo à frente, com a cadeira nas mãos sendo erguida, já visualizando a manobra, uma estocada brutal para baixo, e mais uma, e outra. As pernas de madeira maciça abririam a pele do pescoço de Soren e esmagariam a traqueia, espasmos e pânico se reduzindo a nada além das contrações de um...

Soren tem um tempo morto de 11,2 segundos.

Você levou talvez meio segundo para dar o golpe com a cadeira. Cuja sensação seria de seis segundos para ele.

Isto é uma eternidade em uma luta. Mas Soren não se mexeu.

E não está se mexendo agora.

... morto.

— Não.

Com dedos crispados e dentes doendo, Cooper se obrigou a tomar fôlego. Ele deu um passo para trás. Lentamente, sem se virar, foi em direção à porta.

— Não será tão fácil assim.

No chão, Soren se apoiou no cotovelo. Cuspiu sangue.

E encarando Cooper, começou a rir.

■

Quando a porta se fechou e as travas pneumáticas se encaixaram no lugar, de alguma forma Cooper se viu cara a cara com Soren.

O monstro havia escapado.

Cooper armou uma base de luta e preparou a cadeira para dar um golpe...

Era um holograma. Uma projeção 3D de alta definição capturada por centenas de câmeras minúsculas montadas atrás das paredes da cela. No holograma, Soren ria sem emitir som enquanto limpava sangue do nariz.

A sala de controle era típica da mentalidade de novo mundo que definia a Comunidade. Sem barras, sem janelas, sem necessidade de guardas. Conjuntos de monitores mostravam os sinais vitais não apenas de Soren, mas de meia dúzia de outros homens e mulheres presos ali. Cada lado da sala octogonal continha uma porta para outra cela, e do lado de fora, uma projeção holográfica detalhada da pessoa no interior. Eles andavam de um lado para o outro, faziam flexões, olhavam para o nada. Uma parede da sala era de vidro, e atrás dela havia uma enfermaria completa, inclusive com um cirurgião protético robótico, com uma dezena de braços contraídos pendurados no teto como uma aranha com as patas enfileiradas. A coisa toda era operada remotamente — as bandejas de comida eram cheias e entregues, o ambiente era controlado, o gás era administrado, a cirurgia era realizada, tudo a partir de comandos lançados em um computador.

Enquanto Cooper observava, Soren voltou ao catre e se deitou com uma expressão indecifrável. Atrás da imagem, surgiu um brilho roxo repentino.

— Vá em frente e bata no holograma — disse Millie, afastando a franja de cor berrante que cobria um olho. — Se quiser.

Cooper respirou fundo e soltou o ar.

— Eu dispenso.

— Você tem que ir à minha sala de jogos. O Erik que projetou. Tem a mesma resolução, mas os personagens são controlados por uma rede previdente. A pessoa se mexe, e o sistema faz os hologramas reagirem. Eles caem, sangram e berram. Porém, você não sente a cadeira bater de verdade.

— Eles ainda não descobriram como fazer isso, é?

— Descobriram — respondeu Millie —, mas é preciso um implante cerebral. A pessoa pluga um cabo no implante, então vê e sente tudo como se fosse real. É bem bacana, mas eu não gosto da ideia de uma coisa no meu cérebro.

— Eu também não. — *E eu não deveria ter deixado Soren entrar no meu.* Cooper pousou a cadeira, sentou-se nela e esfregou os olhos. — Desculpe por aquilo.

— Tudo bem — disse ela. — Eu gostei.

Cooper ergueu os olhos, surpreso. Superficialmente, Millie parecia com uma menina de 11 anos normal. Um metro e quarenta centímetros de altura, bochechuda, ombros arredondados, pernas desengonçadas com os joelhos juntos. O cabelo roxo era fora do comum, mas obviamente era uma distração — olhe para o meu cabelo, não para mim —, e a franja oferecia um esconderijo.

Os olhos, porém, eram uma coisa completamente diferente. Uma coisa mais velha. Era a forma como Millie examinava tudo. Não havia nada do retraimento envergonhado de uma menininha.

E isto é uma tragédia, pensou Cooper. *Porque não importa o que ela tenha visto, não importa que seus conselhos ajudem o homem mais rico do mundo a moldar o futuro, Millie ainda é uma menininha que deveria estar brincando com brinquedos, não diagnosticando monstros.* Ele notou um breve sorrisinho nos lábios dela, e percebeu que Millie estava lendo seus pensamentos. Para mudar de assunto, Cooper disse:

— Você gostou?

— Sim.

— Eu não entendo, por que você...

— Porque você é puro.

Ele riu antes que pudesse evitar.

— Foi mal, Mills, mas puro é a última coisa que eu sou.

Ela se sentou na cadeira em frente, ergueu os joelhos e os abraçou. A postura de uma menininha, mas assim como os olhos, o sorriso que Millie deu para Cooper pertencia a uma mulher mais velha. Era uma expressão que dizia: *Ah, como você é fofo. Vou jogar conversa fora com você um pouquinho.*

— Por que você bateu nele?

— Eu perdi o controle.

— Não, aí você teria matado Soren.

— Eu quase matei. Até perceber que ele estava tentando me forçar a fazer isso.

— Claro que estava — disse Millie —, mas você ainda quer matá-lo. Não foi apenas raiva. Eu vi. Você queria matá-lo porque ele machucou seu filho. Porque ele machucou um monte de gente. Mas também porque você sente pena de Soren.

— Você estava ali para captá-lo — falou Cooper secamente —, não a mim.

— Eu não consigo. A forma como Soren enxerga o mundo, eu não... é como olhar para alguém por um caleidoscópio. O que eu enxergo não está correto, e sim distorcido, borrado e simplesmente errado. — Ela deu de ombros. — Então, em vez disso, eu captei você.

Aquilo era uma ideia preocupante. Uma captadora da capacidade de Millie o observando em uma cena de fortes emoções como aquela. Bem, ela teria acesso a todos os verdadeiros segredos de Cooper: os impulsos que ele sabia que se odiaria por ter, as vontades que habitavam locais sombrios, até a parte de si mesmo que curtia o papel que ele acabara de desempenhar.

A ideia, uma voz do subconsciente, chocou Cooper. *Isto é verdade? Você se sente à vontade sendo um torturador?*

Porque você não deveria se enganar. Isto é o que vai acontecer a seguir. Soren sabe alguma coisa que vai ajudá-lo a encontrar John Smith.

Você tem tanta certeza disso quanto do fato de que ele não contará para você de bom grado.

— Não tem problema — disse ela.

— Não tem? — Cooper balançou a cabeça. — Eu não curti ser a pessoa que fui lá dentro. A maior parte de mim não curtiu, pelo menos. Eu sei por que é importante, e farei coisa pior se for preciso, mas não sei se não tem problema.

— Por quê?

A pergunta não pareceu completamente sincera; tinha um tom sugestivo, como se fosse feita para dar uma lição. Vinda de uma menina de 11 anos, a pergunta deveria ter sido irritante, mas Millie não era apenas uma criança qualquer, e Cooper decidiu respondê-la honestamente.

— Porque a culpa não é dele. Soren não escolheu nascer como uma aberração. Ele jamais teve escolha, na verdade. Tudo o que Soren é, é por causa do dom, que o deixa separado de todos nós para sempre.

Ao dizer isso, Cooper se deu conta de que o mesmo argumento se aplicava a Millie.

Então, percebeu que Millie havia captado seus pensamentos.

— Desculpe.

— Tudo bem — disse ela.

— Não, não está tudo bem. Eu odeio essa situação por você. Você merece uma vida normal.

Por um longo momento, nenhum dos dois falou nada, e aí Millie passou a mão na franja e deixou que uma cortina roxa caísse entre eles. Atrás dela, a menina disse:

— Eu venho aqui algumas vezes. Para vê-lo.

— Soren? Por quê?

— Porque não consigo captá-lo. Às vezes, as vozes de todo mundo, mesmo as das pessoas que gostam de mim... — Ela suspirou. — Aqui é silencioso. Silencioso, mas não estou sozinha.

Cooper deixou aquilo pairar entre o zumbido das ventoinhas dos computadores e dos movimentos dos hologramas. Finalmente, olhou o relógio.

— Foi mal, Millie. Eu tenho que ir.

— Ah? — A menina olhou para ele. — Vai se encontrar com Shannon, é?

Cooper concordou com a cabeça.

— Você vai contar para ela que transou com Natalie?

Cooper abriu e fechou a boca. Avaliou uma dezena de respostas.

— Você acha que é um erro?

— E eu lá sei? Só tenho 11 anos.

Ele riu e ficou de pé. Esticou a mão como se fosse tocá-la, um gesto hesitante, sem saber se Millie aceitaria. Quando ela não recuou, Cooper apertou o ombro da menina.

— Não fique aqui muito tempo, ok?

— Claro.

— Falando nisso, você estava certa. Eu tenho pena de Soren.

— Mesmo que ele tenha machucado seu filho.

— Sim. — Cooper deu de ombros. — Isto não vai me deter, mas não torna correto o que eu tenho que fazer.

— Viu só? — disse ela. — Puro.

CAPÍTULO 14

Os Novos Filhos da Liberdade avançaram quase oito quilômetros quando ouviram a voz de Deus.

Aqueles oito quilômetros levaram sete horas.

— Há um motivo — dissera Ronnie Delgado — para Epstein ter conseguido comprar metade do Wyoming: porque "é um monte de merda".

Luke Hammond não discordava, pelo menos não sobre a parte que eles estavam atravessando. Ele sabia que havia montanhas majestosas dignas de um poema em algum lugar, mas a paisagem ali era feia, acidentada e fria. O terreno irregular era facilmente transposto por homens a pé, mas as carretas de três eixos foram feitas para estradas. Parecia que a cada duzentos metros um caminhão emperrava, perdia um pneu em um sumidouro, soltava um eixo.

As poucas estradas que existiam antes de Nova Canaã geralmente cortavam o estado, com caminhos de terra batida que se ramificavam na direção de ranchos e minas. Desde então, Epstein montara um sistema de estradas planas, mas todas se afunilavam em pontos de acesso fortificados. Não era nada que os Filhos não pudessem varrer do mapa, mas o General Miller achou — e Luke concordou — que um ataque frontal corria o risco de ter consequências desnecessárias.

Haveria muito combate depois. Melhor conseguir manter o máximo de distância possível sem derramamento de sangue e enfiar a faca da milícia no corpo da Comunidade antes que eles tivessem que lutar por cada passo dado.

Quando os Novos Filhos da Liberdade ouviram a voz de Deus, Luke estava andando ao lado de Delgado e ditando um e-mail mental para Josh e Zack. Um velho hábito da época em que ele ia para o exterior com frequência. Ser um soldado de carreira das forças especiais significava que ele não podia ser o tipo de pai que nunca perdia um jogo de beisebol. Mas Luke compensava da melhor maneira possível passando tempo com eles, falando honestamente e sem rodeios, e compartilhando sua experiência do mundo como se os três estivessem se aventurando juntos. Por meio destes e-mails para os filhos, Luke, Josh e Zack exploraram um bazar do Marrocos, com sedas raras vendidas ao lado de rádios chineses, cheiro de suor por baixo do aroma de cominho e sândalo. Por e-mail, eles ficaram impressionados pelos sons da noite na selva salvadorenha, uma sinfonia de insetos, os chamados de acasalamento de criaturas rastejantes, a eterna dança de predador e presa iluminada de verde por óculos de visão noturna.

Como posso descrever para vocês, meus queridos filhos, o que é entrar no Wyoming marchando? Com retórica e discursos? Com nosso rígido senso de dever e virtude?

Melhor contar sobre a dor nos pés e o incômodo das bolhas se formando.

Sobre a cacofonia causada por vinte mil homens avançando por essa áspera paisagem lunar. Conversas, passos, deslizamento de pedras e risadas. A batida constante da coronha de um fuzil no cinto de um homem. O ronco de semirreboques se arrastando por 1,5 quilômetro por hora, pontuado pelo assobio de freios a ar. Ar revigorante e os cheiros de terra, café e peidos.

Minha imagem da Comunidade foi formada pela mídia, que se concentrou mais nas cidades, especialmente em Tesla. Vocês, sem dúvida, viram os mesmos documentários: como um plano e trezentos bilhões de dólares transformaram uma planície desértica em uma Disneylândia anormal, cheia de avenidas amplas e praças públicas, carros elétricos e árvores criadas por engenharia genética, condensadores de água e campos solares, tudo tendo como centro o castelo espelhado das Indústrias Epstein. Embora eu soubesse a verdade, uma parte de mim imaginava que, não muito depois da cerca, nós entraríamos marchando naquele mundo bizarro.

Em vez disso, passei a maior parte da manhã empurrando um caminhão, juntamente com outros trinta homens, na intenção de fazê-lo passar sobre um sulco...

Foi até onde Luke chegou quando eles ouviram a voz de Deus.

A voz não tinha uma fonte, veio de todas as direções ao mesmo tempo; pela frente, por trás, de cima; parecia vibrar até os coturnos, trovejando tão alto que os homens cobriram os ouvidos. Uma voz feminina nítida recitou a mensagem curta que fez os ossos doerem com cada sílaba que reverberava.

ATENÇÃO.

VOCÊS ESTÃO EM PROPRIEDADE PRIVADA.

VOCÊS NÃO SÃO LIBERTADORES. VOCÊS NÃO FORAM CONVIDADOS. VOCÊS INVADIRAM NOSSO LAR PARA NOS MACHUCAR.

NÓS NOS DEFENDEREMOS.

SAIAM DA COMUNIDADE NOVA CANAÃ IMEDIATAMENTE.

ESTE É O SEU ÚNICO AVISO.

Tão abruptamente quanto começou, a voz sumiu sem deixar rastros, a não ser o eco da última palavra pela planície até as montanhas distantes.

Tudo parou. A atmosfera carnavalesca evaporou. Os homens se entreolharam, com uma incerteza nos olhos nervosos. Sem graça, eles tiraram as mãos dos ouvidos; aqueles que se jogaram no chão se levantaram.

Por um momento, Luke se viu imaginando como os anormais fizeram aquilo. Se havia alguma espécie de sistema de áudio enterrado quando eles cruzaram, ou aviões bem acima deles, ou se a Comunidade tinha descoberto uma forma de simplesmente transmitir som. Então, Luke se deu conta de que todos os homens ao redor estavam olhando para ele. Cem ou mais, e, além desses, milhares, todos esperando por inspiração.

Luke não tinha o dom de Miller para discursos. Então, fez a única coisa em que conseguiu pensar. Ele recomeçou a andar.

Ronnie Delgado rapidamente seguiu Luke, depois os outros vieram atrás dele, e aí veio uma comemoração dissonante, e alguém começou a gritar "Isto! Acaba! Agora!". Todos acompanharam, inclusive Luke, e as palavras ganharam significado, uma voz compartilhada por uma centena de gargantas, depois por mil, e aí por todas. Eles foram à frente pisando firme, todos acelerando o passo. Veículos buzinaram, dando uma vaia para Erik Epstein, os anormais e o mundo novo que usurpara o velho mundo deles. Luke sentiu um orgulho crescente no peito e um vigor no coração, e as palavras de Shakespeare deram voltas no cérebro – *nós, estes poucos; nós, um punhado de sortudos; nós, um bando de irmãos* – tudo com o apoio do uivo de mil buzinas de caminhões...

...que pararam.

Todas ao mesmo tempo. Como se tivessem mexido em um interruptor.

Luke parou. Olhou para o relógio. O mostrador estava apagado.

Algo chamou sua atenção, um ponto brilhante caindo do céu. Uma espécie de pássaro, só que feito de metal e plástico. Vinha caindo girando de ponta-cabeça, e Luke notou as letras CNN no objeto um pouco antes de ele bater no chão.

Um drone de notícias acabou de cair do céu, o que significa um pulso eletromagnético. Exatamente como Miller previu. Que será seguido por...

O mundo explodiu.

Algo sujou Luke, algo duro e frio; era terra, e o som do ataque do míssil o acertou logo após ser jogado de lado pelos destroços e pela onda de calor. Ele caiu no chão, o impacto reverberou nos joelhos e ralou a palma das mãos. Luke teve dificuldades para ficar de pé, os reflexos assumiram o controle, e ele gritou para que os homens se protegessem e se afastassem dos caminhões — não que houvesse alguém para ouvi-lo, não que houvesse qualquer lugar para se proteger. Luke sequer conseguia ouvir a si mesmo por causa dos assobios e explosões dos foguetinhos que choviam sobre a terra. Cada bomba atirava corpos cujas silhuetas podiam ser vistas contra bolas de fogo irregulares, e um míssil atingiu a carreta de três eixos mais próxima. O tanque de gasolina explodiu com uma violência brutal que jogou Luke no chão novamente, de costas desta vez. O calor provocou bolhas na pele, o som sumiu e virou um zumbido estridente por trás dos assobios-e-explosões. A terra subiu e formou nuvens contra a fumaça negra e oleosa da gasolina em chamas; os caminhões explodiram um por vez, se contorcendo e pulando como touros de rodeio com as costas quebradas. As provisões irrompiam dos veículos e formavam uma chuva de comida enlatada, retalhos de cobertores e papel pegando fogo.

Luke conseguiu ficar de pé apenas para ser atingido por algo pesado e ser levado ao chão mais uma vez. Ele perdeu o fôlego, a coisa era pesada e úmida, e, quando foi empurrá-la, viu que uma das mãos estava dentro da metade que sobrara da cabeça de Ronnie Delgado. Notou uma espécie estranha de surpresa na expressão do sujeito, como se Delgado finalmente tivesse entendido a grande piada que estava circulando desde o início. Luke começou a rastejar, o coturno de alguém pisoteou suas costas, e outro pisou na sua mão. Havia estampidos baixos de tiros por todos os lados. Homens atiravam para o alto, na tentativa de derrubar os drones; um desperdício ridículo de munição, dada a altitude e velocidade em que eles voavam, sem falar no fato de que foram blindados contra o pulso eletromagnético e, portanto, era improvável que fossem danificados por balas. Então, um redemoinho de fumaça e poeira escondeu o mundo, Luke apertou os olhos, fechou a boca, e tirou debaixo de si o que sobrara de Delgado, o ex-integrante da Guarda Nacional, peão e comediante cujo irmão fora o primeiro da família a entrar na faculdade. Ele ficou de pé, tossindo e sufocando, à espera de mais assobios-e-explosões e o grande terremoto que vinha em seguida, o fogo, sangue e fumaça.

Não veio nada.

Não veio nada.

Não veio nada.

Luke endireitou o corpo e olhou em volta. A cabeça latejava e a visão pulsava, a mão estava cortada e sangrava, as costas travaram, e ficar de pé exigia esforço. Na súbita ausência de explosões, o que mais ele ouviu foi o zumbido nos ouvidos e, além disso, o estalo das chamas dos caminhões e os gritos de homens despedaçados.

E aí, veio a voz de Deus, trovejando novamente no deserto inteiro:

OS DISPAROS RECOMEÇARÃO EM BREVE.

VÃO EMBORA.

MELHOR AINDA: CORRAM.

Luke deu um sorriso. *Porra, Miller estava certo.*

Alguma coisa escorreu para dentro de seu olho, e ele limpou o sangue. Luke tinha que encontrar o general. Se Miller tivesse morrido no bombardeio, tudo desmoronaria. O plano inteiro. Luke havia proposto uma centena de estratégias para protegê-lo: mantê-lo na retaguarda, escolher homens como iscas, uma equipe de guarda-costas para se jogar em cima do general. Miller recusara todas.

— Quando o ataque vier — dissera o general —, eu vou correr os mesmos riscos que todo mundo. Vamos simplesmente ter que superá-los.

— E depois? — retrucara Luke.

— Então vamos mostrar que o rei está nu.

Luke avançou entre homens espalhados e que se levantavam, passou por crateras fumegantes e caminhões em chamas. Ele tinha que encontrar Miller. Era preciso, porque, caso contrário, o blefe dos anormais levaria a melhor...

— EPSTEIN!

A voz não saiu tão alta quanto a de Deus. Mas o megafone, apoiado pela força plena dos pulmões do General Sam Miller, ainda assim rompeu o zumbido nos ouvidos de Luke.

Luke se virou e viu o velho amigo. O maluco filho da puta havia subido no topo de um semirreboque, um dos que não estavam em chamas, embora o veículo tivesse sido acertado e perdido a parte onde estava escrito SUPPLIES, deixando apenas FINEST e um buraco por onde a comida empacotada vazava.

— EU ESTOU BEM AQUI, EPSTEIN!

Ande, Luke disse para as pernas, e elas andaram. Primeiro, um cambaleio, depois, um trote, e, finalmente, uma corrida que o levou ao para-choque do semirreboque.

— VOCÊ QUER UM ALVO? QUER DAR UM FIM A ISSO?

Luke subiu no capô, agarrou um cano cromado de escapamento que queimou seus dedos, e se segurou por tempo suficiente para subir no contêiner. Miller o viu e deu um sorriso carrancudo.

Foi a mesma expressão que ele usara havia dois dias, quando criaram o plano. Sentados na tenda de Miller, com o vento que não parava de bater na lona, o general dissera:

— OK, análise estratégica. Você comanda uma força tecnologicamente superior com capacidade expressiva de defesa. No entanto, seu material *ofensivo* é limitado. Você é atacado por um inimigo grande e determinado, e não possui o armamento para debilitá-lo lentamente. Em suma, você tem poucas bombas, porque não deveria ter absolutamente nenhuma. O que você faz?

— Simples — respondera Luke. — Joga todas no inimigo de uma vez. Tudo o que tem. Bate com força máxima, o mais rápido possível, e deixe que o medo faça o resto. O mesmo motivo porque jogamos a bomba tanto em Hiroshima *quanto* em Nagasaki, usando nosso arsenal atômico inteiro. — Luke fizera uma pausa. — Vamos tomar uma tremenda surra.

— Assim que você calcular os feridos e os que fugiram, provavelmente 20%. Mas aqueles que permanecerem se transformarão em um exército, em vez de uma milícia.

— Obviamente, se estivermos errados, será o fim.

— Se estivermos errados, já é o fim.

Hora de testar essa lógica. Em cima do contêiner, Luke se sentiu nu, todo os instintos gritavam para ele se abrigar, mas ele pensou nos filhos queimando e ficou em posição de sentido.

— NÓS SOMOS OS LÍDERES DOS NOVOS FILHOS DA LIBERDADE — berrou Miller. — VOCÊ QUER DAR UM FIM A ISSO AGORA MESMO? VÁ EM FRENTE E RECOMECE A ATIRAR.

Então, o general baixou o megafone, jogou a cabeça para trás e abriu os braços em forma de cruz. Havia sangue no rosto e terra no uniforme, e contra a fumaça e o fogo crescente, ele parecia uma espécie de deus primitivo da guerra.

Ao lado dele, Luke fez a mesma coisa. Manteve os olhos abertos, olhando fixamente para o céu frio e turbulento, onde em algum ponto acima deles os drones circulavam invisíveis.

Chamas estalaram. Homens gemeram. Em algum lugar, um pássaro berrou.

Então, ele ouviu a primeira voz.

— Isto acaba agora!

E uma segunda, e uma terceira, e uma milésima voz, abafando os gritos, o fogo e qualquer coisa que pudesse tê-los contido.

CAPÍTULO 15

O formigamento começou no campo de aviação, enquanto Cooper negociava com um dos pilotos de transporte que se reuniam na sala de espera.

— Newton, é? — A mulher inclinou a cabeça e enfiou as mãos nos bolsos da jaqueta. — Você está com sorte. A noite está com tempo aberto, bons ventos térmicos. Posso levá-lo até lá em duas horas. Quatrocentos.

— Duzentos.

— O preço é quatrocentos.

— Trezentos em dinheiro... se me levar em uma hora.

— Dinheiro? — Ela ergueu a sobrancelha. — Tudo bem. Mas é melhor você não vomitar na minha aeronave.

— Eu não tenho enjoo ao voar.

— Pode ser que enjoe com o tipo de pilotagem que terei que fazer para chegarmos em uma hora.

Dois minutos depois, Cooper estava ajudando a empurrar um planador para a pista. Feito de fibra de carbono com a espessura de um guardanapo, a coisa toda não pesava mais do que cem quilos. A piloto prendeu a aeronave a um cabo grosso de metal, verificou os instrumentos, e falou com o controle em terra antes de Cooper sequer se ajeitar.

O cabo foi repuxado, depois disparou por 1,5 quilômetro em trinta segundos, e lançou os dois no céu com velocidade suficiente para deixar o estômago de Cooper para trás.

Era a segunda viagem dele em um planador, e Cooper a detestou tanto quanto a primeira, quando Shannon estivera no manche. Ele não tinha problema com aviões, mas não ter um motor não lhe fazia bem. Não era um fato atenuado pela piloto, que aceitou a palavra de Cooper e voou a toda, subindo centenas de metros em ventos térmicos antes de realizar mergulhos para ganhar velocidade, enquanto a paisagem rachada do deserto disparava na direção deles. Após um ciclo especialmente arriscado, Cooper disse:

— O que acontece se você calcular errado?

— Então, a gente descobre se a espuma de segurança funciona bem ou não — respondeu ela. — Supostamente, ela preenche a cabine em um décimo de segundo, se solidifica com o impacto e depois se dissolve. De qualquer forma, foi você que disse que estava com pressa.

— Pelo menos desta vez não estou de ressaca.

— O quê?

— Nada.

A viagem acabou levando um pouco mais do que uma hora, mas Cooper pagou o valor cheio de trezentos dólares, e depois entrou em um dos táxis elétricos que esperavam no campo de aviação de Newton. Começou a nevar durante o trajeto, flocos fininhos que provocaram um efeito de halo em volta dos semáforos, e ainda continuou quinze minutos depois, quando Cooper saiu no meio de uma fileira de prédios de dois andares, com apartamentos sobre lojas. Ele passou por um bar e subiu correndo dois degraus por vez. Cooper parou um momento para ajeitar o cabelo e verificar o hálito, e em seguida bateu na porta.

Ele esperou, ciente dos sentimentos e de um nervosismo que não ficou exatamente confinado ao estômago.

A porta foi aberta.

Shannon claramente não estava esperando companhia. Ela usava algo que passava por um pijama — calças pretas justas de ioga e uma blusa fina de algodão caído em um ombro, revelando a clavícula. O cabelo estava enfiado de qualquer maneira atrás das orelhas, e embora Cooper não conseguisse ver a mão direita, o ângulo do braço indicava que ela segurava uma pistola.

— Oi — disse ele.

Shannon encarou Cooper. Soltou um sorrisinho de lado. Andando com um comedimento perfeito, ela pousou a arma na mesinha da entrada, depois estendeu os braços, agarrou a camisa dele com as duas mãos e o puxou para dentro.

O corpo de Shannon estava quente e rígido contra o dele, era só músculos de dançarina e pele arrepiada, e seu cheiro tomou conta de Cooper, cheiro de mulher e um toque de xampu. Shannon agarrou o cabelo dele e pressionou a boca de Cooper contra a própria, a língua tremeu com doçura enquanto era erguida por ele. Shannon enlaçou as pernas na cintura dele, e as mãos de Cooper agarraram sua bunda. Ele fechou a porta com um chute enquanto os dois cambaleavam até a parede, e Shannon soltou uma gargalhada rouca.

— Sentiu saudades?

— Adivinhe — disse ele.

Cooper beijou Shannon de novo, mais suavemente, chupando seu lábio inferior. Shannon gemeu e fez pressão contra ele, o que arrancou um gemido da parte de Cooper. As mãos de Shannon desceram pelo peito dele, pegaram o cinto, e *sim*, pensou Cooper, *meu Deus, sim*, ele queria, ambos queriam, rápido desta vez, uma retomada imprudente da relação entre eles. Mais tarde os dois poderiam ir com calma, podiam levar a noite inteira indo com...

Retomada. Subitamente, a imagem de Natalie montada em cima dele veio à mente de Cooper. Os dedos de Shannon puxaram as calças dele, afastaram a roupa da barriga enquanto a outra mão entrou deslizando na...

— Espere.

Shannon riu.

— Sim.

Ela continuou descendo para o sul, e, meu Deus, como a sensação era boa, bem...

Não. Cooper segurou o punho de Shannon.

Algo então brilhou nos olhos dela.

— O que foi?

Cooper colocou Shannon no chão e passou a mão pelo cabelo.

— Nick?

— Eu preciso te contar uma coisa.

■

Shannon estava parada na bancada da cozinha, sem olhar para ele. Os dedos giravam um copo de bourbon que ninguém bebera. A 3D estava ligada para si mesma, sintonizada na estação pirata de notícias da Comunidade, com o volume no mudo.

— Não foi planejado. Apenas aconteceu. Eu...

— Não — disse ela rispidamente. — Não diga que você sente muito.

— Não era o que eu ia dizer.

— Ela merece mais do que isso.

— Concordo.

— Eu entendo — falou Shannon. — Vocês dois têm um passado. E você e eu, nós nunca conversamos a respeito...

Não, pensou Cooper. *Não, nunca conversamos. Eu estava ocupado derrubando um presidente e trabalhando para outro, tentando proteger o mundo. Você estava lutando uma revolução e libertando crianças da escravidão, sem falar que também estava salvando minha vida.*

— Eu gostaria que tivéssemos — disse ele — conversado a respeito.

Shannon deu de ombros de maneira evasiva, ainda sem olhar para Cooper.

— É quase engraçado. Eu não sabia até Natalie me visitar.

— Não sabia... espere. Ela te visitou? Quando foi isso?

— Há umas duas semanas. Depois que você morreu.

— Ah.

Ele não sabia daquilo. Quando Todd estava ferido, e Cooper derrotado e pronto para desistir, foi Natalie quem o colocou de pé. Ela desanuviara a mente dele, dera uma bronca e despachara Cooper para lutar pelo futuro dos filhos. Deve ter sido depois disso que Natalie visitou Shannon. Ele visualizou a cena facilmente. Outra mulher teria ido para insultar ou ameaçar, para dizer que se afastasse. Mas Natalie simplesmente teria achado que Shannon merecia saber que ele sobrevivera.

Àquela altura, Shannon tinha se separado de John Smith, depois embarcou em um avião e chegou bem a tempo de salvar a vida dele.

As mulheres na vida de Cooper eram sensacionais.

Quando os deuses realmente querem ferrar com você, eles te dão coisas boas em excesso.

— Entendo que vocês gostem um do outro — continuou Shannon. — Mas até Natalie ter aparecido no meu quarto de hotel, eu não sabia que ela continuava apaixonada por você.

Cooper hesitou.

— Eu não sei se isso é verdade.

— É sim — falou ela, da mesma forma que poderia ter dito que estava nevando.

— Eu não te enganei. Nós terminamos desde o divórcio. Mas acho que tudo o que aconteceu talvez tenha mudado a forma como Natalie vê as coisas. Fez com que considerasse se merecemos tentar de novo.

— E quanto a você?

— Eu... ela é a mãe dos meus filhos. Eu sempre vou amá-la.

— Como disse, eu entendo. — Shannon tomou um pequeno gole do bourbon. — Sou uma mulher adulta, Cooper, não uma estudante com um crush.

E pronto. Ela o chamou de Cooper.

— Shannon, eu...

— Tenho certeza de que é uma situação confusa.

Cooper queria muitíssimo concordar, mas tinha experiência suficiente com mulheres para saber que aquela era uma ideia muito ruim. De alguma forma, ele conseguiu evitar assentir.

— Tenho uma sugestão, porém. É melhor você não brincar com ela. Natalie é uma boa pessoa. — Shannon respirou fundo, depois tomou outro pequeno gole do bourbon. — Vai uma bebida?

Cooper olhou fixamente para ela e sentiu um rasgo no peito. Tudo ganhou força, uma espécie escorregadia de velocidade que parecia fora de controle e corria na direção de uma parede. Cooper sabia que era capaz de impedir a batida. Tudo o que ele precisava era dizer, com firmeza e clareza, que escolhia Shannon. Que sempre amaria Natalie, que não se arrependia da noite anterior, mas que aquilo foi uma despedida. Que o que ele queria era Shannon, e ponto final.

Os segundos passaram. Na 3D, a imagem mudou, e a filmagem da Presidente Ramirez foi substituída por um mar de homens marchando.

— Você viu isso? — perguntou Shannon, com a voz sob controle. Ela abriu o armário, pegou um copo e derramou bourbon nele, com a garrafa tremendo apenas levemente. — Eles continuam exibindo o mesmo trecho, mas eu não consigo desligar.

— Shannon...

— Aqui. — Ela empurrou a bebida para ele e brindou com o próprio copo. — Aos Novos Filhos da Liberdade. São uns filhos da puta cascudos, tenho que admitir. Áudio ligado.

Cooper começou a reclamar, mas se deteve quando viu a expressão de Shannon. *Só há uma maneira de pôr fim a esta situação: tomar a decisão agora mesmo, para valer.*

Que Deus o ajude, mas ele simplesmente não conseguiu. Sentindo um pouco de tontura, Cooper pegou o bourbon e tomou metade em um gole só.

A 3D reagiu ao comando de voz de Shannon e transmitiu som no meio da frase do locutor pirata:

— ... um bando de babacas a oito quilômetros depois da cerca de Rawlins.

A tomada era do alto, mas, mesmo assim, estava lotada de gente de ponta a ponta, um tapete vivo de figuras minúsculas se arrastando pelo cerrado do Wyoming. Cooper reconheceu a voz de Patricia Ariel, diretora de comunicação de Epstein, retumbando um alerta, dizendo que a milícia não era bem-vinda, que a Comunidade se defenderia. Por um momento, todo mundo no solo hesitou; depois, surgiu um grito, a comemoração dos Novos Filhos:

— Isto acaba agora! Isto acaba agora! Isto acaba...

— Mandaram bem, rapaziada — continuou o locutor —, bem grudento esse lema. Talvez na aula da semana que vem a gente possa trabalhar em um lema com mais de três palavras. Ah, beleza, buzina de caminhão, vamos colocar isso também, nada é tão assustador quanto um buzinaço. Mas, então, esperem, esperem...

A imagem foi cortada por um instante. Um pulso eletromagnético para fritar circuitos eletrônicos, como Cooper sabia. Ele havia lido os detalhes da batalha a caminho do campo de aviação.

Quando a imagem voltou, era nitidamente uma hora ou duas depois, quando o veículo de imprensa que estava mais perto conseguira arrumar outro drone de notícias. Nesta imagem, a paisagem estava devastada, os caminhões, virados e quebrados, o cerrado havia virado um campo de batalha arruinado e cheio de cadáveres.

— Ah, droga! Bem, vocês conhecem o ditado — continuou o locutor. — É tudo uma grande festa até alguém lançar um ataque de drones. Foi mal, criançada, lá se foi a Carga da Brigada Burra...

Bela tentativa, pensou Cooper. *Mas o que você está vendo, meu amigo presunçoso, é um exército montando acampamento.*

— Áudio no mudo. — Shannon balançou a cabeça. — O que eu não entendo é por que Epstein parou de atacá-los. O noticiário diz que cerca de mil morreram, e outros dois mil foram feridos ou fugiram. O que não é ruim, creio eu, mas o vírus Proteus matou, tipo, cinquenta vezes isso. Qual a vantagem de ter misericórdia a esta altura?

Aparentemente a discussão romântica fora engavetada. Ele pensou em puxar o assunto novamente, mas não viu realmente o que poderia acrescentar. Melhor deixar a poeira baixar.

— Não foi misericórdia. Ele simplesmente ficou sem bombas.

— Você acha?

— O governo não permitiria que a CNC tivesse armas de ataque. Erik comprou algumas no mercado negro, montou algumas na surdina, mas não podia arriscar ter muitas. Não estou teorizando, eu sei disso. Eu era do DAR, lembra?

— Você nunca me deixa esquecer.

Não responda. Ela tem direito de estar puta.

— De qualquer forma, Erik não está preocupado com os Novos Filhos. Não importa quantos homens tenham, eles não passarão pelo Anel de Vogler. Ele foi construído para proteger a Comunidade de uma multidão raivosa. — Cooper balançou a cabeça. — É Smith que me preocupa.

Antes, mesmo enquanto eles assistiam aos resultados da batalha, a atenção de Shannon estivera dividida. Ela mantivera as aparências, mas foi fácil para Cooper ver que eram apenas aparências. Mas agora todos os pensamentos de Shannon sobre o futuro romântico dos dois foram varridos.

— Conte-me.

— Ele chegou a Abe Couzen antes de nós.

— Isto não é bom.

— Vai piorar.

Cooper informou tudo a Shannon, começando por quando eles se separaram. Ela ouviu com atenção e fez perguntas pontuais. Aquele era um espaço seguro para os dois, analisar uma situação e descobrir como reagir. Era o que eles haviam feito em vez de namorar. Quando Cooper chegou à parte do laboratório de Abe, Shannon terminou a bebida e serviu outra; enquanto contava sobre a conversa com Soren, Cooper esvaziou o próprio copo, e Shannon empurrou a garrafa na direção dele com uma naturalidade involuntária.

— Falando nisso — disse Cooper —, obrigado por ter trazido Soren aqui. Não deve ter sido divertido.

— Ele não foi lá grande companhia. Passou os últimos dois dias no porta-malas do carro. — Ela deu um meio sorriso. — Você realmente acha que ele pode te ajudar?

— Tenho certeza.

— John é o melhor amigo dele. Soren não vai entregá-lo facilmente. Você vai...

— Não vejo muita escolha. Smith veio manipulando o mundo todo para chegar a este momento. Eu ainda não sei o motivo, mas sei que ele não começa brigas que não possa vencer.

— Tem alguma coisa que você possa oferecer para Soren? Uma recompensa em vez de punição?

— Tipo o quê?

Shannon foi para a janela e olhou para fora. Flocos de neve perseguiam uns aos outros em uma rajada de vento.

— Você poderia falar com Samantha.

— Quem? — O nome era conhecido de uma forma vaga.

— Não me diga que você não se lembra dela.

Por que você está olhando para mim desta — ah. Ele se lembrou muitíssimo bem. A amiga de Shannon, branquela, com cabelo reluzente e exalando sex appeal. Ela era do primeiro escalão, uma espécie de captadora, só que com uma empatia enviesada que permitia que percebesse os desejos de qualquer pessoa e depois os emulasse.

— Ela e Soren se conhecem?

— No sentido bíblico. Desde a Academia Hawkesdown. — Shannon fechou a cara. — Um relacionamento todo errado.

Não brinca. Cooper só encontrara com Samantha uma vez, mas foi fácil notar que o vício em analgésicos era na verdade a menor de suas compulsões. Entre o seu dom e o seu passado — seduzida por um mentor da academia aos 13 anos, depois virou prostituta —, a fonte de autoestima de Samantha era ser desejada.

Quem poderia desejá-la mais do que um anormal temporal que vivia cada segundo como se fossem onze? A intensidade da atenção de Soren deve ter sido como heroína para ela. E a capacidade de Samantha de sentir o que ele queria sem exigir todas as convenções sociais que Soren não conseguia manter deve tê-la tornado sem igual entre as mulheres.

— Você imagina — continuou Shannon — como é o mundo para ele? Soren não consegue conversar. Não pode assistir a um filme. Se ficar bêbado, a ressaca dura, tipo, uma semana. Diabos, sexo deve ser uma das únicas coisas que realmente funcionam para ele. Especialmente com Sam.

— Ela ama Soren?

Shannon concordou com a cabeça.

— Quase tanto quanto ama John.

— Ah.

Passou pela cabeça de Cooper apelar para os sentimentos de Samantha, convencê-la de que ela podia salvar Soren. Mas ele se esqueceu de que Smith era o fio condutor que os unia. Fora Smith que matara o mentor e cafetão de Samantha. Não havia possibilidade de ela traí-lo.

— O que você vai fazer?

— Não sei. — Cooper suspirou. — Eu vi Millie hoje. Lembra dela?

— A menininha com cabelo verde.

— Está roxo agora. De qualquer forma, ela me disse que não conseguia captar Soren, que a percepção de tempo dele ferrava com tudo. Eu pensei que talvez o estresse pudesse mudar isso, mas, ao contrário, Millie acabou me captando.

— Pobre criança.

Cooper fez uma careta para Shannon.

— Na verdade, ela disse que eu era puro.

— Ela não te conhece como eu conheço.

— Ha-ha. Depois, nós dois conversamos e eu fiz merda, falei a coisa mais estúpida: que Soren era uma aberração, que fora arruinado pelo dom, que havia sido colocado para fora da sociedade. E assim que eu disse aquilo, pensei que o mesmo podia ser dito sobre ela.

Shannon fez uma expressão de dor.

— E obviamente ela captou seu pensamento.

— Sim. Eu sinto tanta pena dela. É muita pressão para uma menininha. Ela tenta lidar, se esconde atrás do cabelo e dos videogames, mas...

Um pensamento atingiu Cooper com uma força quase física. Ele teve uma ideia capaz de lhe revirar os olhos, e se desconectou do mundo para examiná-la.

Será que era possível?

Millie parecia achar que sim. E aquilo era a Comunidade. O local mais avançado tecnologicamente do planeta, uma sociedade fechada em que brilhantes trabalhavam com enormes recursos financeiros e poucas restrições. Eles o trouxeram dos mortos ali.

— Cooper? — Shannon olhou para ele com preocupação e curiosidade. — Você está bem?

Cooper pegou o bourbon e engoliu o resto, praticamente sem saborear. Depois, se voltou para encará-la.

— Recompensa.

Revista TIME

10 Perguntas para Sherman VanMeter

O Doutor Sherman VanMeter fez carreira traduzindo as áreas mais complexas dos empreendimentos científicos em termos acessíveis — ainda que indelicados.

O senhor escreveu livros sobre tudo, de astrofísica a zoologia. Como foi capaz de se tornar um perito em campos tão díspares?

Há a ideia de que as disciplinas científicas são países separados, quando na verdade a ciência é universal. É uma questão de exploração e pensamento crítico, não de memorização. É um ponto de interrogação, não um ponto final.

Pode citar um exemplo?

Claro. As crianças aprendem sobre o sistema solar memorizando os nomes dos planetas. Isto é um ponto final. E também é cientificamente inútil, porque nomes não têm valor.

O ponto de interrogação seria dizer, em vez disso: "Há centenas de milhares de corpos de grande tamanho orbitando o sol. Quais são os excepcionais? O que os torna assim? Existem semelhanças? O que revelam?".

Mas como se ensina a uma criança a compreender essa complexidade?

Ensinando a compreender o estilo de raciocínio. Não há respostas, apenas perguntas que moldam a compreensão, e que por sua vez revelam mais perguntas.

Parece mais com misticismo do que ciência. Como se estabelece o limite?

É aí que entra o pensamento crítico.

Eu entendo como isso se aplica à categorização de objetos solares. Mas e quanto a questões mais abstratas?

Funciona lá também. Considere o amor, por exemplo. Os artistas lhe dirão que o amor é uma força misteriosa. Os padres alegam que é uma manifestação do divino.

Os bioquímicos, por outro lado, lhe dirão que o amor é um ciclo de realimentação de dopamina, testosterona, feniletilamina, norepinefrina e pegue-no-meu-piu-piu. A diferença é que nós podemos mostrar o nosso trabalho.

Então o senhor é um romântico?

Nós somos quem somos como uma espécie por causa da evolução. E, na essência, a evolução é a produção constante de máquinas de matar cada vez mais eficientes.

Não é mais correto dizer "máquinas de sobrevivência"?

As duas coisas andam de mãos dadas. Mas matar é o principal propulsor; sem isso, a sobrevivência não entra em jogo.

Uma forma meio fria de encarar o mundo, não é?

Não, na verdade é uma forma otimista. Há uma citação que eu adoro do antropólogo Robert Ardrey: "Nós nascemos de macacos evoluídos, não de anjos caídos, e os macacos eram matadores armados, além disso. E, portanto, o que deve nos maravilhar? Nossas matanças, massacres e mísseis, e nossos regimentos irreconciliáveis? Nossos tratados, quaisquer que sejam seus valores; nossas sinfonias, por menos que sejam tocadas; nossos territórios pacíficos, por mais que frequentemente sejam convertidos em campos de batalha; nossos sonhos, mesmo que raramente sejam realizados? O milagre do homem não é a profundidade em que afundou, mas a grandiosidade de sua evolução."

O senhor usou isso como epígrafe de seu novo livro, *Deus é um anormal*, mas notei que deixou de fora a última frase: "nós somos conhecidos entre as estrelas por nossos poemas, não pelos cadáveres." Por quê?

É aí que a licença poética de Ardrey derrota sua ciência, o que é um erro perigoso. Nós não somos "conhecidos entre as estrelas" de maneira alguma. O sol não está ponderando sobre a natureza humana, a galáxia não está nos julgando. O universo não se importa conosco. Nós evoluímos no que somos porque o modelo atual da humanidade sobreviveu, e as versões anteriores, não. Simples assim.

Por que um pouco de entusiasmo artístico é um erro perigoso?

Porque artistas são mais perigosos do que assassinos. O assassino em série mais prolífico pode fazer dezenas de vítimas, mas poetas podem dizimar gerações inteiras.

CAPÍTULO 16

Soren sonhou.

Ele passeou por uma cidade fora do país, com paralelepípedos embaixo dos pés. Prédios gastos de pedra branca, portas altas pintadas de verde-escuro, cortinas esvoaçando pelas janelas abertas do segundo andar, velhos vendo a vida passar. Roma? Ele nunca esteve em Roma. Um voo direto teria levado oito ou nove horas de tempo "normal", perto de cem horas na percepção de Soren, mas as horas não eram o problema. O tempo era um mar em que ele nadava, e sozinho Soren podia passá-lo meditando, à procura do nada.

O problema era o tempo preso em um espaço apertado com outras pessoas.

A agonia de vê-las se mexendo como se estivessem paralisadas, cada expressão se contorcendo e deformando, os lábios como vermes que se torciam em sílabas sofridas, gotas de cuspe saindo lentamente em arcos das bocas nojentas. Corpos gordos e crânios irregulares. A energia simples e horrível da existência das outras pessoas, apenas existindo, e fazendo tanto barulho, tão espalhafatosas e vulgares. Até mesmo dormindo os roncos tomavam conta do mundo, os peidos davam cheiro. A única dignidade existia onde elas não estavam.

Foi assim que Soren soube que aquilo era um sonho. Em raras ocasiões, a maldição era cancelada em sonhos. Ele não tinha que sofrer a descida lenta do pé a cada passo, não tinha que esperar na prisão atrás dos olhos enquanto o mundo o alcançava. Soren podia andar entre seres humanos e não odiá-los.

Os sonhos mais cruéis eram os mais lúcidos, nos quais ele tinha o controle. Soren podia parar do lado de fora de um restaurante e se deliciar com os cheiros intensos de manjericão e alho que saíam pelas portas abertas. Podia coçar uma comichão na nuca e sentir as unhas. Podia notar a pequena capela adiante e admirar a forma como cada linha era proporcional, como cada pedra fora testada pelo clima e tempo. Quando Soren se aproximou da capela, ouviu sons vindo do interior. Automaticamente, ele estremeceu. Sons eram desagradáveis. Vozes, suspiros, risadas; tudo isso irritava como metal passando nos dentes.

Só que.

Aqueles sons.

Ele nunca tinha ouvido nada como aquilo.

Uma expansão em camadas, uma elevação de texturas e climas. Os sons apresentavam um ritmo que crescia como o amor, como quando ele entrava em Samantha e cada estocada lenta era um êxtase a que Soren se entregava, cada sensação arrepiante, um mundo em si próprio. O ritmo quase parecia ter um tema, como se alguém tivesse encontrado uma forma de representar o aumento da claridade da aurora após uma noite tão fria e longa que parecia interminável. Os tons graves eram o breu da escuridão, a perda e o medo, mas contra eles as notas agudas eram insistentes, expansivas, andavam juntas de uma maneira que fez o peito de Soren doer.

Ele entrou pela porta da capela e ficou maravilhado com a forma como o som reverberava na pedra antiga. O interior era iluminado por velas grossas e brancas com chamas que dançavam rapidamente, com tanta rapidez que era irritante, mas de certa forma libertador, e o cheiro era intenso e inofensivo, de cera, fogo e incenso. Na frente do ambiente, um coro cantava.

Pessoas? *Pessoas* faziam aqueles sons?

Ele percorreu a nave da igreja, encontrou um banco escuro e se sentou. Conforme o coro mexia os lábios, saíam barulhos que Soren nunca tinha ouvido antes. Um emaranhado calculado de vozes, puras, agradáveis e possantes. Um som que o pegou, sacudiu e elevou. As mãos se contraíram no colo, e o peito arfou. Soren estava chorando.

Aquele seria o sonho mais cruel de todos, ele sabia, mas por enquanto Soren estava participando. Se tivesse que pagar o preço, pelo menos ele apreciaria o sonho, mergulharia nele, deixaria o som lavá-lo como um mar morno, aquela pureza, aquela essência, aquela sagrada...

Música.

Aquilo era música, ele percebeu. Da forma como os outros ouviam. Para Soren, a música nunca tinha sido nada além de horríveis tons rangentes e intermináveis, que reverberavam nos ossos. As pessoas gostavam, ele sabia, mas Soren não era uma pessoa.

Cedo demais, as vozes começaram a diminuir gradualmente. Quando a música chegou ao fim, a sensação foi a de que uma força física que o sustentava de pé havia sumido. Então, Soren ouviu outra coisa. Ao lado dele. Outro barulho que nunca tinha escutado. Uma voz que soou no alto-falante.

— É impressionante, não é?

Soren então percebeu que o sonho estava prestes a acabar. Ele só queria permanecer um pouco mais, um pouco mais, para sempre. Mas, enfim, assim eram os sonhos. No banco ao lado de Soren estava Nick Cooper. Um homem que ele havia matado e que voltara dos mortos para enganá-lo, quebrar seus ossos e enviá-lo para um purgatório branco de contagem.

— Música — disse o monstro. — Achei que essa seria a melhor maneira de mostrar. Você nunca tinha ouvido antes, não é?

O sonho acabaria em breve. Soren virou o rosto e se voltou para o coro novamente. Talvez eles cantassem uma última vez.

— Você tem um tempo morto de 11,2 segundos. Se eu conto "é um", levo um segundo. Mas você nunca ouviu assim, não é? Você ouviu "éééééééééééé uuuuuuuuummmmmmmm..." — Cooper parou. — Você nunca conheceu a vida. Não mesmo.

Soren sentiu uma comichão na nuca novamente e coçou. Na maioria dos sonhos, ele apenas sentia, mas os tão nítidos quanto aquele geralmente estavam sob algum nível de controle consciente. Soren decidiu banir Nick Cooper da capela e concentrar toda a atenção na música até o sonho ficar gasto.

— Deixe-me adivinhar — disse Cooper. — Você acha que isto é um sonho.

A contragosto, Soren se virou.

— É como a parábola do homem que sonhou que era uma borboleta. Quando acordou, ele não tinha certeza de que não era uma borboleta sonhando que era um homem. E outros exercícios de filosofia de alojamento de faculdade. — O sorriso de Cooper não se refletiu no olhar. — Bem, deixe-me encerrar o mistério. Você não está sonhando.

— O que é, então?

— É ótimo, não é? A oportunidade de andar, falar e pensar sem ter que assistir ao resto do mundo se arrastando. Imagine como as coisas teriam acontecido se você não tivesse nascido do jeito que é. Você podia ter tido uma vida, amigos, relacionamentos. Podia ouvir música ou passear na praia ou conversar. Todas as coisas que as outras pessoas consideram corriqueiras. Todas as coisas que lhe foram negadas.

— O que é isso?

— Sabe — falou Cooper —, você não precisa se ater ao lance de quatro-palavras-de-cada-vez. Abra suas asas. Tente uma frase inteira.

Soren encarou Cooper. Esperou.

Cooper suspirou.

— É a possibilidade de uma vida real.

— Real? — Ele olhou ao redor, para a capela, o coro, a rua romana além das portas abertas.

— Você, mais do que qualquer um, deveria saber que "real" é um termo flexível. O resto do mundo vivencia uma coisa, e você vivencia outra. Qual é a real? A nossa? A sua? Nenhuma delas? — Cooper deu de ombros. — A percepção é apenas uma questão de sinais elétricos no cérebro. Filósofos, poetas e padres dizem que há mais coisa, e talvez estejam certos. Mas isto não altera o fato de que a consciência é uma questão de corrente. Não há verdade objetiva, apenas a experiência subjetiva que nossas mentes percebem. Afinal de contas, quando pensou que isto fosse um sonho, você não quis permanecer dentro dele?

Mais do que qualquer coisa, e pelo resto da minha vida. Mas Soren apenas repetiu:

— O que é isso?

— É uma simulação. Projetada pela nata da Comunidade. Realmente leva a ideia de neotecnologia além, não é? É basicamente um videogame de ponta, acionado por redes previdentes que se mantêm um passo à frente. Não sou bioengenheiro, mas da forma como me explicaram, a simulação estimula diretamente as partes do cérebro que processam informações sensoriais. Os lobos frontal, temporal, occipital e parietal, neurônios no tronco encefálico, sabe-se lá o que mais. A questão é que a simulação é tão real quanto qualquer outra coisa na sua cabeça. E porque é gerada, aqui nós podemos anular sua percepção de tempo.

— Como?

— Nós sedamos você enquanto dormia, e a equipe de cirurgiões de Erik implantou um pequeno dispositivo de interface.

— Por quê?

— Acho que o que você quer dizer é "obrigado". — Cooper deu outro sorriso frio. — Para um cara cuja ideia de entretenimento é contar buracos na parede, cuja maior esperança é que eu o mate, isto é basicamente o Natal.

Soren compreendeu então.

— Uma oferta.

Cooper concordou com a cabeça.

— E esta é apenas a versão 1.0. Com o passar do tempo, Epstein pode criar uma interface permanente, uma espécie de tradutor mental que permitiria que você vivenciasse o mundo como o resto de nós.

— Qual é o preço? — perguntou Soren enquanto coçava a nuca.

— Informação.

— Sobre John.

— Sim.

Soren fez uma pausa.

Na infância, oprimido por cada segundo, incapaz de sequer explicar para as pessoas em volta o que estava errado, surgiu uma voz na sua mente que prometeu que um dia ele seria curado. Alguém encontraria uma forma de anular o inferno que Soren levava atrás dos olhos. Algum dia, ele seria capaz de vivenciar o mundo como os outros faziam. Alegria simples nas coisas simples.

Foi o único motivo para ele ter continuado vivo. E embora Soren tivesse parado de acreditar na voz com o tempo, ela deixou uma marca profunda a ponto de a sobrevivência se tornar um hábito, um hábito que ele nunca interrompeu, apesar de considerar diariamente a interrupção.

Agora, a voz tinha razão. Havia uma cura para ele.

O coro começou a cantar novamente. Sussurros trêmulos que reverberavam e ecoavam pela capela. Era a coisa mais bonita que Soren vira na vida, tão adorável quanto os momentos com Samantha, mas em vez de ser uma memória passageira, aquilo estava ali, suficientemente real, e diante dele.

Durante a vida inteira você tentou ser uma folha e deixar que a corrente o levasse embora.

E se, em vez disso, você se tornasse uma águia e voasse na brisa?

— Eu sei que você acha que ele é seu amigo, mas Smith te usou. Ele enviou você para me matar, e quando falhou, Smith te abandonou. Ele sentiu o mesmo amor por você que um enxadrista sente em relação a uma peça poderosa, sabendo muitíssimo bem que vai sacrificá-la para vencer.

Soren então teve uma lembrança. John, dizendo para ele: "Vocêéatorre. Despercebidanafileiradetrás." Falando da velha maneira, juntando as palavras para facilitar para Soren. Foi no apartamento em Tesla, aquele cheio de livros, aquele onde John o havia reunido com Samantha.

A coceira atacou novamente.

Soren olhou para a linda capela iluminada por velas, tomada pelo cheiro de cera e lustra-móveis, reverberando com a canção, cuja beleza ele nunca tinha conhecido. Então, Soren meteu as duas mãos na nuca.

Cooper inclinou a cabeça.

— O que você está fazendo?

Soren o ignorou. A nuca parecia normal, mas ele sabia que havia algo mais ali e se concentrou, se esforçou. Foi como tentar despertar de um sonho, aquele momento em que ambos os mundos parecem reais, quando a fronteira entre eles é flexível, e, ao pensar nisso, as mãos tocaram algo duro e frio. Olhando fixamente nos olhos de Cooper, Soren pegou o objeto com os dedos e o puxou.

O mundo travou, estremeceu e se distorceu como uma chamada de vídeo com sinal ruim, e desapareceu.

A capela, as velas, o coro — tudo sumiu.

Tudo menos Cooper, sentado diante dele na cela clara de ladrilhos brancos cheios de 415.872 furinhos. O homem o encarava com uma expressão que misturava confusão e horror.

Lentamente — muito, muito lentamente —, Soren tirou a mão detrás da cabeça e olhou para o cabo que fora enfiado em sua nuca.

A voz dentro dele se enfureceu e berrou, mandou que o enfiasse de volta, que não era tarde demais, que aquilo era o que ele sempre sonhara.

Soren abriu os dedos e deixou o cabo cair.

— Não.

Mas soou como "nnnnnnnnnnnnnnnããããããããããããooooooo..."

CAPÍTULO 17

O solo era duro e frio como ferro fundido retirado do congelador. Luke Hammond sentiu o frio entrar no peito, as pedras arranhando as pernas, uma dor prolongada nos músculos. Depois, ele tirou o incômodo da mente. Um truque que aprendera aos 19 anos com um batedor de longo alcance no Laos. Catalogue as condições, mas não as sinta. Concentre-se na missão.

A função de visão noturna do binóculo fora destruída juntamente com todos os outros eletrônicos quando eles foram atingidos pelo pulso eletromagnético. Mas o céu aberto do Wyoming brilhava com a luz das estrelas, e ele conseguia ver o posto avançado nitidamente. Um agrupamento de trailers e unidades pré-fabricadas cercando uma estrutura inflável com cem metros de diâmetro e cheia de salas e corredores. O zumbido dos geradores aumentava e diminuía com o vento. Alguns carros e quatro ônibus grandes formavam um estacionamento improvisado. O posto avançado não tinha placa, cerca ou estruturas permanentes de nenhum tipo. A instalação inteira parecia que havia sido montada uma semana antes — e tinha sido.

Havia apenas um guarda, que batia os pés enquanto acendia o cigarro. Nenhum soldado sério teria cometido esse erro durante a vigília, mas ninguém ali esperava um ataque. Isto era parte da intenção, e o motivo de Luke e sua equipe terem cruzado quase oitenta quilômetros perpendicularmente ao caminho dos Novos Filhos para chegar àquele lugar. Naquele ermo normalmente desocupado, a "segurança" era principalmente para protegê-los de coiotes.

Ele baixou o binóculo e olhou de lado. Onze homens, todos deitados no chão, todos em silêncio, devolveram o olhar. Estavam vestidos como Luke, em camadas de roupas negras e gorros. As partes mais visíveis eram os olhos e as armas.

Miller sugerira mais homens, mas Luke quis manter pequeno o esquadrão. As bombas de Epstein podiam ter acabado, mas sem dúvida havia olhos no céu acompanhando cada movimento do exército.

— Vamos parecer com desertores. Você saberá que haverá muitos. Uma coisa é entoar palavras de ordem, outra é sofrer ataque de drones. Epstein não é capaz de rastrear todos os grupos.

— Não — dissera o General Miller. — Mas isto é vital para nosso sucesso. Será que doze homens conseguem controlar a situação?

— Sim — respondera Luke. — Nossos alvos estão acostumados a seguir ordens.

A equipe não era o tipo de unidade de elite a que ele estava acostumado, mas pessoas que cruzam o país para formar uma milícia tendem a ser de uma certa espécie, e Luke selecionou homens com experiência de combate substancial. A natureza dessa experiência variava enormemente: Gorecki era um ex-fuzileiro naval que trabalhava como guarda-costas de superastros do hip hop; Decker cuidava da disciplina de um clube de motociclistas de San Diego; Reynolds comandara uma equipe de emergência policial no Tennessee.

— Eu pego o guarda do lado de fora — sussurrou Luke. — Provavelmente há mais dois acordados nos alojamentos. Reynolds, isto é com a sua equipe. Façam tudo em silêncio. Gorecki, pegue seus três homens e tomem o perímetro. Os funcionários estarão nos trailers; Decker e eu iremos de porta em porta. Entendido?

Os líderes das unidades fizeram sinal de positivo. Luke começou a se levantar, e depois parou.

— Lembrem-se de verificar os alvos. Não machuquem crianças.

Ele esperou pelos acenos de todos os onze homens, deu uma última olhada pelo binóculo — o guarda ainda estava encostado no capô de um carro, de costas para eles —, e entregou-o para Gorecki.

Luke seguiu agachado, andando como um caçador na direção do estacionamento. Foi bom estar em movimento após meia hora no chão frio. A clareza dos sentidos aguçados pela missão aumentou, aquela percepção ampliada e concentração afiada. Quantas vezes ele fizera algo como aquilo? Dezenas? Centenas? Luke perdera a conta das nações em que lutara. Houve épocas em que ele se sentia vivo apenas quando estava em missão.

Pelo menos, era assim que Luke pensava até ter filhos.

O barulho dos geradores cobriria quaisquer sons que ele fizesse, mas Luke pisou leve mesmo assim. Quando chegou ao ônibus mais próximo, ele se deitou no chão para olhar embaixo do veículo. Tudo o que conseguiu ver do guarda foi a parte de trás de suas pernas. Luke considerou dar a volta, mas decidiu tomar o caminho menos esperado e rastejou por baixo do ônibus, como se fazia no Exército. Mais partes do guarda foram reveladas a cada movimento cauteloso. A julgar pelo número de guimbas de cigarro no chão, ele estava ali havia algum tempo. O turno da madrugada era tedioso, e era fácil para a mente divagar.

Luke ficou de pé, um fantasma nas sombras. Ele deixou a pistola no coldre, tirou um pedaço de corda do bolso, e enrolou quatro vezes em cada mão enluvada. Um passo, dois, três, e então Luke estava atrás do sujeito, suficientemente perto para sentir o fedor pungente de tabaco e ouvir o som rouco da respiração. Luke esperou que ele desse um último trago no cigarro e exalasse; então, cruzou os braços para fazer um laço, passou a corda pela cabeça do guarda e puxou para trás ao mesmo tempo em que dava uma joelhada.

Em menos de um segundo, o peso do corpo inteiro do homem e toda a força de Luke foram aplicados na corda fininha contra a garganta do guarda, fechando a traqueia e a artéria carótida. As mãos dele voaram para o pescoço e arranharam inutilmente enquanto as pernas chutavam a terra em espasmos. A força do guarda sumiu em três segundos; após oito, ele parou de se mexer completamente. Luke contou mais vinte, soltou a corda e afirmou o serviço com a faca.

A seguir, ele se levantou e fez um gesto para a equipe ir adiante. Eles andaram rápido, com as armas automáticas de prontidão. Liderados por Reynolds, seis homens foram ao domo inflável. A equipe de Gorecki se espalhou para cercar o complexo. Decker era do tipo de motociclista magro, como se tomasse anfetaminas, um espantalho tatuado com cabelo comprido preso atrás do gorro. Os olhos não se arregalaram quando notou o guarda morto e o sangue que jorrava no chão frio.

Luke apontou para o trailer mais próximo. Ele torceu para que a porta estivesse destrancada — eles estavam a quilômetros da cidade mais próxima —, mas um giro de leve não fez com que ela cedesse. A quarta chave no chaveiro do guarda deu jeito. Luke abriu a porta e entrou de mansinho, com Decker atrás.

A luminosidade da noite que entrava pelas janelas revelou uma sala de estar minúscula. A cozinha ficava à esquerda, e, na parede à direita, uma porta aberta levava ao que só podia ser o quarto. Luke foi de mansinho até ela, com passos silenciosos no tapete, e espiou o interior. Um breu. Ele tirou a lanterna do bolso, cobriu com a palma da mão, e deixou a luz cor de sangue passar. Uma mesinha, a porta para um banheiro, um colchão de solteiro com uma figura em cima. Seis passos o levaram para a lateral da cama.

Com um gesto, Luke montou em cima do dorminhoco, cobriu a boca do sujeito com a mão direita, e usou a esquerda para mirar a lanterna nos olhos. O homem acordou com um espasmo e um arquejo contra a palma de Luke.

— Não lute.

O sujeito travou, o rosto empalideceu e, nos olhos arregalados, as pupilas se contraíram nitidamente diante da luz súbita.

— Eu vou tirar a mão da sua boca. Tente gritar e você morre. Entendeu?

Um aceno trêmulo com a cabeça.

— Qual é o seu papel?

— Meu... o quê? — A voz cedeu.

— Sua função. Qual é?

— Sou orientador psicológico.

— Qual é o seu nome?

— Gary.

— Quantas crianças estão aqui, Gary?

— Hmm.

Foi a primeira vez que o sujeito hesitou conscientemente.

Decker tirou uma faca de caça comprida de uma bainha presa à calça, girou a lâmina para refletir a luz, e depois passou-a pela garganta do homem, arrancando uma linha fina de sangue. O orientador teve um sobressalto, começou a soltar um gritinho, mas Luke desceu a mão antes que ele pudesse emitir um som.

— Nós recebemos um aviso antes de Epstein tentar nos matar. Você recebeu o mesmo. Esconda alguma coisa de novo ou tente mentir, e nós vamos arrancar suas tripas. — Luke tirou a mão. — Agora...

— Seiscentas e quatro!

Por um momento, Luke quase mandou Decker matá-lo, mas o medo nos olhos do orientador era puro e autêntico.

— Isto não faz sentido.

— Eu juro...

— Baixe a voz.

— Juro que é verdade, eu juro.

— Foi para este lugar que Epstein trouxe as crianças que escaparam da Academia Davis há duas semanas. Havia apenas cerca de trezentos alunos na escola inteira.

— Nós j-j-juntamos os alunos. Com outras crianças.

— Por quê?

— As academias... essas crianças foram tiradas dos pais e sofreram lavagem cerebral. Foram ensinadas a se odiar. Por anos. Elas precisam de atenção, de ajuda. É por isso que estamos todos aqui, no meio do nada. Por favor, não me corte de novo.

— Com outras crianças?

— Hã?

— Você disse que juntaram os alunos com outras crianças.

— Ah. Crianças da Comunidade. V-v-voluntárias.

Luke considerou a resposta. Fazia sentido; não era tão diferente assim do tipo de orientação a que veteranos com transtorno de estresse pós-traumático tinham acesso. *É um presente. Vai tornar o plano de Miller duas vezes mais eficaz.*

— Você é um anormal?

— Sim. Sou um captador do quarto escalão, com mestrado em...

— Eu vou fazer uma pergunta, e quero que você me capte e pense com muito cuidado antes de responder. — Luke se inclinou à frente. — Você tem muita vontade de viver?

O homem encarou Luke fixamente. Por um momento, ele viu o orientador lutando para se manter fiel às noções de honra e dever. Mas conceitos abstratos eram escorregadios, especialmente no meio da noite, com uma faca de caça apoiada na garganta.

— O que você quer que eu faça?

— Há quantos terapeutas de serviço?

— Hããã... mais ou menos dez profissionais, mais os administradores.

— Se você pudesse escolher outros dois para sobreviver hoje, quem seriam... e onde dormem?

Vinte minutos depois, Luke e Decker recrutaram mais dois terapeutas.

Teria sido mais rápido, mas eles não tinham tanta vontade de viver quanto Gary.

■

Considerando a lotação, o grande domo do ginásio estava estranhamente calmo. As crianças estavam sentadas no chão, algumas em duplas, a maioria sozinha. Aquelas que vieram da Academia Davis simplesmente fizeram fila e estenderam os braços para serem presos com algemas de plástico, uma de cada vez. Gary e os dois outros orientadores foram úteis; quando as crianças viram rostos de adultos que reconheciam, elas simplesmente obedeceram caladas.

As únicas que discutiram e ofereceram resistência foram as crianças da Comunidade. Mas a imagem de homens com fuzis automáticos as manteve na linha.

— Não há nada a temer — disse Gary, com a voz trêmula. — Estes homens prometeram que ninguém será ferido.

Ele estava parado no meio do ginásio, girando lentamente ao proferir as palavras, tentando não falar diretamente com os homens armados que o cercavam.

Luke andou em volta do perímetro, fazendo a contagem e imaginando como deveriam ser as academias para terem acovardado tanto aquelas crianças. Ele se lembrava das reuniões da época do ensino fundamental como um evento barulhento, não importavam os berros dos funcionários. E eles eram crianças normais; aquelas diante dele eram superdotadas, a maioria do primeiro escalão. Não era apenas uma questão de serem capazes de fazer coisas que os banais não podiam, e sim de que as crianças *sabiam* disso. Luke esperou que elas fossem presunçosas, cientes de que as habilidades lhes rendiam privilégios especiais. E, embora fossem novas, havia mais de seiscentas contra doze soldados.

Obviamente, elas não sabiam que Luke não tinha intenção de machucar uma criança. Seja lá como fossem as academias, as pessoas responsáveis não deviam operar sob o mesmo princípio. Era horrível, mas útil. Como Luke dissera para o General Miller, elas estavam acostumadas a obedecer ordens.

Quinhentas, quinhentas e duas, quinhentas e quatro.

Decker e os dois outros homens vieram do lado de fora com uma lufada de vento frio e ruidoso. O motociclista acenou com a cabeça para Luke. Ótimo. Estava feito, então. O resto do corpo de funcionários havia sido neutralizado, sobrando apenas Gary e seus colegas terapeutas.

A instalação pertencia aos Novos Filhos da Liberdade.

Uma onda de cansaço tomou conta de Luke. Sem dúvida o resto da equipe estava no mesmo barco; a aurora se aproximava, após um longo dia. Eles saíram no meio da noite após o ataque de drone, e fizeram uma marcha forçada para chegar até ali, cobriram quase oitenta quilômetros em 24 horas, parando apenas brevemente para refeições, deitando no cerrado espinhoso enquanto esperavam o trânsito passar nas estradas que cruzaram, olhando nervosamente para os planadores que voavam bem no alto, acima deles. Acrescente a isso tudo a adrenalina da ação, mesmo sem resistência, e o que Luke mais queria era conseguir algumas horas de sono.

Você ainda tem um longo dia pela frente.

Quinhentas e oitenta, quinhentas e oitenta e duas, quinhentas e oitenta e quatro.

Eles conseguiram realizar o ataque porque ninguém na Comunidade esperava por aquilo. O General Miller estimara que pelo menos duas mil pessoas desertariam após os ataques de drone, e embora muitos fossem voltar pelo caminho que vieram, grupos se espalhariam em todas as direções, em uma quantidade grande demais para rastrear e interceptar, especialmente com os Novos Filhos avançando contra Tesla.

Pelo menos a equipe de Luke não voltaria a pé. Os ônibus que vira no estacionamento, sem dúvida os mesmos que levaram as crianças ali, levariam todos de volta para a milícia rapidinho.

— Eu sei que vocês estão com medo — disse Gary. — Todos nós estamos, mas vai ficar tudo bem. Todo mundo permaneça com o amiguinho e obedeça, e todos nós vamos sobreviver.

Quinhentas e noventa e oito, seiscentas, seiscentas e duas... seiscentas e três.

Luke franziu a testa. Na primeira contagem, ele presumira que alguém tinha trocado de lugar, ou que a própria mente cansada cometera um erro. Mas ou Gary mentiu para ele, ou então um moleque estava se escondendo em algum lugar.

Por outro lado, uma criança apenas não faria diferença. Mas se ela fosse suficientemente inteligente para tentar usar um telefone, os Novos Filhos perderiam a vantagem. A única forma de conseguirem retornar à milícia era se as autoridades em Nova Canaã não percebessem o que havia acontecido.

Enquanto Gary continuava falando, Luke foi até Reynolds, o ex-policial de equipe tática. Ele havia agido bem, sua equipe eliminara os guardas no interior da instalação sem alertar ninguém.

— Está faltando uma criança.

Reynolds praguejou.

— Quer que eu procure?

— Não, fique aqui e permaneça alerta.

Luke cruzou o perímetro, tentando ignorar os olhares das crianças assustadas. O domo era modular, com o ginásio sendo a maior seção, e corredores infláveis levavam aos alojamentos coletivos e salas de aula. A boa notícia é que não havia muitos lugares para se esconder. Sem dúvida, ele encontraria a criança perdida embaixo de uma cama.

Na porta, Luke teve uma ideia, deu meia-volta e fez outra rápida contagem. Dois, quatro, seis, oito... nove. Dez, contando com ele.

Ele sentiu algo gelado por dentro e soltou a presilha da pistola.

O corredor além do ginásio estava silencioso, com apenas o gemido do vento contra a lona e, fraquinho, o som de uma voz e de algo que podia ter sido um choramingo. Luke avançou o mais rapidamente que o silêncio permitiu, e depois decidiu mandar o silêncio às favas e correu.

Ele os encontrou em uma das salas de aula, de onde vinha o som de súplicas por uma porta de lona com zíper. A garota era loura e estava chorando, deitada com o rosto contra uma mesa. Ela se contorceu e se sacudiu; aparentava ter 16 anos, e era magra. Gorecki estava atrás da garota puxando suas calças jeans, enquanto um dos outros homens, um sujeito que tinha vindo de Michigan chamado Healy, segurava os braços dela com mãos musculosas.

Quando Luke abriu a porta, Healy endireitou o corpo, com uma expressão de *ai, merda* no rosto. Gorecki se virou sem jeito, com as calças nos tornozelos para expor a arma.

Por um momento, todos se entreolharam. Luke, seus companheiros de equipe, e a garota também, com a cabeça virada de lado e lágrimas descendo pelo rosto.

— Ela é apenas uma esquisita, cara — disse Gorecki.

Luke pensou nos filhos, seus belos filhos, queimando vivos. Josh ardendo no céu, Zack ardendo no tanque. Soldados, os dois. Mas assassinados por anormais, pelo trabalho de um programador de computador do primeiro escalão. Alguém do primeiro escalão, como aquela garota.

Ele sacou a pistola, segurou com as mãos e atirou em Gorecki, duas vezes no peito e uma vez na cabeça. Girou e fez o mesmo com Healy.

Depois, colocou a pistola no coldre e foi procurar um cobertor para a garota.

CAPÍTULO 18

Cooper morreu de novo.

A faca era uma Fairbairn-Sykes, um punhal fino que servia apenas para matar. Feita de fibra de carbono e afiada a ponto de ter uma molécula de espessura, ela varou roupas, carne e músculo para perfurar o ventrículo esquerdo do coração. A morte foi quase instantânea.

Soren retirou a faca e começou a ir embora, com o rosto impassível.

— Repita — disse Cooper.

A projeção voltou dez segundos. Café da manhã fora, ele, Natalie e as crianças, algumas semanas antes. Eram imagens de câmera de segurança, mas gravadas na Comunidade, portanto, tanto a cobertura quanto a resolução eram extraordinárias. Cooper conseguia se lembrar da conversa perfeitamente: Todd falando do futebol jogado ali, como as regras eram diferentes por causa dos brilhantes, e ele ouvindo e rindo. Depois, no canto da tela, Soren cortou a garganta de um guarda-costas, depois deu três passos e abriu a artéria braquial de outro. O espirro de sangue acertou as mesas próximas.

Nas imagens, Cooper não hesitou. Ele ficou de pé e atirou uma cadeira ao avançar. A luta foi breve e lamentável: a cadeira errou, seu soco errou, e o gancho foi bloqueado pelo gume do punhal, que rasgou a mão pela metade. Melhor impossível.

O que veio a seguir foi um pesadelo. Todd, vendo o pai ferido, correu para ajudar. Soren dobrou o braço e girou com uma força terrível, o cotovelo colidiu com a têmpora de Todd e jogou a cabeça do menino para o lado. Nas imagens, Cooper berrou e depois avançou contra Soren, que posicionou o punhal precisamente para penetrar roupas, carne e músculo e perfurar o ventrículo esquerdo do coração.

Cooper morreu novamente.

Mesmo agora, sabendo que Todd ficaria bem, que Soren falhara — que Cooper mais tarde o vencera —, a sanidade ainda era rasgada ao ver aquele cotovelo assobiando no ar, os olhos do filho ficarem sem vida.

Este é o objetivo deste exercício, certo? Lembrá-lo do que está enfrentando.

Cooper ficara tão contente consigo mesmo por pensar na recompensa para Soren. Ao mesmo tempo, havia odiado a ideia de dar conforto ao homem que atacara seu filho. Mas, ao ficar sentado na capela virtual ao lado do assassino, ele novamente sentiu uma emoção que não queria: pena.

Foi a umidade nos olhos de Soren. Lágrimas provocadas por ouvir música pela primeira vez. *Imagine a força necessária para se arrancar daquele sonho. Para possuir tudo o que ele sempre sonhara, mas nunca acreditou ser possível... e recusar.*

Cooper ainda estava vacilante. A força de vontade de Soren inspirara algo como admiração nele, e Cooper não podia se permitir isso. Foi por esse motivo que ele havia encontrado a sala de conferências vazia para reviver o pior momento de sua vida sem parar.

Cooper estava prestes a mandar o terminal repetir o vídeo quando o telefone tocou. Engraçado, seu telefone costumava ser praticamente uma coisa viva, sempre tocando com uma mensagem, um e-mail, um alerta, um aviso de atualização. Porém, nos últimos meses, Cooper saíra daquele mundo. Do mundo como um todo, na verdade. Agora era uma espécie de novidade receber uma mensagem.

QUINN: PRECISAMOS CONVERSAR. O QUANTO ANTES, PORRA.

Cooper começou a digitar uma resposta, e depois lembrou que estava em uma sala de conferências.

— Sistema. Comece chamada de vídeo.

Ele recitou o número de Bobby.

— Todas as comunicações com localidades fora da Comunidade estão temporariamente...

— Cancele.

— Forneça o código de autorização, por favor.

— Pergunte a Epstein.

Cooper esperou e imaginou uma mensagem surgindo no covil subterrâneo de Erik, mais um ponto de dados no meio de um rio de informações. A cabeça latejou, uma daquelas dores de cabeça matadoras atrás dos olhos, que ele esfregou enquanto aguardava.

Um momento depois, o ar tremeluziu, e as imagens da morte de Cooper foram substituídas pela visão de um escritório iluminado, molduras apoiadas nas paredes brancas e caixas de mudança empilhadas ao lado de uma mesa. Cooper sorriu.

— Bobby. Descolou um gabinete no novo prédio, hein? Gostei, com janela e tudo o mais. Toda a puxação de saco rendeu.

Quinn estava usando um terno elegante e uma expressão divertida.

— Sua resposta levou, o quê, quarenta segundos? Sabe, o pessoal vai gostar mais de você se bancar o difícil.

— Eu não consigo evitar quando você está envolvido.

— Tenho alguns amigos que querem dizer oi. — Quinn se inclinou à frente para apertar um botão, e a transmissão se dividiu em duas telas.

— Meu Deus, chefe — disse Luisa Abrahams —, parece que você passou a noite pagando boquete para mendigos na rodoviária.

Ao lado dela, Valerie West conteve uma gargalhada.

Até recentemente, os quatro fizeram parte de uma equipe, a mais condecorada dos Serviços Equitativos. Eles localizaram terroristas e assassinos, planejaram operações por todo o país, serviram como o braço forte e comprido dos Estados Unidos. Anos caçando bandidos juntos, anos de madrugadas trabalhando, pedindo delivery de comida, anos de nervos à flor da pele e de defesas de última hora. Ao ver todos eles naquele momento, Cooper se deu conta de como sentia saudades daquilo. Saudades deles.

— Que beleza — disse ele, e passou a mão pelo cabelo. — Poética como sempre. Ficou melhor?

— Ah, sim, estou pronta para virar a casaca. Foi mal, gata — falou ela ao cutucar Val —, mas não consigo resistir mais a ele.

— Chega — disse Quinn. — A linha é segura?

— Nem um pouco. Estou na comunidade.

— O quê? Por quê?

— Estou atrás do meu sonho de vida de virar um caubói. — Cooper deu de ombros. — O que vocês acham? Estou caçando John Smith.

— Ah. Falando nisso, após nossa última conversa, você me fez pensar — disse Quinn. — Hoje em dia, a maior parte dos recursos do departamento estão concentrados em Epstein, mas fiquei curioso com o que nosso velho companheiro de brincadeiras estava aprontando. Pedi para Val fazer uma pequena varredura de padrões.

— É, hã. — A analista de dados se remexeu na cadeira. Ela tinha a pele pálida de alguém cuja maior parte da luz que recebia vinha de um monitor de computador. O que era verdade, e parte da razão de ela ser tão boa no que fazia. E foi Val quem avisara Cooper e Ethan sobre Abe Couzen em Manhattan. — Veja bem, é apenas uma teoria.

— Eu prefiro suas teorias aos fatos de outras pessoas. O que você tem aí?

— Eu acho que John Smith está prestes a atacar. Tipo, imediatamente. — Ela fez uma pausa. — Você joga xadrez, chefe?

— Eu sei como as peças se movimentam.

— Ok, bem, há basicamente três fases. Na abertura, ambos os lados estão posicionando suas forças. Então, para Smith, este foi seu momento fugindo, montando uma rede, recrutando seguidores. Depois, vem o meio do jogo, que envolve muito teste de fraquezas e troca de peças. Pode ser sangrento, mas não é o conflito de verdade. Como nos últimos anos: assassinatos, a explosão da bolsa de valores...

— Os Filhos de Darwin?

— Não — respondeu ela. — Eles foram o início do fim do jogo. Nada está a salvo no fim do jogo; as peças mais poderosas, as posições que a pessoa passou o jogo inteiro conquistando, tudo isso pode ser sacrificado. Tudo o que importa é vencer.

Bem do feitio de John Smith.

— Então, qual é a jogada dele?

— Eu não sei. Mas é grande e é iminente.

— Diga.

— Então, o primeiro alerta é que os tenentes de Smith sumiram do radar. Eles operavam nas profundezas, de qualquer forma. Mas nós sempre captávamos reverberações: um reconhecimento facial que chegava tarde demais, algum uso de cartão de crédito, mensagens codificadas em refúgios online, esse tipo de coisa. Nos últimos dias, tudo isso parou. Quero dizer, sumiu. E tem as finanças. Você se lembra das contas de banco com dinheiro lavado nas Ilhas Cayman e em Dubai?

Ele concordou com a cabeça. A frase "siga o dinheiro" pode ter ficado famosa por causa de um filme, mas era um procedimento padrão em serviços de inteligência e antiterrorismo. O DAR tinha um enorme quadro de contadores forenses dedicados a bloquear dinheiro ilegal. No caso de Smith, eles nunca conseguiram provar que as contas pertenciam a ele. Mas havia uma diferença entre prova e certeza, e, durante anos, várias contas suspeitas no exterior foram monitoradas com atenção.

— Nas últimas 48 horas — disse Valerie —, 14 contas foram zeradas.

— Quanto no total?

— Mais de cem milhões de dólares.

— *Puta*... você consegue rastrear o dinheiro?

Ela fez que não com a cabeça.

— Nossos melhores programadores tinham rotinas secundárias para evitar qualquer retirada. Coisa de hacker, códigos semilegais que poderiam provocar incidentes internacionais. Mas o dinheiro, ainda assim, sumiu. Pior ainda, nenhum alarme foi acionado. Se Quinn não tivesse me pedido para olhar, nós sequer saberíamos.

Cooper teve uma sensação de acidez no estômago como se tivesse comido galinha crua. Ele olhou fixamente, processando a informação.

— Então, John Smith está apostando todas as fichas. Algum palpite em relação às intenções dele?

— Não especificamente. Mas estamos falando de John Smith, certo? Você o chamou de o equivalente estratégico de Einstein. — Valerie deu de ombros. — Seja lá o que ele estiver planejando, não será o que esperamos.

E será devastador.

— Bobby, você tem que levar este caso à diretora — disse Cooper.

— Você acha? — Quinn balançou a cabeça. — Eu te amo, cara, mas no meu contracheque está escrito DAR. Falei com ela antes de mandar uma mensagem para você. Mas você se lembra do que eu disse naquela espelunca?

— Sim, que o mundo inteiro está pegando fogo.

— E a água está em falta. — Quinn deu de ombros. — A diretora compreende a ameaça. Mas, no país inteiro, temos brilhantes sendo perseguidos, queimados vivos e linchados. Há uma enorme escassez de comida. Revoltas em uma dezena de cidades. Uma milícia avançando pelo Wyoming. Três tentativas de assassinato contra a presidente nas últimas duas semanas. A métrica da ameaça é um alvo móvel.

A dor de cabeça de Cooper não melhorou com nenhuma daquelas informações. Ele apoiou os cotovelos na mesa e passou os dedos logo acima dos olhos.

— Você compartilhou minha teoria sobre os anormais do escalão zero?

— Sim — disse Quinn. — Tive que explicar à chefia como um CDF me deu uma surra.

— Alguma resposta?

— Eles concordam que seria ruim.

— Que ótimo. — Cooper suspirou e endireitou o corpo. — Prestem atenção, sei que todos vocês correram um risco ao dividir essa informação comigo. Eu agradeço.

— Ah, não seja um babaca — falou Luisa. — Só queríamos que você estivesse aqui, chefe. A coisa está ficando feia.

— Não se preocupe — disse Cooper. — Ainda estou lutando.

— Beleza, parceiro — falou Quinn. — Nós precisamos fazer por merecer os contracheques.

— É. Obrigado de novo.

— Não esquenta. Só lembre que a cerveja é por sua conta.

— Para sempre, parceiro. Para sempre.

O velho amigo sorriu e abriu a boca para responder. Antes que conseguisse, tudo ficou branco, e a janela do gabinete explodiu em uma chuva de fogo e cacos de vidro.

A conexão de vídeo caiu.

Porém, na fração de segundo antes de cair, Cooper ouviu gritos.

CAPÍTULO 19

Owen Leahy estava no chuveiro quanto o homem veio atrás dele.

Em dezembro nem sempre nevava no norte de Maryland, mas de alguma forma era assim que Leahy sempre pensava sobre o Camp David: árvores sem folhas com galhos congelados e quebradiços, e um redemoinho de pequenos flocos de neve. A imagem ficou grudada na cabeça mesmo no verão, e ele se viu sentindo frio, querendo mais cobertores e banhos quentes. Leahy havia ficado nas ondas de vapor por meia hora, pensando, passando distraidamente os dedos enrugados pela água nas manchas de idade dos antebraços.

Então, de repente, havia um oficial em uniforme naval no banheiro privativo.

— Senhor secretário? Houve um ataque.

Seis minutos depois, os dois estavam correndo entre as árvores sem folhas e plantas congeladas, com o cabelo de Leahy pingando no terno e a gravata tremulando atrás dele como um rabo. Havia agentes e soldados por toda a parte. Embora oficialmente fosse um "retiro no campo", o Camp David era uma fortaleza, com baterias antimísseis posicionadas na mata e um bunker antinuclear nas profundezas do subsolo.

Quando a presidente estava na residência, a sala de conferências no Laurel Lodge funcionava como Sala de Crise. Leahy entrou e passou os olhos rapidamente pela equipe reunida: representantes das Forças Armadas, dos serviços de inteligência, do gabinete. Muitos eram novos nos cargos, substituindo homens e mulheres que morreram no ataque de míssil contra a Casa Branca, mas ele conhecia todos eles.

— Senhora presidente. — Para o resto da sala, ele disse: — O que aconteceu?

Sharon Hamilton, a assessora de Segurança Nacional, respondeu:

— Uma onda de ataques terroristas no país inteiro.

— Quantos?

— É difícil dizer.

— Por quê?

— Eles ainda estão acontecendo. — Hamilton gesticulou para o grupo de monitores 3D.

Após o ano passado, Leahy teria apostado que não se abalaria com imagens de um desastre. Ele vira a queda da bolsa de valores, Cleveland arder em chamas, tropas americanas massacrarem umas às outras. E, de certa forma, o que estava na tela naquele momento não era diferente. A questão era que simplesmente havia muito desastre. As telas eram uma malha de caos e fogo. Prédios destruídos, infernos ardendo, pessoas correndo aterrorizadas. Civis sujos de sangue, andando com olhares perdidos. Crianças chorando nas ruas. E no mapa de incidentes, pontos vermelhos brilhavam de ponta a ponta do país.

— Meu Deus. Algum padrão em relação aos alvos?

— A maioria militares e políticos. Atiradores na prefeitura de Los Angeles. Um homem-bomba no refeitório em Fort Dix. Dois caminhões jogaram a limusine do governador do Illinois no rio Chicago. Houve uma bomba do lado de fora do Banco Central; esta foi detida. Os controles de segurança dos gasodutos que enviam gás natural para os Centros de Controle de Doenças em Atlanta foram sabotados, e a maior parte do complexo está pegando fogo. A mais devastadora até agora é a enorme explosão no DAR; as bombas aparentemente foram plantadas na expansão da instalação. O prédio mais novo foi destruído.

— Vítimas?

Ele olhou para Marjorie May. O nome divertido da diretora do DAR não combinava com a mistura gelada de habilidade política e eficiência implacável. Mas a voz dela tremeu quando respondeu:

— Estamos no meio de um dia útil. Mil pessoas, talvez mais.

O mundo girou, e, por um momento, Leahy achou que cairia. Ele agarrou a borda da mesa com tanta força que os nós dos dedos ficaram brancos.

— Os anormais?

— Eu falei com Erik Epstein — disse a presidente sem tirar os olhos da tela. — Ele ofereceu condolências e a garantia de que a Comunidade não está envolvida.

— Conversa para enganar trouxa.

Ramirez olhou para ele e inclinou a cabeça.

— Desculpe, senhora — disse Leahy —, mas isso parece improvável.

— Com todo o respeito, eu discordo — falou Marjorie May. — Acho que John Smith é mais provável. É o modo de agir dele, e nós tínhamos um padrão de indicadores mostrando que ele estava prestes a atacar.

— Mesmo assim, Epstein está encarando uma invasão. Isto faz dele a verdadeira ameaça.

— Senhor secretário, eu lhe garanto, Smith representa...

— Eu entendi — disse Leahy. — Estou sugerindo que os dois juntaram forças. Smith pode estar atuando como agente de Epstein, permitindo que ele tenha uma negação plausível para dar. Ou talvez Smith tema que Epstein se renda para proteger Nova Canaã. — Ele fez uma pausa. — De qualquer forma, isto nos dá a proteção política que precisamos para atacar.

— Já chega. — Gabriela Ramirez tinha dado as costas para as telas.

— Senhora presidente...

— Sente-se.

Leahy puxou uma cadeira. Ele abriu a boca para recomeçar a discussão, mas foi interrompido pela presidente.

— Prestem atenção, todos vocês. "Quem" não é importante. Há ataques ocorrendo no país *neste exato momento*. Nossa gente está morrendo. A prioridade não é apontar culpados, nem se preparar para a guerra. Nosso trabalho é deter mais ataques futuros. Salvar vidas. Fui compreendida?

— Sim, senhora.

— Agora. DAR. Sinto pelas baixas do departamento, mas preciso que vocês superem isso. Seu pessoal é capaz?

— Sim, senhora.

— Ótimo. A partir deste momento, a prioridade nacional é impedir novos ataques. Quero todos os recursos voltados para análise de ameaça e prevenção.

— Entendi. — A Diretora May hesitou. — Ficaremos muito sobrecarregados. Muitas das pessoas que morreram hoje eram agentes e combatentes. Além disso, todo santo dia recebemos indicadores de centenas de ameaças. Se investigarmos todos eles, não seremos capazes de fazer muita coisa além disso. Incluindo descobrir quem instigou os ataques de hoje.

— Eu quero esta situação sob controle primeiro. Secretário Leahy — Ramirez se virou para ele —, qual é o seu plano para deter o ataque da milícia à Comunidade?

Leahy ficou sentado calado. Era um truque que ele desenvolvera ao longo dos anos: dedos na mesa, olhos firmes, mas ligeiramente desfocados, como se estivesse realizando cálculos mentais complexos. Fazer com que os outros esperem. Era uma maneira especialmente eficaz de lidar com pessoas que estavam acostumadas a obter respostas imediatas para as perguntas — como presidentes. Imediatamente antes de o silêncio se tornar incômodo, Owen Leahy respondeu:

— Senhora presidente, eu não acho que deveríamos detê-lo.

— Explique.

— Às vezes, a melhor defesa é manter o inimigo desnorteado. Os Novos Filhos da Liberdade representam uma oportunidade de fazermos isso.

— *Se* eu tomar a decisão de atacar a Comunidade, será com soldados americanos.

— O povo já está manifestando que deseja uma reação. Após a tragédia de hoje, ele *exigirá* que contra-ataquemos. Os Novos Filhos nos permitirão contra-atacar sem limitar nossas opções.

— A oclocracia não é o nosso sistema de governo.

— Deter a milícia será visto como uma demonstração de fraqueza. — Antes que ela pudesse responder, Leahy acrescentou: — Ainda há o fato de que não podemos.

A Presidente Ramirez ergueu a sobrancelha.

Escolha bem as palavras.

— A regressão das Forças Armadas nos deixou em uma posição constrangedora.

Foi uma dança de olhares no ambiente quando todo mundo notou a provocação sutil. Ramirez dera a ordem para a regressão, e embora Leahy não tivesse dito claramente, não foi difícil notar a insinuação de culpa.

— Você está dizendo que nossas Forças Armadas não são atualmente capazes de deter uma multidão de civis?

— O que estou dizendo, senhora, é que qualquer incursão dentro da Comunidade tem uma boa chance de ser compreendida como um ataque. Mesmo que nossa única intenção seja desviar a milícia, não há como Epstein ter certeza disso. Não apenas isso, mas a regressão não está completa. Há ainda várias vulnerabilidades nas nossas Forças Armadas.

Leahy gesticulou para o painel 3D onde as imagens ao vivo do complexo do DAR eram exibidas. O prédio em ruínas parecia que tinha sido pisado por Deus. Uma fumaça asfixiante saía de centenas de lugares, e havia corpos espalhados por toda a parte. Ele continuou:

— Hoje é um lembrete do que os anormais são capazes. Se encurralarmos Epstein, não há como garantir que ele não lançará um ataque total.

Leahy pensou em acrescentar mais, mas desistiu. Após um longo momento, Ramirez se voltou para as telas.

Ele não se permitiu sorrir. Não teria desejado os acontecimentos do dia, mas podia usá-los. Os terroristas continuavam sem entender. Quanto mais danos causavam, mais fortaleciam a posição de homens como Leahy. Ramirez havia basicamente mandado o DAR caçar o próprio rabo em uma manobra de defesa, e, enquanto isso, deixara o campo aberto para aqueles que sabiam enxergar que nenhum jogo jamais foi vencido apenas na retranca.

Agora mesmo, os Novos Filhos da Liberdade avançavam cada vez mais na Comunidade. Não foram detidos pelo bombardeio de drone; o blefe de Epstein falhara. O que viria a seguir não seria bonito, mas eficaz.

Você vai ter sua guerra. A guerra que o país precisa. Concentrada, contida e crucial.

E quando ela terminar, você ainda estará de pé — por cima.

CAPÍTULO 20

Cooper não conseguia se lembrar de como chegara ali.

A princípio, ele havia tentado se convencer de que a queda da ligação era simplesmente aquilo mesmo. Um defeito digital. Mas enquanto rediscava freneticamente, Cooper se recordou da explosão de vidro, do golpe da fumaça.

Dos gritos.

Uma chamada de vídeo pode travar. Uma imagem pode se distorcer. Mas aquilo...

Após cinco tentativas fracassadas, ele começara a correr. A cabeça estava tomada por pensamentos com a equipe: a ocasião em que Luisa levara três tiros no colete em uma invasão; como naquela noite, no bar, eles não conseguiam que ela parasse de tirar a camisa, ela apenas ficava levantando para mostrar os hematomas, dizendo "olha a minha teta!"; a voz de Valerie no ouvido de Cooper, havia semanas apenas, dizendo que vencera o planejamento da equipe de segurança de John Smith, derrotara os sujeitos no próprio sistema deles, o orgulho tranquilo de si mesma.

E Bobby. Seu parceiro. Cooper nunca teve um irmão de carne e osso, mas o parceiro de um policial é seu irmão. Os dois ficaram bêbados juntos, de ressaca juntos, passaram pelos divórcios de ambos juntos. Chutaram portas juntos. Derrubaram um presidente corrupto juntos.

Uma explosão e um golpe de fumaça. E gritos. Diante da dor verdadeira ou do pânico verdadeiro, a socialização desabava, e homens e mulheres gritavam da mesma forma. Pode ter sido qualquer um deles. Podem ter sido todos eles.

Cooper se vira no santuário subterrâneo de Epstein, escuro e fresco, sentindo o cheiro de comida processada e iluminado por imagens de horror. Sinais de vídeo do país inteiro mostravam uma nação consumida pela loucura. Uma limusine virada de cabeça para baixo em um rio negro. Uma delegacia com um semirreboque virado de lado saindo por uma das paredes. Um incêndio intenso consumindo um complexo de escritórios. Equipes da SWAT disparando gás lacrimogêneo pelas janelas quebradas de um prédio do governo.

O Departamento de Análise e Reação em ruínas. Aberto como se um gigante tivesse arregaçado o edifício, expondo os andares interiores, fileira por fileira de mesas vazias, corredores lotados de destroços e banheiros quebrados. O novo prédio entrara em colapso completamente: fora reduzido a uma montanha de entulho meio obscurecida pela massa de fumaça negra.

O novo prédio. Cooper se lembrou do vídeo do gabinete de Bobby, as paredes brancas com retratos apoiados, sem tempo ainda para pendurá-los.

E sem tempo no futuro.

Os joelhos de Cooper bateram no chão, e um som saiu dos pulmões.

Alguém o abraçou. Braços finos se enroscaram em seu pescoço, e veio o cheiro de laquê.

— Eu sinto muito — disse Millie com o rosto no ombro dele.

Cooper devolveu o abraço com os dois braços. Não era Millie quem ele segurava, era Natalie e Shannon, os filhos, o pai, Bobby, Luisa e Val. Por um longo momento, Cooper abraçou todos eles, com o rosto enfiado no cabelo da garota.

Então, lentamente, soltou a menina. Millie se afastou, mantendo os olhos nos de Cooper. Ao redor dele, as imagens apocalípticas continuavam.

A voz de Val ecoou em sua cabeça. *Estamos falando de John Smith. Seja lá o que ele estiver planejando, não será o que esperamos.*

Palavras ditas quando ela estava viva.

Palavras ditas havia poucos momentos.

Lentamente, Cooper ficou de pé.

— Eu, hã, sinto muito. — As feições de Erik estavam bem marcadas pelas imagens cintilantes. As mãos estavam nos bolsos. — Pelos seus amigos.

— Eles estão... — A voz de Cooper cedeu, e ele fez uma pausa. Tossiu. — Eles estão mortos?

— Estatisticamente...

— Fodam-se as suas estatísticas!

As palavras saíram espontaneamente. Cooper se obrigou a respirar. Após um momento, ele disse:

— Desculpe.

— É... Eu sinto muito. — Erik fez uma pausa. — Sim.

— Você tem certeza.

— A chamada veio da extremidade oeste do... sim. Eles morreram. A estimativa no DAR está entre mil e duzentas e duas mil vítimas.

Cooper concordou com a cabeça.

— Ok.

— Não — Millie começou a dizer —, não está...

— Quantos ataques aconteceram?

— Quinze, até agora. Eles foram sincronizados.

— John Smith.

Epstein concordou com a cabeça.

— A análise de sua amiga Valerie estava correta.

— Você estava escutando?

— É claro — respondeu Erik como se aquilo fosse normal. — No entanto, ela estava sofrendo de um viés institucional. John Smith não estava agindo contra o DAR. E embora estejamos no fim de jogo dele, este não é o golpe de mestre.

— Não — disse Cooper. — Ele pensa em algo maior do que isso.

— Concordo. Estatisticamente... — Erik se deteve nervosamente. — Hã, quero dizer, logicamente, o objetivo é enfraquecer as estruturas de poder existentes. Para obter maior eficácia, os terroristas se beneficiam de uma nação desesperada.

— É. — Cooper olhou para as telas. — Bem.

— No entanto — falou Erik —, continuamos tão longe de John Smith quanto antes. Talvez devêssemos usar métodos alternativos.

— Você quer dizer começar a torturar Soren? Não.

— Interrogatório extremo não se encaixa na sua personalidade. Compreendo. Mas há pessoas adequadas para isso.

— Você acha que sou sensível? — Cooper fez um som que não foi uma risada. — Após tudo o que aconteceu? — Ele balançou a cabeça. — Eu odeio tudo sobre a ideia de tortura, e deixaria Soren em pedacinhos, um por vez, se achasse que isso fosse funcionar. Mas não funcionaria.

— Elabore.

— Eu ofereci para Soren a única coisa com que ele sempre sonhou e jamais imaginou que pudesse realmente obter. Tenho certeza de que você estava observando. Eu até mesmo menti e afirmei que aquilo talvez pudesse se tornar permanente. E ele arrancou o plugue do próprio crânio.

— Ainda assim, talvez dor intensa pudesse...

Cooper balançou a cabeça.

— Ele é forte demais. Tenho certeza de que você conseguiria dobrá-lo. Mas seria a *mente* de Soren que você dobraria, não a força de vontade. Só existem duas pessoas no mundo com quem ele se importa. Somente duas que Soren acredita que existam. Você pode enlouquecê-lo, mas não existe intensidade de dor que o faria trair...

Ele foi parando de falar.

Millie olhou fixamente para Cooper.

— Uau. Você está falando sério?

Cooper se afastou dos olhos acusadores da menina. Olhou para Erik Epstein, pálido, poderoso e cercado por imagens de um mundo em crise.

— Eu preciso que você pegue alguém para mim.

— Quem?

— A outra pessoa com quem Soren se importa — disse Cooper. — A amante dele, Samantha.

CAPÍTULO 21

O Falcão estava lendo o sexto volume de uma graphic novel quando alguém bateu na porta.

Ele não sabia se realmente havia diferença entre revistas em quadrinhos e graphic novels, embora o último termo soasse melhor. Uma revista em quadrinhos podia ser alguma história boba de um pato rico e seus sobrinhos. O que o Falcão estava lendo era uma exploração filosófica da guerra contínua do diabo contra o Céu. Este diabo não era vermelho e escamoso, e nem era exatamente mau, embora com certeza não fosse bom também. Estava mais seguindo o próprio caminho, aconteça o que acontecer. O diabo queria livre-arbítrio, e o céu implicava predestinação. O Falcão sabia para que lado a mãe teria pendido, e também estava meio que pendendo para a mesma direção.

Foram três batidinhas leves na porta. Podia ser qualquer pessoa, e, portanto, enquanto foi até a porta, ele se permitiu imaginar que era Tabitha. Talvez pedindo ajuda com alguma coisa. Ele atirava melhor, talvez ela quisesse treinar...

John Smith estava parado no corredor.

— Ei, Falcão.

Foi John que dera o apelido para ele, e embora Aaron sempre tivesse achado que Aaron Falcone era adequado, o nome não se equiparava a ser o Falcão. Ele se endireitou e penteou o cabelo para trás. John nunca tinha vindo ao quarto de Aaron antes. Por que teria? Ele estava no comando de tudo, e Aaron era apenas um moleque cuja mãe havia...

— Posso entrar?

— Ah, sim, claro, lógico. — Ele manteve a porta aberta.

John entrou e observou o quarto, e Aaron de repente viu o lugar pelos olhos dele, os cobertores embolados e pilhas de coisas por toda a mesa e, merda, uma revista em quadrinhos aberta sobre a cama.

— O que você está lendo?

— Nada, apenas...

— Ah. — John pegou a revista e segurou com um sorriso. — Eu adoro esta série.

— Eu... você adora?

— Ótimo texto. Além do mais, me identifico um pouco com ele. Um monte de gente também acha que eu sou o diabo. São os riscos de seguir o próprio caminho. — John recolocou a revista em quadrinhos sobre o travesseiro. — Você se importa que eu fume?

— Não, não. Vá em frente.

— Obrigado. — John Smith tirou um cigarro do maço e abriu o Zippo prateado. — Péssimo hábito, mas me ajuda a pensar.

— Você não se preocupa que...

— O cigarro vai me matar?

Aaron concordou com a cabeça.

— Quer saber a verdade? — John deu de ombros. — Eu ficaria preocupado se houvesse alguma chance de eu viver tanto assim. Tudo bem se eu me sentar?

— Sim. — Aaron puxou a cadeira da mesa e tirou uma pilha de livros de cima dela. — Então, o que você quis dizer com viver...

— Eu estou jogando uma partida contra o mundo todo, Falcão. Venho jogando desde os oito anos de idade. Você sabe o que aconteceu comigo naquela época?

Aaron negou com a cabeça.

— Eu passei por um teste. Era novidade na época, o Treffert-Down. Todo mundo estava bastante empolgado por causa dele, aquela escala para medir o brilhantismo. Eu havia sido treinado para ter um bom desempenho em testes, e foi o que fiz. Eu me saí tão bem, na verdade — John pegou uma lata de Coca da cesta de lixo e bateu a cinza dentro dela —, que os agentes do governo vieram e me retiraram da minha mãe. Eles me colocaram em uma academia. Mudaram meu nome e começaram a tentar me dobrar. Eu passei dez anos ali. Eu vi os agentes do governo destruírem meus amigos. Sofreram lavagem cerebral ou coisa pior. Às vezes muito pior.

— Minha mãe me falou das academias — disse Aaron. — Eu sinto muito mesmo.

— Eu não. — John olhou fixamente para ele. — Aquilo me fez ser quem eu sou. Percebi, quando tinha oito anos, que aquele não era um mundo em que eu poderia viver. Decidi destruí-lo e construir um melhor. Escrever uma nova história, uma história escrita a fogo. E vou conseguir.

— Eu acredito em você — falou Aaron.

— Eu vou conseguir — continuou John —, mas não vou viver. Eles vão me matar. — Ele deu outro trago no cigarro. — É praticamente garantido. Então, não posso me preocupar muito com câncer de pulmão, sabe?

— Mas... você não pode fugir? Se esconder?

— Eu fugi por muito tempo. Agora é hora de agir. E não posso executar meu plano e me esconder embaixo de uma pedra ao mesmo tempo. — Ele se inclinou à frente. — Outro dia, você me perguntou a respeito do plano. Ainda quer saber?

— Sim, senhor.

— Você se lembra do homem que trouxemos?

— O Doutor Abraham Couzen. Você disse que ele descobriu a coisa mais importante em milhares de anos.

John sorriu.

— Isso mesmo. Couzen descobriu o que torna as pessoas brilhantes. Mais do que isso, ele inventou uma forma de transformar normais em anormais. RNA não codificante que altera a expressão genética.

Aquilo devia ser um sonho. Se ele tivesse aberto a porta e visto Tabitha de lingerie e balançando uma camisinha teria parecido mais real do que John Smith, cacete, sentado na cama dele e falando sobre graphic novels e RNA não codificante.

— E... e funciona?

— Sim. Mas isto é apenas o começo. Você sabe alguma coisa sobre química orgânica?

Vindo de qualquer outra pessoa, a pergunta teria sido um insulto, mas Aaron percebeu que John estava sendo sincero, pelas aparências.

— Não.

— OK, bem, era óbvio que alguém descobriria as causas do brilhantismo. Não vou entediá-lo com os detalhes, mas havia indicadores de que não estava longe de acontecer. Alguns dos melhores cientistas anormais fazem parte da nossa causa, e eu poderia tê-los colocado para trabalhar nisso. Mas este é um projeto pouco provável. Melhor deixar o mundo em geral desenvolvê-lo, em colaboração coletiva, digamos assim. Em vez disso, nós trabalhamos em um mecanismo de distribuição. Começou como uma cepa de gripe especialmente forte, mas isso foi há muito tempo. Desde então, nós não paramos de refinar o mecanismo de distribuição. Nós criamos praticamente o resfriado mais contagioso que o mundo já viu.

— Eu não entendo. Para que serve fazer as pessoas ficarem doentes? Esse mecanismo mata?

— Eu disse contagioso, não perigoso. O problema com agentes biológicos como arma estratégica é que eles são difíceis de utilizar, difíceis de conter e, caso sejam eficazes, tendem a matar os hospedeiros. Este é diferente. Não faz muita coisa além de provocar coriza e tosse. Mas é tão incrivelmente transmissível e tão longevo, que se soltarmos a gripe de maneira adequada, podemos contar que a maior parte do mundo fique infectada.

— Eu não entendo. Como isso nos ajuda?

— Porque a gripe é um vírus de RNA. Como o ebola e a pneumonia asiática. O que significa que podemos fazer o RNA não codificante do Doutor Couzen pegar uma carona nela.

O Falcão queria fazer uma pergunta inteligente, queria muito mesmo, mas ele tinha a impressão de que, se abrisse a boca, tudo o que sairia seria *hummmm*; então, em vez disso, manteve a boca fechada.

— O que significa que mais ou menos todo mundo vai pegar a minha gripe — continuou John. — E tudo mundo que pegar vai se tornar superdotado.

Aaron ficou boquiaberto. Ele não percebera que aquilo havia acontecido, não mesmo, não de verdade.

— Você... você vai transformar o mundo inteiro em...

— Brilhantes. — John soltou o cigarro dentro da lata de Coca. — Sim.

— Mas isso é... isso faria... quero dizer...

— Será o maior salto da humanidade desde o desenvolvimento da agricultura. Maior até. Porque a agricultura, como a escrita, a matemática e a medicina, é apenas conhecimento. Conhecimento pode ser perdido. Isto é diferente. Isto é *evolução*. As mudanças na expressão genética serão hereditárias. Você entende o que isso quer dizer?

— Eu...

— Eu não estou apenas transformando todo mundo que está vivo hoje em brilhantes. Estou transformando a raça humana inteira em brilhantes... para sempre.

Aaron tinha acabado de conseguir fechar a boca, e agora ela se abria novamente.

— Meu Deus.

— Pense um pouco. Um mundo totalmente novo. Um mundo melhor, com pessoas melhores. Mais inteligentes, mais capazes, sem medo. Pense como seria. Imagine o que a humanidade realizaria se todo mundo fosse brilhante.

— Isto é fantástico.

Parecia que a cama estava girando embaixo de Aaron. Ele tinha muitas perguntas. Mas, na verdade, todas elas se resumiam a uma: *Posso ser anormal?* Aaron ficaria feliz em cortar um testículo para ser superdotado.

— O que posso... para que você precisa de mim? — perguntou ele.

— Perdão?

— Bem... — Aaron fez uma pausa. — Quer dizer, deve haver um motivo para você estar me contando isso, certo?

Por um segundo terrível, ele achou que havia ofendido John. Mas, então, seu amigo sorriu.

— Sujeito esperto. Há um motivo. Nós sabemos tudo a respeito da patologia de nossa gripe modificada. Nossos virologistas vêm refinando ela há anos. Agora temos a pesquisa de Couzen, que sabemos que funciona. E temos modelos de computador detalhados das duas coisas combinadas.

De repente, tudo se encaixou.

— Mas você não testou para valer.

— Eu testaria em mim — disse John —, mas já sou superdotado.

— Então, não vai afetar brilhantes?

— Nós ainda ficaremos com o nariz fungando. E, mais importante, o traço hereditário. Mas não vai mudar a forma como nossos dons funcionam.

— Então, você precisa de uma... cobaia?

— Não. Eu preciso de um pioneiro. Não temos tempo para testes clínicos, Falcão. Mas preciso saber quanto tempo leva, e se há algum efeito colateral que não estamos prevendo, coisas assim. Porque a hora é esta. Este é o golpe de mestre. Ou ganhamos tudo ou perdemos tudo. E eu quero vencer.

Foi necessária toda a força de vontade de Aaron para ele não concordar imediatamente. Era a coisa que ele mais queria, desde que a mãe tinha explicado a diferença entre ela e o filho. A mãe ficara muito triste e envergonhada a respeito, fizera muito esforço para deixar claro que ela não o considerava inferior por ele ser normal. E Aaron sabia que ela realmente pensava assim. Mas isto não mudava o fato de que ele *era* inferior.

Um pensamento lhe ocorreu.

— O Doutor Couzen. Você disse que ele vai morrer.

— Sim.

— Por ter tomado o troço?

— O soro transforma a pessoa em brilhante, o que significa que ele muda fundamentalmente a forma como o cérebro funciona. Couzen é velho demais para não ter consequências. Mas você tem 14 anos. Não estou dizendo que será uma viagem à Disneylândia, mas você ficará bem. Mais do que isso. Você será brilhante.

A frase pareceu pairar no ar. Aaron imaginou o que isto significaria exatamente. Como se transformar em um super-herói.

— Então, os idosos que pegarem a gripe vão morrer?

— Alguns deles — respondeu John. — Mas foram os idosos que deram forma a este mundo. Se construir um novo mundo custa a vida das pessoas que criaram as academias, bem, eu prefiro que eles morram a você.

Aaron mordeu a unha.

— Fazer isso — continuou John, tranquilamente — seria de grande ajuda para a causa. Uma grande ajuda para mim. Mas depende de você. Sempre dependeu de você.

Aaron sabia o que a mãe gostaria que ele fizesse. Mas ela era a mãe dele. Era seu dever considerá-lo perfeito. Só que Aaron sabia a verdade. Além disso, aquela era a vida dele, a escolha dele. Aaron apontou para os cigarros.

— Posso pegar um?

— Você fuma, Aaron?

— Eu não sei.

John o avaliou com o olhar, e depois ofereceu o maço.

Aaron se atrapalhou em tirar um cigarro e colocou-o entre os lábios. John Smith fez a mesma coisa, depois abriu o Zippo novamente e acendeu os dois.

— Pode me fazer um favor? — Aaron segurou o cigarro. Pareceu estranho entre os dedos, mas bom também. — Me chame de Falcão.

CAPÍTULO 22

Quando Natalie abriu a porta, seus olhos, vermelhos e fundos, se iluminaram de alívio.

— Ai, graças a Deus — disse ela, e depois — Venha aqui — ao abrir os braços e ir até ele.

Cooper abraçou a ex-esposa e sentiu o aroma conhecido do cabelo dela misturado com o cheiro levemente úmido de lágrimas. Natalie sempre teve um cheiro diferente quando chorava. Era um momento de liberdade, e Cooper sentiu as próprias lágrimas perto da superfície. Quando havia sido a última vez que ele chorara? Quando o pai morreu?

— Eu estava assistindo ao noticiário — disse ela com o rosto no ombro de Cooper. — Eu sabia que você não estava lá, mas não consegui evitar. Quando vi aquele prédio, o mesmo complexo em que você ia trabalhar todo dia, eu simplesmente perdi o controle.

— Eu estou bem — falou ele.

Natalie ouviu as coisas que Cooper não podia dizer e enrijeceu. Ela se afastou sem quebrar o contato dos corpos, os olhos se arregalaram.

— Bobby?

— E Val e Luisa.

Ambas as mãos foram à boca aberta, como se fosse conter o som. Mas o grito saiu mesmo assim.

— Eles estão... você tem certeza?

— Eu estava falando com eles quando aconteceu. Eu... eu vi... — Cooper fechou os olhos e inalou o ar.

— Ai, Deus, amor. Ai, Nick.

Natalie abraçou Cooper, as mãos apertaram as costas, e dedos fortes se cravaram. Ele soltou um suspiro que pareceu ter arrancado alguma coisa. Ela segurou o ex-marido, balançando levemente.

— Venha comigo — disse Natalie.

Cooper se deixou ser levado por ela para o interior do apartamento, pela cozinha e corredor até o quarto. Ele estava estranhamente ciente de que eles transaram da última vez em que estivera ali, e depois se deu conta de que nunca tinha chegado a ter a oportunidade de contar para Bobby, de compartilhar a confusão e ouvir o velho amigo fazer uma piada inapropriada, algo engraçado e errado que faria os dois rirem. Foi aí que Cooper começou a chorar. Natalie subiu na cama, se encostou na parede e chamou Cooper para seus braços. Ele se arrastou atrás dela, colocou a cabeça no colo e agarrou as pernas de Natalie, enquanto ela fazia carinho no cabelo do ex-marido, sabendo que não valia a pena dizer que tudo estava bem.

Tudo não estava bem havia muito tempo, e Cooper começava a duvidar que algum dia estaria novamente.

As lágrimas não duraram muito — ele jamais tivera problema em chorar, apenas não chorava muito —, mas após cessarem, Cooper ficou onde estava, com a cabeça nas coxas de Natalie, olhando para os pés dela e as cortinas diáfanas além das quais o dia morria lentamente. Natalie passou as mãos pelo cabelo de Cooper e esperou, infinitamente paciente e presente.

— É errado — falou ele finalmente. — É simplesmente errado. Você sabe quantas vezes Bobby e eu estivemos em perigo? Quantas portas nós chutamos, quantos suspeitos matamos? Diabos, no dia da bolsa de valores, ele levou um tiro de escopeta no peito e quebrou duas costelas. Eu estive lá, eu o derrubei e... — Cooper foi parando de falar.

Natalie simplesmente passou a mão pelo cabelo dele. Após um momento, Cooper falou:

— Nós éramos agentes. Sabíamos dos riscos. Mas... não desta forma. Não uma bomba no meio do expediente. Sem aviso, sem contra-ataque. Apenas bum, morto. Bobby merecia algo melhor do que isso. Uma morte melhor.

— Não existe essa coisa de uma morte melhor, amor. Só existe a morte.

— É, mas para Bobby Quinn, a morte deveria ter algum significado. Ele deveria estar fazendo alguma coisa que importasse.

— Ele estava — disse Natalie. — Estava trabalhando, tentando proteger o país.

— Não é a mesma coisa. Ele não estava preparado.

— Quem está? — Ela deu de ombros. — Bobby foi um herói, bem como Luisa e Val e todos os demais. Mas apenas no cinema os heróis contam com os grandes momentos de sacrifício glorioso. A vida real é mais confusa do que isso.

— Eu sei, mas... Foi um segundo. Quer dizer, nós estávamos zoando quando aquilo aconteceu. Ele disse que a cerveja era por minha conta. Estas foram as últimas palavras de Bobby. "Só lembre que a cerveja é por sua conta."

Natalie fez um som que foi quase uma risada.

— Desculpe, eu apenas... — Ela fez uma pausa, e desta vez realmente riu, embora fosse uma risada cheia de amargura. — Se você perguntasse a Bobby, ele teria dito que foram últimas palavras muito boas.

A ideia o pegou desprevenido, e Cooper descobriu que podia imaginar o parceiro sentado em um bar, girando um cigarro que não tinha a intenção de acender, e dizendo *ei, cara, faça melhor do que isso.*

— Eu não tive intenção de rir.

— Não, você está certa. Ele teria gostado disso.

Os dois ficaram em silêncio por um momento, com o rosto de Cooper amassado contra a perna de Natalie, e a própria pulsação ecoando no ouvido.

— Meu Deus — disse Natalie. — A filha dele.

— Merda.

Bobby era divorciado, e não nos mesmos termos com a ex que ele e Natalie mantinham. A filha morava com a mãe, e Cooper não via a menina havia algum tempo.

— Maggie deve ter... 11 agora?

— Doze — respondeu Natalie. — O aniversário dela é em junho.

— Como você se lembra disso?

— Eu amava Bobby também, Nick. E as crianças também.

Cada vez pior. Cooper teria que contar para os filhos que o Tio Bobby estava morto. Como se eles já não tivessem sofrido o suficiente.

— Kate e a academia. Todd em coma. Maggie sem o pai. E, voltando lá para trás, até as crianças do restaurante Monocle. Por que são sempre elas que sofrem? — Uma ideia lhe ocorreu, e Cooper virou a cabeça. — Espere, onde estão...

— Brincando com amigos. Eles estão bem. — Natalie fez uma pausa. — Foi John Smith?

— Sim.

— Ele nunca vai parar, não é?

As palavras atingiram Cooper com uma força física. Algo no peito, não o coração biológico, mas o metafórico, pareceu ficar quebradiço e duro como lava esfriando.

— Sim — disse Cooper, que se levantou. — Sim, vai.

— Nick...

— Eu tenho que ir.

— Fique. Não há pressa. Eu não estava tentando...

— Não, eu... — Ele limpou a coriza com as costas da mão. — Obrigado. Não foi nada que você disse.

— Não tem problema deixar alguém ajudar, amor. Deixe-me ajudar.

— Você ajudou. — Cooper olhou para ela, o tipo de olhar longo, puro e simples, de quem conhecia alguém tão bem que era difícil dizer onde ficavam os limites entre os dois. — Agora é a minha vez.

— De fazer o quê?

Cooper pensou sobre os preparativos que Epstein estava fazendo naquele exato momento, sobre o sequestro de Samantha — um movimento brusco, um capuz sobre a cabeça dela, e o cheiro de produtos químicos antes que ela perdesse a consciência. Sobre um golpe de fumaça quebrando uma janela e matando os amigos e milhares de outros. Sobre o cadáver de um adolescente girando na ponta de uma corda enquanto Soren contava os buracos da cela.

— O que tenho que fazer.

Natalie devolveu o olhar, e a expressão ficou séria.

— Você não quer me contar.

— Não.

— Por quê?

— Não tenho orgulho do que vou fazer.

— Isso vai permitir que você pegue John Smith?

— Tem que permitir.

— Então, faça. — A voz de Natalie era firme. — Seja o que for.

Por um longo momento, os dois se encararam no crepúsculo do quarto. Depois, Cooper tocou o rosto dela e concordou com a cabeça.

OS NOVOS FILHOS DA LIBERDADE SE APROXIMAM DE TESLA

Presidente Ramirez condena o grupo, mas "mãos estão atadas."

Desde que romperam a cerca da Nova Canaã em 17 de dezembro, as forças dos Novos Filhos da Liberdade cruzaram 130 quilômetros e agora se aproximam da capital, Tesla. A milícia civil, que tem aproximadamente 17 mil pessoas, sofreu grandes baixas em um bombardeio de drone, mas o restante vem avançando sem resistência. Sob as ordens de Erik Epstein, cidadãos da Comunidade têm recuado para Tesla, que há muito tempo dizem ser protegida por defesas tecnológicas.

Em uma breve declaração à imprensa, a Presidente Ramirez condenou a milícia civil, mas disse que, devido à regressão da tecnologia de computadores em andamento nas Forças Armadas americanas, o governo não poderia intervir diretamente...

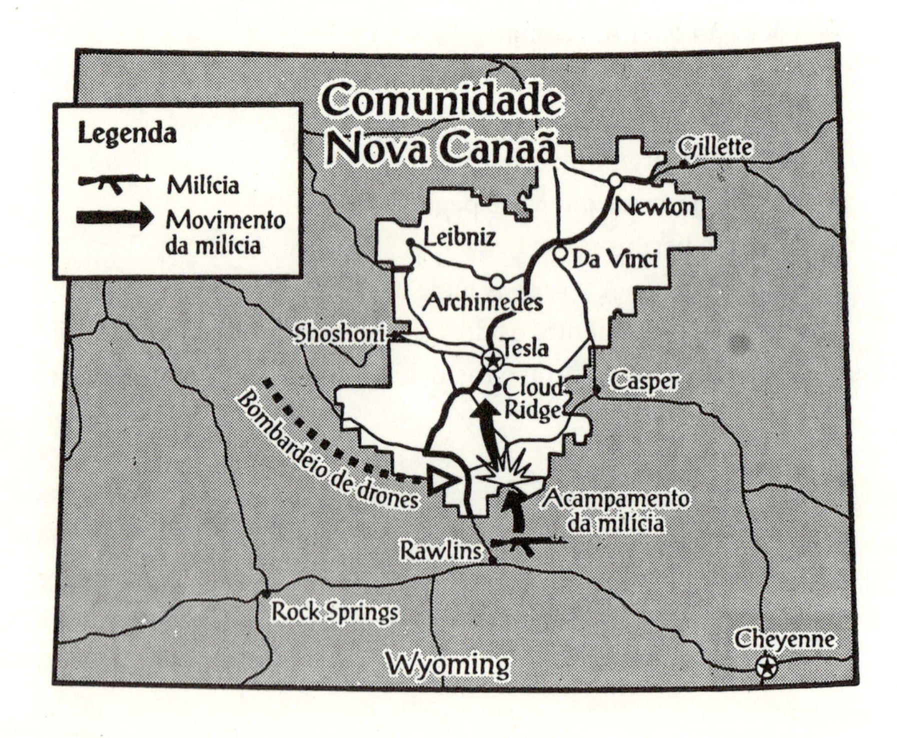

CAPÍTULO 23

O velho estava sentado na varanda, com as luvas de dedos cortados agarrando a escopeta no colo. Ele segurava a arma à vontade, como alguém que a considerasse uma ferramenta. Era o tipo de cara que se referiria à escopeta como alarme contra ladrões.

Até onde Luke podia dizer, ele era tudo o que sobrara da cidade de Cloud Ridge, o último posto avançado antes de Tesla.

Nos últimos dias, os Novos Filhos cruzaram quase 115 quilômetros, cada um deles conquistado. Epstein podia ter ficado sem bombas, mas ele continuava a acossar os Novos Filhos. Atiradores espreitavam à distância, longe demais e muito mal treinados para fazer muitas vítimas, mas toda a vez que havia o estampido de tiros distantes, o exército inteiro tinha um sobressalto. Durante o dia inteiro, planadores passavam silenciosamente no céu, e os pilotos jogavam de tudo, de bolas de boliche a coquetéis molotov. Durante a noite, os anormais usavam o truque de projeção de áudio, tocando insultos, sirenes e música alta. Nada daquilo provocava danos reais, mas estava cansando os homens. Eles estavam cansados e irradiavam uma violência nervosa.

Os cavalos, pelo menos, acabaram se tornando um toque de gênio. Desde que o pulso eletromagnético desabilitara os veículos, os animais puxavam o grosso das provisões. Miller mandara desmantelar centenas de vans e SUVs, retirar os motores e arrancar os assentos para transformá-los em carroças improvisadas. Luke não deixou de notar o simbolismo da situação. Um exército desorganizado à frente de um comboio de cavalos contra uma pequena minoria capaz de projetar a voz dos céus. Era o conflito normal-anormal transformado em metáfora e sublinhado por sangue.

Cloud Ridge era mais uma cidadezinha do que uma cidade grande, com pouco mais de dois mil habitantes. Era o local mais improvável que Luke já tinha visto. Em vez de crescer organicamente com o passar das décadas, como fazia a maioria dos lugares, Cloud Ridge tinha sido projetada por urbanistas e erigida como um todo em questão de meses. Tudo era organizado para função e eficiência, das largas avenidas que cercavam o parque da cidade à fazenda de energia solar, com centenas de painéis automáticos que se mexiam em perfeita sintonia.

E tudo abandonado. Luke não estava surpreso, mas desapontado. Após a surra que os drones de Epstein deram e o constante assédio desde então, teria sido gratificante encarar uma batalha. Mesmo que todos os homens, mulheres e crianças tivessem se perfilado contra eles, os Novos Filhos teriam esmagado a resistência. Era por isso, obviamente, que o lugar estava vazio. Os inimigos não eram tolos.

— Abaixe a arma, velho!

O miliciano fazia parte da dezena de homens que cercava a varanda, todos claramente torcendo por uma briga. Mas o velhote simplesmente virou o rosto e cuspiu.

— Salve — disse Luke.

— Você é o cara que manda?

— Sou um deles.

— Bem, vá se ferrar, então.

— Por que você não foi para Tesla ontem com todo o resto?

O cálculo de tempo foi um chute, mas Luke estava confiante. Sem dúvida Epstein tinha rastreado o avanço da milícia com drones, traçado no radar e usado simulações de computador para projetar o avanço. A ordem de evacuação teria sido dentro do tempo certo.

— Este é o meu lar.

— Filho ou filha?

— Hã?

— Você é velho demais para ser um anormal. Muitos simpatizantes vieram aqui, mas imagino que, pela sua idade, a questão é outra.

— Como você é espertinho. — O homem se remexeu, e uma dezena de dedos tocaram em uma dezena de gatilhos. — Neta.

— Sua família inteira veio aqui?

— Meu filho, a esposa e os filhos dele. A mais nova, Melissa, é superdotada, e nenhum de nós deixaria que ela acabasse em uma academia.

Luke concordou com a cabeça. Ele nunca tinha pensado muito sobre as academias antes — elas existiam apenas para os anormais mais poderosos —, mas após a outra noite, Luke compreendia melhor o medo que as academias inspiravam.

— Seus rapazes podem se acalmar, eu não vou lutar. Não tenho muita comida, mas se vocês quiserem encher os cantis, fiquem à vontade.

Luke sorriu.

— Envenenou a água, hein?

— Valia a pena tentar. — O velho sorriu de volta, e as obturações brilharam nos dentes. — E agora?

— Bem, se você baixar essa arma e se render, nós vamos deixá-lo ir.

— É? Enquanto você persegue meu filho e a família dele?

— Sabe — disse Luke —, eu também tinha filhos. Seu povo os queimou vivos há duas semanas.

— Sinto pela sua perda — falou o sujeito.

O vento aumentou, vindo do alto do deserto, e soprou entre as barras da cerca da varanda. Houve um disparo em algum ponto, a meia distância. Outro morador de Cloud Ridge, supôs Luke.

— Última chance. Por que você não baixa a arma e começa a andar?

— Por que você não vem aqui, baixa meu zíper e...

Luke puxou a pistola e deu um tiro certeiro no crânio do homem. O disparo reverberou na barriga cinza do céu. Por um momento, o avô permaneceu sentado. Então, quando os músculos relaxaram, o corpo desmoronou, escorregou da cadeira e bateu nas tábuas da varanda. A escopeta caiu ao lado dele.

Um dos Novos Filhos começou a rir. Era uma risada aguda e irregular, com uma pontada de histeria.

— Passem adiante que a ordem de Miller de não beber a água continua valendo — disse Luke para ninguém em especial. — Verifiquem as casas ao avançar. Nada de comida fresca, apenas enlatados, munição e cobertores.

O soldado que ria continuou em frente, com os joelhos dobrados e uma aparência péssima. Luke deu uma olhadela para ele, depois para o homem ao lado, um jovem com barba falhada.

— Depois queimem.

— A casa dele?

— A cidade. Queimem completamente.

CAPÍTULO 24

Soren acordou.

Com os quadris doendo e as costas duras por causa do catre de metal, ele começou o lento processo de se sentar. Como sempre, a mente disparou à frente dos músculos, processando o som que o despertara. Era a porta da jaula sendo aberta. Normalmente, os captores apenas enchiam o ambiente com gás e mexiam à vontade em seu corpo inconsciente.

Tão pouca coisa havia mudado no seu reino minúsculo. Seja lá o que fosse, não seria agradável. Soren se concentrou na calma e se posicionou no nada.

Os homens que entraram tinham os ombros largos e pescoços musculosos de praticantes de luta livre. Todos usavam uniformes grosseiros marcados com o sol azul nascente das Indústrias Epstein e apontavam tasers. Na morosidade de sua percepção, Soren observou um guarda apertar o gatilho, viu o estalo do gás quando os eletrodos de metal voaram, o cabo dando voltas no ar como uma cobra dando o bote, e então os dardos atingiram seu peito nu e dezenas de milhares de volts passaram por ele, levando embora o pensamento consciente e o controle. Os músculos sofreram espasmos, e um som gutural foi arrancado da garganta.

Os guardas avançaram e meteram o corpo que se contorcia em uma vestimenta que Soren estava desorientado demais para reconhecer de primeira. Só quando um deles usou um pedaço de corrente para prendê-lo à parede foi que Soren se deu conta de que usava uma camisa de força.

Tortura, então. Eles definitivamente não o compreendiam, afinal de contas. Soren supôs que eles imaginavam que sua percepção duradoura da agonia tornaria pior a tortura. De um certo ponto de vista, eles estavam corretos, mas os resultados não seriam os que eles desejavam. Soren simplesmente se recolheria ao nada e deixaria que o destruíssem. Melhor do que uma eternidade passada contando.

Havia até espaço para uma certa vitória, ele percebeu. Simplesmente não revelar as coisas que eles queriam saber seria a base de tudo. Mas o triunfo seria não se deixar abater. Soren não gritaria. Ele passara a vida sentindo dor. Não havia nada que eles pudessem fazer que Soren não suportasse.

Assim que os guardas verificaram que ele estava bem preso, foram embora. Um estranho entrou. Magro e desinteressante, com olhos escuros e maçãs do rosto proeminentes. Ele carregava uma cadeira em uma mão e empurrava uma mesa com rodinhas cheia de instrumentos reluzentes. Soren quase riu diante da teatralidade da cena.

Até Nick Cooper entrar, puxando uma mulher atrás dele, com os dedos apertando o braço dela. Pálida e perfeita. Samantha. Ela conteve um gritinho ao vê-lo; depois, se soltou e correu até Soren, e ele viu Samantha indo, lenta, tão lentamente, com os olhos castanhos arregalados em horror, o cabelo dourado balançando atrás, os braços abertos. Ela se uniu a Soren, com os lábios nos dele, e seu calor humano e cheiro preencheram o mundo de Soren. Samantha estava tremendo, a boca formava sons mais parecidos com sussurros do que palavras.

— Já chega. — Cooper puxou e afastou Samantha.

Soren investiu, mas a camisa de força mantinha os braços inutilmente presos às laterais do corpo, e a corrente se retesou quando ele avançou não mais do que dois centímetros. Soren fez força, os músculos das pernas ficaram tensos e travaram enquanto a única mulher que ele havia amado na vida, a única que o compreendia, era colocada à força na cadeira, algemada a ela pelos braços e pernas, presa com um cinto na cintura fina, e com uma fita adesiva colada sobre a boca perfeita.

— Eu lhe ofereci um jeito melhor — disse Cooper.

Soren olhou fixamente, o nada sendo desfeito como uma teia de aranha em um furacão.

— Eu falo. Tudo.

— Veja bem, este é o problema. — Cooper deu de ombros. — Você ainda está negociando. Se você simplesmente tivesse começado a falar tudo, talvez eu pensasse de maneira diferente. Mas, neste exato momento, não posso acreditar no que você diz.

Soren encarou Cooper. Abriu a boca para compartilhar as coisas que sabia. Assim como ele, John também não queria que Samantha fosse ferida. Além disso, qual seria o problema? Seu amigo se preparava para cada contingência. Ele deve ter se preparado para esta aqui.

Mas talvez não tenha.

E, depois, *Cooper não é o tipo que faz isso. É um blefe.*

Soren hesitou.

— É. Foi o que pensei. — Cooper fez uma careta. — Eu queria não ter que fazer isso, de verdade. Mas hoje seu amigo matou dois mil dos meus. E tem coisa pior planejada para amanhã. — Ele acenou com a cabeça para o outro homem. — Vá em frente, Rickard.

O torturador de olhos escuros se debruçou sobre a mesinha e passou os dedos pelos instrumentos exageradamente. Ele ergueu um bisturi à luz, tirou um pouco de poeira da ponta, depois recolocou-o na mesinha e escolheu outro, de lâmina curta e serrilhada como uma faca de cortar frutas. Mesmo da parede, Soren conseguiu ver o brilho prateado do gume.

Rickard ficou atrás de Samantha e passou a ponta pela bochecha dela, não exatamente tocando. Ela gemeu na fita adesiva e forçou as algemas. Dentro da camisa de força, Soren fechou as mãos com tanta força que as unhas cortaram a pele das palmas das mãos, enquanto pensava: *Um blefe, é um blefe, eles não vão...*

Com um gesto preciso, o homem magro enfiou o bisturi pela pálpebra inferior do olho esquerdo de Samantha, cortou de lado para abrir um filete largo e vermelho, e depois, com gesto hábil, arrancou o globo ocular da órbita. O nervo ótico veio atrás, uma massa de sangue e fluido que espirrou na bochecha de Samantha enquanto o olho ensanguentado ficava pendurado.

Soren berrou.

Mas Rickard não havia terminado.

Nem de longe.

■

Cooper cerrou os punhos e conteve uma ânsia no estômago.

Isto tem que ser feito.

Ele olhou para o holograma e viu Soren ter espasmos e se contorcer. Os olhos do homem estavam fechados, mas se mexiam freneticamente por trás das pálpebras enquanto ele permanecia deitado no catre, com o cabo descendo da parede e ligado à interface na nuca.

Ao lado dele, Rickard digitava sem parar. O terminal estava cheio de janelas e modelos 3D que reagiam conforme o programador mexia nos controles. Era estranhamente assustador estar na sala de controle do lado de fora da cela de Soren, aquele espaço frio e computadorizado, assistindo ao holograma do homem suar e convulsionar.

— Muito impressionante, não é? — Os dedos de Rickard dançavam. — Não há monitor com resolução maior do que aquele no nosso crânio.

O áudio da realidade virtual estava com volume baixo. O efeito era como ouvir um filme de terror na sala ao lado. Os gritos de Soren eram agudos e guturais, beirando a insanidade. Samantha — *não, não ela, apenas um modelo digital, um programa, nada mais* — gemia sons abafados pela fita adesiva.

— Tenho que reconhecer, jamais pensei neste uso. Eu projetei o sistema como um jogo, sabe, sair por aí correndo e atirando em alienígenas, sentir a adrenalina, ver sangue e tal. Nós desenvolvemos o escaneamento pessoal para que as pessoas pudessem jogar juntas, salvar o universo com um amigo. — Rickard sorriu. — Não que eu tivesse me incomodado de escaneá-la. Quer dizer, porra, aquela gata é *demais.*

Uma das janelas mostrava Samantha da maneira que Soren a via, e quando Cooper olhou para ela, conteve uma ânsia de vômito, a bile ardeu no fundo da boca.

— O quê? — Rickard ergueu o olhar, e a expressão imperturbável se alterou quando ele viu a de Cooper. — Nós não a machucamos de verdade. Só fizemos um escaneamento por vários ângulos de câmera, retiramos amostras de pele e cabelo. Exatamente como antes, na sua pequena viagem a Roma. O subconsciente faz o trabalho pesado. Da mesma forma que você sonha e sabe que alguém é sua esposa, embora ela se pareça com sua mãe. Não é real. Não estamos torturando alguém.

— Não estamos torturando *Samantha.* Mas olhe aqui — Cooper apontou para o canto do monitor que mostrava os sinais vitais de Soren, com os indicadores na linha vermelha dos batimentos cardíacos, da respiração e dos hormônios — e me diga que não estamos torturando Soren.

— Claro, mas não é real.

— Ainda assim, Soren está vivenciando a tortura. Até onde sabe, alguém está retalhando Samantha diante dele.

— Espere — disse Rickard, e digitou um comando para acionar uma sub-rotina.

Em outra janela, uma versão digital de Cooper falou:

— Você está pronto para nos contar onde está Smith?

Como reação, Soren chorou e choramingou.

— Rickard. Continue — disse o Cooper digital.

Cooper se obrigou a assistir quando perguntou:

— Por que se usar como torturador?

— É simplesmente mais fácil. Eu já me tenho completamente escaneado. — Rickard retirou a mão do teclado e afastou o cabelo para mostrar a interface implantada no pescoço. — Fiz quando estava desenvolvendo isto aqui.

— E você não vê problema nisso? Em ser um torturador?

— Bem, quer dizer... não é real.

— É o que você não para de repetir.

O programador ergueu os olhos.

— Esse cara não te matou?

— Ele também colocou meu filho em coma e tentou matar uma família inocente, incluindo um bebê. E esses foram apenas os atos que pude presenciar. — Cooper fez uma pausa. — Se um cachorro está raivoso, ele deve ser sacrificado. Mas não se deve sentir prazer nisso.

Rickard esteve prestes a responder quando algo no monitor chamou sua atenção.

— As ondas beta estão se alterando.

— Hã?

— Isto aqui monitora a atividade cerebral. As ondas beta estão em grande atividade, o que faz sentido dado o estresse. Mas o padrão está se alterando.

— O que significa?

— Que ele está prestes a falar.

Dentro do próprio inferno virtual, Soren berrou:

— Pare!

Ele pendeu a cabeça. Depois, em uma voz vacilante, Soren começou a contar para eles o que Smith planejara.

— Puta merda — disse Cooper, que se inclinou à frente e apertou um botão. — Epstein. Está assistindo?

— Sim. — A voz de Erik veio do alto-falante. — Preparando uma equipe de assalto agora.

— Vou liderá-la.

— A divisão tática da CNC...

— Não é tão boa quanto eu — disse Cooper.

— Negativo. Duas oportunidades anteriores. Ambas fracassadas.

— É por isso que tem que ser eu. Estamos falando de John Smith. Eu o venho perseguindo há quase uma década. Ninguém conhece as táticas dele como eu.

Por longos segundos, só houve silêncio. Cooper imaginou Epstein na caverna, o rosto iluminado por uma massa de dados. *Esta é a resposta.*

— Erik, coloque de lado as preocupações pessoais. Que atitude oferece a probabilidade de sucesso estatisticamente mais alta?

Mais silêncio. Por um momento, Cooper se perguntou se o anormal já havia desligado. Então, o alto-falante tocou de novo.

— Do que você precisa?

— Seus melhores agentes. Transporte. Armas. E plantas, não apenas do prédio, mas dos quarteirões ao redor, bem como diagramas de estrutura municipal e de manutenção.

— Sim.

— Mais uma coisa. — Cooper fez uma pausa e sorriu. — Shannon está em Newton. Em quanto tempo você consegue trazê-la para cá?

CAPÍTULO 25

— OK — disse Cooper. — Aparentemente, esta é uma simples operação de invasão e tomada. Mas todos vocês sabem o que está em jogo. Tem que ser exemplar.

A van em movimento era mal iluminada e estava lotada e úmida com a respiração de trinta homens e mulheres musculosos. Embora Epstein não tivesse um exército permanente, seus agentes de operações táticas eram casca-grossa. Tecnicamente, os Vigilantes faziam parte da força policial corporativa que dava segurança à Comunidade, mas, aos olhos de Cooper, eles mais pareciam com os Rangers do Exército Americano — forças de elite flexíveis, em treinamento constante de tudo, desde operações de busca e resgate a guerrilha urbana. Eles estavam sentados em bancos colocados às pressas contra as paredes internas da van, com fuzis automáticos entre os joelhos e coletes negros à prova de balas repuxados sobre peitorais largos.

— Como vocês sabem, nosso alvo é John Smith. Não podemos permitir que ele escape. As equipes Alfa e Bravo vão invadir pelas portas de entrada e dos fundos ao mesmo tempo, depois avançarão, tomando cada cômodo até se encontrar no laboratório. A equipe Charlie vai permanecer do lado de fora para proteger a rua e todas as saídas possíveis. Além disso, temos atiradores de elite já posicionados nos prédios próximos...

Epstein levou um pouco mais de uma hora para trazer Shannon via helicóptero. O tempo de viagem dela foi o período que Cooper teve para estudar as plantas do prédio e fazer o plano. Uma hora para organizar uma operação destinada a pegar o homem mais perigoso do mundo.

No entanto, por mais que tenha sido breve, foi mais do que o necessário. Ao invadir a transmissão de imagens dos satélites espiões do governo, os programadores de Epstein foram capazes de confirmar que Soren estava falando a verdade. John Smith chegara ao complexo havia dois dias. De acordo com as imagens, ainda não havia saído. Mas, pelo que Cooper sabia, John Smith podia estar fazendo as malas naquele exato momento. Eles não podiam arriscar mais tempo, não agora que estavam tão perto.

Esta é uma coisa irônica de dizer. "Tão perto" está correto. Será que John Smith estava se escondendo no Congo, ou em uma caverna no Afeganistão, ou mesmo em um covil secreto embaixo de Nova York?

Não. O filho da mãe estava em Tesla, a menos de oito quilômetros da casa onde seus filhos dormem. Ele esteve preparando uma arma biológica logo ali na esquina.

Por mais grave que fosse a situação, era engraçada, mas não houve tempo para rir a respeito. Esta era a última chance de Cooper. Ele tinha que ter certeza de que pensara em tudo. Durante anos, Cooper caçara Smith, rastreara e estudara o sujeito. Analisara suas partidas de xadrez, assistira às imagens de seus discursos. Cooper o havia alcançado em dois momentos: um ano atrás, quando Smith enchera Cooper de meias verdades que o transformaram em um míssil voltado contra o próprio governo, e depois novamente havia algumas semanas, quando ele e Bobby Quinn — *Bobby* — sequestraram Smith apenas para decidir que executá-lo poderia transformá-lo em um mártir.

Agora tudo o que Cooper havia aprendido naquele período, todos os padrões que construíra, toda a compreensão das táticas do sujeito estavam prestes a ser testados.

— Shannon. — Ele se voltou para encará-la. Ele se esforçara ao máximo para não notar o cheiro dela, o calor do ponto onde a coxa de Shannon estava grudada na dele. — Você é o nosso ás na manga.

Ela colocou o cabelo atrás da orelha.

— Eu não gosto disso.

— Eu sei.

— Deixe que eu me transfira pelo prédio, para garantir que não haja surpresas. Eu consigo.

— Eu sei — disse Cooper. — Sei como você é boa nisso. É por esse motivo que preciso que você desempenhe seu papel. Ninguém mais é capaz.

— Mas...

— Pode confiar em mim? — Ele seguiu o olhar de Shannon. — Por favor?

Ela ergueu o olhar para Cooper, meteu a ponta do lábio entre os dentes, e concordou com a cabeça. Cooper teve uma súbita vontade de inclinar o corpo e amassá-la contra ele, prendê-la em um beijo que durasse até que ambos não conseguissem respirar.

— E quanto a mim? — Ethan parecia ridículo no equipamento tático, com os ombros e braços nadando dentro do uniforme, e um capacete comicamente preso à cabeça.

— Assim que tomarmos o prédio, você é o cara. Smith já pode ter modificado a gripe para incluir o soro. Controlar isso é a segunda prioridade, e a primeira é matá-lo. — Cooper fez uma pausa e passou os olhos pela fileira de comandos. — Alguma pergunta?

Nenhum dos soldados disse coisa alguma, mas Cooper captou a tensão em cada um, a maneira como queriam verificar os pentes de munição ou ajustar os coletes, e a forma como não fizeram nem uma coisa nem outra. Profissionais habilidosos, nervosos — apenas caubóis não estariam nervosos —, mas prontos para agir.

— Eu tenho uma pergunta — disse Ethan.

— O que foi, doutor?

— Por que isso é tão ruim?

Olhares foram trocados dentro da van. Ethan notou, mas embora não fosse um guerreiro, ele também não era um covarde.

— Eu não quis dizer matar Smith. Quis dizer um vírus que transforma as pessoas em brilhantes.

— Isto é o mesmo que insinuar que uma vítima de estupro devia agradecer por ter transado — disse Cooper.

— Uau. — Ethan ergueu as duas mãos. — Eu concordo que deva ser uma escolha pessoal. Eu não criei uma arma.

— Não — falou Shannon. — Você apenas desenvolveu a tecnologia para outra pessoa fazer isso.

— Eu sou um cientista. Descobrir coisas é o meu trabalho. E antes que vocês subam em um pedestal muito alto, pensem em como o resto de nós se sente.

Cooper ergueu a sobrancelha.

— Eu entendo que nem sempre é fácil ser superdotado — disse Ethan. — Mas tente ser normal. Quer dizer, sério, mimimi, você é um super-herói, mimimi, você consegue fazer coisas que o resto de nós apenas sonha. — Ele balançou a cabeça. — A forma como a sociedade trata os anormais, especialmente nos últimos tempos, é horrenda. Mas vocês não entendem como todos nós queremos o que vocês têm?

— Neandertais e *Homo sapiens* — falou Shannon baixinho.

— Bem... — Ethan deu de ombros. — É meio que isso, sim. Anormais são objetivamente melhores do que normais. O que era verdade para neandertais e *Homo sapiens* também.

— Então, quer dizer que simplesmente deveríamos exterminar os normais da mesma forma como os *Homo sapiens* exterminaram os neandertais? — perguntou Cooper.

— Na verdade — respondeu Ethan —, não foi bem assim. As duas espécies tiveram conflitos, sem dúvida, mas também se cruzaram. As pesquisas mais recentes mostram que elas coexistiram por algo em torno de cinco mil anos. No fim, os *Homo sapiens* venceram porque eram melhores. Tínhamos períodos de nascença maiores, cérebros maiores, capacidades simbólicas maiores. Em um mundo com recursos e espaço finitos, nós conseguimos mais coisas; portanto, nós vivemos, e eles, não.

— E você não vê problema nisso?

— Não se trata de ver problema. Não é uma questão moral. É uma questão evolucionária. A evolução é um processo feio e sangrento. Mas também é o motivo de estarmos sentados aqui. E talvez você queira se lembrar de que, neste exemplo, eu sou um neandertal, assim como minha esposa e filha. — Ethan deu de ombros. — Se os neandertais tivessem a escolha de se tornarem *Homo sapiens*, você acha que eles não teriam aproveitado? Não teriam vontade?

— Há dois problemas aí, doutor. — A van fez uma curva, e Cooper se viu caindo sobre o soldado ao lado dele. — Primeiro, você disse "escolha", o que é exatamente o que Smith *não* está dando para ninguém.

— Ok, mas...

— E, segundo, isto não é evolução. Não está acontecendo com o passar de mil anos em um ambiente natural. Isto é seu projeto de ciências. Ele subverte o sistema.

Ethan abriu a boca, mas foi interrompido por um zumbido alto. Dedos apertaram as armas de assalto. O coração de Cooper acelerou, e as palmas ficaram úmidas. A van não diminuiu — eles estavam a toda velocidade —, mas o som indicou que estavam a um quarteirão de distância.

— Atenção — disse Cooper para os comandos. — Eu sei que vocês já enfrentaram terroristas antes. Isto aqui é diferente. — Ele percorreu a fileira com o olhar, encarando cada um. — Aqui é John Smith. Não. Hesitem.

Os pneus cantaram quando o motorista pisou no freio, e a van derrapou e se inclinou. O veículo nem tinha parado ainda quando dois soldados próximos ao fundo chutaram a porta para abri-la em uma explosão de luz do sol, e a seguir estavam em ação.

É agora. Sua última chance. Vença agora ou perca tudo.

Estou chegando para te pegar, John.

CAPÍTULO 26

— Vai doer?

Eles estavam no quarto do Falcão novamente. Ele havia arrumado o cômodo. Pareceu ser a coisa certa, como algo que ele faria antes de partir para uma longa viagem, embora não estivesse indo a lugar algum. O Falcão estava sentado na cama, e John, na cadeira. Seu amigo parecia cansado, mas à vontade também, como se não visse problemas em baixar a guarda ali, uma ideia que o Falcão prezava.

— Esta é uma injeção a jato. — John ergueu o apetrecho que parecia com uma pistola d'água futurista. — Ela dispara uma rajada de alta pressão de fluido através da derme direto na corrente sanguínea. A sensação é a de uma picada de mosquito.

— E quanto...

— A gripe é apenas a gripe — disse John. — Espirros, tosse, talvez um pouco de náusea. Mas nós a modificamos para ser a mais branda possível. Isto é parte da questão; se as pessoas se sentirem péssimas, ficarão em casa, e precisamos que elas espalhem o vírus. Mas a mudança, a transformação em brilhante, é um pouco diferente.

— Como?

— Bem, é uma alteração no funcionamento do cérebro. Vai ser desorientador. Provavelmente um pouco assustador.

O Falcão notou que estava mordendo o lábio, e se obrigou a parar.

— Qual será a sensação?

— Eu não sei exatamente. Você é apenas a segunda pessoa na história a passar pelo processo.

— O Doutor Couzen foi o primeiro. — Ele respirou fundo. — O rosto dele estava todo arranhado. Foi ele... foi ele que fez aquilo consigo mesmo?

— Sim — respondeu John. — Mas, lembre-se, o Doutor Couzen é muito velho, é muito rígido. Você é jovem, forte e maleável. Será confuso. Você vai começar a enxergar as coisas de maneira diferente, ser capaz de fazer coisas que não conseguia antes. Meu conselho é ir devagar. Como sair de uma bicicleta infantil para um modelo de dez marchas. Não é bom ir o mais rápido possível logo de cara. Acostume-se com ela, aprenda como as marchas interagem, como funcionam os freios. Conforme se sentir à vontade, você pode ir se soltando.

— Você sabe qual será o meu dom?

— Esta é a melhor parte. Para aqueles que nascem superdotados, os dons estão definidos. Mas porque este processo é puro, você será capaz de fazer um monte de coisas.

— Como o quê?

— Talvez tudo. — John sorriu. — Assim que tiver tudo sob controle, você será mais poderoso do que eu.

— Sério?

— Sério.

O Falcão tentou imaginar como seria aquilo. Ser capaz de pensar como John, de ter aquilo que ele tinha, aquele poder que fazia as pessoas quererem ajudá-lo. Ou ser capaz de agir como Haruto — *Sensei Yamato*, ele se corrigiu —, que podia controlar o corpo com precisão absoluta, que podia lutar vendado usando apenas o som para se guiar. Como isso seria fantástico!

— Você está pronto?

Aaron respirou fundo, depois exalou. Concordou com a cabeça.

O cano de metal da injeção era frio em contato com o braço. Antes que ele pudesse ficar tenso, seu amigo apertou o gatilho. Houve um som de *pfff* e uma picadinha.

— É só isso?

— É.

— Eu...

A emoção inflou seu peito como um balão. O Falcão queria abraçar John, queria chorar. Aquilo era tudo o que ele sempre quisera na vida. Ser como a mãe, como John, como Tabitha. Como ela o veria agora?

— Obrigado. — A voz saiu um pouco melodiosa, e ele passou a mão pelo nariz. — Obrigado.

— Não, Falcão. — John colocou a mão no ombro. — Obrigado a *você*.

Houve um estrondo abafado, como alguém deixando cair anilhas pesadas na academia. John ergueu a cabeça e olhou fixamente para a porta.

— O que foi... — disse o Falcão.

— *Shh.*

Por um segundo, nada aconteceu.

Então, começou o tiroteio.

■

Do lado de fora, o prédio não se destacava. Um armazém nos arredores de Tesla, enfiado no meio de outros. A Comunidade tinha que importar a maioria dos produtos que consumia e todos tinham que ser estocados em algum lugar.

Os Vigilantes agiram com precisão natural, todo comando sabia exatamente para onde ir e que área proteger. Não houve gritos, nenhum sargento durão gritando "Vamos, vamos, vamos!". Aquilo era coisa de cinema. Ali, sob o sol intenso de uma tarde de inverno no Wyoming, os únicos sons eram os passos apressados, o zumbido do trânsito em uma via principal, e o ronco do motor da van.

A Equipe Alfa tomou o armazém como uma onda negra. O ponteiro grudou cargas explosivas na porta da frente, deu um passo para trás e fez um rápido sinal com a mão. Cooper verificou a trava de segurança do fuzil de assalto que levava, um modelo da Comunidade feito de fibra de carbono curva. As axilas estavam suadas, o coração batia alto, mas as mãos tinham a firmeza de quem estava em missão com que ele sempre fora capaz de contar. Quantas vezes ele participara de uma incursão para o DAR? Centenas, contando os treinamentos.

Mas nunca uma incursão em que você sabia que John Smith estava do outro lado da porta.

Ele calou o pensamento. O momento de dúvidas havia passado. Era hora de agir ou morrer.

As cargas explosivas arrancaram a porta pesada de metal das dobradiças e lançaram-na para o interior com um rugido, rapidamente seguido pela explosão de uma granada de luz. Equipes de duplas entraram, e Cooper seguiu.

Uma espécie de saguão. Pé-direito alto com vigas expostas. Um banco, uma câmera de segurança, um guarda curvado com as mãos protegendo seus olhos. As equipes passaram por ele, e Cooper seguiu a onda, deixando o guarda para a retaguarda da coluna. Na planta, a entrada ampla se ligava diretamente ao espaço de armazenagem, com um corredor lateral levando a uma série de escritórios. Mas, na realidade, foram construídas paredes que davam outra configuração ao espaço. Não era surpresa. As plantas mostravam apenas o projeto inicial. A equipe de Smith teria personalizado o interior de acordo com suas especificações, e eles não teriam dado entrada em alvarás. Cooper ficou contente, pois contava com isso.

A equipe avançou pelo corredor e assumiu posição em uma curva; depois, virou em perfeita sincronia. Cooper ouviu berros, um Vigilante mandando que alguém se deitasse no chão, e antes que isso sequer fosse possível, vieram os estampidos rápidos de disparos de armas automáticas quando os comandos da vanguarda derrubaram um alvo. Ele deu a volta por trás dos soldados, viu dois bandidos sangrando, um de joelhos, outro cambaleando, ambos alvos de tiros perfeitos. Atrás de Cooper, alguém gritou "luz!" quando outra granada atordoante passou por cima de sua cabeça.

Um homem saiu de uma alcova com a precisão de um bailarino. As feições eram comuns, a expressão, serena. Os olhos estavam fechados. Sem perder o ritmo, ele ergueu o braço para pegar a granada de luz do ar e jogá-la de volta com um giro do pulso. Cooper mal teve tempo de virar o rosto antes que tudo sumisse em uma onda violenta de branco.

A granada de luz embaçou sua visão, mas ele reconhecera o sujeito. Haruto Yamato, um dos tenentes que estivera com Smith em Nova York. Cooper se obrigou a enxergar quando Yamato avançou, de olhos fechados, e eliminou o primeiro Vigilante com um golpe no pescoço, seguido de uma rasteira no segundo.

O dom de Yamato é audiocinético. Ele luta com os olhos fechados e é faixa preta em uma dezena de artes marciais.

Você não pode vencê-lo em combate direto, mas esta não precisa ser uma luta justa. Tudo o que você precisa é atrasá-lo por tempo suficiente para que os demais...

Espere um instante.

Você está com um fuzil de assalto.

Cooper ergueu a arma e disparou.

Yamato dançou e desviou das três primeiras balas. Mas a quarta, quinta e sexta abriram o peito dele, e Yamato cambaleou até a parede e deslizou por ela, deixando uma mancha vermelha. Os olhos vazios se abriram.

Estou chegando para te pegar, John.

■

Tiros, muitos tiros, e gritos, e mais explosões. O Falcão começou a se dirigir para a porta antes de perceber que não tinha feito movimento algum.

— Pare. — A voz de John foi uma chicotada, sem nenhum afeto nela.

Falcão travou. Mais tiros, desta vez vindo de outra direção. Um berro. Todo mundo sempre havia dito que soldados inimigos podiam invadir o prédio, mas ele nunca acreditara realmente, não do fundo do coração.

Smith abriu uma nesga da porta e espiou o corredor antes de sair. Aaron veio atrás, tentando se lembrar das simulações, do que fazer se um dia fossem invadidos. Ficar nos quartos? Não, isto não fazia sentido. O arsenal. Todo mundo deveria recuar para o arsenal.

— Venha. — John começou uma corridinha.

— Espere, o arsenal fica do outro lado!

Mais tiros, mais perto. O coração de Aaron disparou, e ele precisava mijar desesperadamente.

— Nós não vamos para o arsenal. Ande!

■

Cooper não estivera em tantos laboratórios secretos assim. Dois, para ser mais preciso. Mas até agora eles pareceram ser lugares muito perigosos.

A instalação de Abe Couzen no Bronx era um país das maravilhas de brinquedos científicos reluzentes, mas quando ele e Ethan encontraram o lugar, ele havia sido redecorado via combate mano a mano — bancos virados, sangue espirrado na parede.

Este laboratório era maior, com uma iluminação forte e desagradável, e cheio de objetos cuja função Cooper sequer imaginava. Manchas de sangue cobriam as superfícies reluzentes, e cacos de vidro eram esmagados pelos passos. Os comandos correram entre as mesas, berrando e prendendo prisioneiros com algemas de plástico.

Os Vigilantes avançaram pelo armazém e dominaram rapidamente o ambiente sem outro incidente significativo. Muitos dos agentes de Smith resistiram, mas ao serem surpreendidos sozinhos ou em dupla, nenhum deles sequer representou metade da ameaça que Haruto Yamato representara. Uma dezena de guerreiros recuou para um arsenal de concreto, o que Cooper considerou atencioso da parte deles. Foi muito mais fácil derrubar todos eles com gás ao mesmo tempo.

Cooper andou de um lado a outro do laboratório, analisando o lugar. O tiroteio diminuiu para rajadas ocasionais. Ele passou por cima de um pedaço úmido de massa encefálica e se ajoelhou ao lado de um corpo. Dois buracos foram abertos no rosto do homem, mas, mesmo assim, ele claramente não era John Smith.

— Relatório — disse Cooper ao apertar o microfone de ouvido.

— Aqui é o Líder Bravo. Varremos o prédio até o nosso posto de controle.

— Algum sinal de Smith?

— Negativo.

— Entendido — disse Cooper. — Exterior?

— Tudo calmo na rua. Um sob custódia, dois mortos em combate. Nenhum deles é Smith.

— Senhor. — A comandante da Equipe Alfa era uma mulher atarracada de olhar severo que parecia capaz de fazer exercícios de bíceps com o peso de Cooper. O rosto estava carrancudo. — Ele também não estava com o pessoal no arsenal.

— Tem certeza?

— Estamos passando o pente-fino no prédio agora. Mas a não ser que John Smith esteja escondido embaixo das tábuas do chão, nós o perdemos.

Lentamente, Cooper concordou com a cabeça.

Depois sorriu.

■

O túnel estava cheio de poeira. No escuro, o Falcão não conseguia ver as teias de aranha que roçavam em seu rosto, mas cada uma deixava a pele arrepiada. O espaço era apertado demais para se arrastar. Ele teve que se contorcer como um verme, com os cotovelos enfiados nas laterais do corpo.

Enquanto o tiroteio se alastrava em ambas as direções, John o levou para o almoxarifado perto do laboratório, um cômodo que cheirava a amônia, cheio de esfregões, ferramentas e um grande tanque de plástico. Uma das coisas mais esquisitas de participar de um movimento de resistência era não poder contratar faxineiros; portanto, na questão da limpeza, havia uma escala de serviço. O Falcão perdera a conta das vezes em que empunhara um esfregão a serviço de John Smith.

Quando Aaron entrou no almoxarifado, John agarrou o tanque e o puxou. Os pés de metal se arrastaram no concreto e revelaram um buraco na parede de menos de um metro quadrado. Sem dizer uma palavra, John meteu a cabeça e começou a entrar rastejando. Por um momento, o Falcão apenas ficou olhando, torcendo para que o amigo estivesse indo pegar armas. Mas a sombra engoliu cada vez mais partes do corpo de Smith até ele sumir.

O Falcão respirou fundo e foi atrás.

A parte inicial era apenas o espaço atrás da parede, mas depois eles chegaram a um anel de concreto e, adiante, terra batida. Ele normalmente não era claustrofóbico, mas o espaço era apertado a ponto de os ombros tocarem ambos os lados enquanto Aaron se espremia, descendo diagonalmente. A cada centímetro à frente, a escuridão se intensificava, até não haver nada além do som da respiração, a terra fria e o pânico sedoso das teias de aranha roçando no rosto. Naquela escuridão absoluta, Aaron só conseguia pensar no peso acima dele. A imaginação pintou um quadro de toda aquela terra, a tonelagem do solo, cimento, prédio e rua.

O que aconteceria se ele ficasse entalado? Alguém viria salvá-lo? No caso, talvez fosse esquecido, preso ali, enterrado vivo. O pânico se contorceu na barriga como um verme cego e dentuço, como os vermes que passavam pela terra em volta deles, e quem podia dizer que tipo de pesadelo pálido e rastejante vivia ali embaixo...

Nem pense em desistir na frente de John. Nem ouse, seu marica.

Lentamente, o túnel se abriu. Ele continuou em movimento, com a respiração úmida e acelerada. Aaron realmente precisava mijar. Após uma eternidade, a voz de John chegou lá atrás.

— Chegamos.

Houve um clangor de metal sobre metal, depois um baque retumbante e um clarão de luz à frente.

Sair do túnel foi como nascer de novo. Ele ofegou com o corpo dobrado e as mãos nos joelhos, até ter confiança em si mesmo para ajeitar o corpo.

Os dois estavam em um corredor comprido, iluminado por lâmpadas bem espaçadas. O teto tinha cerca de dois metros e meio de altura, mas a parte de cima estava lotada por uma malha densa de fios que os obrigou a andar curvados. John enfiou um painel de metal na parede para esconder o buraco por onde os dois acabaram de sair, olhou para um lado e para o outro, e depois começou a andar.

— Venha.

— Que lugar é esse?

— Duto de manutenção. Como Tesla foi planejada e executada como um todo, a primeira coisa que os engenheiros cavaram foi um sistema de apoio da superestrutura. — John ergueu a mão e passou os dedos pelos cabos acima. — Todos os dados da cidade passam por essas linhas.

— Aonde vamos?

— Para fora. O ponto de acesso mais próximo fica a quatrocentos metros à frente. Tem uma van estacionada por perto.

— Uma van? — Falcão endireitou as costas, bateu com a cabeça em uma braçadeira de metal e fez uma careta. — Você sabia que eles estavam vindo?

— Você acha que nós estaríamos lá se eu soubesse? — John olhou para trás. — A van está parada lá há dois anos. É assim que se vence, Falcão. Jamais concentre tudo em um único caminho para chegar ao objetivo. Desenvolva tantos planos de contingência quantos forem possíveis. Como você.

— Como assim?

— A maioria das opções nunca é usada. Mas se a pessoa tiver opções no momento certo, é possível transformar uma derrota em vitória. Como transformar um peão em uma rainha.

Falcão tentou imaginar o esforço investido naquela rota de fuga apenas. Localizar o ponto exato na passagem de manutenção. Cavar o túnel. Retirar a terra. Desviar-se dos engenheiros de manutenção. Comprar a van, encontrar um lugar para estacioná-la onde pudesse ficar por anos, verificar regularmente para garantir que a bateria não morresse e os pneus não esvaziassem. Um esforço muito grande, e tudo apenas caso alguém atacasse seu lar, algum dia — *ah.*

— Espere. — Ele travou. — E quanto aos demais?

Adiante dele, John parou. Ele suspirou e esfregou o rosto. Depois, deu meia-volta e retornou.

— Estamos jogando contra pessoas ruins, Falcão.

— Eles estão... eles vão ficar...

— Eu não sei. — John colocou a mão no ombro dele. — Eu não sei.

— Sensei Yamato. E a Senhorita Herr e... ai, meu Deus. Tabitha. E quanto a Tabitha?

John inclinou a cabeça.

— Você e ela eram...

— Não. Quer dizer. Não. Ela vai ficar bem?

— Provavelmente. Desde que não faça alguma estupidez. E ela não é estúpida.

John fez uma pausa. Falcão notou que ele estava considerando alguma coisa. Finalmente, John falou:

— Eu preciso lhe contar uma coisa, Falcão. Algo importante.

■

Ao longe, as explosões pareciam estalinhos, mas Shannon reconheceu o que eram. Explosivos de ruptura. O assalto havia começado. Segundos depois, mais estalinhos, mais fracos e rápidos, e ela reconheceu estes também.

Você deveria estar lá. Os Vigilantes são bons, mas John é melhor. Se você estivesse lá, poderia se transferir, fazer o reconhecimento, garantir que Cooper não entrasse em uma armadilha.

Não havia nada a fazer agora, a não ser esperar. Esperar e torcer para que Cooper soubesse o que estava fazendo.

Esperar era frequentemente parte do trabalho de Shannon, e às vezes ela até gostava. A habilidade de andar sem ser vista significava que muitas vezes Shannon estava em lugares onde realmente não deveria estar, um lugar onde um passo em falso poderia matá-la. Sinceramente, ela gostava daquilo também. Tudo era mais claro quando havia risco. As cores eram mais vivas, o ar, mais gostoso.

Desta vez — recentemente, no entanto —, não havia mais diversão naquilo tudo. O que Shannon antigamente considerava como a grande aventura de sua vida havia azedado. Tornara-se sério. O declínio havia começado com a explosão da bolsa de valores naquela primavera, quando Cooper a detivera antes que ela pudesse impedir o atentado. Ele não sabia o que Shannon estava fazendo, obviamente, e, na verdade, ela mesma duvidava que teria conseguido, de qualquer forma. Mil pessoas morreram naquele dia, e muitas mais morreram desde então.

E se o plano falhar, muitas mais se juntarão àquelas. Então, preste atenção.

Shannon nunca passara tempo naquela parte de Tesla; tudo ali eram armazéns e centros de distribuição. Havia um número surpreendente de carros civis, o que lhe pareceu estranho até ela se lembrar dos Novos Filhos da Liberdade. Conforme a milícia avançava, uma enorme porcentagem da população da Comunidade recuava para a segurança do Anel de Vogler. Tesla devia estar lotada a ponto de explodir, com todos os quartos de hotéis ocupados. As pessoas acabariam dormindo em ginásios e igrejas.

A rua transversal, porém, estava quase deserta. Alguns carros, nenhum pedestre. Shannon ficou escondida mesmo assim, com a mente processando cada testemunha. O caminhoneiro a cem metros observando a equipe que descarregava seu semirreboque, as câmeras instaladas em cada esquina — não havia nada que Shannon pudesse fazer a respeito delas —, o carro elétrico fazendo a curva no quarteirão, o barracão de metal desbotado com uma placa na porta que dizia PONTO DE MANUTENÇÃO N4W7...

Uma porta estava se abrindo.

Shannon voltou toda a atenção para ela, traçando subconscientemente os vetores de visão, o ângulo cada vez maior da porta, a tendência do olho humano de se mexer bruscamente em vez de esquadrinhar o ambiente, o ponto cego criado pela van estacionada que na verdade era uma zona de perigo, pois chamaria atenção, a mudança de luminosidade do interior do barracão para a tarde ensolarada do Wyoming. E confirmou que estava na melhor posição, dado o que ela conseguia ver agora. Shannon rezou em silêncio para que Cooper estivesse certo e, mais importante, que estivesse bem.

Duas figuras saíram. A primeira parou para olhar em volta, um olhar cuidadoso e profissional, mas ela captou as intenções e as direções e mudou de posição

John Smith. Seu antigo líder, seu antigo amigo. Atrás dele estava um moleque que Shannon não reconheceu, magro e alto apesar da idade. Ambos estavam imundos, com as roupas manchadas de marrom e teias de aranha no cabelo. O menino mantinha as pernas apertadas como alguém que realmente precisava mijar.

Shannon saiu das sombras da área de carga e descarga, levou a escopeta ao ombro e disse em uma voz alta e clara:

— Não se mexam.

O moleque levou um susto, e ela viu que pelo menos um pouco do problema com a bexiga fora resolvido.

John, por outro lado, apenas olhou fixamente. Eles estavam separados por cerca de cinco metros, e Shannon notou que John estava decidindo se corria ou não.

— Não faça isso. — Ela olhou pelo cano; o dedo pressionava o gatilho.

— Shannon. É claro.

— Coloquem as mãos na cabeça, deem dois passos à frente e fiquem de joelhos.

— Ok. — John entrelaçou os dedos atrás da cabeça e, em tom de conversa, falou: — Corra, Falcão.

— Não se mexam.

— *Corra.*

O moleque hesitou por um segundo, depois deu meia-volta.

Shannon não erraria àquela distância. Mas ela queria dar aquele tiro? Significava matar um adolescente em fuga.

Mais do que isso. Significava desviar a mira de John. Quantas pessoas morreram porque tiraram os olhos dele por uma fração de segundo?

O menino correu de volta para o barracão. Shannon deixou que ele fosse. Sem soltar a pressão sobre o gatilho, ela fez um círculo para colocar John entre si e a porta, caso o moleque voltasse com uma arma.

— Outro de seus guerreiros sagrados?

— O Falcão? Ele é um amigo.

— Você não tem amigos.

— Isto não é verdade. — A voz estava branda. — E quanto a você?

— Da última vez que nos falamos, outro de seus homens-bomba adolescentes estava prestes a me explodir, juntamente com um trem cheio de civis.

— Não foi nada pessoal, você sabe disso. — John Smith deu um sorriso. — Não imagino que possamos conversar sobre isso?

— Claro que podemos — respondeu ela. — Assim que você der dois passos à frente e se ajoelhar.

■

Cooper virou o volante de lado sem tirar o pé do acelerador, e o veículo derrapou e balançou. *Quase lá.*

No momento em que se confirmou que Smith não estava no armazém, Cooper correu para o lado de fora. Como ele havia ordenado, um Vigilante estava esperando em um SUV com o motor ligado. O homem não pareceu muito contente de ter sido expulso do veículo, mas bastou ver a expressão de Cooper para obedecer.

Não havia realmente necessidade de ir tão rápido assim, mas Shannon estava lá sozinha, e aquilo o assustava mais do que ele esperava. Ela era uma das pessoas mais capazes que Cooper conhecera na vida, mas John Smith também era, e sua imaginação estava evocando todo o tipo de coisa ruim indesejada.

Fique bem, Shannon. Se tiver que ser entre você ou ele, por favor, faça a escolha certa.

Cooper fez a próxima curva, torcendo pelo melhor e temendo — bem, por tudo.

Então ele viu Shannon, sua Garota Que Atravessa Paredes. Desenhada contra um céu ardente, com uma escopeta apoiada no ombro e John Smith ajoelhado aos seus pés. O coração de Cooper gritou de alegria. Ele parou o veículo, que soltou um guincho estridente, pegou o fuzil de assalto no banco do carona e saiu para mirar uma segunda linha de fogo.

O homem que Cooper caçara por quase uma década ergueu o olhar semicerrado para ele.

— Olá, Nick.

— John. Fim de jogo.

— É o que parece. Bem jogado. — Smith estava tentando demonstrar serenidade, mas Cooper notou a tremedeira nas mãos. — Importa-se se eu fumar?

— Por que não? Com calma.

O terrorista meteu a mão no bolso bem devagar. Cooper observou, pronto para disparar ao menor sinal de perigo, mas tudo o que Smith fez foi retirar um maço amassado. Ele pegou um cigarro, acendeu e deu uma longa tragada.

— Como você soube?

— Venho caçando você por metade da minha vida, cara. Sei seus padrões. Tudo com você envolve opções e mecanismos para prevenir falhas. Assim que vi que a cinquenta metros havia uma passagem de manutenção que *não* se ligava ao armazém, eu soube.

— Engraçado. Eu intencionalmente não comprei um armazém acima da passagem por este motivo, e foi isso que alertou você. E agora?

— Termine o cigarro.

— Humm. — John sorriu. — Então vai ser assim, hein?

— Após todo o sangue que você derramou? Sim.

— É a única forma de construir um mundo novo. É preciso queimar o antigo. A história é escrita a fogo. — Ele deu uma última tragada no cigarro, depois olhou para Shannon. — Você concorda com isso?

— Você me disse uma vez — falou Shannon — para decidir com quem eu realmente me importava. Eu me decidi.

O indício de um sorriso passou pelos lábios de Smith.

— Que bom para você. — Ele se voltou para Cooper. — Você é um homem sortudo.

— Eu sei.

O momento tinha uma importância surreal. Tanta coisa na vida passava como uma brisa: agradável, breve, passageira. Aquele momento duraria, com as impressões mais nítidas do que os detalhes. Luz clara vindo de um céu branco. Sombras suaves. O cheiro de lubrificante de arma. A mancha de terra no rosto de Smith. O cigarro na dobra dos dedos, o estalo do tabaco quando ele deu a última tragada, depois a cara feia quando jogou o cigarro fora.

— Quer mais um? — perguntou Cooper.

— Não, obrigado. — Smith tomou um breve fôlego e elevou os ombros. — Você devia saber que me matar não é o mesmo que me vencer.

— É um passo na direção certa — disse Cooper.

Então, ele apertou o gatilho e meteu três buracos no coração de John Smith.

Os estampidos ecoaram pela planície até as montanhas distantes, no horizonte. Um pássaro se assustou em um telhado próximo e guinchou. A alguns quarteirões, um caminhoneiro se jogou no chão.

John Smith pestanejou. A cabeça pendeu quando ele olhou para o ferimento. Por um momento, os músculos o mantiveram no lugar, oscilando.

Ele desmoronou.

— Alvo localizado — disse Cooper ao acionar o microfone de ouvido. — Venham pegá-lo. Tragam um saco mortuário.

Depois, ele abaixou a arma e olhou por cima do cadáver para uma das mulheres que amava. Shannon devolveu o olhar.

Nenhum dos dois falou.

Não com palavras, pelo menos.

CAPÍTULO 27

Cooper não sabia o que sentir.

Matar Smith tinha sido a melhor opção. Obviamente, ele podia tê-lo capturado, tentado interrogá-lo, mas o sujeito tinha sido *o* jogador. Eles não poderiam acreditar em nenhuma palavra que John Smith dissesse, não poderiam confiar que alguma jaula fosse prendê-lo. Eliminá-lo foi a decisão tática segura e sensata.

Não era que Cooper estivesse arrependido. Não havia aquele ar dos filmes da RKO Pictures em que o policial passava a compreender o criminoso, não havia a ideia de que os dois podiam ter sido amigos sob outras circunstâncias, nem havia um respeito relutante por John Smith. O sujeito tivera opções, as mesmas que qualquer pessoa, e as escolhas que ele havia feito tornaram o mundo um lugar mais sombrio.

Porém, ainda assim, havia um vazio estranho em Cooper. Ele não estava eufórico, não se sentia vitorioso. E talvez fosse apenas isso. Após anos lutando contra Smith, alguma parte dele havia esperado mais daquele momento. Como se, após ter puxado o gatilho, a música aumentasse e os créditos rolassem.

Na falta de uma clareza emocional ou filosófica, porém, sempre havia a missão. A mesma missão de sempre, que Cooper havia brincado com Quinn mais de uma vez: salvar o mundo.

Ele imaginou Bobby respondendo ao dizer o que acabara de fazer: *É? E como vai a missão?*

Como sempre, Bobby.

— Hã? — Shannon olhou para Cooper; evidentemente, ele falara em voz alta.

— Nada.

Ele percebeu que estivera com o olhar perdido pelo para-brisa. Girou a chave e ligou o SUV com um ronco. Fez uma rápida meia-volta e deixou a cena para trás, com uma equipe de Vigilantes guardando o cadáver de John Smith em um saco mortuário.

Cooper deu uma olhadela de lado e viu Shannon olhando pelo retrovisor. Ela era uma mulher delicada, mas parecia mais ainda agora, com os ombros encolhidos, algo nela parecia diminuído. Antes que pudesse decidir se era uma boa ideia, Cooper cruzou o espaço entre os dois e tocou a mão de Shannon. Por um momento, ela hesitou, depois entrelaçou os dedos nos dele.

As ruas estavam lotadas, os sons eram abafados pelo vidro à prova de balas. Cooper dirigiu com uma das mãos apenas por alguns quarteirões em silêncio. Finalmente, disse:

— Você está bem?

Ela pareceu avaliar a pergunta.

— Sim.

— Eu sei que ele era seu amigo.

— Sim — falou Shannon. — Ele era. — Pareceu que ela ia acrescentar alguma coisa, mas decidiu não falar. — Eu soube de Quinn. Sinto muito.

Cooper concordou com a cabeça.

— Você quer falar a respeito?

— Talvez mais tarde.

A rua do lado de fora do armazém se transformara em uma confusão de veículos, as vans em que eles chegaram, mais os veículos de segurança da Comunidade com as luzes girando, ambulâncias, vans de transferência de prisioneiros, tudo cercado por uma roda de curiosos. Cooper dirigiu no meio da multidão e estacionou ao lado da porta. Quando desligou a ignição, ouviu as batidas do motor e os sons suaves da respiração de Shannon.

Cooper olhou para ela e viu Shannon devolvendo o olhar. A expressão dela estava complicada. Cooper imaginou que a dele também estivesse. Os dois sustentaram o olhar. Houve um momento quando ambos podiam ter avançado, mãos, lábios e pele se encontrando. Depois, o momento passou, e os dois continuaram sentados ali.

— É melhor eu ver como o Ethan está — disse Cooper.

Ela concordou com a cabeça.

Cooper começou a sair, parou e olhou para trás.

— Você quer vir?

■

Passada a ação, o armazém tinha aquele filtro surreal que a batalha aplicava às coisas normais. Paredes normais de gesso acartonado, tirando os buracos de bala; cômodos normais, tirando as manchas de sangue. Os Vigilantes liberaram o prédio, encontraram os últimos retardatários se escondendo em closets e guarda-louças. A maioria se rendera e aguardava transporte, com braços e pernas dobrados e algemados, olhos repletos de ódio e surpresa. Aqueles que contra-atacaram esperavam muitíssimo mais pacificamente.

Cooper e Shannon foram ao laboratório em silêncio e descobriram o local agitado com pessoas em jalecos brancos. Ele perguntou a uma delas onde encontraria Ethan, e a mulher indicou para trás com o polegar sem tirar os olhos do terminal.

A porta para qual ela apontou levou ao que antigamente poderia ter sido um almoxarifado. Ethan estava lá dentro, de costas para os dois, observando uma jaula. Era feita de malha de metal, uma peça inteiriça e forte. Havia um homem no interior.

Correção.

Havia um corpo no interior. Estava tão destroçado que Cooper levou um momento para catalogar os detalhes — ele era branco, mais velho, magro. A pele fora arrancada em uma centena de lugares, e havia alguns arranhões vermelhos e rasos, cortes profundos com a pele branca protuberante. As órbitas dos olhos estavam escabrosas e arruinadas. Cooper havia visto o homem antes, alguns dias atrás, nas ruas de Manhattan. O Doutor Abraham Couzen.

Ethan não se virou, mas Cooper notou pela contração dos músculos dos ombros e uma tremida da garganta que o cientista sabia que os dois estavam ali. Cooper testou uma dezena de declarações, depois mais uma dezena, mas não conseguiu encontrar algo que fosse sequer remotamente útil.

— Eu diria descanse em paz — a voz de Ethan soou sem emoção —, mas Abe acreditava que a vida após a morte era uma mentira que os idiotas contavam para passar do café da manhã sem se matar.

— John fez isso? — perguntou Shannon.

— Não. Olhe mais de perto.

Cooper ficou de cócoras. Ele entendeu o que Ethan queria dizer. O ângulo dos cortes não parecia correto. E as unhas não foram arrancadas, mas quebradas para trás, as pontas dos dedos estavam gastas até o osso. Era quase como se o sujeito tivesse arranhado pedra, tentado cavar uma saída... ah.

— Ele fez isso *consigo* mesmo? Por quê?

— Eu não sei.

— O soro? Os efeitos colaterais que Vincent nos falou?

— Eu não sei.

Cooper ficou de pé e se posicionou entre Ethan e seu antigo chefe.

— Sinto muito.

Ethan não respondeu. Os olhos arregalados não se voltaram para os de Cooper.

— Vamos sair daqui. Você não precisa ver isso neste momento.

— O quê?

Cooper colocou as mãos nos ombros do sujeito e sacudiu de leve.

— Eu sinto muito mesmo. E sei que o que direi a seguir vai fazer eu parecer um filho da mãe insensível, e também sinto muito por isso. Mas você não pode entrar em choque agora.

— Por que não, diabos?

— Porque sua esposa e filha estão por perto. — Cooper tentou usar um tom que fosse firme, mas não ríspido. — Por Amy e Violet.

Os nomes pareceram fazer o que outras palavras não conseguiram. Ethan pestanejou e engoliu em seco.

— É. É, está certo.

— Vamos. Precisamos proteger aquele vírus, doutor.

— Bem, eu tenho más e más notícias. — Ethan começou a sair do almoxarifado. — Há um monte de informação aqui, anos de anotações clínicas. Mas só de examinar as anotações dos últimos dias, ficou claro que o pessoal de Smith conseguiu inserir o soro em um vetor de doença, uma cepa personalizada de gripe. Um vírus potente, é o melhor que eu posso dizer, algo em que eles vinham trabalhando havia muito tempo. A gripe é um vírus de RNA e nosso soro é baseado em RNA não codificante, portanto, eles basicamente grudaram o soro em genes descartáveis, incluídos para esse propósito. O pessoal de Smith acelerou a produção e usou um meio de suspensão aerossolizado, com volume total de oito metros cúbicos e meio.

— E traduzindo para o português?

— Eles fizeram o que Smith queria. Em grande quantidade.

— E as outras más notícias?

— De acordo com as anotações do laboratório, o vírus foi armazenado em cilindros-padrão de alta pressão. Dois deles, cada um com cerca de um metro e vinte de altura e pesando provavelmente vinte e dois quilos.

— E daí?

— E daí — Ethan gesticulou em volta do laboratório — que você está vendo alguma coisa que se pareça com isso?

Cooper olhou, mas já sabia o que encontraria. De certa forma, ele soubera no momento em que disparou em John Smith. *Me matar não é o mesmo que me vencer.*

— Ai — disse Shannon. — Ai, merda.

— É — respondeu Ethan secamente. — Isto meio que resume a situação.

Cooper queria gritar. Era uma vontade que ele sentia muito nos últimos tempos. Tudo aquilo. Tudo o que ele havia feito. E, mesmo morto, John Smith estava superando Cooper.

— Ok — falou ele. — Concentre-se na missão.

— O que isso quer...

— Você está no comando aqui, Ethan. Lidere sua equipe. Veja se consegue descobrir onde estão aqueles cilindros. Se não der certo, descubra como podemos vencer o vírus.

— Cooper...

— Uma vacina. Uma injeção. Uma porra de antídoto. Eu não quero saber. Mas meta a cara e trabalhe até descobrir alguma coisa, me ouviu? — Cooper agarrou o bíceps do sujeito e apertou-o com força. — Este projeto é seu, doutor. Você e Abe criaram isso. Limpe a sujeira.

— Mas...

— Apenas *obedeça.*

Cooper foi embora, tinha que encontrar um lugar para pensar, para falar com Epstein, calcular a próxima ação. Talvez juntos os dois conseguissem reconhecer os padrões de John Smith a ponto de adivinhar o que ele pretendia. Tudo acontecera tão rápido que Smith não poderia estar tão adiantado assim com relação a eles...

O telefone tocou, e Cooper estava prestes a silenciá-lo quando viu o nome. Ele atendeu.

— Natalie.

Do outro lado do laboratório, Shannon enrijeceu. Cooper não a culpou, mas não havia tempo para se preocupar com sutilezas de namoro naquele momento.

— Nick? Você está bem? Não me parece bem.

— Ocupado. John Smith está morto.

— Tem certeza?

— Eu o matei.

— Ah — disse Natalie com a voz estranha.

Por quê? Natalie nunca gostara de violência, mas sempre soubera o que ele fazia. E após a forma como sofreram pela morte de Bobby Quinn, Cooper teria esperado talvez não alegria, mas algo mais do que o tom sem emoção que Natalie usou ao dizer:

— Que ótimo.

— Qual é o problema?

— Então você não viu o noticiário.

— Não.

— A milícia, os Novos Filhos da Liberdade. Eles estão de aproximando do Anel de Vogler. — Ela respirou nervosamente. — E colocaram crianças para marchar na frente deles.

CAPÍTULO 28

— ... estas imagens ao vivo de um drone de notícias da CNN mostram os Novos Filhos da Liberdade se aproximando da fronteira mais distante de Tesla, a capital da Comunidade Nova Canaã. Agora, a esta altitude é um pouco difícil discernir os detalhes, mas quando damos zoom, é possível ver que essas figuras menores à frente da coluna são crianças, aproximadamente seiscentas. Dadas as relações atuais com a Comunidade, as informações são limitadas, mas fontes confirmam que todas essas são crianças anormais capturadas pelos Novos Filhos da Liberdade desde o ataque dramático...

O noticiário estava sendo exibido na Sala de Crise, e na sala de conferências Laurel Lodge no Camp David não era diferente. O fora do comum é que o volume estava no máximo, e as pessoas em volta da mesa, em silêncio.

Não pode ser considerando um ponto positivo, pensou Owen Leahy, *quando a presidente americana está assistindo ao noticiário para saber o que está acontecendo.*

Ao lado da 3D, uma tela maior mostrava um ângulo similar, embora bem mais nítido. Imagens de satélite do governo, com resolução aumentada o suficiente para se distinguir rostos individuais. O vídeo se alternava por várias perspectivas, uma montagem de cenas abomináveis editadas de modo grosseiro.

Uma menina de dez anos chorando enquanto andava, com lágrimas desenhando traços limpos no rosto sujo.

Um adolescente levando uma criança de quatro anos em um braço e um ursinho de pelúcia esfarrapado no outro.

Um moleque tropeçando e se levantando às pressas, com as calças rasgadas e o joelho manchado de sangue, olhando para trás com medo.

E atrás deles, uma longa fileira de homens com fuzis. Os da frente tinham as armas voltadas para as crianças. A coluna se estendia por oitocentos metros.

Leahy verificou o telefone pela quinquagésima vez. Ainda sem resposta.

O locutor continuou:

— Há muito tempo circula o rumor de que a Comunidade Nova Canaã tem um perímetro de defesa cercando a cidade de Tesla, e nós presumimos que o objetivo dessas crianças é servir como uma espécie de escudo humano...

— Chega — disse a Presidente Ramirez, e um assistente rapidamente tirou o som. — Owen, com que rapidez podemos intervir?

— Senhora presidente, nós não podemos.

— Já era ruim quando os Novos Filhos estavam queimando cidades abandonadas. Agora, estão usando crianças como detectores de minas. Eu quero tropas americanas lá...

— Senhora, *nós não podemos.* — Leahy rapidamente conteve o tom. — A milícia está a apenas oito quilômetros de Tesla. Nós simplesmente não somos capazes de levar uma tropa militar suficientemente grande até lá a tempo.

— E quanto a ataques de drones ou bombardeio tático? Mesmo que seja apenas um aviso, para que deem meia-volta.

— A maior parte dessas capacidades foi desabilitada sob suas ordens, senhora.

— Habilite-as novamente.

— Isto levaria tempo. E seria um risco terrível. A única maneira em que poderíamos intervir exigiria usar as mesmas tecnologias das quais o vírus de Epstein se aproveitou. Resumindo, se for mais avançado do que uma baioneta, pode ser usado contra nós.

— Por que a Comunidade faria isso? Estaríamos indo ao auxílio deles.

— Francamente, senhora, duvido que eles acreditem nisso. Eu certamente não acreditaria, na posição deles. A senhora estaria pedindo a um homem que matou setenta e cinco mil soldados e explodiu a Casa Branca que a deixasse levar suas armas mais perigosas para a sala de estar dele a fim de "protegê-lo". Além disso — ele gesticulou para a 3D —, eles já têm defesas. O Anel de Vogler não é um campo minado, é uma bateria de canhões de micro-ondas. Vítimas não vão enfraquecê-lo.

— O que significa que mesmo que os Novos Filhos obriguem as crianças a marchar para serem queimadas vivas, eles ainda assim não romperão o Anel de Vogler.

— É horrível, mas não é a nossa rede de defesa e não é o nosso exército. Encare como se isto estivesse acontecendo do outro lado...

O telefone de Leahy vibrou. Não apareceu nenhum nome na tela, mas ele reconheceu o número imediatamente, como deveria — pertencia a um celular com blindagem antirradiação que o próprio Leahy entregara.

— Desculpe, senhora, mas preciso atender a esta ligação.

— Vá. DAR, qual é sua opinião...

Leahy se levantou rapidamente e foi em direção à porta. Sair era uma quebra de protocolo, mas ele apostou que ninguém pediria que se explicasse, diante das circunstâncias. Leahy manteve os olhos baixos e os passos rápidos ao passar pela porta e por agentes do Serviço Secreto, ao andar pelo corredor e sair.

O Camp David tinha uma paisagem invernal, cheia de sempre-verdes, luzes de Natal e neve recente. A rede de trilhas pavimentadas tivera a neve retirada, mas havia muita gente nelas. Leahy saiu da varanda para o bosque e afundou os sapatos de couro na neve ao levar o telefone ao ouvido.

— O que diabos você acha que está fazendo? — disse ele.

— O que disse que faríamos.

Leahy travou. *Este não é Sam Miller*. Ele verificou o mostrador do telefone; o número estava correto. A voz era uma que Leahy ouvira antes. Levou um momento para identificá-la. Era Luke Hammond, o soldado esguio com olhos de assassino.

— Nós jamais discutimos sobre fazer crianças de refém. Ou usá-las para romper o Anel de Vogler.

— Estamos fazendo o que é necessário.

— Necessário para quê? Eu disse para você, genocídio não é o objetivo.

Por que ninguém entende isso? Havia um equilíbrio a ser mantido, uma utilidade para o conflito, desde que fosse controlado. O cientista político Thomas Schelling havia dito isto com precisão lá em 1966, quando escrevera que o poder para machucar — o poder capaz de destruir coisas que alguém estima, de infligir dor e sofrimento — era uma espécie de poder de barganha. Era discutivelmente a declaração mais fundamental da geopolítica, e, no entanto, havia dias em que parecia que Leahy era a única pessoa a compreender que a palavra era *machucar*, não *obliterar*.

— Nós não queremos destruir a Comunidade — disse ele. — Só queremos colocar Epstein contra...

— Este é o seu objetivo. Os Novos Filhos da Liberdade não fazem parte do seu exército. Somos patriotas lutando pelo futuro da nossa nação.

— Ora, vamos. Acorde. Bater no peito é coisa de torcedor de futebol. "À brecha novamente, meus amigos" não é uma política do mundo real.

Houve uma longa pausa.

— Senhor secretário, o senhor está falando com um soldado de carreira com quarenta anos de experiência em operações especiais. O senhor percebe como soa ridículo?

Leahy se encostou em uma árvore e esfregou os olhos com tanta força que eles doeram.

— Eu gostaria de falar com o General Miller.

— Ele está ocupado.

— Coloque-o na linha, por favor.

— Ele está ocupado.

Leahy se imaginou tendo o poder de enfiar os braços pelo telefone, meter as mãos no pescoço do homem e apertar até os olhos saltarem. O que Miller estava pensando ao sair da reserva e depois nem sequer atender ao telefone? *Você está perdendo o controle da situação.*

— Luke. Posso chamá-lo de Luke? Nós não nos conhecemos, mas eu também fui soldado.

— Eu sei, senhor secretário. Por quatro anos completos, certo?

— Seguidos por décadas no serviço de inteligência antes de servir como o secretário de Defesa de três presidentes — disparou Leahy. Ele se conteve e respirou fundo. — Não preciso dizer que respeito seu serviço ao país. Você está certo, vocês são patriotas. Mas agora o lance patriótico tem que parar. Você está arriscando uma guerra civil.

— Não estamos arriscando. Estamos declarando. E vamos vencer.

— Ao queimar cidades civis? Sequestrar crianças e obrigá-las a marchar até a morte?

Houve uma pausa.

— A guerra é assim.

— Luke, preste atenção. Mesmo que vocês vençam, acha que alguém vai lhes agradecer? A Presidente Ramirez já quer rotular todos vocês como criminosos.

— Isto é com ela.

— Hammond — disse Leahy, usando sua voz de comando —, estou mandando que vocês parem. Isto não é uma discussão. Vocês estão agindo contra os interesses de seu país. Estão ferindo os Estados Unidos. Talvez mortalmente.

Luke riu.

— Sabe qual é o problema com os políticos? Eles sempre acham que podem controlar coisas que não podem. O gênio não volta para a garrafa, não importa o que diz a história.

— Diabos, preste atenção. Você defendeu sua ideia. Dê meia-volta com seus homens. Por favor. Estou implorando.

Silêncio foi a única resposta. Um vento frio balançou os galhos das árvores e derrubou a neve em uma filigrana fina como cinzas. As meias de Leahy estavam molhadas, os sapatos, arruinados.

— Luke?

Mais silêncio.

— Alô?

E foi somente então que ocorreu a Owen Leahy que haviam desligado o telefone na cara dele.

CAPÍTULO 29

As ruas estavam engarrafadas, havia carros e caminhonetes para todos os lados, a maioria lotados, com malas amarradas ao teto e gente empilhada nas caçambas. Cooper dirigiu veloz e desrespeitosamente, passando por estacionamentos, pulando em cima de calçadas, ignorando semáforos. Era a forma como ele costumava dirigir quando o carro tinha um transponder que o identificava como agente do DAR. Naquele dia, Cooper se safou porque o SUV pertencia aos Vigilantes da Comunidade. Havia uma ironia naquela justaposição, mas ele não tinha tempo nem disposição para apreciá-la.

A multidão piorou quando eles se aproximaram do complexo de prédios espelhados de Epstein. Fazia sentido; a turba de linchamento estava nos portões. Os moradores da Nova Canaã se sentiriam mais seguros perto do líder.

— Você tem certeza de que quer participar disto? — Cooper deu uma olhadela para o lado ao chegar à porta com os pneus cantando. — Não sei que tipo de recepção nós teremos.

— Está de brincadeira? — Shannon parecia incrédula. — Eu resgatei aquelas crianças. Planejei a operação contra a academia, liderei, explodi aquela desgraça. Você acha que vou deixar um bando de caipiras queimá-las vivas?

— Entendido.

O saguão do prédio central era arejado e tomado pela luz do sol de fim de tarde do inverno. Uma parede inteira era tomada por uma gigantesca 3D, e o campo de projeção com três andares de altura mostrava crianças amedrontadas. As pessoas estavam paradas no saguão olhando fixamente, com lábios pálidos mordendo os nós dos dedos que tremiam. Cooper ignorou a recepcionista e foi a passos largos até o elevador sem placas indicativas. Sem dúvida, o guarda ao lado do elevador era normalmente muito bom no que fazia, mas naquele momento a atenção estava absorvida pelas imagens. Shannon sorriu e ficou para trás.

— Ei — disse Cooper.

— O que foi? — O guarda se empertigou. — Pois não, senhor?

— Eu preciso ver Erik Epstein imediatamente.

— Sinto muito, mas ele não está recebendo ninguém no momento.

— Ele vai me receber. Nick Cooper.

— Eu sei quem o senhor é, mas o Senhor Epstein foi enfático. Ninguém mesmo.

— Rapaz, me desculpe, mas não temos tempo para isso.

O guarda estava prestes a responder quando Shannon tirou a pistola dele do coldre, colocou nas costas do sujeito e engatilhou.

■

Eles deixaram o guarda algemado ao corrimão do elevador e dispararam pelo corredor, com os passos abafados pelo carpete grosso. Cooper ouviu o movimento do sistema de ventilação, o ar frio contra a pele suada, e então os dois passaram pela porta para o mundo particular de Epstein.

O local estava diferente das outras vezes em que Cooper havia estado ali. Estava iluminado, e em vez de constelações de dados penduradas em todas as direções, havia apenas uma simples animação vetorizada, uma bolha estilizada fazendo interseção com uma série de três anéis concêntricos. Sem o cenário de fundo estonteante, a sala parecia simplória, um mistério revelado. Um cinema com as luzes acesas.

Havia três homens parados no meio, que viraram a cabeça ao som da entrada de Cooper. O primeiro era bronzeado e tinha um cabelo revolto, com aquele visual de pele esticada sobre o esqueleto. Com uma má postura ao lado dele, Erik Epstein parecia mais pálido do que o normal, com um olhar atormentado, e o pescoço roliço suando. No terno de cinco mil dólares, Jakob parecia o responsável adulto por dois nerds precoces.

— Cooper? O que você está fazendo aqui?

— John Smith está morto.

— Nós sabemos — disse Jakob. — Nós observamos a operação pelas câmeras corporais dos Vigilantes. Bom trabalho. Agora, se nos dão licença...

Cooper gesticulou para a animação.

— Isto é o Anel de Vogler?

Os três homens se entreolharam.

— Cooper — falou Jakob —, nós agradecemos sua ajuda, mas não precisamos de você no momento. Este é um assunto interno.

— Digam-me que vocês o desligaram.

— Desligar? — disse o terceiro homem como se tivesse levado um tapa. — É claro que não.

— Quem é você?

— Randall Vogler.

— Vogler? Você é o gênio que desenvolveu este sistema?

— Bem, é claro que minha equipe inteira recebe o crédito, mas...

— Erik, o que você está fazendo?

Os olhos de Epstein se viraram bruscamente para Cooper, depois se afastaram.

— Protegendo-nos. Os dados...

— Cooper — disse Jakob —, nós compreendemos sua opinião, mas este sistema é tudo que temos entre a cidade de Tesla e uma turba de linchamento.

— Uma turba de linchamento que obrigou crianças a marcharem à frente dela — falou Cooper. — Estas não são peças de um jogo. São crianças, e vocês vão matá-las.

— Nem todas — disse Vogler. — Este é um sistema completamente defensivo. Eu sou um pacifista, senhor.

— Diga isso para os pais delas — falou Shannon.

Erik se encolheu.

— Nós não temos escolha.

— Vocês têm. Estão fazendo uma agora mesmo.

— Esta é uma cidade civil — disse Jakob. — Apenas gente comum, incluindo milhares de crianças. Este sistema é tudo o que os protege. Os homens que estão vindo atrás de nós são ex-integrantes de forças especiais, sobrevivencialistas paramilitares e assassinos armados. Nenhum de nós está aqui planejando vilanias. Se baixarmos as defesas, aquelas crianças podem viver. Mas quantas pessoas aqui morrerão? Quantas crianças?

— Você. Vogler. — Cooper gesticulou para a animação. — Há três anéis ali em cima, e a milícia está quase chegando ao segundo. O que isso significa?

— O sistema é uma arma de energia dirigida, que gera radiação eletromagnética de 2,45 gigahertz, mas os efeitos são modulados por distúrbios causados por material particulado, umidade e correntes de ar. O primeiro anel representa a distância segura garantida. O segundo é uma continuação natural deste anel, a linha na qual os efeitos serão sentidos, não importando as variações de condições, presumindo as normas relativas, é claro.

— Quais são os efeitos?

A voz de Shannon teve uma entonação de menininha que chamou a atenção de Cooper. Quando ele olhou para ela, Shannon não piscou, mas Cooper notou que ela pensou em piscar, com o minúsculo movimento muscular que o gesto envolvia. Deus a abençoe, ela os estava manipulando.

— O anel agita dipolos elétricos como água e gordura, e o movimento deles gera calor.

— Parecido com um forno micro-ondas?

— Sim, exatamente. — Vogler deu um sorriso radiante para ela.

— Então... — Shannon fez uma pausa dramática. — O anel vai queimá-los vivos?

— Bem, a vantagem do sistema é que há muitos alertas. Não é como se, em um momento, os alvos estivessem bem e, no seguinte, caíssem mortos. A única coisa que seria fatal é se...

— Alguém lhe obrigasse a marchar para dentro do anel com um fuzil nas costas — disse Cooper.

— Na ausência de opções ideais — falou Erik —, a única escolha racional é a melhor das piores.

— Então por que você não está assistindo?

— O quê?

— É fácil falar sobre o bem maior — disse Cooper —, quando se está olhando para uma bolha colorida que cruza uma linha pontilhada. Mas não é isso que está acontecendo.

— Eu... eu gosto de pessoas. Você sabe que gosto, aquelas crianças...

— Pare de bancar o santo, Cooper. — O tom de Jakob foi incisivo. — Quantas pessoas você matou? Quantas pessoas matou *hoje*?

— Hoje? Duas. E olhei ambas nos olhos. — Os punhos se cerraram e abriram. — Eu não sou santo, Jakob. Longe disso. Mas se você vai decidir quem vive e morre, tenha coragem para assistir.

Erik respirou fundo.

— Computador. Ative os quadrantes de um a quinze, imagens de drones e de segurança, várias perspectivas da milícia se aproximando do Anel de Vogler.

O ar tremeluziu e ganhou vida. O que havia sido um espaço vazio de repente estava cheio de gente, uma multidão, uma horda de humanidade. Cooper ouvira o número sem parar, a contagem dos Novos Filhos da Liberdade, mas uma coisa era ouvir o valor, e outra, ver a massa, a multidão que era capaz de encher um estádio de tamanho médio. Naquela escala, as feições individuais eram perdidas na massa em movimento, e as roupas empoeiradas, juntamente com as barbas, a terra e os fuzis, davam a impressão de que aquilo era uma única criatura, um inseto com mil pernas saído de um pesadelo.

— Melhor? — A voz de Jakob era fria. — Você vê o que está vindo contra nós?

— As crianças, Erik.

— Não faça... — disse Jakob, quando o irmão falou:

— Computador, agrupe os quadrantes, concentre o foco nas fileiras da vanguarda.

O holograma se mexeu vertiginosamente, e os vários ângulos foram substituídos por uma única transmissão de vídeo.

De acordo com o noticiário, havia cerca de seiscentas crianças. Um pequeno número quando comparado à milícia a vinte metros atrás delas, mas, visto junto, o grupo era do mesmo tamanho que a escola frequentada por Todd. As mais novas tinham quatro ou cinco anos, as mais velhas estavam no fim da adolescência, e a maioria ficava em algum ponto no meio. As crianças estavam vestidas com roupas finas demais para a temperatura, e o medo brilhava intensamente no rosto delas.

— Erik — disse Jakob suavemente. — Ninguém *quer* isto. Não temos escolha. É uma decisão horrível, uma que teremos que suportar pelo resto das nossas vidas, mas é a decisão correta.

— A decisão correta?

Cooper não conseguia tirar os olhos da tela. Seiscentas *crianças*. A mente continuava querendo afastar o zoom, vê-las como uma massa. Ele se obrigou a se concentrar em uma delas. Uma adolescente andando um pouco à frente dos demais, com a cabeça baixa e o cabelo caindo sobre o rosto. Cooper notou instantaneamente que era uma das crianças da academia; onde outros arriscavam olhares desafiadores e poderiam resistir quando a dor ficasse muito forte, a adolescente apenas andava. Corajosa diante do horror não por ser brava ou forte, mas porque o horror fora tudo o que o mundo lhe mostrara até aquele momento.

— Pode ser a decisão que lhes permitirá ganhar — disse Cooper —, mas não é a correta.

— Eles estão cruzando a segunda linha — falou Shannon.

Cooper sabia que ela estava se referindo à animação, mas foi fácil ver no vídeo também. Uma onda invisível de sensação passou pelas crianças. Não um vento que puxava as roupas ou o cabelo, mas uma reverberação de dor que distorceu as feições em caretas e dentes cerrados. O que foi um calor estranho estava começando a queimar conforme eles avançavam cada vez mais no campo de radiação. Várias crianças hesitaram. Atrás delas, os homens ergueram fuzis e fizeram ameaças silenciosas. Alguns dos Novos Filhos estavam rindo. Um menino travou, depois deu meia-volta, sua resistência sendo óbvia mesmo sem áudio, com os braços apontando e a cabeça balançando. Um homem de cabelo escuro com uns cinquenta anos de idade levou o fuzil casualmente ao ombro, mirou com o desembaraço de quem é experiente, e atirou.

Shannon conteve um gritinho.

A terra a centímetros dos dedos do pé do menino explodiu para cima.

Ele cambaleou para trás, com o rosto atormentado por não conseguir acreditar. Um amigo pegou o menino pelo ombro e o puxou.

Randall Vogler parecia querer vomitar. Erik Epstein estava com a língua entre os dentes e mordia com força. Jakob colocou a mão no ombro do irmão.

— Você não precisa assistir.

As crianças continuaram marchando, com os rostos tensos e brilhando.

— Estamos salvando vidas — disse Jakob com a voz inexpressiva. — Esta é a escolha que temos que fazer.

Cooper se voltou para o vídeo, cerrando e abrindo os punhos, com o coração disparado. Ele se obrigou a olhar para a mesma garota.

— Desligue isso, Erik. Por favor.

Ela ainda estava andando, com o passo constante, ainda que os ombros tremessem e o peito arfasse.

— Erik.

Andando e enfrentando a dor porque a escolha era a morte, e a garota não queria morrer, não antes de ter uma chance de viver.

— Erik!

Os dedos da adolescente se retraíram, os nós se contorceram. O rosto estava ficando rosa e manchado, era uma queimadura de sol que acontecia em alta velocidade. Lágrimas vertiam dos olhos. A pele ondulou e se contraiu. Manchas desbotadas surgiram nas bochechas e nariz, erupções rosa que ganharam um tom vermelho intenso, e depois ficaram brancas. Era como ácido jogado na carne, e ainda assim ela continuava andando...

Chega.

Cooper deu um passo à frente, pegou o homem mais rico do mundo pelo suéter com uma mão, depois girou-o e deu um tapa com a outra.

— Olhe para ela.

Jakob abriu a boca, mas antes que saísse uma sílaba, Shannon enfiou a pistola na base do crânio dele.

— Seja lá que sistema de segurança que você ia acionar — disse ela —, não o acione.

— Olhe para ela — falou Cooper. — Olhe para ela. Olhe para o rosto dela, porra!

Erik olhou. Seu rosto ficou pálido, os olhos tremeram, e então ele disse:

— Computador, desligue o Anel de Vogler.

— Sim, Erik.

Cooper se voltou para o vídeo. Os efeitos devem ter sido imediatos. As crianças cambalearam como se alguma coisa em que estavam apoiadas tivesse sumido. Elas se encararam com um espanto aliviado, fazendo caretas de dor ao se tocarem com cautela.

E atrás delas, um exército de bárbaros começou a urrar e berrar, ergueu as armas para o céu e começou a atirar.

— Meu Deus — disse Jakob. — O que você fez?

Cooper soltou Erik e deu um tapinha no ombro do homem. Ele respirou fundo e soltou o ar.

— Sabe o que aprendi no ano passado? Fazer a coisa certa não protege você, mas ajuda a conviver com as consequências.

— Você deixou um exército de assassinos entrar — falou Jakob, que foi solto por Shannon e desmoronou em uma cadeira. — Você matou todos nós.

— Só porque eu não estava disposto a sacrificar crianças inocentes — disse Cooper — não significa que pretendo desistir de lutar.

— O que você sugere, Cooper? Que entreguemos fuzis para os contadores e donas de casa?

Talvez tenha sido o alívio, ou o estoque de um ano de adrenalina, ou simplesmente a melhor coisa para se fazer no fim do mundo, mas Cooper se viu rindo.

— Quer saber? Isto é exatamente o que sugiro. — Ele se voltou para Erik. — Eu sei como sua mente funciona, e aposto que há abrigos dentro da cidade. Algo subterrâneo, só por garantia.

— Sim — respondeu Erik. — Abrigos projetados para bombardeio breve ou temperaturas extremas. Não são defensáveis em longo prazo. Dependem de apoio externo para recirculação de ar e fornecimento de água. Instalações limitadas para dejetos.

— Mande as crianças e idosos para lá. Faça isso agora. Divida o resto da população em grupos em volta do perímetro da cidade. Escolha prédios de vários andares com boa visibilidade. Se eles forem suficientemente velhos para operar um fuzil e suficientemente jovens para que o coice não quebre o ombro, coloque-os em uma janela e dê-lhes uma arma.

Cooper se afastou de Erik e se aproximou da transmissão de vídeo, ainda ao vivo. A milícia espalhara as crianças pela extensão do agora acabado Anel de Vogler, sendo mantidas ali por guardas enquanto o resto da massa passava. Milhares e milhares de homens. Não monstros; apenas homens. Homens que perderam entes queridos ou a fé, que estavam assustados demais para enxergar além do próprio lado animal. Impregnados por medo, endurecidos pelo sofrimento e livres de restrições.

Não há nada mais perigoso.

Subitamente, Shannon estava ao lado de Cooper, com os olhos no vídeo enquanto seus dedos tocavam os dele.

— Este Anel de Vogler está a cerca de oito quilômetros da cidade.

Cooper concordou com a cabeça.

— A minha aposta é que eles vão cercar Tesla.

— Eles estão marchando há dias. Vão descansar. Esperar a noite cair.

Atrás deles, veio a voz de Vogler.

— E aí, o que acontece?

— Nós fazemos a coisa que eu vinha tentando evitar — disse Cooper. — Nós vamos à guerra.

CAPÍTULO 30

Natalie estava parada na cozinha assistindo ao noticiário no datapad, com um fone em um ouvido e o outro maternalmente sintonizado nos sons de Todd e Katie assistindo a um filme na sala de estar. Ela ofereceu aos filhos uma sessão dupla durante o dia com pipoca e Coca-Cola, e embora tenham ficado surpresos, os dois rapidamente aproveitaram a oportunidade antes que a mãe mudasse de ideia.

Engraçado pensar que houve uma época em que o que preocupava Natalie era garantir que eles não assistissem à muita 3D e que comessem brócolis.

O noticiário era limitado, apenas imagens ao vivo de um ângulo, um drone de grande altitude voltado para a milícia. Uma repórter falava sem parar e coisas sem sentido, usando muitas palavras que não diziam nada especificamente. A existência do Anel de Vogler era um segredo de polichinelo, mas os detalhes não eram públicos, e a repórter estava nitidamente sendo cautelosa. Foi somente quando ficou óbvio que as crianças estavam sofrendo que a mulher passou a soar como um ser humano, com a voz falhando e extravasando medo.

Literalmente a última coisa que Natalie queria ver era crianças sendo queimadas vivas, mas quando as mãos delas se contorceram em agonia, na hora em que bolhas violentas surgiram nos rostos, ela jurou que não afastaria o olhar. Que veria cada segundo, não importava que fosse horrível, porque se não era capaz de fazer alguma coisa para salvá-las, então, por Deus, ela ao menos poderia testemunhar.

Então, subitamente, aquilo acabou. A força que estivera machucando as crianças, qualquer que fosse ela, havia desaparecido, deixando-as perplexas e obviamente com medo do retorno. A alegria de Natalie foi ao mesmo tempo avassaladora e breve porque, atrás das crianças, uma coluna sem fim de homens armados começou a comemorar.

Aquilo foi coisa de Nick. A certeza de Natalie era baseada em nada, mas era certeza todavia, e o peito se encheu de orgulho pelo homem que ela amava.

Natalie continuou assistindo ao noticiário, olhando hipnotizada para os Novos Filhos marchando cada vez mais perto. O mar de homens começou a se dividir em dois grupos que se distribuiram em volta de Tesla, fechando a cidade como tenazes. Ela assistia e ouvia a ladainha sem-fim da repórter, esperando a batida na porta.

Quando a batida chegou, Natalie arrancou o fone de ouvido e andou até a janela da frente. Eles ainda estavam na residência diplomática havia três semanas. Era um espaço adorável, mas não era a casa da família, e quando ela puxou a cortina, a sensação foi a de olhar pela janela de um hotel. Natalie nunca havia visto a rua tão cheia, carros elétricos e minicaminhonetes com para-choques colados uns nos outros, bicicletas ziguezagueando entre eles, pessoas nervosas na rua parando para assistir à transmissão de vídeo sendo projetada no prédio do outro lado da rua, o mesmo noticiário que ela acabara de assistir.

O SUV era um gigante antiquado movido a gasolina, preto e resistente, e embora os vidros fossem escuros, Natalie notou que havia uma mulher no banco do carona, olhando para cima, na direção da janela onde ela estava. Por um momento, as duas se encararam. Então, Shannon ergueu a mão, e Natalie fez o mesmo.

A batida surgiu novamente. Ela soltou a cortina e abriu a porta para o ex-marido.

Nick parecia cansado, mas determinado, com olheiras, porém de ombros erguidos. Natalie reconheceu a expressão; ela já a tinha visto antes. Era uma expressão que queria dizer que as coisas nunca estavam prestes a melhorar. Por um momento, os dois apenas se entreolharam.

— Entre — disse Natalie finalmente.

Eles passaram pela sala de estar, pisando leve enquanto o filme era exibido em alto volume. Natalie notou a vontade de Cooper de se juntar aos filhos, de se jogar no sofá entre eles, pegar um punhado de pipoca e enfiar Kate embaixo de um braço e Todd, do outro. Em vez disso, eles foram para a cozinha, onde ela começou a fazer café. Foi surreal passar pelas etapas de pesar os grãos, moê-los em moagem grossa, colocá-los para preparo na prensa francesa, tudo isso enquanto Nick explicava o que ela já havia imaginado, que ele convencera Erik a desligar o Anel de Vogler, que, ao fazer isso, ele salvara seiscentas crianças, mas colocara o resto da cidade em pé de guerra. Depois Nick contou sobre ter matado John Smith e como disparara três vezes no coração dele. Seu marido — ex — havia matado quatorze vezes, que ela soubesse, e provavelmente outras mais, e embora para a maioria das mulheres isto pudesse ser algo excitante ou repugnante, para Natalie sempre fora uma coisa à parte. Uma parte de Nick que ela jamais compreenderia completamente, e que, no entanto, ela se sentia grata que existisse. Natalie sabia que isso tinha um custo para ele. Nick pagava o preço porque acreditava que estava fazendo um mundo melhor para os filhos.

— Eu não posso ficar — disse ele, e acenou com a cabeça para agradecer ao pegar a caneca de café.

— Eu sei.

— Os Novos Filhos vão esperar até amanhecer. Teremos algumas horas para nos preparar. — Uma pausa. — Isto é tudo o que eu não queria que acontecesse.

— Eu sei.

— Epstein está apelando para a presidente agora. Talvez, com John Smith morto, ele possa convencer Ramirez a ajudar.

— Se o governo quisesse deter os Novos Filhos da Liberdade — disse ela —, teriam feito isso há dias.

— É. — Cooper tomou um gole do café. — Há um abrigo embaixo do complexo de Erik. Você e as crianças ficarão a salvo lá.

— Não.

— Você vai — falou ele. — O abrigo fica 12 metros abaixo da rocha. As portas são de aço maciço. Erik construiu-o para...

— Eu vi o aviso.

A mensagem havia surgido no datapad momentos após a milícia passar pelo Anel de Vogler. Uma breve mensagem do rei de Nova Canaã, que avisava aos súditos que os bárbaros estavam nos portões.

— Crianças de 14 anos ou menos — disse Natalie —, apresentem-se ao abrigo. O restante, prepare-se para lutar.

Cooper fez uma pausa com aquela expressão no rosto, aquela que significava que ele pularia passos na conversa porque já havia captado a intenção de Natalie. Aquilo sempre a deixara maluca. Ela compreendia que Cooper não conseguia evitar, e que também as intenções dele eram boas, mas ser casada com alguém que sempre sabia para onde a pessoa iria — ou pensava que soubesse — não foi fácil.

— Natalie — disse ele.

— Nick.

— Nat, não...

— Nick, não.

— Preste atenção. — Ele pousou a caneca. — Você precisa levar nossos filhos para aquele abrigo, e preciso que você fique com eles.

— Eu vou levá-los para lá.

— A situação é ruim. Aqueles homens lá fora não são soldados. São uma turba de linchamento. Estão magoados e furiosos, e eles não enxergam as pessoas daqui como gente. Não há nada que eles não sejam capazes de fazer.

— Eu sei.

— Vou lutar com tudo o que tenho, mas não posso ficar me preocupando com você e as crianças enquanto luto.

— Eu sei.

— Então você ficará no abrigo?

— Não.

— Natalie...

— Eu te amo — disse ela. — Sempre te amei. Eu te amei quando meus pais não aprovaram nosso relacionamento. Eu te amei quando você começou a matar outros anormais para o DAR. Eu te amei quando você se disfarçou para encontrar John Smith e me deixou sozinha por seis meses, com medo de que a qualquer momento alguém fosse jogar uma bomba incendiária na nossa casa. Eu te amei quando você estava morrendo nos meus braços. Eu vou te amar para sempre.

— Eu também te amo, mas...

— Mas você não é o único que está disposto a morrer por nossos filhos. Ou matar por eles.

Natalie viu o impacto das palavras, como a ideia daquilo era desprezível para ele. A ideia de morrer, claro, porém mais a de matar. Era desprezível para ela também. Natalie encarou o olhar de Cooper e disse:

— Eu vou levar as crianças para o abrigo. E depois, como qualquer outro pai e mãe nesta cidade, vou para uma janela, pegarei um fuzil e lutarei.

Cooper abriu a boca. Nada saiu. Finalmente, ele a fechou.

— Agora — disse ela —, vamos lá dizer para nossos filhos que eles não vão poder ver o final do filme.

CAPÍTULO 31

— Senhor secretário?

Ainda estava nevando, aquela coisa fininha que parecia mais com névoa sendo levada de um lado a outro pelo vento. Owen Leahy olhava pela janela de seu gabinete no Camp David, um antigo quarto de hóspedes com uma mesa dobrável no lugar de uma cama, com um emaranhado de fios saindo pela parte de trás. Era engraçado ver tantos cabos; na vida normal, tudo era sem fio, meio e mensagem flutuando no ar. Ali, a segurança falara mais alto. *Este poderia ser seu epitáfio: "a segurança falou mais alto."*

— Senhor, a ligação que o senhor vinha esperando.

Leahy falou para a janela.

— Tem certeza?

— Sim, senhor.

Em uma carreira feita de riscos, as últimas horas foram as mais arriscadas de todas. Depois que Luke Hammond desligara o telefone na cara dele, Leahy chamara sua chefe de gabinete, que ainda estava em Washington, e disse o que queria.

— O senhor está brincando?

Leahy notou que ela estava nervosa, mas também empolgada. Não era surpresa. O que ele pedira que a chefe de gabinete fizesse era algo típico de filmes de espionagem, e quem não queria mexer os pauzinhos?

— Esta ordem vem diretamente da presidente — disse Leahy. — Filtre todas as ligações da Nova Canaã para qualquer gabinete do governo. Não importa quem seja, não importa o que digam, essas ligações passam por você. Quando for a dele, passe para mim.

— Senhor, isto é... — A chefe de gabinete parou de falar. — O senhor se importa que eu pergunte o motivo?

— Para ela ter uma desculpa — explicou ele. — Ramirez quer um amparo, e nós somos esse amparo.

— Mas, senhor...

— Se a presidente me pedir para assumir a culpa, eu farei com a cabeça erguida e a boca fechada. Eu preciso da mesma coisa da sua parte, Jessica. É hora de servir ao país.

— Sim, senhor.

Um risco enorme. Mas que escolha Leahy tinha? A esta altura, nada impediria que os Novos Filhos queimassem Tesla completamente. Não era o que ele planejara, mas a política nunca funcionava de acordo com a vontade de alguém. O truque era manobrar as circunstâncias na direção mais próxima possível do objetivo e depois sigilosamente redefini-lo. *"Sigilo" sendo a palavra-chave. Se você conseguir manter esta situação em sigilo por mais um pouquinho, ninguém jamais vai precisar saber que você esteve envolvido.*

— Obrigado — disse Leahy ao tirar os olhos da janela, com um tom de licença para se retirar evidente na voz.

Quando a assistente foi embora, ele foi até o espelho e ajeitou a gravata. Respirou fundo, depois se sentou e aceitou a chamada de vídeo.

O ar tremeluziu e ganhou vida. Erik Epstein estava sentado com as mãos dobradas na mesa diante dele. Ao lado, havia outro homem, rechonchudo e pálido, usando um casaco com capuz.

— Senhor secretário? — Epstein parecia confuso. — Desculpe, eu usei meu código de segurança para ter acesso direto à presidente.

— Eu sei — disse Leahy. — Ela me pediu que falasse com você.

— Senhor secretário, tenho que insistir...

— Ela me pediu que falasse com você.

— Entendi. — Epstein fez uma pausa e olhou para o sujeito sentado ao lado. A deferência foi óbvia.

— Você — disse Leahy para o homem calado. — Presumo que seja o verdadeiro Erik Epstein.

— Sim. Olá.

— Prazer em conhecê-lo. Nós sabemos há algum tempo que ele — Leahy gesticulou para o homem bem-vestido — não é você.

— Meu irmão. Jakob.

Leahy concordou com a cabeça.

— O que posso fazer pelos senhores?

Novamente, os dois se entreolharam e, em seguida, Erik disse:

— Nós nos rendemos.

É claro que se rendem. A ironia era amarga. Isto era o que Leahy vinha planejando havia anos. Durante anos ele e outros homens de visão fizeram o que era necessário para que este exato momento acontecesse. Não a destruição dos superdotados, mas o controle deles. Era disso que se tratava a iniciativa de implantar microchips nos superdotados; era por isso que o DAR tinha um orçamento maior do que a Agência de Segurança Nacional; que mais de mil civis morreram em Manhattan; que Leahy entrara de mansinho no Wyoming para ter uma reunião com o General Miller em primeiro lugar. Era a vitória — e veio tardiamente demais. *Não há escolha agora. Não há escolha a não ser se manter no rumo.*

— Como é?

— Nós nos rendemos. Incondicionalmente. A Comunidade. Nós abriremos todas as fronteiras. Compartilharemos toda a tecnologia. Nós nos juntaremos ao governo.

— Meio tarde para isso, não? Vocês já assassinaram 75 mil soldados. Destruíram a Casa Branca. Mataram nosso presidente.

— Em legítima defesa. Foram dadas ordens para atacar, bombardear nossa cidade...

— Eu sei — disse Leahy. — Fui eu que dei as ordens.

O silêncio que caiu sobre eles foi tão grande que ele praticamente conseguiu enxergar os pensamentos de Epstein, acompanhar o sujeito remontando a trama da história. Jakob começou a falar, mas o irmão deu uma discretíssima olhadela de lado, e ele calou a boca.

— Senhor secretário — falou Erik —, os Novos Filhos da Liberdade passaram pelo Anel de Vogler. Eles se dividiram e cercaram Tesla. Cercaram completamente.

— Eu sei.

— A análise estratégica fornece apenas um motivo para isso.

— Sim.

— Não é uma tentativa de derrotar. Não é uma vitória militar. Eles estão tentando aniquilar. Matar todo mundo aqui. Civis.

Leahy pensou naquele momento, havia menos de uma semana, quando se sentara em uma tenda sacudida pelo vento diante de Sam Miller e Luke Hammond e fizera um acordo com os dois. Ele conteria as Forças Armadas americanas, e eles avançariam por Nova Canaã. Nunca fora sua intenção exterminar os superdotados. Na verdade, havia dezenas de milhares de anormais que não estavam na Nova Canaã. Mas nenhum lugar no planeta havia reunido tantos superdotados. Eles ajudaram a garantir a soberania americana sobre o mundo, levaram a tecnologia mais adiante do que qualquer pessoa teria imaginado. Owen Leahy não quisera destruí-los; ele quisera domesticá-los.

Malditos sejam os Novos Filhos por levar a situação a este ponto. Outra ironia desagradável. Ao longo de décadas, a política americana tinha provocado exatamente este tipo de coisa. Grupos terceirizados inventados e armados para lutar contra monstros tinham se tornado monstros também. Pinochet no Chile. Noriega no Panamá. Inúmeros ditadores na África e no Oriente Médio. *Este é o risco de invocar um demônio; eles não costumam seguir ordens.*

Por outro lado, era melhor que os demônios se devorassem.

— Não há nada que eu possa fazer pelos senhores.

— Senhor secretário, por favor. — O rosto de Erik Epstein estava pálido e sincero. — Há milhares de crianças nesta cidade.

Leahy apertou um botão e cortou a ligação. Depois, se levantou e voltou à janela.

A neve continuava a cair.

CAPÍTULO 32

— Quantos de vocês já dispararam uma arma antes?

O soldado tinha a altura e musculatura de um homem, porém o rosto de um menino, com espinhas que eram como estrelas brilhando entre uma nuvem de barba. O uniforme era marrom, marcado com um sol nascente azul. Natalie imaginou quantos anos ele tinha. Alguém disse para ela que, embora a média de idade na Comunidade fosse de 26 anos, a mediana era mais próxima dos 16 anos. O soldado tinha mais do que isso, porém não muito.

— Nenhum de vocês? — Os olhos do menino passaram pela dezena de civis diante dele, que se entreolharam e deram de ombros.

— Eu já — respondeu Natalie. — Com meu marido. Ex.

— Um fuzil?

— Pistolas. E uma escopeta.

Ela se lembrou do dia, havia mais de uma década, antes de os filhos nascerem. Acampando perto do parque nacional de Grand Tetons, um cenário verdejante com pássaros cantando, Cooper mostrando como apoiar a arma, como apertar o gatilho — não puxar, apertar — e o rugido e coice da coisa, a alegria pura quando Natalie detonou o punhado de terra jogado para o alto, o solo explodindo e virando nada. Depois, eles transaram enquanto os pinheiros sussurravam, e ela pensou que a vida era perfeita em cada detalhe.

— Chegou perto. — Ele se abaixou até uma grande mochila de lona aos pés e voltou com um fuzil que parecia um adereço de cinema, com curvas arredondadas de plástico e metal fosco. — Este é um HSD-11. Projetado e montado aqui. Sistema de ferrolho aberto, cadência de disparo selecionável, com trinta balas. O retém do pente é aqui, o seletor de segurança é aqui. O fuzil é totalmente automático se a pessoa mantiver o gatilho apertado, mas a munição é um problema, então, não façam isso. Tiros isolados e rajadas curtas.

O soldado ofereceu a arma e Natalie pegou o fuzil e levou-o ao ombro, mantendo o cano abaixado.

— Ótimo — disse ele, soando surpreso. — Ótimo. Há mais sete desses e munição. Mensageiros trarão munição extra mais tarde. Ensine a eles.

— O quê?

— Ensine aos demais. Cuidado quando ensinar, pois a bala pode ser letal até 1,5 quilômetro.

— Você não vai ficar?

— Não, senhora. — Ele deu meia-volta e se dirigiu para a caminhonete.

Por um momento, Natalie ficou apenas olhando. Depois, com cuidado para manter o fuzil apontado para baixo, ela correu atrás do soldado e pegou-o pelo braço.

— Espere.

— Eu tenho muitos fuzis para entregar, e não tenho muito tempo...

— Preste atenção — disse ela ao olhar para os demais.

Havia um homem pálido de terno, o cabelo ralo penteado com muita precisão. Uma garota rechonchuda em um vestido sem corte, segurando um cachorro que se contorcia. Uma mulher escultural com maçãs do rosto salientes e dreadlocks presos com uma faixa de cabelo brilhante.

— Estamos todos um pouco assustados — falou Natalie ao se virar de volta para o soldado.

— E daí?

— Daí que tem um exército vindo para cá, uma milícia de sobrevivencialistas e soldados, e nenhum deles precisa ser *instruído* a usar um fuzil. O que devemos fazer?

— O mesmo que o restante de nós. — O soldado olhou para ela, e naquele momento Natalie notou que ele estava com medo também. Um menino, apenas um menino, e como todos os meninos, ele brincara de guerra, mas nunca havia encarado uma. — Lutar pelas nossas vidas.

Em seguida, o soldado subiu na caçamba da caminhonete e bateu com a mão na lateral. O veículo se afastou e soltou uma lufada de fumaça quente pelo escapamento.

Por um momento, Natalie se imaginou correndo atrás da caminhonete. Depois, se virou e viu os demais olhando para ela.

— Muito bem — disse Natalie.

■

Tudo parecera tão claro na cozinha ao falar com Nick. Ao dizer para ele que se juntaria à batalha. Natalie se imaginara com uma fileira de soldados, não meninos como aquele que havia trazido os fuzis, mas guerreiros. Experientes, calmos, sarados. Como os amigos de Nick da época do Exército. Ela se imaginara lutando ao lado deles, mas, na verdade, queria dizer atrás deles.

Foi só no abrigo que Natalie se deu conta de que aquela guerra seria muito diferente.

O complexo subterrâneo era uma série de amplos ginásios com fileiras de beliches, cada ambiente ligado aos outros, cada um acessível por várias escadas. Era como o abrigo antiaéreo que ela vira em filmes antigos, só que mais iluminado e mais limpo e cheio, principalmente de crianças. As paredes eram nuas e o som ecoava, o som de mães e pais persuadindo, fazendo promessas e se comportando como se não houvesse problema algum ante as crianças que choravam e se agarravam a eles.

Natalie ficara muito orgulhosa por Todd e Kate não terem caído aos pedaços. Na verdade, os dois foram mais fortes do que ela. Natalie começou a balançar no momento em que eles chegaram, e quando viu o filho com um ar tenso de dever, com a mão no ombro da irmãzinha, ela quase cedeu. Certamente os demais lutariam. Os dois eram jovens demais para serem deixados. Natalie ficaria, subiria em um dos beliches, abraçaria os filhos e manteria os dois a salvo por pura força de vontade maternal.

— Não, mamãe — disse Kate. — A senhora tem que ir.

Todd concordou com a cabeça e endireitou o corpo.

— A gente vai ficar bem.

Eles eram seus filhos, seus bebês. Natalie dera à luz os dois, cuidara deles, lera inúmeros livros para Todd e Kate, cortara uvas para que não engasgassem e aplicara caixas e mais caixas de Band-Aid em cada um. Tinha uma conexão quase psíquica de mãe com eles; às vezes acordava de noite momentos antes de ser chamada, ou ouvia os pensamentos dos dois no próprio cérebro. Naquele exato momento, seu filho de dez anos de idade estava se convencendo que tinha que ser um homem, tinha que proteger a irmãzinha, e o horror daquela ideia tinha nuances que durariam por dias.

Não há escolha. Só havia uma maneira de defender os filhos, e embora isso certamente envolvesse força de vontade, a decisão começou por encontrar a força de vontade para ir embora.

Então, Natalie abraçou e beijou Todd e Kate, prometeu que tudo ficaria bem, e se obrigou a sair pela porta e esperar a vez para falar com uma das pessoas estressadas que distribuíam funções. Um jovem que encarava um datapad disse para ela em qual van embarcar, e Natalie se juntou à garota rechonchuda com um cão que se contorcia nos braços e à mulher linda e escultural cujo cabelo estava preso por uma faixa brilhante.

Ninguém falou durante o trajeto. A maioria chorou em algum momento. Natalie, não. Ela se lembrou de algo que Nick falara havia anos, quando ela o perguntou se ele alguma vez havia sentido medo ao fazer o que fazia.

— Claro — respondera ele. — Só as pessoas muito estúpidas não sentem medo. O truque é fazê-lo funcionar a seu favor. Use o medo para focalizar as ideias e melhorar o planejamento, de maneira que você volte para casa no fim.

Então, foi o que Natalie tentou fazer. Tentou se preparar para o fato de que poderia — teria que — apontar uma arma para um ser humano e apertar o gatilho. Ela se imaginou fazendo isso, uma vez atrás da outra, enquanto olhava pela janela a cidade de espelhos se transformar em um campo de batalha.

Natalie observou uma equipe empurrar um ônibus com uma escavadeira para virá-lo. O coletivo foi arrastado, balançou, e depois caiu e bloqueou a rua.

Sentiu o ronco das motosserras cortando árvores geneticamente modificadas para que todas as janelas tivessem uma visão liberada.

Viu barmen pregando mesas em portas. Adolescentes carregando refletores. Ciclistas distribuindo munição.

Sentiu o cheiro de fumaça quando os prédios mais afastados foram queimados para não dar proteção aos invasores.

Ouviu o som de:

Britadeiras.

Sirenes.

Tiros.

E quando a van começou a desacelerar, Natalie observou o campo de batalha, o trecho de terra que ela defenderia com a vida. Um complexo de prédios baixos, talvez uns dez ao todo. A sede corporativa de uma firma chamada Magalhães Designs. Em cima do prédio mais alto havia a estrutura de um globo de nove metros de diâmetro brilhando com uma luz pulsante que dava a volta nele, devagar. A Magalhães fazia equipamentos eletrônicos caros; Natalie se lembrou de Nick babando por uma das 3Ds, um projetor elegante com um som que fazia a caixa torácica dela tremer. Eles não a compraram, obviamente — o preço era um mês do salário que Nick ganhava do governo —, mas agora ela desejava que a tivessem comprado. Desejava que não tivessem sido tão práticos. Deveriam ter levado a 3D para casa e visto filmes o dia inteiro, depois transado no chão em frente a ela.

Há muito tempo, em um mundo perdido.

■

O homem com cabelo ralo se chamava Kurt, e foi ele quem sugeriu que usassem o porão como estande de tiro.

— As balas não vão ricochetear?

— Nós ficaremos aqui — ele gesticulou para um lado —, e dispararemos em um ângulo oblíquo.

— Mas...

— Você sempre mantém o cabelo para trás deste jeito?

— Hã?

— Considerando a gravidade como constante e valores variáveis para a flexibilidade e o cacheado, posso gerar uma equação diferencial não linear de quarta ordem para descrever o formato de seu rabo de cavalo.

— Certo — disse Natalie. — Você é superdotado.

— Você não?

— Ficar aqui, você disse? — Ela passou o fuzil para Kurt. — Não, não de lado. Virado para frente. Um pé na frente do outro. Apoie a coronha contra o corpo e encoste a bochecha nela. Ok. Agora...

■

Eram cinco da tarde, e o sol quase tocava o horizonte. Uma luz fria cor de uísque cintilava sobre o vidro espelhado, lutando contra o brilho suave da logomarca corporativa em cima do prédio vizinho. O anel em volta da logo pulsava lentamente e descrevia, como Natalie presumiu, o curso de Fernão de Magalhães circum-navegando a Terra. Toda vez em que o "navio" dele estava no Pacífico, o mundo inteiro de Natalie ficava violeta.

Natalie viu uma dezena de outros defensores em outros prédios. Como no edifício dela, as janelas foram quebradas, e mesas e gaveteiros foram empilhados para bloquear balas que vinham na direção deles. Em um dos prédios vizinhos, um homem bonito, cinquentão, estava fazendo a mesma coisa que Natalie, e por um momento os olhares deles se cruzaram. Ele sorriu e ergueu um punho cerrado. Ela devolveu a saudação.

O complexo ficava perto da fronteira da cidade, mas os prédios adiante eram baixos, com um andar apenas. Uma estação de recarga de carros. Um restaurante. Um estacionamento vazio ao lado da última parada do VLT. Carros foram rebocados e empilhados em barricadas improvisadas de metal amassado e vidro quebrado.

Ao longe, fora do alcance do fuzil, o inimigo se movimentava. Milhares deles. Àquela distância, Natalie não conseguia enxergar os detalhes, e aquilo de alguma forma era mais ameaçador. Como se o inimigo fosse uma única criatura sem forma lá longe, se espalhando pelo campo de visão inteiro, uma fera amorfa e implacável que esperava apenas que a noite caísse. Ela sentiu um espasmo na barriga e uma tremedeira nas mãos.

Use o medo.

Natalie tentou pensar no que Nick faria se estivesse ali. Planejaria a reação quando o ataque começasse? Bem, mantenha-se abaixada. Mire com cuidado. Não desperdice munição. Ela treinou ejetar o pente do fuzil, pegar um novo na bolsa aos seus pés e encaixá-lo. Agachada, Natalie ergueu a arma e mirou na beira da farmácia descendo o quarteirão, imaginou um homem saindo de trás do prédio. Manteve a respiração tranquila, fez uma pausa entre cada exalação, imaginou a pressão constante no gatilho.

— Porra, amiga, você está sinistra.

Natalie se virou.

— Oi, Jolene.

— Trouxe comida para você. Algumas bombas incendiárias. E isto. — Ela ofereceu um balde.

— Para que isso?

— Bem, vai ser uma longa noite. Acho que você não vai poder ir ao banheiro.

— Que maravilha. — O céu estava ficando triste, as sombras aumentavam. — Ei, você devia tirar isto aí — disse Natalie apontando para a faixa de cabelo dourada e escarlate da mulher.

— Hã? Por quê?

— Fácil demais de ver.

Jolene deu uma risada afetuosa e rouca e depois soltou a faixa.

— Como você sabe todas essas coisas?

— Meu marido. Ex. Ele é... ele é agente do DAR.

— DAR? O que você está fazendo aqui, então?

— É uma longa história.

Natalie encostou o fuzil num canto e pegou o sanduíche que Jolene trouxera. Era do tipo vendido em posto de gasolina, embalado em plástico e com cara de vencido, e a luz púrpura não lhe favorecia.

— Ele já matou alguém? Seu ex?

— Sim.

— Você acha que consegue?

Natalie hesitou.

— Não sei. Venho tentando imaginar isso o dia inteiro, mas não é a mesma coisa.

— Sabe, eu já atirei em milhares de pessoas. Talvez dezenas de milhares. — Jolene se sentou pesadamente e sorriu. — Eu jogo muito videogame. Não acho que vai ajudar. Você tem gente aqui?

— Meus filhos. Nick. E você?

— Minha sobrinha. A mãe a deixou comigo quando tinha três anos e jamais voltou. Kaylee agora tem nove anos e fala onze línguas. Diz que enxerga o mundo como se fosse feito de cores, não importa a língua, ela apenas usa cores. Não é impressionante?

— Sim — respondeu Natalie. — É mesmo.

— E, por causa disso, aqueles homens lá fora querem matá-la. — A voz de Jolene ficou subitamente fria. — Ah, eu sei que não é tão simples assim. Eles perderam gente também, estão assustados e sofrendo. Mas sabe do que mais? *É* tão simples assim. Entende?

Natalie mordeu o sanduíche. O pão estava seco, a carne era algo indeterminado, a alface parecia lenço de papel. Talvez tenha sido a coisa mais gostosa que ela já havia comido. Natalie pensou em Todd, com o braço em volta da irmãzinha, e nos olhos maduros demais de Katie.

Não importa que você vai mirar em seres humanos. Não importa que eles tenham ideias, sentimentos, pais e filhos.

E não importa o que aconteça com você. De maneira alguma.

Só há duas coisas que importam.

— É — disse ela. — Eu entendo.

CAPÍTULO 33

Falcão estava se esforçando muito para não chorar.

Será que foi mesmo apenas naquela tarde que ele esteve sentado no quarto com John Smith, os dois conversando como confidentes? Teve aquele momento perfeito no fim, quando John colocou a mão em seu ombro, e, por um segundo, Falcão não se sentiu como um menininho cuja mãe fora assassinada; ele se sentiu como um soldado, um revolucionário. O tipo de homem que sempre quisera ser. Forte, determinado, importante.

Então, vieram os soldados, os tiros e gritos. Passando por aquele túnel sem fim se contorcendo. A mulher apontando a escopeta, a forma como a garganta dele se apertara e o calor escorrera pela perna, molhando até lá embaixo, na meia esportiva. Por anos, Falcão tivera devaneios sobre ação, mantivera a vigília, mas no momento em que o perigo de verdade se apresentara, ele se mijara e fugira.

John mandou que você fugisse. Ele quis que você escapasse.

Havia algum alívio neste argumento, mas não muito. Primeiro mataram sua mãe, e agora, John. Falcão os odiava, odiava tanto todos eles, e agora ali estava ele correndo por um túnel, com a cabeça baixa para não bater nos canos e fios acima, com as calças jeans molhadas e frias, e a parte dele que ainda era um menininho realmente queria chorar, mas Falcão não podia, não se permitiria.

Com o tempo, as pernas e os pulmões cederam, e ele teve que parar. Falcão dobrou o corpo e apoiou as mãos nos joelhos, respirou golfadas de ar, sentiu o gosto de vômito no fundo da garganta. Ele tinha que pensar, tinha que começar a agir como homem.

O primeiro passo era sair dos túneis. O cheiro empoeirado do ambiente, a luz fraca e o zumbido dos cabos estavam o deixando enjoado. Ele começou a andar, e quatrocentos metros depois, encontrou outra escada. Ao subir, o garoto se viu em um barracão de manutenção exatamente como aquele outro, um espaço pequeno cheio de ferramentas e peças. Sem janelas, não havia como saber onde ele estava sem abrir a porta e sair.

Sentia frio com as calças molhadas e uma camiseta. Ele abraçou o corpo e pestanejou sob o sol do fim da tarde. Após a obscuridade subterrânea, a luminosidade fez os olhos lacrimejarem. Havia buzinas e gritos, uma fila de carros se arrastando para leste. A calçada estava lotada de pessoas com os braços ocupados e filhos nos ombros.

Falcão pensou em perguntar o que estava acontecendo, mas não conseguiu decidir com quem falar, pois todo mundo parecia estar com muita pressa. E havia as calças jeans mijadas para levar em consideração. Era melhor descobrir sozinho.

Falcão não tinha certeza de onde estava exatamente, mas aquilo era perto do limite da cidade. Todo mundo estava indo na direção oposta de onde ele queria ir. Falcão precisava sair de Tesla, não se enfiar no interior da cidade. Ele começou a andar, desviando das pessoas e dizendo "com licença", sem olhar ninguém nos olhos. Havia um grande cruzamento adiante. Quando os dois chegaram ali, a mãe fizera com que ele decorasse todas as ruas principais de Tesla. Ela dissera que a primeira regra para ser um revolucionário era conhecer a configuração do terreno. Embora um monte de coisas que a mãe ensinara tenham sido divertidas, esta realmente parecera mais com dever de casa. Falcão jamais imaginara que realmente fosse precisar daquele conhecimento.

O cruzamento confirmou o que ele já sabia, que estava nos arredores a oeste de Tesla. Os prédios eram baixos e espalhados. Falcão parou em uma esquina e pensou por um momento. Ele estava sem a carteira ou qualquer dinheiro. Talvez conseguisse entrar de mansinho em um ônibus ou no VLT? Era o tipo de coisa que funcionava na 3D, mas parecia meio complicado na vida real. Talvez conseguisse roubar uma bicicleta, mas, depois, e aí? O Wyoming era um estado grande.

Finalmente, Falcão se lembrou do lugar que ele e a mãe tinham ocupado quando chegaram ali pela primeira vez. Um abrigo no limite noroeste da cidade. Os dois ficaram lá por mais ou menos duas semanas, completamente entediados. Um dia, a mãe dissera que se dane, eles precisavam tomar ar. Perambular pela cidade era um risco grande demais, mas havia um jipe na garagem, e eles encheram uma cesta de piquenique e a levavam para o deserto. Havia sido um dia alegre e sacolejante de música alta e passeio fora de estrada. Ela até deixara que ele dirigisse. Tudo parecera uma aventura naquela época, tão divertida.

A casa estava apenas a 1,5 quilômetro de distância. Uma casa verde de um andar com garagem ao lado. Falcão bateu na porta, mas não houve resposta. Todas as casas da vizinhança estavam às escuras também, e as ruas estavam vazias. Ele deu a volta pelos fundos e jogou um paralelepípedo pela porta do pátio.

O interior parecia com o de suas lembranças, o mesmo carpete feio, a mesma 3D antiquada. As luzes estavam funcionando, mas Falcão deixou-as apagadas. A geladeira estava vazia, mas havia um pouco de feijão em lata no armário. Ele comeu da lata enquanto andava pela casa, verificando armários e cômodas, na esperança de encontrar alguma muda de roupa. Não deu sorte. O melhor que conseguiu foi esfregar as manchas de urina com uma toalha molhada.

O jipe estava na garagem, sujo de terra, com manchas que saíam dos pneus. Talvez ninguém o tivesse usado desde a época em que ele e a mãe o usaram. Tanque cheio, o que foi uma boa notícia, mas nada de chave na ignição.

Falcão entrou de novo. Aquilo era um abrigo. As chaves tinham que estar em algum lugar. Não havia ganchos ao lado da porta, então, ele entrou na cozinha e começou a abrir as gavetas. Encontrou um envelope branco com um maço grosso de notas gastas de vinte dólares. Falcão enfiou-o no bolso e continuou procurando. Pronto, um chaveiro com três chaves, uma delas com a logomarca da Jeep. Ele só tinha 14 anos e não havia dirigido desde aquele dia, mas daria um jeito e, além disso, as ruas estavam vazias...

Do lado de fora das janelas da cozinha estava passando um desfile.

Falcão travou e ficou feliz por ter deixado as luzes apagadas.

Não era um desfile.

Era um exército.

Os homens não usavam uniformes, mas a poeira nas roupas e a terra nos rostos fizeram com que todos eles parecessem iguais. Os homens carregavam armas, a maioria eram fuzis e escopetas, mas havia equipamentos mais pesados também, coisas que ele reconheceu dos jogos de videogame. Eram tantos, uma enxurrada, como a saída de um show, só que andavam em silêncio, com um olhar severo. A não mais de 12 metros.

Um dos homens olhou, um espantalho de cabelo comprido com um fuzil de assalto nos braços e uma enorme faca de caça na cintura. O sujeito olhou diretamente para ele, e Falcão sentiu o coração na garganta, a testa latejar, uma onda de pânico tão grande que pensou que havia se mijado novamente. Ele quis correr, mas não conseguia se mexer, ficou simplesmente plantado ao lado do balcão, com as chaves na mão. Após um momento, o olhar do sujeito se afastou e ele continuou andando. A casa estava apagada, as janelas se transformaram em espelhos. O homem não tinha visto Falcão afinal. Lentamente, ele se ajoelhou.

Os homens continuaram passando. Centenas. Milhares. O céu foi ficando vermelho atrás deles, e Falcão teve uma súbita lembrança de algo saído da graphic novel.

Um exército de demônios saindo em marcha do inferno.

CAPÍTULO 34

— Sim, nós sabemos, mas eles ainda estão fora do perímetro de defesa...

— Refletores. É claro que vão atirar neles. É por isso...

— Temos mais gente do que armas, e não temos munição suficiente; então, monte uma rede de mensageiros para manter...

— Eles não têm veículos. São cavalos.

O ambiente era uma mistura de ponto de encontro e anfiteatro, cheio de gente falando sem parar ao telefone, olhando para terminais, trazendo e levando dados. Até recentemente, o espaço servira para reuniões corporativas e demonstração de produtos, e em uma dessas ironias de que Cooper estava se cansando, a placa do lado de fora da porta chamava o lugar de Sala de Guerra. Um toque engraçadinho que cairia bem em uma start-up de tecnologia — o que, ele imaginou, a CNC era.

— Como vou saber quando eles vão atacar? Em algum momento depois que o grande ponto quente e brilhante no céu sumir e antes que ele volte...

— As projeções do número de vítimas são enormes...

— Não, são *cavalos*...

Cooper se imaginou avançando violentamente pela sala, brigando até chegar a Jakob na cabeceira da mesa para oferecer ajuda. A ideia o cansava de todas as formas. Aquela era uma situação em que muitas pessoas estavam fazendo a mesma coisa, o que inevitavelmente não daria certo. Embora teoricamente sua experiência tática fosse valiosa, sem estar conectado à burocracia da Comunidade, qual seria o sentido?

Ele olhou para Shannon. Ela estava com o braço cruzado para apoiar o cotovelo, com a outra mão no rosto e a ponta do polegar entre os dentes. Shannon absorvia a sala com o olhar. Engraçado, Cooper já tinha visto Shannon nua, assassinando, se tornando invisível, mas não se lembrava de algum dia tê-la visto simplesmente parada em algum lugar. Aquilo lhe pareceu estranhamente íntimo.

Shannon sentiu o olhar de Cooper — o dom dela, imaginou ele — e devolveu o gesto.

— Vamos embora daqui — disse Cooper.

■

O local foi ideia dela.

Quando Erik ativara o vírus Proteus, as primeiras vítimas foram três caças a jato de última geração que passavam por Tesla. Dois dos Wyverns colidiram em pleno ar, provocando uma chuva de destroços. A piloto conseguiu se ejetar do terceiro, e o caça fez uma pirueta no ar, bateu na lateral do prédio central e abriu um buraco de quatro andares de altura e quarenta metros de comprimento. O querosene de aviação provocou um fogo que consumiu a maior parte da mobília antes que o sistema automático anti-incêndio o controlasse. Os corpos foram removidos e o buraco aberto no prédio, tapado com uma cobertura plástica que tremulava e estalava ao vento, mas pouco mais do que isso havia sido feito para reparar os danos.

Os dois se entreolharam, depois observaram o interior queimado, os restos carbonizados de mesas e cadeiras. Cacos de vidro solar reluziam em meio às cinzas. Shannon passou com cuidado pela pilha de destroços e se abaixou para pegar uma moldura metálica de foto. O vidro estava rachado, e a imagem, queimada.

— Você imagina estar sentado à mesa, apenas fazendo seu serviço, e de repente entra um avião pela janela?

— Mais ou menos.

— É — disse ela e lançou para Cooper um olhar difícil de analisar. — Eu também.

Ele andou cuidadosamente pelo piso arruinado. Ainda agora, havia o fedor de plástico queimado no ar. A cobertura transparente reduzia o mundo exterior a imagens borradas, iluminadas por um sol poente.

— A alguns quilômetros, um exército espera que caia a escuridão. — Cooper meneou a cabeça. — Como chegamos a este ponto?

— Aos poucos, creio eu. — A voz de Shannon era suave. — Uma mentira de cada vez.

— Você e seu fetiche pela verdade completa — disse Cooper. — Desde a primeira vez que conversamos, naquele hotel vagabundo depois da plataforma do trem elevado. Eu fui bem heroico ao salvar sua vida...

— Engraçado, eu me lembro disso de outra forma.

— E você falou algo tipo "talvez não houvesse guerra se as pessoas parassem de ir à televisão dizer que existe uma." — Ele balançou a cabeça. — E agora cá estamos.

— É. — Shannon largou a moldura, e o resto do vidro retiniu. — Cá estamos.

Tiros soaram ao longe, constantes e lentos. *Vou ouvir muito mais disso aí hoje à noite.* Ele suspirou e esfregou o rosto.

— Meus filhos estão em um abrigo neste exato momento. Eles devem estar muito assustados.

De alguma forma, Shannon estava ao lado de Cooper. Com uma mão no braço dele.

— Ei — falou ela. — Nós os salvamos antes. Faremos isso de novo.

Antes que Cooper pudesse responder, o telefone vibrou. Ele encarou a tela.

— É Ethan.

Shannon endireitou o corpo.

— É melhor você atender.

Cooper concordou com a cabeça e apertou um botão.

— Ei, doutor, você está no viva-voz.

— Eu... é...

— Só eu e Shannon. Você encontrou os cilindros desaparecidos?

— O quê? Não. Eu não procurei por eles.

— Doutor, vamos lá, eu preciso que você se concentre...

— Você é o detetive — disse Ethan. — O que quer que eu faça, vá de porta em porta? Eu fiquei trabalhando na epidemiologia do vírus em vez disso. É um filho da puta, cara, um monstro de verdade. Uma modificação da gripe, transmitida pelo ar, longeva, mas com um número básico de reprodução na casa dos *vinte*. Isto significa que cada caso pode resultar em vinte ou mais casos secundários. E como não existe uma vacina confiável contra a gripe, se o vírus se espalhar, praticamente todo mundo vai contraí-lo.

Cooper se retraiu.

— A doença é grave?

— Não, ela basicamente provoca coriza. A gripe não é o problema. Eu andei revisando as anotações da pesquisa, analisando amostras de sangue e de tecido, tentando descobrir o motivo para Abe ter morrido. — A voz de Ethan ficou embargada. — Cooper, foi o soro. Nosso trabalho. Tornar-se brilhante matou Abe.

— Eu não compreendo...

— Abe desapareceu antes que pudéssemos fazer os devidos testes. E aí ele injetou o soro nele mesmo, o que foi uma loucura, simplesmente não se faz isso, mas Abe era tão paranoico, tão convicto de que estava certo... de qualquer forma, você viu como o soro foi eficaz.

— E foi isso que o matou?

— Não o soro em si, mas a reação da mente a ele. — Ethan respirou fundo. — Você é do primeiro escalão, certo? Assim como Shannon, Epstein e aquele babaca do Soren. Mas você teve seus dons desde o início. Eles foram parte de você na infância. Agora imagine que de repente você também visse o mundo da forma como Shannon vê. *E* da forma como Epstein vê. *E* da forma como Soren vê. Tudo aconteceu ao mesmo tempo, ao longo de alguns dias.

— Seria confuso, mas...

— Não seria confuso — disse Ethan. — Seria devastador. — Ele fez uma pausa. — Ok, veja bem. Imagine que você nasceu no subterrâneo. Em uma caverna completamente escura. Você cresceu lá e se conectou ao mundo por meio de toque, som e cheiro. Completamente alheio à visão. Isto foi o normal para você por sessenta anos.

"Houve um desmoronamento, e entrou luz. Você não faria a menor ideia do que estava acontecendo. Digo isso literalmente; seu cérebro não desenvolveu vias neurais para processar a visão. Você não teria conceitos para escala, movimento, até mesmo para cor. Não teria como saber se uma forma era sua esposa ou uma rocha prestes a esmagá-lo."

— Entendi, mas...

— Agora imagine que não é apenas a visão, mas também a audição, o tato e o paladar, tudo ao mesmo tempo — disse Ethan. — Meu Deus, cara, Soren *percebe o tempo de maneira diferente.*

Cooper abriu a boca, fechou e falou:

— Ok, então você está dizendo que isto pode ser fatal?

— Estou dizendo que Abe arrancou os próprios olhos para deter a visão, e arranhou a jaula até os dedos virarem ossos. E esse era um homem com um intelecto de primeira grandeza que sabia o que estava acontecendo com ele. A mente humana não consegue sobreviver a esse nível de mudança. Simplesmente não há a flexibilidade neurológica. Não quando estamos completamente desenvolvidos.

— E quando isso ocorre?

— O lobo frontal para de se formar por volta dos 25 anos. — Ethan fez uma pausa. — A melhor estimativa? Não seria fácil para ninguém, mas crianças ficariam ótimas, adolescentes ficariam bem, as pessoas na casa dos 20 anos teriam uma chance. Depois disso... não sei. Acho que teríamos porcentagens de sobrevivência na casa de um dígito. E, ao longo do caminho, a pessoa sentiria confusão, pânico, delírio, fúria incontrolável, impulsos homicidas...

— Tudo isso no superdotado mais poderoso que existe — disse Shannon. — Meu Deus.

Uma lufada de vento sacudiu a cobertura de plástico. Fora dela, o mundo ficava embaçado. Em dezembro, o sol descia rápido no Wyoming, e no tempo em que eles conversaram havia escurecido bastante.

— Você tem que impedir isso — falou Ethan. — De alguma forma. Por favor. Minha filha...

Cooper desligou o telefone. Pensou em atirá-lo bem na porra da parede.

— Ele tem razão — disse Shannon. — Temos que impedir isso.

— Eu sei.

— Nós nos distraímos. A milícia, salvar as crianças, a preparação para a guerra. Tiramos os olhos da bola.

— É isso que John Smith faz. — Cooper teve aquela sensação, quase um arrepio, que ele aprendera a identificar como seu dom estabelecendo padrões furiosamente, chegando perto de uma resposta. — Isto não é um acidente, um defeito no cronograma. Ele planejou para que tudo isso acontecesse ao mesmo tempo.

— Querido — falou Shannon —, isso é paranoia.

— É verdade. Ele até mesmo nos disse, lembra? "Me matar não é o mesmo que me vencer." Eu persegui Smith a vida toda. — Cooper balançou a cabeça. — Eu deveria ter percebido que foi fácil demais. Ele pode estar morto, mas ainda está tentando vencer.

— Mas como Smith poderia ter previsto o ataque?

— Ele não previu.

Uma rede de conexões começou a fazer sentido. Cooper sentiu a verdade boiando um pouco fora do alcance, como esticar o braço para tentar pegar uma bola de praia em uma piscina. *Se exagerar na força, você vai apenas empurrá-la para longe. Apenas siga a lógica, deixe que as correntes os aproximem.*

— Ele não previu — repetiu Cooper. — Ele provocou o ataque.

— Isto é loucura. Os assassinatos, atentados a bomba, a organização, a bolsa de valores, os Filhos de Darwin... você está dizendo que tudo isso aconteceu para que a Comunidade ficasse sob ataque justamente no momento certo para nos distrair?

— Não para nos distrair especificamente. Mas, sim, esta foi a vontade dele.

Shannon começou a discutir, mas Cooper notou que ela estava considerando a situação, reavaliando o próprio passado à luz da nova informação.

— A última vez em que vi John, antes de hoje, quero dizer, eu o acusei de querer guerra. E ele me disse que eu estava correta. Que o mundo normal atacaria, e que eles seriam a própria ruína. John disse que não se importava com a quantidade de sangue derramado, desde que fosse o sangue deles, não o nosso.

— O que se encaixa perfeitamente com o vírus dele — disse Cooper. — Ele só afeta normais. Mata todo mundo com mais de 25 anos, o que significa praticamente toda a estrutura de poder. E todo mundo que sobreviver vira superdotado.

— Elegante — falou ela —, mas complicado. Há muitos mecanismos contra ataques biológicos.

— É. — Outro nódulo do padrão se revelou. — Mas lembre-se, isto é apenas a gripe. Todo ano ela afeta milhões, e ninguém entra em pânico. E superficialmente, esta é uma gripe fraca. Apenas o soro de Ethan é que a torna perigosa, e ninguém sabe que tem que procurar por esse soro. Diabos, ninguém sabe que ele *existe*. Além disso, esses mecanismos dependem de um mundo funcional. Estamos no terceiro presidente em um ano, há linchamentos em Manhattan, uma guerra civil. O governo já usou a manobra da quarentena com os Filhos de Darwin, e terminou mal. Eu acho que Cleveland ainda está em chamas. Tudo isso foi orquestrado ou pelo menos incentivado por John Smith. Sem falar nos ataques de hoje... — Ele travou. — Ai, merda. Os ataques de hoje.

Shannon pensou por um momento. Quando percebeu o que havia acontecido, ficou pálida.

— O CCD, em Atlanta. Se havia um lugar equipado para perceber o que essa gripe realmente é, era o Centro de Controle de Doenças. Por isso John o incendiou. Aquele era o verdadeiro alvo. Todo o resto era uma cortina de fumaça.

— Até mesmo a bomba no DAR que matou meus melhores amigos e cerca de mil outras pessoas.

— Tudo o que fizemos nos últimos anos, todas as coisas que ele alegou que eram por igualdade. Aquilo foi apenas John empurrando o mundo para a escuridão, a ponto de a guarda estar baixa. — Shannon fez uma pausa. — Mesmo assim, mesmo que ele solte o vírus em uma cidade, em algumas cidades. Mesmo que milhões morram. O vírus não vai se espalhar suficientemente longe, suficientemente rápido.

Era isso. De repente, todo o padrão ficou claro para Cooper. Como uma cortina que tivesse sido arrancada.

A objetividade perfeita e cristalina que ele deve ter tido.

Os detalhes envolvidos. Anos de trabalho na direção da mais complexa fileira de dominós na história.

A disciplina implacável e assustadora.

— O vírus não vai ser solto em qualquer cidade simplesmente — disse Cooper lentamente.

Shannon olhou fixamente para ele. Cooper deixou que ela ponderasse, queria que Shannon revisasse seus cálculos. Finalmente, disse:

— Você está achando que o vírus será solto aqui. Contra os Novos Filhos. Porque eles são todos normais, todos vulneráveis. Mas John não podia contar com a vitória deles.

— Não importa quem ganhe. Se a milícia reduzir Tesla a cinzas, a guerra deles acabou. Os milicianos se espalharão de volta para os quatro cantos do país, bem como os refugiados de Tesla, muitos deles normais. E se a milícia perder...

— A mesma coisa acontece — disse Shannon. — Milhares de sobreviventes voltarão correndo para casa. Meu Deus. John provocou o ataque, a *guerra*, para isso. Para infectar o país inteiro.

— O mundo inteiro — falou Cooper. — Talvez não completamente, mas, ainda assim, se o vírus for tão contagioso quanto Ethan acha, quantas pessoas morrerão? Centenas de milhões? Bilhões?

— Temos que ligar para a presidente.

— E dizer o que para ela? — Cooper deu de ombros. — Quer dizer, imagine que de alguma forma nós a convençamos, e que ela mande os fuzileiros navais. São apenas mais normais, mais vetores. É fazer o jogo de John Smith. A única maneira de deter isso é impedir que o vírus seja solto.

— *Como*? Nós não fazemos ideia de onde ele esteja. E a milícia pode atacar a qualquer minuto.

— Eu não sei — disse Cooper, então pegou a mão de Shannon. — Mas temos que descobrir. Rápido.

— Isto não é o que eu faço, Nick.

— Agora é. Agora tudo é com a gente. Goste ou não.

Shannon puxou a mão, irritada, e chutou uma mesa carbonizada. As pernas cederam, e a coisa toda entrou em colapso em uma nuvem de cinzas.

— Ok. — Ela cerrou os dentes. — Se ele vai infectar os Novos Filhos, os cilindros têm que estar aqui, em Tesla.

— E mais, Smith está morto. Nós temos isso a nosso favor.

— Certo — falou Shannon. — Certo. Então, teria que ser alguma coisa que pudesse funcionar sem o envolvimento dele. Algo em que John pudesse confiar.

— Não alguma *coisa* — disse Cooper. — Ele não teria planejado tudo isso e depois deixado a cargo de um temporizador. Vai ser uma pessoa. Alguém em quem Smith confiasse completamente, mesmo na morte. A última contingência.

— Alguém que soltasse o vírus. Que não se incomodasse pela catástrofe que eles estavam prestes a causar, as mortes de milhões e bilhões.

— Você conhece essa gente melhor do que eu — falou Cooper. — Quem se encaixa nesta descrição?

— Cruzes, eu não sei. Soren, mas ele está...

Por um momento, os dois se entreolharam.

Então, Cooper disparou a toda velocidade para a escada, com Shannon logo atrás, os passos mais leves, mas igualmente velozes. Ele pulou pelos degraus, os números dos andares ficaram para trás, as mãos passaram pelo corrimão enquanto o impacto reverberava nos tornozelos e joelhos. A cabeça girava, o coração disparava e a alma rezava, pensando *por favor, por favor, só um pouquinho de boa sorte, isso não é pedir muito, é?*

Os dois chegaram ao segundo porão e escancararam a porta.

Havia um corpo esparramado aos pés deles.

Outro no fim do corredor.

Na sala de controle da prisão, Rickard, o programador que interpretara o torturador virtual, estava sentado em uma cadeira. Uma poça escarlate o cercava, e a luz do teto refletia no sangue como a lua em um lago. A garganta fora aberta, e a língua, puxada pelo ferimento.

A cela de Soren estava aberta.

CAPÍTULO 35

Luke Hammond tocou na pistola sinalizadora e verificou a hora no relógio emprestado.

17h57.

O relógio era mecânico, não tinha sido afetado pelo pulso eletromagnético. Uma hora atrás, Luke sincronizara o instrumento com uma dúzia de outros. Doze homens com doze pistolas sinalizadoras, todos observando os segundos passarem.

Foram dois longos dias, mas ele não estava cansado. Melhor, a sensação era a de que a exaustão pertencia a outra pessoa qualquer. Luke achava que o motivo, em parte, era sua experiência — ele era um menino quando se transformou em guerreiro, e a guerra fizera dele um homem... a guerra e a paternidade —, mas também uma pureza de objetivo. Ao olhar para os demais ao redor, Luke também viu isso. Viu quando os homens comiam sopa fria enlatada, quando verificavam as armas sem parar, quando se reuniam em pequenos grupos e faziam piadas nervosas.

Eles estavam prontos. Podiam ter começado como mil homens inexperientes, pessoas sofridas que perderam coisas que jamais poderiam ser substituídas. Mas, na última semana, eles haviam se tornado, se não um exército, pelo menos uma equipe. Unidos pela perda, sofrimento e objetivo.

O sol tinha se posto havia uma hora, e a escuridão caíra como um cobertor que fora lançado. O ar estava frio e cheirava a fogo. Quando os Novos Filhos cercaram Tesla, eles viram os anormais atearem fogo aos próprios prédios para negar-lhes proteção. Alguns pontos ainda brilhavam, as chamas viraram brasas, e a fumaça subia ao céu. Haveria mais fogo naquela noite, mais fumaça. Fumaça para tapar as estrelas.

17h58.

Luke respirou fundo e soltou o ar lentamente. O corpo parecia relaxado e pronto, e no peito surgiam sinais da sensação prestes a vir. Ele se perguntou se os filhos algum dia haviam sentido aquilo, e teve certeza de que sim. Josh e Zack haviam sido guerreiros também. Como pareciam durões nos uniformes, como ele sentira orgulho dos dois. Luke nunca incentivara os filhos a entrar para as Forças Armadas, mas eles compreenderam as coisas que o pai defendia. Compartilharam essas coisas.

Luke ergueu o binóculo e observou o exército. Assim que passaram pelo anel, eles dividiram os Novos Filhos em dois. Miller liderara um grupo, Luke liderara o outro. Homens de fibra se estendiam até o horizonte, reunidos em grupos de cinquenta ou cem. As roupas estavam manchadas, os rostos encobertos por barbas, mas as armas reluziam. Luke imaginou como os anormais se sentiram quando viram a milícia cercar a cidade como tenazes. Quando se deram conta do que aquilo significava.

Se aquela fosse uma batalha tradicional com o objetivo de tomar a cidade, o exército teria concentrado as forças em poucos locais específicos e deixado espaço para o inimigo fugir. *Mas nós não estamos aqui para conquistar um ponto em um mapa. Estamos aqui para extirpar este ponto como um câncer.* Uma cirurgia brutal, mas necessária para salvar o corpo como um todo. Amanhã, o sol nasceria sobre uma nação que não precisaria mais temer os terroristas em seu seio. Amanhã, poderia começar a cicatrização.

Naquela noite, surgiriam as cicatrizes.

17h59.

Luke virou o binóculo para a cidade. Atrás dos prédios queimando, a cidade se erguia em torres baixas. As ruas principais haviam sido interditadas com barricadas de carros e caminhonetes, com ônibus virados e pilhas de blocos de concreto. Refletores dançavam no solo, varrendo, varrendo. Os atiradores eliminariam os refletores primeiro. Uma das vantagens de comandar um exército composto por fãs de feiras de armas era que eles carregavam uma quantidade surpreendente de poder de fogo. A munição para rifles longos não era abundante, mas havia o suficiente para garantir a escuridão.

Nós chegaremos na escuridão, e levaremos fogo.

Os defensores tiravam vantagem do terreno. Ele viu homens e mulheres no alto das janelas da maior parte dos prédios. Estavam assustados como coelhos. Era preciso bater neles com força e rapidez, demolir qualquer confiança que tivessem adquirido e colocá-los para correr. Assim que os Novos Filhos invadissem a cidade, se instalaria o caos, e civis não lidavam bem com caos.

Luke se demorou em um anel de prédios baixos, oito deles embaixo de uma logomarca corporativa que brilhava. Havia um parque no centro do anel, um lugar onde os trabalhadores podiam relaxar na hora do almoço. No dia em que seus filhos morreram, provavelmente o parque ficara cheio de anormais olhando para cima. Joshua estivera de patrulha voando quando Epstein acionou o vírus, e a imagem do assassinato do filho havia sido repetida mil vezes. O Wyvern mergulhando de nariz como uma pipa. Parecendo flutuar por um momento, antes de colidir com o outro caça. Os dois explodindo em chamas.

Será que os anormais no parque ou no meio dos escritórios comemoraram? Será que vibraram e apontaram enquanto seu filho caía do céu, em chamas?

Luke esquadrinhou os prédios, olhou para as pessoas nas janelas. Um cinquentão boa-pinta e conservado. Uma garota fazendo carinho em um cachorro. Uma negra com as maçãs do rosto dignas de uma rainha. Uma morena bonita com o cabelo preso em um rabo de cavalo e um fuzil na mão. Em cima de um dos prédios, havia a escultura de um globo, uma logomarca corporativa feita de filetes de luz brilhante. Um cometa púrpura seguia uma órbita oscilante em volta dele.

Era lá que eles atacariam. Subir pelas barricadas deixaria os milicianos muito expostos. As ruas os afunilariam, deixariam os Novos Filhos abertos para tiros de todos os lados. Melhor atacar diretamente. Avançar pelo complexo de prédios. Matar todo mundo que ficar no caminho. Atear fogo às estruturas.

Luke olhou para o relógio. O ponteiro dos segundos fez *tic* uma vez, duas, três vezes. O ponteiro dos minutos andou.

18h.

Luke baixou o binóculo e ergueu a pistola sinalizadora.

CAPÍTULO 36

Soren tremeu.

Os pensamentos giravam freneticamente.

Uma imagem de Samantha com o globo ocular pendurado, metade da pele do rosto arrancada, gritando na mordaça quando o torturador se debruçou novamente...

Uma voz o chamou, tirando Soren do sono. Parecia com a voz de John, mas Soren não quis obedecê-la. Acordar significava lembrar. Lembrar o que fizeram com seu amor, seu amor perfeito e pálido, que ansiava apenas por ser desejada.

Mas pensar em Samantha e no que fizeram com ela baniu a inconsciência. Como será que ele adormeceu? Soren queria desmaiar enquanto torturavam Samantha, queria morrer, mas não conseguiu fazer nenhuma das duas coisas. Como ele poderia ter adormecido após assistir ao que fizeram, bem ali na cela, vendo o sangue dela desenhar um arco no ar lentamente...

Não havia sangue no piso, nenhum sangue na parede.

Nada de camisa de força, nenhuma corrente.

Não havia hematomas nos braços, nenhum ferimento de unhas nas palmas da mão.

E, naquele momento, Soren se deu conta da verdade. Ele fora enganado. Eles não machucaram Samantha. Tudo havia acontecido na mente dele, no inferno virtual que Cooper construíra. O alívio o banhou como água quente. Samantha estava bem. Ela não fora destruída, não sofrera, nem sequer *havia estado* ali realmente. Era um programa de computador, um constructo, igual ao coral romano. Nada daquilo fora real...

A não ser a traição que ele cometera contra John.

O calor se calcificou no frio mais cortante. Seu mais velho amigo. O homem que o salvara na Academia Hawkesdown, que oferecera o único alívio que ele havia tido na vida, que o enxergara como ninguém mais enxergava, que o ajudara quando ninguém mais ajudava. E Soren havia desapontado John.

Desapontado não. Traído.

John falou novamente, o que era impossível, na cela.

— Soren. Meuamigo — disse ele. — Prepare-se. Fuja. Depoisprocurepelaminhamensagem.

Soren se levantou do catre de aço onde estivera deitado. Nenhum sinal do amigo. Obviamente. Um sistema de alto-falantes, alguma espécie de intercomunicador. John deve ter assumido o controle. Um dos hackers. O movimento tinha agentes infiltrados em todos os lugares, mesmo na organização de Epstein.

Soren se espreguiçou. Estalou os nós dos dedos. Um momento depois, a porta da cela se escancarou por conta própria.

A sala seguinte era um octógono, com portas em cada parede e conjuntos de terminais. O torturador estava sentado em uma cadeira. Rickard ficou boquiaberto. Ele começou a se levantar. Lentamente. Muito lentamente.

Soren cruzou a sala como um deus e deu um golpe em um ponto nevrálgico que derrubou o torturador de volta na cadeira.

A garganta do homem tinha gosto de suor quando Soren fechou os dentes nela e rasgou um buraco.

O sangue espirrou pelo rosto do anormal, e ele sentiu o gosto de cobre nos lábios enquanto enfiava a mão para arrancar a carne viva de Rickard e puxá-la pelo ferimento que acabara de abrir.

Não foi suficiente.

Não o torturador. Não os guardas do lado de fora. Jamais seria suficiente. Quebrar o mundo mal seria um começo.

Soren se sentou em um banco e tremeu. Olhou as mãos, o sangue encrostado nelas.

— Você está bem?

Uma adolescente com um fuzil estava diante dele com uma mochila nos ombros. O rosto estava contorcido, os lábios repuxados em uma careta de preocupação. Soren ficou de pé, pegou a cabeça dela com as mãos e quebrou o pescoço da garota. O corpo caiu mole instantaneamente. Tão frágil, a vida. Podia ser roubada com pouco mais do que força de vontade.

Foi só então que ele se lembrou da última frase de John. *Procure pela minha mensagem.*

Soren levou dez de seus segundos para pensar. Depois rolou o cadáver e olhou dentro da mochila. Água, lanterna, um casaco, uma faca de caça, um datapad. Ele ergueu a garota e colocou-a no banco, o corpo quente era pesado e cheirava a urina. Sentou-se ao lado da adolescente e deixou a cabeça dela cair em seu ombro enquanto usava a digital do polegar da garota para acessar o datapad.

A mensagem estava em uma conta particular de e-mail aberta havia anos e jamais usada. Havia alguns arquivos e um vídeo.

O rosto de John preencheu a tela do datapad.

— Meuamigo. Perdoeoclichê, massevocêestivervendoisso, euestoumorto.

Um rugido cresceu dentro do peito de Soren. Ele teve um vislumbre do sorriso de John quando menino. O charme, o sorriso eram armas que John usara contra os inimigos. Mas para os amigos, o sorriso tinha sido um presente precioso e sincero que deixava Soren contente por recebê-lo.

No vídeo, o amigo morto não sorriu, ele disse:

— Eusintomuitopedirissoavocê.

"Vocêéminhaúltimacontingência. Leiaestesarquivos.

"Euprecisodesuaajuda. Vocêvaimeajudar?"

Eu traí você, John.

Se você está morto, a culpa é minha.

Não há nada que eu não faria.

Ao longe, um clarão incandescente de luz subiu ao céu. Outros vieram a seguir. Como fogos de artifício. Como a alma do amigo, fazendo um traçado brilhante e finalmente livre.

E sentado no banco embaixo de céus manchados de estrelas, com uma garota morta apoiada nele como uma amante, Soren leu o último desejo do amigo que assassinara.

CAPÍTULO 37

Natalie observou o sinalizador abrir uma cicatriz vermelha no céu noturno. Ele desenhava um arco cada vez mais alto, queimando ao subir. Sendo consumido por si mesmo.

Ela sentiu uma vontade desesperada de mijar. O que estava fazendo ali? Ela era uma advogada, uma mãe, não uma soldada. Não se envolvia em uma briga desde que Molly McCormick pegara seu bolo na segunda série e as duas acabaram rolando no chão, uma puxando o cabelo da outra.

Ao longe, brilhou uma fagulha branca. Um ou dois segundos depois, Natalie ouviu o estampido. Era uma arma. Alguém estava atirando neles. Outra fagulha brilhou no mesmo lugar, mas, desta vez, antes de ouvir o estampido, alguma coisa se quebrou, como uma taça de champanhe jogada contra o concreto. Do lado de fora da janela, o mundo ficou subitamente mais escuro.

Eles estão atirando nos refletores.

No crepúsculo, os Novos Filhos da Liberdade se aproximaram da cidade. Era difícil mensurar, mas ela achava que o clarão do disparo tinha sido talvez a oitocentos metros. O que era assustador por outro motivo: Natalie foi casada com um soldado e fazia alguma ideia do tipo de arma e habilidade necessárias para atirar àquela distância.

Outro clarão, e mais um refletor foi atingido. Natalie pousou o fuzil e secou as mãos nas calças jeans, respirando rápido e superficialmente. Ela deveria estar acostumada com o medo a esta altura. Quando criança, Natalie havia sido naturalmente ousada, mas assim que se tornou mãe, a preocupação entrara na sua vida, era um zumbido subsônico que nunca passava. Preocupação que uma tosse fosse meningite, que uma queda da escada pudesse quebrar um pescoço. Então, mais tarde, que Kate fosse superdotada, e quando isso foi confirmado, preocupação que ela fosse levada embora e enviada para uma academia. Preocupação que Nick se tornasse descuidado e que um dia ela encontraria Bobby Quinn no seu alpendre com sofrimento no olhar.

Quando Nick trabalhou disfarçado, a preocupação virou medo. Por seis meses, o medo marcou cada momento da vida de Natalie. Às vezes era uma dor insistente, às vezes uma ferida aberta. Não, errado; o medo não acabou com o retorno de Nick. Ela e os filhos foram sequestrados à mão armada. Eles viram cidades queimando. Viram Todd ser atacado por um assassino, passaram por horas sem fim aguardando a cirurgia do filho. Natalie segurou Nick enquanto ele sangrava no chão de um restaurante.

Ela estava habituada ao medo. Mas aquilo ali... aquilo ali era uma coisa diferente.

Por quê? Você tem tanto medo assim de morrer?

Natalie achava que não. Ela não estava ansiosa ou algo do gênero, mas a morte significava apenas ir embora da festa, e todo mundo fazia isso algum dia. Não, não era medo por ela.

Era por eles. Por Todd e Kate. O medo tinha menos a ver com a morte e mais a ver com decepcioná-los.

Compreender isso fez a diferença. Ela se obrigou a respirar fundo uma vez, e depois mais uma. Abriu os dedos diante do rosto e mandou que parassem de tremer. Após um momento, eles obedeceram.

Depois, Natalie pegou o fuzil, liberou a trava de segurança e olhou pela janela.

Um por um, os refletores apagaram. E, a cada um, a escuridão se aproximava, até que a única luz viesse do globo brilhante e das brasas dos prédios. Aos poucos, a visão se acostumou o suficiente para discernir vultos.

Alguns estavam se mexendo.

Use o medo.

— Jolene.

A seis metros, a mulher estava sentada ao pé de um arquivo, com aquelas maçãs do rosto tornando os olhos ainda maiores do que eram. Natalie apontou para a logomarca, depois girou o dedo para indicar a órbita da luz púrpura. Por um momento, Jolene ficou apenas olhando fixamente; depois, entendeu. Ela concordou com a cabeça, levou o fuzil ao ombro e apontou para fora da janela.

Natalie olhou para a escuridão. Era difícil dizer o que era uma sombra em movimento ou o que era apenas um pontinho aos olhos. Ela se obrigou a respirar calmamente como uma praticante de ioga, inspirando pelo nariz, expirando pela boca. Esperou com o fuzil apoiado no arquivo, sentindo o metal frio no antebraço e o dedo leve no gatilho.

Quando a estrela deu a volta na frente da logomarca, o mundo de Natalie foi pintado de púrpura, e depois a luz púrpura foi embora, banhou o chão e os homens que vinham de mansinho pela borda do prédio, a trinta metros de distância.

Natalie olhou pelo cano. Tentou alinhar a massa de mira com o homem mais próximo. Os pontos luminosos balançaram e tremeram com a batida do coração e o assovio da respiração. O homem andava agachado, com uma arma nas mãos. Ela inspirou. Deixou o ar sair calmamente.

Apertou o gatilho.

O estampido do fuzil foi como Deus batendo palmas. Os ouvidos zumbiram. O clarão de luz roubou a visão de Natalie.

Mas não antes de ela ver o homem cair.

Houve clarões em resposta vindo da rua, e o estrondo de armas. Vidro foi estilhaçado por toda a parte. Uma bala ricocheteada passou assoviando. Natalie mirou nos clarões e apertou o gatilho. Sem parar.

CAPÍTULO 38

— Localizei Soren — disse Shannon, olhando fixamente para o datapad.

Cooper concordou com a cabeça, o olhar voltado para a frente. A última coisa de que os dois precisavam era de um acidente. Não havia muitos veículos na rua, mas ninguém estava obedecendo aos semáforos e limites de velocidade. Todos os prédios estavam às escuras também, embora ele captasse vislumbres de movimento atrás das janelas. Nenhum sinal dos agressores ali ainda, mas tiros espocavam de todas as direções, como se ele estivesse no centro de uma tempestade. Epstein concentrou os defensores nos limites de Tesla, mas ninguém acreditava que seriam capazes de deter a milícia. Cada quarteirão seria um campo de batalha.

— Onde ele está?

— Nos arredores da cidade. — Os dedos de Shannon dançaram na tela. — Parece que passou da linha de defesa.

Vinte minutos antes, na sala de controle da prisão, Cooper pisara na poça de sangue para tocar na testa de Rickard. Ainda quente. Isto significava que Soren tinha escapado havia poucos momentos, provavelmente quando ele e Shannon estavam no andar arruinado de cima montando o quebra-cabeça do plano de John Smith.

Os dois estavam sendo sobrepujados por um morto.

Eles correram para o sacrário de Epstein, deixando pegadas de sangue para trás. Erik estava cercado por 360 graus de vídeos. Os arredores de Tesla como eram vistos do centro, a perspectiva que um anjo teria acima das Indústrias Epstein. Por cima das cenas das ruas era exibida uma série de imagens aéreas feitas por drones que circulavam bem no alto. O computador unia tudo da melhor maneira possível, mas os vídeos vinham de centenas de fontes, e nenhum deles se encaixava exatamente igual. O resultado era um mundo composto por facetas, parecido com a maneira como os insetos enxergavam. Clarões intensos iluminavam a noite em todas as direções. Os Novos Filhos da Liberdade avançavam por todos os lados. Erik falava em um tom rápido e uniforme, dando ordens para o computador e seus comandantes em um fluxo de palavras constante e sem pontuação. Jakob andava de um lado para o outro e passava as mãos nos cabelos. Millie estava sentada em uma cadeira, abraçando suas pernas recolhidas.

— Soren escapou — anunciou Cooper, quando ficou claro que Erik não tinha intenção de reparar na presença deles ali.

— Estamos um pouco ocupados aqui — disse Jakob.

— Confie em mim, vocês vão se importar.

— Cooper, a esta altura eu não confiaria em você para limpar a minha...

— Jakob — falou Millie. — É importante.

Ele franziu os olhos para a menina, depois suspirou e acenou com a cabeça.

— Fale rápido.

Cooper obedeceu. Quando terminou, Erik parou a fala monótona para escutar. Os irmãos se entreolharam. O anormal confirmou com um aceno de cabeça, depois voltou para o falatório baixo de ordens.

— Não sei o que você pensa que nós podemos fazer a respeito — disse Jakob.

— Temos que detê-lo. Se Soren conseguir infectar a milícia, nada disto importa.

— As pessoas que moram aqui talvez pensem o contrário.

— Jakob...

— Cooper, olhe para essas telas. — Ele gesticulou. — Nós estamos colocando donas de casa contra soldados. Os Novos Filhos têm mais homens do que nós temos *armas*. Se você não tivesse convencido Erik a desligar o Anel de Vogler, a milícia ainda estaria a quilômetros de distância, e não sob o risco de infecção. Então, se você pensa que vamos abandonar nossas defesas para perseguir Soren, você está sonhando.

— Shannon e eu podemos cuidar de Soren, mas precisamos de sua ajuda para encontrá-lo. Se Erik só fizer uma busca de vídeo...

— Não é necessário.

— Centenas de milhões de pessoas podem morrer...

— Não é necessário procurar por ele — continuou Jakob — porque você simplesmente pode usar o rastreador. — Ele viu a expressão no rosto de Cooper. — Nós implantamos um transmissor subdérmico quando Soren chegou. Não há dúvidas de que ele é perigoso, sem falar que é o melhor amigo de John Smith. Que tipo de babacas você pensa que nós somos?

Finalmente algo dá certo.

— Jakob, você merece um beijo.

— Que bom que você aprova. — Ele passou para os dois a informação de acesso. — Agora vocês só têm que pegá-lo.

— Deixe comigo. — Cooper deu meia-volta e começou a ir em direção à porta, mas parou. — Mais uma coisa.

A ideia começara a se formar durante a conversa com Shannon; o lampejo surgiu quando ela disse que eles construíram aquele mundo com uma mentira por vez. Mas aí Ethan ligou, e Cooper deixou a ideia em banho-maria. *E do jeito como as coisas estão, poder ser que ela fique por lá.* Ainda assim. Ele disse para Jakob do que precisava se tudo corresse bem.

— Você pode fazer isso? Tecnicamente, quero dizer?

— Acho que sim. — Jakob olhou para o irmão. — Fizemos uma chamada de vídeo para o secretário de Defesa mais cedo que pode valer a pena ser incluída. — Ele fez uma pausa. — Ideia interessante, Cooper. Por que simplesmente não fazer isso agora?

— Não vai funcionar, a não ser que a gente detenha Soren.

— Então, por que vocês ainda estão aqui?

Cooper e Shannon ficaram apenas tempo o suficiente para se equipar. Uma escopeta para ela e munição para o fuzil de assalto dele, umas duas granadas de luz. Cooper considerou colocar um colete à prova de balas, mas decidiu que não. Mesmo que fosse leve hoje em dia, um colete limitaria sua mobilidade, e, contra Soren, isto seria fatal.

— Vire à direita — disse Shannon.

Cooper girou o volante e deu um toquezinho no freio apenas o suficiente para que o SUV não virasse enquanto cantou pneu fazendo a curva. Os postes de iluminação estavam acesos, mas as avenidas estavam abandonadas, e o resultado era uma sensação de altas horas da madrugada, ampliada pela ideia de que eles estavam sendo observados e que, atrás daquelas janelas, pessoas acompanhavam o movimento dos dois com armas. *Natalie está lá fora, em algum lugar. Com um fuzil na mão.*

— Como está a situação?

— Uma batalha campal — respondeu Shannon. — Por todas as direções.

O datapad dela estava ligado a um mapa tático de calor, com a cidade vista de cima, azul no centro e com um anel ondulado de vermelho e laranja nos arredores. Informações ao vivo colhidas por drones, que permitiam que os comandantes regionais determinassem os pontos fracos e direcionassem reforços e provisões.

— Soren passou da linha de defesa — disse ela.

— Ele chegou lá antes que a batalha começasse?

Shannon fez que não com a cabeça.

— Parece que ele abriu caminho.

Cooper se lembrou da forma como o sujeito se deslocava, a graciosidade e precisão letais que a sensação de tempo lhe permitia. Ele torceu para que a milícia pelo menos fosse atrasá-lo, mas foi uma vã esperança. Nenhum normal teria chance contra Soren. Cooper não tinha certeza de que ele e Shannon também teriam.

O tiroteio estava ficando mais alto; não eram os estampidos constantes de um estande de tiro, mas sim o som agitado, concentrado e sobreposto de milhares de seres humanos tentando se matar. Cooper teve um vislumbre de memória do início do ano, quando perseguira uma hacker anormal que criara um vírus de computador para John Smith. Qual era o nome dela? Velasquez? Vasquez. Alex Vasquez. Logo antes de enfiar as mãos no bolso e pular de cabeça de um telhado, a hacker dissera que a guerra era o futuro deles. Que não havia como detê-la, bastava apenas escolher um lado.

Na época, Cooper era um agente do DAR cheio de certezas. Certeza de que a humanidade era sã demais para chegar a este ponto. Que mentes mais ponderadas, como a dele, evitariam um conflito aberto.

E agora cá estamos nós. Um exército pronto para dizimar a maior concentração de brilhantes no país — e um terrorista anormal prestes a eliminar todas as outras pessoas.

Vasquez estivera errada. Aquilo não era guerra. A questão não era escolher um lado. Não há vitória em um genocídio — apenas contagem de vítimas.

— Esquerda — disse Shannon.

Eles fizeram a curva e viram uma parede de fogo.

A barricada ia de uma ponta à outra da rua, a um quarteirão adiante. A base era formada por camadas de tijolos, no topo haviam sido empilhadas madeira e mobília, haviam jogado gasolina e acendido um fósforo. As chamas chegavam a seis metros. Um sofá queimava em um fogo azul-esverdeado, e pneus emitiam uma fumaça negra espessa. Cooper sentiu o calor através do para-brisa. Tiroteios sem origem definida espocavam lá e cá atrás da barricada.

— Consegue encontrar uma brecha?

Shannon fez que não com a cabeça.

— Nada que a gente consiga fazer para o carro passar. Tesla foi feita para ser barricada.

— Vamos fazer do jeito difícil, então.

Ele encostou o SUV no meio-fio e desligou o motor. Ao sair do banco, Cooper foi tomado por uma onda de sons de combate, gritos, disparos e o rugido de fogo. Ele abriu o porta-malas, pegou o fuzil de assalto e pentes sobressalentes. Shannon dobrou o datapad, depois enfiou punhados de cartuchos de escopeta nos bolsos do casaco.

Por um instante, os dois se entreolharam. O rosto dela estava iluminado de laranja, os olhos refletiam infernos. O calor vinha em ondas, como se o mundo inteiro estivesse queimando.

— Não se contenha lá fora — disse ela. — Não hesite e não jogue limpo.

— Eles estão aqui atrás dos meus filhos. — Cooper balançou a cabeça. — Jogo limpo não tem nada a ver com isso.

— Ótimo. Vamos matar alguns babacas.

Ele se inclinou para a frente e puxou Shannon para perto pelo cabelo. Os lábios se misturaram, as línguas dançaram, os dentes de Shannon deram mordidelas em um beijo tão intenso e brutal quanto qualquer um na vida de Cooper. Após um momento breve demais, Shannon interrompeu o beijo e deu um sorriso para ele.

Juntos, eles tomaram o rumo do inferno.

CAPÍTULO 39

Soren não esperou que o homem morresse. Ele simplesmente limpou a faca na manga da camisa e continuou andando.

Não levou muito tempo para ler o plano de John, mesmo enquanto os sinalizadores subiam ao céu e a milícia atacava. Um dos poucos benefícios de sua maldição era que ele podia digerir dez páginas em um minuto. E embora John tivesse incluído todos os detalhes técnicos necessários, ele sabia que a situação seria muito dinâmica e não tentou controlá-la em minúcias.

De acordo com as datas marcadas, os arquivos tinham sido preparados havia vários dias. Esta era a forma como seu amigo trabalhava, a forma como via — como viu — o mundo. Uma série de caminhos ramificados e cheios de camadas, opções para opções e contingências para contingências. Aquele plano claramente fora um último recurso; John jamais teria optado por ele, se tivesse escolha. Sem dúvida a intenção de John havia sido algo bem mais simples e bem mais elegante.

Mas ele fora traído antes que pudesse colocar o plano em ação.

Será que John havia suspeitado que Soren ia desapontá-lo? Parecia improvável. *John tinha um protocolo para me libertar caso morresse. Por que ele faria isso se acreditasse que eu causaria sua morte?*

Não, era bem mais provável que John soubesse que Soren era um prisioneiro e tivesse a intenção de resgatá-lo depois, após o plano estar completo. Ele acreditou que Soren resistiria. Confiou que ele resistiria.

Atrás de Soren, o homem cuja garganta ele abrira com a faca fez um som gorgolejante de líquido, com os dedos tremendo. Soren continuou andando. Não estava longe agora.

Após se levantar do banco, ele vestiu o uniforme de guarda que havia pegado de um armário na sala de controle da prisão, retirou o cinto e passou a bainha da faca por ele. Depois, meteu o datapad no bolso e deixou o resto dos detritos — fuzil, mochila, garota — no banco.

A dois quarteirões de distância, ele acenou para uma picape lotada de munição, meteu a faca no olho da motorista, jogou o corpo na rua e dirigiu para o limite da cidade. Havia tiroteio em todas as direções. Dentro da prisão branca, ele nem sequer ficou sabendo que um exército se aproximava de Tesla. Soren foi até onde as ruas permitiram, depois abandonou o veículo e começou a andar. O trovão lento e baixo de tiros ecoou ao redor. Os defensores se debruçavam nas janelas, e cada aperto no gatilho era um flash que os fazia brilhar.

As barricadas em chamas atrasaram Soren, mas não muito. No fim das contas, ele simplesmente passou por dentro de um prédio. Um homem o encarou e o chamou de tolo. Quando Soren quebrou uma janela do lado de fora e começou a passar por ela, o sujeito tentou impedi-lo. Por pouco tempo.

E, então, ele estava do lado de fora, além da linha de defesa, na noite.

O exército agressor parecia mais com anjos exterminadores do que com soldados. Uns cem homens ou mais estavam se deslocando pela escuridão adiante de Soren. Eles comemoravam e berravam enquanto disparavam rajadas de tiros automáticos nos prédios. Em vez de perder tempo, Soren deu meia-volta e tomou um caminho lateral.

Passou por uma estrutura que ardia lentamente e ainda emanava calor. O homem que Soren havia acabado de matar estivera parado na esquina; ficar fora do alcance de visão dele fora fácil, e depois a faca terminara o serviço.

Embora a linha de defesa estivesse atrás de Soren, ele ainda estava na cidade, no meio de um conjunto irregular de prédios baixos, muitos deles queimados. Fazia sentido; os prédios mais defensáveis seriam os mais altos. Em algum momento eles talvez tivessem demarcado o limite de Tesla, mas cidades continuavam a crescer. Soren pisou leve pelas sombras e fumaça. Em um beco, havia três homens falando. Os olhares recaíram sobre ele. Um dos homens inclinou a cabeça e cutucou outro. Os três se viraram, com fuzis se movendo em câmera lenta.

Soren cortou a artéria braquial do primeiro, e enterrou a faca nas costelas do seguinte. A lâmina ficou presa e Soren a deixou ali, girou de costas para apontar o fuzil do morto e apertou o gatilho. Armas de fogo eram toscas e faziam barulho, e o coice era bruto, mas a bala funcionava. Os três homens caíram ao mesmo tempo. Soren agarrou a faca e meteu o pé na cabeça do homem para ter apoio e soltar a lâmina.

Cem metros adiante, ele encontrou um restaurante. Uma lanchonete, limpinha, porém não extravagante, o tipo de lugar que ninguém se esforçava para visitar. Soren quebrou a janela da frente com o cabo da faca, tirou o vidro da esquadria e penetrou na escuridão do interior.

O ar tinha cheiro de bacon e café queimado. Ele encontrou uma lanterna no armário ao lado da caixa registradora e levou para a despensa no porão. As paredes estavam cheias de prateleiras estocadas com enlatados. Havia um cofre da altura de Soren no canto dos fundos, com um carrinho de metal para transporte encostado nele. Soren abriu o datapad, encontrou a combinação, girou os botões de segurança e puxou a porta pesada para abri-la.

Lá dentro estava o ápice do sonho do amigo. Dois cilindros de alumínio, cada um com mais de um metro de altura e equipados com uma válvula simples.

Não vou desapontá-lo novamente, John.

■

Shannon foi à frente correndo agachada, e Cooper a seguiu, tentando pisar onde ela pisava, andar quando ela andava. A habilidade de Shannon de se transferir não estava funcionando no máximo do potencial — ela precisava ver as pessoas para saber para onde olhariam —, mas ela confiou na própria intuição para a furtividade. Tiros ecoavam em volta dos dois, das janelas no alto, da escuridão atrás da barricada. Balas zuniam ao bater em tijolos, vidro e carne. Alguém gemeu de dor, embora, naquele caos, Cooper não conseguisse dizer de qual direção tinha vindo o gemido ou mesmo se fora de um homem ou de uma mulher. O calor da barricada pareceu empolar seu rosto quando os dois correram na direção dela. Cooper manteve o fuzil abaixado, com o dedo do lado de fora do guarda-mato, e teve uma lembrança do treinamento básico, os exercícios sem fim, a lama e os músculos doloridos. Foi há uma vida inteira, antes de ele conhecer Natalie, antes de Todd e Kate, antes do DAR, antes de o mundo seguir com tanta determinação para a própria destruição.

Shannon desviou para a direita, deu a volta na quina de um prédio e correu pisando apenas com os calcanhares. Quando Cooper a seguiu, uma bala quebrou a cornija de concreto acima dele e provocou uma chuva de poeira. Em seguida, os dois dispararam por um beco apertado, passaram por saídas de incêndio e portas de enrolar, em meio a um cheiro azedo de lixo. No fim, Shannon diminuiu a velocidade e deu uma espiada na curva do beco. Cooper chegou ao lado dela, e os braços se tocaram.

— Bloqueado — gritou Shannon no ouvido dele, e as palavras foram praticamente inaudíveis sob a fuzilaria constante. — Uma fila de carros.

— Pegando fogo?

— Não.

Ele concordou com a cabeça.

— Alvos?

— Não dá para dizer. Provavelmente.

— Você consegue passar se transferindo?

— Se eles estiverem olhando para outra coisa qualquer.

Entendido. Cooper respirou fundo, depois deu a volta na curva com o fuzil erguido. Uma pequena rua com prédios próximos, em ambos os lados. A quinze passos de distância, uma fila dupla de carros estava estacionada perpendicularmente à rua, com pneus rasgados. Havia movimento do outro lado, e ele disparou duas rajadas rápidas sem se preocupar em mirar, depois correu para a barricada, mantendo-se agachado atrás do bloco do motor de um cupê elétrico. Tiros pipocaram e soltaram fagulhas no capô. Sem se sentar, Cooper apoiou o cano do fuzil no carro e disparou em tiro contínuo até o cartucho ficar vazio. Ele colocou um novo e deu uma olhadela para o beco, mas Shannon não estava mais lá; ela havia atravessado a rua e entrado num bolsão de escuridão embaixo de um poste de luz quebrado. Shannon ergueu três dedos e depois apontou. Cooper tirou uma granada de luz do bolso, fez questão que ela visse, depois puxou o pino, contou os segundos e atirou por cima dos carros em um arco sorrateiro, às cegas.

Ele estivera olhando para Shannon ao atirar a granada, e mesmo com o rosto virado, a explosão de luz deixou pós-imagens dela flutuando na retina. Cooper pestanejou, fez um rolamento, e depois pulou por cima do capô do carro, com a arma no ombro. Ele viu um homem atrás de uma lixeira virada esfregando os olhos e meteu rajadas rápidas no sujeito, depois correu pelo capô, pulou para o próximo carro e escorregou usando o traseiro para cair do outro lado, com o fuzil para cima. Um segundo Filho da Liberdade estava deitado de bruços no meio da rua, a quarenta metros de distância. Cooper mirou à frente dele, metralhou, e o coice fez a arma subir, enquanto as balas perfuravam o sujeito.

Cooper não conseguiu ver mais nenhum alvo...

Ela disse três.

Será que o terceiro recuou para a escuridão?

Não se ele ficou cego pela granada de...

Ops.

... e percebeu o erro. Ele girou, e viu o terceiro atirador a três metros de distância e atrás dele. O sujeito estivera encostado nos carros, quase do lado oposto ao de Cooper, e não fora atingido pela luz da explosão. Um cara magricelo com dentição ruim e uma submetralhadora sendo erguida. Os músculos de Cooper giraram, os olhos miraram, mas o outro sujeito estava com a arma apontada para ele...

Até Shannon aparecer nos carros acima com a escopeta apoiada no ombro magro. O cano cuspiu fogo, e a luz iluminou o rosto dela, que rosnava. A cabeça do homem desmoronou como uma fruta esmagada.

Se já não estivesse, Cooper teria se apaixonado por Shannon naquele exato momento.

Ela pulou do carro, pousou como um gato e apontou. Ele disparou na direção indicada e substituiu o cartucho do fuzil enquanto corria. Melhor desperdiçar algumas balas do que ficar sem munição em um tiroteio.

Dezenas de clarões de disparo iluminaram a escuridão adiante. Uma janela de carro se estilhaçou, o asfalto se fragmentou com o assovio de uma bala. Cooper se protegeu atrás da quina de um prédio arruinado e deu cobertura à aproximação de Shannon, disparando tiros contínuos no lugar onde tinha visto os clarões de disparo. Os três que eles haviam encarado eram batedores de um grupo maior, que foi revelado para Cooper pelos breves clarões estroboscópicos que ele perseguia com a arma. Cooper ouviu um homem gritar, e em seguida Shannon passou por ele. Cooper foi atrás e parou apenas o suficiente para jogar a segunda granada de luz. Por mais gratificante que fosse ficar e matar aqueles homens, não havia tempo.

Os dois estavam nos arredores da cidade. A maioria dos prédios fora demolida ou incendiada, e a fumaça ainda subia das brasas. Eles dispararam pelo cenário arruinado em um zigue-zague dançante, o dom de Cooper intuindo os movimentos de Shannon, que se desviava e transferia de maneira imprevisível para qualquer outra pessoa. Por um momento, ele se esqueceu do que estava em jogo, se esqueceu do desespero em relação ao tempo, se esqueceu de que o mundo se equilibrava na cabeça de um alfinete, e apenas curtiu a forma como eles se movimentavam juntos, como em um daqueles filmes de kung fu em que todo mundo estava pendurado por fios e todos os golpes eram coreografados. Os dois protegiam um ao outro sem trocar palavras, compartilhavam uma certeza simples de que, sendo bem-sucedidos ou fracassando, eles fariam aquilo juntos.

Um momento depois, estavam no limite da zona de combate, o tiroteio continuava constante, mas em grande parte ficara para trás, até que o pé de Cooper tropeçou em um corpo esparramado em uma poça de sangue. *Lá se foi o kung fu.*

— Você está bem?

Ele concordou com a cabeça. Ao se erguer e tornar a se agachar, Cooper notou que a garganta do homem fora cortada.

Quase dois quarteirões depois, eles encontraram mais três corpos, agrupados em um círculo. Dois apresentavam ferimentos de faca, e o terceiro perdera parte do rosto. Shannon fez uma careta ao puxar o datapad.

— Na verdade, nós mal precisamos de um rastreador para encontrar Soren. Podemos simplesmente seguir os cadáveres. — Cooper entrelaçou as mãos na cabeça e respirou fundo, depois olhou para o rosto de Shannon e viu a expressão dela. — O que foi?

Ela tirou os olhos da tela, e a luz fraca do datapad deixou seus olhos fundos como o de um cadáver.

— Eu sei para onde ele está indo.

■

Os cilindros eram incômodos, e cada um pesava cerca de vinte quilos. Soren passou dez de seus segundos considerando levar apenas um deles; ele andaria mais rápido, e sabendo como funcionava a mente de John, se o sucesso exigisse dois bujões, haveria quatro ali. Seu amigo jamais fazia algo pensando nas probabilidades favoráveis — ele buscava a vitória garantida. Era assim que John era capaz de vencer, mesmo na morte.

No fim das contas, o carrinho de transporte fez com que Soren tomasse a decisão. Ele era largo e tinha rodas grandes, mas fora projetado para dois cilindros. Colocar apenas um desequilibraria o carrinho. Soren levou menos de um minuto para prendê-los e seguir seu rumo.

O corpo parecia mais forte e flexível, e mesmo empurrando o carrinho, Soren conseguiu manter um passo rápido. O cativeiro lhe proporcionara tempo à beça para se exercitar, e ali no limite da cidade, as ruas estavam liberadas e os prédios, intocados. A batalha continuava feroz, mas ele não vira nenhum miliciano desde os três que deixara no beco. Fazia sentido. Eles não estavam ali para manter território, não estavam interessados em montar acampamento.

Os milicianos tinham vindo para incendiar.

Soren não se importava. Deixe que incendeiem. Deixe que destruam, estuprem e arruínem. Deixe que o sangue flua nas sarjetas. Ele nunca sentira nenhum tipo de lealdade em relação aos brilhantes em geral. Os garotos que o atormentaram na academia haviam sido brilhantes; Epstein, Nick Cooper e Rickard, o torturador, eram brilhantes.

Tudo o que importava agora era terminar o que o amigo começara. Não pela causa, mas por John. Depois, era encontrar Samantha, a verdadeira, e protegê-la enquanto o mundo se arruinava.

Ao dar a volta na esquina, Soren viu seu objetivo à frente. Um espaço amplo, com centenas de metros de lado a lado, cercado por uma tela de arame. Luzes vermelhas e brancas marcavam os limites, e uma biruta pendia molenga. Os portões estavam desguarnecidos, mas, na pista, um piloto havia empurrado um planador de fibra de carbono e agora prendia às pressas um cabo que o lançaria ao céu. O campo de aviação de Tesla.

Deixe que esses milicianos bárbaros façam seu pequeno massacre.

Soren incendiaria o mundo inteiro.

CAPÍTULO 40

A vida fora reduzida a extremos.

Havia silêncio; e havia o zunir dos tiroteios. Ar frio e límpido; e o fedor de fumaça e gasolina. A sensação gelada de dezembro; e a súbita queimadura intensa de uma cápsula ejetada quicando na pele de Natalie. O mais estranho de tudo era a escuridão interrompida apenas por feixes de luz brilhante. Cada clarão de disparo revelava uma fotografia viva, lindamente composta e que, no entanto, desaparecia quase rápido demais para ser absorvida, como uma obra de arte conceitual.

Um clarão: ali está um homem em um casaco preto bufante de esqui com uma pistola em cada mão e a boca contorcida num urro enquanto apertava dois gatilhos ao mesmo tempo.

Um clarão: ali está o senhor de rosto bondoso no prédio vizinho, com a língua entre os lábios como se fosse um menino enquanto disparava na multidão.

Um clarão: ali está um adolescente com corte de cabelo escovinha arrastando seu corpo sangrando no chão destruído enquanto atira às cegas.

Um clarão: aqui está sua mão no cano de um fuzil, pálida com frio e marcada pelas linhas da sua história.

Um clarão: ali está a delicada Jolene berrando obscenidades, com os lábios franzidos e os cabelos balançando como cobras.

Mais cedo, quando Natalie tentara imaginar o ataque, ela reviu mentalmente filmes antigos, fileiras de homens marchando com passo de ganso, como nazistas descendo pelo meio da rua. Natalie se perguntara se seria capaz de colocar um alvo vivo sob a mira e apertar o gatilho, de mandar um pedaço de metal pelo espaço para arrancar a carne de outra pessoa.

Isto acabou não sendo o problema. Qualquer relutância sumira quando os milicianos começaram a atirar nos refletores — quando, como o monstro que morava no armário na época da infância, eles ganharam força por causa da escuridão. Natalie já havia gastado cinco pentes de munição, e embora não pudesse afirmar com certeza quantas pessoas havia acertado — quantas havia matado —, ela sabia que o número estava longe de ser zero.

Não, o problema foi que a milícia não veio a passo de marcha de ganso pelo meio da rua. Em vez disso, os milicianos correram em zigue-zague. Eles se esconderam atrás de qualquer coisa que desse proteção. Atacaram a barricada, pularam por cima, caíram rolando, e se levantaram correndo. Dispararam pelos caminhos que passavam entre os prédios. Havia tantos milicianos, um fluxo sem fim, e todos desesperados para viver, e mesmo quando Natalie mirou e atirou, mirou e atirou, mesmo sabendo que as balas encontraram alvos, sempre havia mais um e mais um. Era como tentar atirar no oceano, só que este oceano estava vestido de preto, urrava e atirava de volta.

O ferrolho do fuzil travou aberto. Natalie ficou de joelhos e girou o corpo de maneira que os ombros ficassem contra o arquivo. Ela dedicou um momento para olhar o datapad, no qual o mapa do campo de batalha brilhava tenuamente. Drones circulavam e rastreavam a assinatura térmica, os movimentos e tiros para montar um quadro interativo da guerra como um organismo vivo. Parecia um anel de fogo que encolhia para dentro. Enquanto Natalie assistia, as cores mudavam e fluíam, eram vórtices de tons vermelhos furiosos girando contra tons azuis conforme os Novos Filhos rompiam as defesas da cidade.

E ali no centro estão os abrigos onde as crianças estão agrupadas.

Ela soltou o pente do fuzil, meteu um novo e depois levantou a cabeça para espiar. Uma bala espocou acima, suficientemente perto, a ponto de Natalie senti-la passar. Ela se abaixou novamente quando mais balas atravessaram a janela quebrada e abriram buracos no teto.

Acho que eles descobriram onde você está.

Natalie pegou dois pentes extras da mochila e engatinhou até a próxima janela. Mais cedo, ela e Jolene haviam arrastado uma mesa pesada do escritório de um executivo qualquer, que ficava na quina do prédio, e virado ela na frente da janela. Natalie colou a orelha na madeira e levantou lentamente a cabeça, apenas o suficiente para um olho aparecer.

Clarões e estampidos ecoaram por todas as direções, mas a área em frente à janela, o espaço pelo qual ela se sentia responsável, parecia tranquila. Natalie apertou os olhos, tentando distinguir formas na escuridão. A luz púrpura estava do outro lado do globo, e não ajudava em nada. Será que algo estava se mexendo? Ela achou que sim. Mas a silhueta estava errada, um movimento aqui e ali e acolá. Como uma pessoa era capaz de... *ah.*

Natalie baixou o fuzil, ficou de pé e voltou correndo para a janela, ignorando as rajadas que vieram da rua, as paredes sendo lascadas, a chuva de madeira que brotara da mesa, e apenas se concentrou em conseguir chegar ao arquivo, em cuja base havia cinco garrafas de vidro. Ela pegou uma das garrafas e um isqueiro de plástico branco, o mesmo Bic disponível em dez milhões de filas de caixa de supermercado, mas aquele Natalie usou para acender um trapo embebido em gasolina, e o cheiro de produto químico irritou as narinas. Uma tentativa, duas, três, e então o isqueiro acendeu, e a chama pulou ansiosa para o pano enfiado na garrafa. Natalie se arriscou a ficar de pé por tempo suficiente para lançar a garrafa pela janela quando as balas vieram em sua direção. Ela se abaixou rápido demais para ver a garrafa quebrar, mas ouviu a expansão da gasolina e o estalo súbito de cabelo e tecido, e logo após, gritos.

O som abalou Natalie. Instintivamente, ela quis pedir um tempo. Descer correndo e ajudar quem quer que estivesse ferido, como teria feito se um dos amigos de Todd tivesse se machucado em uma briga — ela colocaria um Band-Aid e chamaria a mãe dele. Em vez disso, Natalie voltou para a outra janela, pegou o fuzil e se obrigou a olhar para fora.

Enquanto atiradores mais atrás haviam tentado impedir que ela fugisse, um grupo de dez ou mais veio se arrastando pelo campo de visão de Natalie. A bomba incendiária caiu no meio deles, o vidro se quebrou, e a gasolina pulou para fora, e agora os milicianos se contorciam, berravam e agitavam os braços furiosamente contra as chamas. No súbito brilho de luz, ela viu não apenas os homens em quem ateara fogo, mas também muitos ao longe, olhos brilhando na escuridão, silhuetas indefiníveis, uma horda de milicianos que se estendia ao horizonte, um monstro que não desistia de vir, e em vez de cuidar das feridas, Natalie mirou o fuzil e começou a atirar, se aproveitando da luz dos irmãos que queimavam.

CAPÍTULO 41

Soren trabalhou.

Ele nunca havia montado um cilindro de arma biológica em um drone antes, mas as anotações de John eram objetivas, e com a lentidão de sua percepção, Soren teve tempo para revisá-las duas vezes antes de sequer pegar uma chave de encaixe.

O campo de aviação tinha dois hangares. Um era para planadores civis. O outro estava marcado com logomarcas das Indústrias Epstein e avisos de consequências terríveis para invasores. Não havia guardas; sem dúvida estavam nas linhas de frente, defendendo a cidade. As únicas pessoas que ele viu foram o piloto do planador e um mecânico de meia-idade e pança avantajada. Nenhum dos dois o atrasou.

Soren trabalhou com cuidado, calmamente. Ele decepcionara John quando fora enganado por Cooper, e o erro custara a vida do amigo. Soren não deixaria que um erro destruísse o sonho de John também.

Os drones tinham uma espécie de beleza alienígena que ele admirava. Simples e funcionais, pareciam com libélulas foscas com envergaduras de cinco metros. A planta mostrou exatamente o que tinha que ser feito, e o processo era mecânico. Soltar uma dezena de porcas para remover a carga útil modular — no caso, uma câmera de um metro de comprimento, cheia de lentes e sensores. Enfiar o cilindro de alta pressão no lugar da câmera, com a válvula apontada para baixo. Empurrar o drone até a porta aberta do hangar — o equipamento rolou com uma facilidade surpreendente — e ir ao próximo.

Mais cedo, ao procurar na caixa de ferramentas, ele encontrara uma faca com uma lâmina curta e curva, e Samantha berrara na memória de Soren quando uma faca similar cortou a pálpebra inferior e arrancou o globo ocular da órbita. Ele fechara a tampa com tanta força que quase havia arrancado um dedo.

Não é real, Soren lembrara a si mesmo. *Ela não foi machucada. Ela sequer esteve ali.*

O pensamento não lhe trouxe alívio, e sim repulsa. Autodepreciação por ter sido enganado, e um pouco de desdém pela metodologia. Logo antes de a mutilação começar, Soren achou que Cooper estivesse blefando, que não era suficientemente forte para fazer o que era necessário. Ele estava certo. A força de vontade de Cooper não era igual a dele ou a de John.

Soren ensinaria isso para Cooper naquela noite. Ele terminaria tudo o que seu amigo havia começado e destruiria tudo pelo que Cooper lutara. *E quando isso estiver feito, encontre-o e retribua o sofrimento. Deixe que ele morra sozinho e berrando.*

Soren tinha reconfigurado o datapad da garota para a própria impressão digital e o ativou naquele momento. Um dos arquivos que John enviou era um programa para hackear os controles do drone. Ele executou o programa. O gráfico de um sinal de radar apareceu, e a linha do sensor varreu o círculo uma vez, duas vezes, à procura de receptores. Quando os encontrou, o gráfico cedeu lugar para uma tela de comando.

Os drones podiam ser controlados manualmente, e Soren considerou a hipótese. Havia uma certa poesia em pilotar o mecanismo da morte e renascimento do mundo. Mas ele não entendia nada de voo, e, no fim das contas, escolheu instalar os padrões de autopilotagem que John havia providenciado. Simples espirais de fora para dentro, uma no sentido horário, outra no anti-horário. Os drones circulariam sobre Tesla até que as células de combustível de hidrogênio líquido acabassem. Horas, presumiu Soren. Talvez dias.

Ele se afastou para examinar o serviço. Os cilindros prejudicavam a estética. Ao contrário da câmera, eles não haviam sido projetados para aquele propósito e ficaram salientes como tumores nas barrigas das máquinas elegantes. Sem dúvida, a eficiência dos drones também sofreria, mas eles não tinham que ir longe. Enquanto Soren trabalhava, o trovão em câmera lenta da batalha havia se intensificado, na verdade.

Ele encontrou a válvula do primeiro cilindro e girou-a até ouvir um leve chiado.

Depois, apertou um botão no datapad, e o motor girou e ganhou vida.

Segundos depois, o drone começou a taxiar.

■

As veias de Cooper bombeavam fogo, e a cabeça doía. A adrenalina fazia as mãos tremerem. Os dois vinham correndo a toda velocidade desde que Shannon descobrira qual era o rumo de Soren, e diminuíram apenas quando eles quase que literalmente colidiram com um grupo de milicianos. Foi uma luta rápida e brutal, cinco Novos Filhos contra os dois, mas, à queima-roupa, as armas dos homens eram inúteis, e Cooper e Shannon lutaram juntos com uma sincronia tranquila: ela girava e deslizava, jamais estava onde eles pensavam que Shannon estaria, dava chutes altos e cuteladas com a borda da mão, enquanto a abordagem de Cooper foi mais de investir contra os milicianos; ele avançou contra um antes de pisar no calcanhar de outro, torcer seu braço e quebrá-lo na altura do cotovelo. O terceiro, um monstro que parecia capaz de erguer uma caminhonete, pegou Cooper em um abraço de urso, e foram necessárias uma joelhada na virilha e duas cabeçadas no nariz do homem para que ele se soltasse.

No momento em que o primeiro Novo Filho que Cooper derrubara começou a se levantar, a escopeta de Shannon interrompeu o sujeito. Os dois se entreolharam e depois voltaram a correr. As ruas estavam escuras, os prédios, abandonados, mas atrás deles a batalha continuava intensa. Havia cheiro de fumaça no ar e os gemidos de homens e mulheres moribundos.

Quando eles chegaram ao campo de aviação, o primeiro pensamento de Cooper foi que Shannon devia ter se equivocado. As luzes da pista estavam acesas, mas não havia ninguém por ali, nenhum guarda nos portões, nenhum avião disparando pelo campo. Aí, ele viu o planador em uma ponta, já colocado em posição, com o cabo preso ao bico, a porta esquerda aberta, e, caído ao lado da roda da frente, o corpo de um piloto. Estava muito longe para identificar os detalhes — além do reflexo da lua em uma poça de sangue. A assinatura de Soren.

Tarde demais? O medo penetrou Cooper; se Soren já tivesse decolado, estava tudo acabado. Não apenas aquela batalha, como o mundo inteiro como ele conhecia. O vírus de John Smith consumiria tudo. Destruiria o governo e levaria o país à ruína, e talvez o mundo todo. Mataria Natalie e corromperia seu filho e levaria à morte de...

Uma pequena luz dançou dentro de um hangar que ostentava logomarcas das Indústrias Epstein. Por baixo dos tiroteios, havia um som que ficava cada vez mais alto. Um zumbido, como uma turbina ou...

Um motor.

— Shannon!

Cooper não esperou para ver se ela seguiria, apenas correu na direção do hangar com tudo o que tinha, enquanto o coração saía do peito e a respiração ardia.

Um vulto saiu taxiando do hangar aberto, parecendo um predador. Tinha um terço do tamanho do modelo Seraphim usado pelas Forças Armadas, mas ele reconheceu o drone facilmente, e quando o veículo começou a ganhar velocidade, Cooper viu algo pendurado na fuselagem inferior. Um cilindro com talvez um metro e vinte de altura.

Ele considerou as opções...

O drone está a trinta metros de distância em uma rota perpendicular, e o motor está acelerando.

Você não sabe se uma explosão vai destruir o vírus.

Mas assim que estiver no ar, vai levar menos de um minuto para chegar à frente de batalha e infectar dezenas de milhares de pessoas.

E você sabe o que acontecerá então.

... e tinha apenas uma.

Cooper ergueu e apoiou o fuzil de assalto no ombro, assumindo uma postura de tiro. A arma não tinha luneta, mas as massas de mira eram luminosas. Ele disparou três rápidas rajadas.

Duas coisas aconteceram. Fagulhas irromperam de uma das asas quando as balas acertaram.

E o ferrolho do fuzil travou. O pente estava vazio.

Ao lado dele, Shannon disparou e atacou sem parar, mas Cooper não ficou surpreso ao ver que o drone ainda estava voando e ganhando velocidade rapidamente. Se as balas ricochetearam da carapaça do drone, os cartuchos de escopeta seriam inúteis. Ele acionou o retém com o polegar e deixou o pente cair da arma enquanto pegava o último. O drone estava mudando de direção agora, e a distância aumentava rapidamente, quarenta metros, cinquenta. Cooper considerou o tanque de combustível, mas se a asa aguentava tiros, não havia por que o tanque não aguentar, e o que sobrava? O drone não era militar, mas era feito de neotecnologia, obviamente construído para sobreviver a armas de pequeno calibre sob condições de batalha.

Condições de batalha. Não decolagem.

Ele apontou o fuzil e acionou o tiro contínuo, confiando na memória muscular e no treinamento básico. Com 17 anos de idade, alistado com o consentimento do pai, uma época difícil e impetuosa, e Cooper se saíra bem. Aquilo era apenas outro exercício, um treino contra um alvo em movimento que se deslocava rapidamente. Ele deixou as massas de mira acompanharem o drone enquanto a aeronave ganhava velocidade e olhou pelo cano, sem piscar ao apontar para o suporte da roda traseira, disparar meio pente de uma vez só, mirar de novo e disparar o resto.

O suporte retrátil quebrou, e meio metro dele girou e quicou na frente do drone, e a parte traseira cambaleou, o material se rompeu e partiu, e deixou um rastro de fagulhas. A fricção acertou o tanque de combustível, e o hidrogênio líquido explodiu em uma bola de fogo ofuscante de chamas azul-claras.

Por um momento, Cooper simplesmente ficou olhando fixamente para o drone. Depois, jogou a cabeça para trás e rugiu. Ao lado dele, Shannon estava rindo, tapando a boca com a mão enquanto a outra segurava a escopeta. Eles conseguiram, tiveram sucesso, e mesmo com a batalha se alastrando atrás deles, mesmo que o mundo estivesse longe de estar a salvo, ele continuaria girando, ainda havia tempo...

Era o que Cooper estava pensando quando o segundo drone saiu do hangar.

Ele e Shannon se entreolharam. Depois, ela deu uma olhadela para a pista.

— Não — disse Cooper ao ver o que Shannon estava olhando.

— Sim. — Ela jogou a escopeta para ele. — Pegue Soren.

Depois, correu na direção do planador abandonado.

CAPÍTULO 42

Luke Hammond estava parado na escuridão e viu homens serem queimados vivos.

Ele fora um guerreiro a vida inteira, e muito tempo atrás reconhecera que nenhum homem bom teria estado nos lugares em que ele esteve, teria visto as coisas que ele viu, feito as coisas que ele fez. Não importava que Luke Hammond tivesse lutado pelo seu país, pelos filhos. Não importava que ele tivesse disciplina e controle. Havia uma fera, uma coisa podre, salivante e sorridente que cheirava a sexo, suor e merda. Todo homem sentia sua presença. A maioria vivia e morria sem passar tempo na companhia da fera, sem provar a liberdade terrível, e sem conhecer a beleza que surgia no horror. Não havia palavras para descrevê-la, porque a fera vinha de um lugar além das palavras, antes da existência delas.

Homens bons jamais admitiriam que o fogo se torna mais sedutor quando está fora de controle.

Mas as pessoas naquelas janelas sabiam disso agora. Vençam ou percam, vivam ou morram, aquele conhecimento jamais as abandonaria. Podia ser ignorado, contido, desprezado, mas jamais mudaria sua verdade em essência. Os homens que berravam enquanto queimavam sabiam disso também.

Não era romântico. Não era moral. Simplesmente era.

Luke esperara que, assim que a linha fosse quebrada, assim que alguns dos Novos Filhos ultrapassassem as defesas e entrassem na cidade, a determinação dos defensores fosse ceder. Ele havia errado. Mesmo com o grande número de seus homens rompendo as linhas de defesa, enquanto a milícia penetrava na cidade e os sons de batalha surgiam de cada quarteirão, as pessoas nas janelas lutavam. Lutavam com a determinação de quem protegia o lar e os filhos, e Luke respeitou esse sentimento nelas.

Os Novos Filhos continuaram a avançar, atiravam enquanto corriam, pulavam por cima dos corpos dos companheiros. Nas janelas, fuzis disparavam, choviam garrafas. A rua estava acesa agora, e a fera pulava de chama para chama, salivando e rindo.

Disciplina e controle não faziam de Luke um bom homem, mas permitiam que vivesse com a fera por décadas. Enquanto o caos se alastrava em volta, Luke estava calmo. Ele se movia agachado, dava passos cautelosos, com o fuzil abaixado. Enquanto o coração gritava de fúria, Luke mantinha o dedo fora do gatilho. Foi ao limite da luz que emanava da gasolina em chamas e se ajoelhou. Ignorou as balas que pipocavam no concreto ao redor, a fumaça que provocou lágrimas nos olhos, o cheiro de carne cozinhando, e ficou observando.

Os anormais haviam montado barreiras nas janelas e atiravam por trás delas. Mas nem toda barreira escondia um alvo. Podia ser uma escassez de material humano, mas Luke suspeitava que, em vez disso, fosse uma escassez de armas. Os anormais depositaram fé demais na tecnologia, confiaram demais na muralha invisível. Assim que ela foi rompida, eles ficaram vulneráveis.

Ele observou que, embora houvesse muitas janelas e muitas barreiras, o número de defensores era bem limitado. A força deles era uma ilusão. Os defensores atiravam de uma janela, paravam assim que chamavam atenção, e iam para uma janela diferente. Luke duvidava de que houvesse mais de um punhado de atiradores em cada prédio. O único motivo para os defensores terem resistido tanto era que eles não estavam enfrentando um exército organizado — estavam lutando contra uma horda.

Luke levou o fuzil ao ombro. Ele viu um homem na casa dos cinquenta anos esvaziar um pente, depois sumir de vista quando balas foram atiradas para cima. Luke esperou.

Quando um clarão de disparo brilhou em uma janela diferente, ele exalou o ar, mirou e disparou uma vez.

O homem estremeceu. Cambaleou. Caiu por cima da barreira.

Luke esperou.

Do prédio vizinho, voou outro coquetel Molotov, com o vidro reluzindo. Ele o ignorou, ignorou a explosão de fogo e os gritos. Esperou.

Uma mulher se ergueu como uma cobra, com um fuzil nos braços. Luke a reconheceu. Havia visto a mulher mais cedo, através do binóculo. Ela era ainda mais bonita de perto. Ou talvez não fosse a distância; talvez o motivo fosse que, desde então, a mulher vivenciara uma faceta da vida que nunca suspeitara que existisse. Ela abraçou uma selvageria que não tinha lugar na criação dos filhos ou em festas.

Assim como Luke, a mulher vira a fera. Como ele, a mulher fizera oferendas para ela. Se sobrevivesse, a mulher sem dúvida ficaria horrorizada com o que havia feito; os gritos dos homens queimando a atormentariam à meia-noite. Mas existiria uma parte dela que sentiria falta daquilo. Um pedaço secreto e inconfesso se deleitaria com o momento em que a mulher teve a substância em estado puro da vida nas mãos.

Se ela sobrevivesse. Mas ter visto a fera não lhe conferia proteção contra ela.

Luke enquadrou o rosto da mulher nas massas de mira do fuzil e apertou o gatilho.

A bala atravessou a testa.

CAPÍTULO 43

Shannon sentiu o calor do drone queimando mesmo a distância, chamas tão pálidas que eram praticamente invisíveis, e, enquanto corria pela pista, ela mal podia acreditar no que estava fazendo.

Atrás de Shannon, Nick gritou alguma coisa, mas ela não conseguia ouvir e não podia parar, não enquanto o outro drone já estava ganhando velocidade, com um ronco de motor tão alto que era o suficiente para penetrar o som do tiroteio e os estalos de compósitos que derretiam.

Shannon havia pilotado planadores centenas de vezes, adorava a sensação que davam, a dança com o vento e a gravidade, aprontando travessuras sobre o deserto. Adorava saber que, embora os planadores fossem razoavelmente seguros se a pessoa soubesse o que estava fazendo, eles não eram piedosos. Perca a concentração, perca o vento, interprete mal uma situação, e o solo era um professor rígido. Era a mesma sensação da qual Shannon gostava ao sair em missão, de vida ao máximo, e de que não podia existir sem risco, sem apostar contra o destino. Shannon sempre soube que um dia ela perderia. Apenas torcia para que não fosse agora.

O piloto caído embaixo da asa tinha uma jaqueta de couro e uma expressão atônita. Havia malas aos seus pés. Ele provavelmente estava torcendo para que houvesse um resgate de última hora contra a milícia e esperara por tempo demais. A faca de Soren abrira a garganta do homem tão perfeitamente e tão fundo que dava para ver o branco da vértebra. Shannon torceu para que ele tivesse sido um piloto melhor do que um combatente; não havia tempo para verificar a fuselagem da aeronave, para confirmar se as rodas estavam desbloqueadas, para garantir que o cabo estava preso adequadamente e o sistema de disparo, em boa manutenção. Ela simplesmente pulou sobre o cadáver, subiu e entrou na cabine, e começou a ligar interruptores. A bateria funcionou, as luzes indicadoras se acenderam, e aí houve um vislumbre de movimento pela janela lateral: era o drone passando disparado, ganhando velocidade rapidamente. Não havia tempo para sutilezas como segurança. Era hora de fazer ou morrer.

Fazer e morrer é mais provável, queridinha.

Só há uma maneira de derrubar aquele drone.

Shannon afivelou o cinto de segurança e, com uma prece para que os sistemas automáticos estivessem ligados, estendeu a mão para o botão que marcava RECOLHIMENTO DO CABO.

Sentiu o tranco conhecido do guincho sendo acionado, e então ela foi jogada contra o assento quando o planador foi lançado à frente.

■

Cooper soltou o fuzil de assalto vazio e pegou a escopeta no ar.

— Espere! — gritou ele, sem pensar no que acrescentar depois disso, e não adiantou, porque Shannon não esperou.

Cooper estava prestes a ir atrás dela quando uma figura saiu do hangar. Magro, gracioso e perigoso. Dedos gelados pareceram se apertar em volta do torso de Cooper. Como se o coração tivesse uma lembrança, como se soubesse o que enfrentava. O homem que, apenas poucas semanas atrás, enfiara uma faca no seu peito. Que colocara seu filho em coma e matara Cooper sem suar a camisa. O medo que o tomou foi primitivo. Coisa do tronco cerebral, profundo e certeiro, e a cada passo que Soren dava, o medo crescia.

Então, um pensamento lhe ocorreu.

Eles tinham que deter aquele drone. Nem a vida dele, nem a de Shannon valiam qualquer coisa comparado àquilo. Ela perceberia isso. Cooper conhecia sua guerreira, sabia que ela não hesitaria.

Mas talvez ele pudesse evitar que Shannon tivesse que escolher. Soren lançou o drone; Cooper talvez conseguisse deter a aeronave. Derrubá-la antes que Shannon fosse forçada a tomar a única atitude possível para ela.

Cooper ergueu a escopeta. A coronha ainda estava quente da bochecha de Shannon. Soren estava a seis metros de distância. Ele parou quando viu a arma ser erguida. Soren não apresentava nenhuma intenção que fosse captável, nenhum plano que o dom de Cooper pudesse usar. Estava calmo como água parada.

É? Hora de provocar ondas.

Cooper mirou, soltou o ar e apertou o gatilho. A arma pulou na mão.

No instante em que o dedo começou a apertar o gatilho, Soren girou como um dançarino, deu dois passos rodopiantes e parou, sorrindo e ileso.

As garras do medo se cravaram. O tempo morto de Soren era de 11,2 segundos. Mesmo a fração de segundo que Cooper levou para apertar o gatilho se estendeu por vários segundos para Soren, durante os quais ele pôde ver o ângulo da arma e avaliar a mira de Cooper.

Ele não desviava de balas, mas era...

Esta é uma escopeta tática Remington de ação por bomba. Tem sete cartuchos.

Mas se você disparar rápido de um lado para o outro, pode pegá-lo.

Mas ela estava atirando no drone. Quantas vezes? Cinco?

Suponha que você tem um tiro sobrando. Dois, se estiver com muita sorte mesmo.

... quase isso. Cooper deu um passo para a esquerda, mirou e fingiu apertar o gatilho. Soren não se mexeu. Novamente, a dilatação de tempo. Tentar enganá-lo seria como um homem de muletas tentar fintar Muhammad Ali.

Atrás dele, Cooper ouviu um estalo e um zumbido, e soube o que havia acontecido. Os planadores eram lançados via guinchos gigantes que puxavam a aeronave por um quilômetro em segundos. Shannon acabara de decolar. Ele tinha no máximo um segundo antes que ela se sacrificasse. E isso presumindo que Shannon teria sucesso; caso contrário, o drone lançaria sua carga, e tudo o que os dois fizeram seria em vão. A milícia mataria Natalie e seus filhos, e o vírus mataria o país pelo qual ele lutara a vida inteira.

Não dá para desviar, não dá para planejar, o que dá para fazer?

Seja imprudente.

Cooper berrou com os dentes cerrados e avançou contra Soren, com a escopeta em uma das mãos na altura da cintura. Ele notou que o sujeito ficou brevemente confuso, e por apenas um instante, o dom de Cooper exerceu sua influência. Não houve tempo para mirar, apenas para torcer, e, assim sendo, ele apertou o gatilho ao correr. O coice jogou o pulso para trás, e ele sentiu uma pontada de dor.

O disparo fez Soren dar meia-volta. Quando ele se voltou para encarar Cooper, havia sulcos profundos na bochecha direita. A orelha fora arrancada. O sangue vertia espesso e marrom-escuro do rosto. O sorriso desaparecera.

Cooper considerou arriscar que havia outro cartucho na arma, mas, se estivesse vazia, seria o fim de tudo; então, ele simplesmente seguiu em frente, ergueu a escopeta para segurá-la pelo cano, e o calor do metal queimou suas mãos quando Cooper a brandiu como um porrete.

Soren deu um passo para o lado e enfiou dois dedos no ombro de Cooper. A mão formigou, os dedos se abriram automaticamente, e a arma saiu voando e deslizou pela pista. Cooper tentou usar o ímpeto para colidir com Soren, para jogá-lo no chão e cair em cima dele, mas o oponente simplesmente não estava lá. Soren deu um passo para o lado, manteve um pé esticado e se preparou para pegar o pé de

Cooper, e agora era ele que estava caindo, com um braço dormente, e o outro, incapaz de se erguer a tempo para evitar que o rosto batesse no concreto. Os dentes sentiram um choque elétrico, e houve um clarão branco dentro do cérebro. Tudo deu um salto e se transformou em dois mundos que não se alinhavam. Antes que ele pudesse processar as imagens estereoscópicas, Soren pegou o cabelo de Cooper, puxou a cabeça para trás e depois a bateu no concreto de novo. Fogos de artifício explodiram nas retinas.

O corpo estava distante e trêmulo, nada funcionava muito bem, mas ele tentou se levantar. Tinha que sair do chão, o chão era a morte em uma briga, mas havia pressão contra o próprio ombro. Cooper notou que era o pé de Soren, fazendo tanta força que, em vez de se erguer e ficar agachado, ele virou de barriga para cima.

Por um momento, Soren simplesmente ficou olhando para ele, era uma silhueta negra contra uma cidade em chamas.

Então, ele abaixou a mão e sacou uma faca de caça.

— Você se lembra — disse Soren — do que fez com Samantha?

■

O cabo foi retesado à frente do planador, a fuselagem de fibra de carbono disparou pela pista, o ar assobiava embaixo das asas, aquela vontade de ganhar os céus, quicando cada vez menos, e então veio a leveza suave de quando as rodas deixaram a pista, com o cabo ainda a reboque. Ela passou pelo drone a toda velocidade, e houve aquele puxão final e depois a liberdade quando o cabo se soltou e lançou Shannon para o alto como uma criança jogando um aviãozinho de papel. Como sempre, a sensação foi a de que o estômago ficara para trás.

Normalmente, o que deveria ser feito era usar o ímpeto do lançamento para ganhar o máximo de altitude possível. Planadores adoravam o deserto rochoso, o uivo do vento e o balanço da corrente de ar ascendente, e com cuidado e habilidade, podiam pairar por horas. Mas esta não era uma viagem de lazer, e Shannon não tinha horas.

Ela agarrou o manche com mãos firmes e puxou-o para fazer uma manobra radical a estibordo, a pouco mais de cem metros do solo.

Ainda era suficientemente alto para se ter uma visão maravilhosa do inferno.

Tesla não era sua casa, mas a Comunidade, sim, e ver a capital sitiada era como ser de Chicago e ver os inimigos tomarem Washington. As linhas de batalha eram fáceis de ver lá do alto; era uma visão real do mapa de combate no datapad, só que em vez de usar cores para representar a ação, Shannon conseguiu ver o tremeluzir do tiroteio, um toma-lá-dá-cá constante de estampidos como grãos de pólvora espalhados em círculo e brilhando em chamas. Daquela altitude, os agressores e defensores pareciam iguais, formigas travando uma batalha, lutando com armas e no mano a mano nas ruas, com os corpos iluminados por mil fogos de coquetéis molotov, barricadas em chamas e, ela viu, incêndios em muitos prédios. Inúmeras colunas de fumaça negra e viscosa subiam e sujavam a paisagem com uma camada de cinzas. A cidade parecia com uma pintura de Bosch, toda feita de preto esfumaçado, vermelho-sangue e sofrimento agonizante.

Shannon arrancou os olhos da cena e se concentrou na pista. Em algum ponto lá embaixo, Nick estava encarando Soren, e ela fez uma prece para ele e depois se obrigou a tentar detectar o drone. Eles haviam sido construídos para serem furtivos; portanto, não havia luzes nem superfícies brilhosas, mas o movimento o entregou; lá estava ele, no ar e subindo. O planador ganhou o céu mais rápido por causa do guincho, mas esta era a única vantagem que ela tinha, e agora estava passando depressa. Ao contrário da aeronave de Shannon, o drone tinha motor, o que significava mais capacidade de manobra e, em breve, mais velocidade. Se ela pretendia pegá-lo, tinha que ser agora.

Sem falar que o drone não tinha que ir muito longe.

Ela apontou o planador para baixo em uma espiral radical. A manobra rendeu velocidade em troca de elevação, e embora fosse muito comum como tática para sobrevoar, ela não tinha muita altitude para gastar. Se aquilo fosse um caça a jato, com turbinas rugindo, canhões acoplados e um sistema de seleção de alvos, ela poderia mirar no drone e eliminá-lo do céu. Mas não era. E, além disso, ela não sabia pilotar um caça a jato.

Shannon se alinhou com o drone abaixo dela e calculou o vetor de movimento dele enquanto pilotava, e a distância entre os dois ficava cada vez menor. O vento uivava sobre a fuselagem fina do planador, e o material assobiava junto enquanto mergulhava.

Ela teria uma única chance. Se errasse, talvez tivesse tempo para erguer o bico e recuperar altitude, mas aí o drone estaria fora de alcance. As mãos se moveram com naturalidade, o planador era uma extensão do próprio corpo; ela manobrou a aeronave com a mesma precisão que mexia braços e pernas. O drone crescia rapidamente. Ele estabilizou o voo, e Shannon igualou o movimento e alinhou as trajetórias para interceptá-lo perfeitamente.

Dez segundos.

Soren lançara o drone; ele deve ter uma forma de controlá-lo. Cooper teria calculado isso e estaria tentando derrubá-lo.

Shannon olhou fixamente para o drone. Mal piscava. Ele ficava cada vez maior. Ela conseguia ver os detalhes agora, o rastro de vapor, o número de registro na cauda, as junções nas asas largas. Shannon imaginou o drone falhando, os motores morrendo. Desejou que apontasse para baixo em um mergulho fatal. Imaginou a aeronave simplesmente explodindo, e a autodestruição acionando os tanques de combustível.

Cinco segundos.

O drone não falhou.

Quatro.

O drone não mergulhou.

Três.

O drone não explodiu.

Dois.

Vamos, Nick. Não me obrigue a fazer isso.

Um.

■

A visão de Cooper estava turva, uma névoa escura entrava pelas beiradas. O cérebro estava preso em um torno, parecia a pior ressaca de todos os tempos, cada batida do coração ressoava uma agonia cristalina. A boca estava com um gosto metálico; um dos dentes fora quebrado, e o nervo exposto berrava. Os sons de batalha sumiram e foram substituídos pelo som da respiração. Cooper deu um soco desajeitado quando Soren se ajoelhou para montar em cima dele, mas não houve poder no golpe, e o homem ignorou o soco ao se abaixar e imobilizar seus ombros com os joelhos. A manobra de vitória de uma briga de infância, e normalmente algo que Cooper teria impedido facilmente, mas o corpo estava fraco, ele não conseguiu obter vantagem. Cada manobra que fazia, o inimigo tinha tempo para captar e impedir.

Soren era magro, e enfiou joelhos ossudos nos ombros de Cooper. Metade do rosto estava coberto de sangue, e um filete descia pelo pescoço e ensopava a camisa. O osso da maçã do rosto estava visível no pior dos buracos, a carne do músculo estava exposta. O reflexo das chamas dançava nos olhos de Soren, e o fogo refletiu no gume da faca, dando-lhe a impressão de estar viva. Cooper tentou dar um pinote, mas Soren sentiu o movimento dos músculos e teve todo o tempo do mundo para redistribuir o peso.

— Você começou — disse Soren — com o olho dela.

A faca desceu, e o movimento foi lento e teatral, para dar tempo de Cooper vê-la se aproximar, para antever o corte ardente rasgando a carne, para imaginá-la arrancando o olho do crânio. Ele se perguntou morbidamente se seria capaz de ver tudo acontecer através daquele olho. O drone tinha ido embora, a milícia estava vencendo, Natalie morreria na batalha, seus filhos seriam arrancados do abrigo e assassinados enquanto a cidade queimava em volta deles e o mundo caía na escuridão, e não havia nada que Cooper pudesse fazer a respeito de tudo aquilo. Ele fora vencido por Soren novamente, tão fácil quanto antes, mas não seria rápido desta vez. Cooper notou o deleite no rosto do homem, a loucura em ação dentro dele, o prazer que teria em ministrar agonia enquanto a civilização rachava e desmoronava.

A faca veio descendo. A ponta acariciou a bochecha. Penetrou. Arranhou o osso da órbita. A dor foi ampliada pelo terror. Cooper sabia o que aconteceria a seguir, e imaginou a lâmina cavando, a agonia, a continuidade.

Uma rajada de luz azul brilhou como um relâmpago.

Por um momento, Cooper achou que fosse o olho sendo arrancado, mas não, Soren viu o clarão também, estava olhando para o céu, as feições delineadas pelo azul radiante e pela escuridão, uma palavra se formando...

Aquela luz é a mesma de quando o outro drone explodiu; é o hidrogênio líquido queimando e explodindo.

E Soren não para de olhar, mas não é surpresa ou distração que realmente capturou a atenção dele.

É desespero.

Shannon derrubou o drone. Deu a vida para isso.

E lhe deu uma oportunidade.

Você vai desperdiçar o sacrifício dela?

— Não — disseram ele e Soren ao mesmo tempo.

Mas, enquanto o outro sujeito se perdeu no próprio tempo, olhando fixamente para o céu na lenta revelação da própria derrota, Cooper expulsou todos os pensamentos de Shannon da mente, pois sabia que ela queria que ele fizesse isso, sabia que ela não havia desperdiçado a vida, e sim se sacrificado, e que cabia a ele honrar esse gesto. Cooper investiu tudo em um rápido pinote dos quadris, ergueu os braços para prender o pulso de Soren enquanto mantinha o ímpeto, e os dois rolaram. Soren bateu com as costas no chão quando Cooper rolou por cima dele e torceu o braço. O inimigo contra-atacou, mas a inércia e a força estavam do lado de Cooper, que usou ambas para torcer o pulso de Soren e enfiar a faca na parte macia embaixo do queixo; a carne se repuxou e finalmente abriu quando Cooper socou o cutelo da mão no pomo. A lâmina atravessou a língua e o palato e entrou no cérebro. Soren teve dois espasmos, e então Cooper pegou firme no cabo e girou a faca com todas as forças. E acabou.

Ele desmoronou sobre o peito do monstro. Braços e pernas fracos e tremendo. Um urro foi arrancado dos pulmões, um som que não era uma palavra. Quase não foi humano. Um rugido animal de raiva, dor e dominação.

Então, Cooper fez um esforço para ficar de pé, cambaleando.

No fim do campo de aviação, chamas azuis dançavam como demônios enquanto pedaços de metal e plástico choviam do céu.

Ele respirou fundo, obrigou os pés a se mexerem e deu um salto, que virou um passo, que se tornou uma corridinha esquisita. Tudo doía. A escuridão pulsava na visão apesar de o fogo ficar mais quente e intenso. Ele chegou ao drone primeiro, uma escultura retorcida de chamas, um inferno violento que obrigou Cooper a recuar para o lado, mas não era o drone que o interessava. Ele continuou em movimento, passou por pedaços da aeronave de Shannon, uma asa em forma de gota dobrada estranhamente, a cauda intacta e voltada para cima, uma roda de borracha soltando fumaça. A fuselagem havia se partido, a parte dianteira estava mais a frente, de ponta-cabeça. Cooper correu até lá, pegou a maçaneta, tirou as mãos por causa do calor, depois tomou fôlego e a pegou novamente, e escancarou a porta enquanto a carne queimava.

Shannon estava de cabeça para baixo, ainda presa ao cinto de segurança, com o torso envolvido por uma substância branca como isopor, mas que já derretia. A espuma anti-impacto se dissolvia e avançava espessa e escorregadia para a pista, e algo dentro de Cooper cedeu da mesma forma, uma onda de afeto.

Ela abriu os olhos. Viu os dele.

— Aiii.

— Sua louca do caralho — disse Cooper, rindo e arfando. — Pensei que você tivesse morrido.

— Não — gemeu Shannon. — Não exatamente.

Os dedos queimados estavam atrapalhados, mas ele conseguiu soltar o cinto de segurança de Shannon. O peso dela deslizou para os braços de Cooper, e os dois desmoronaram no meio dos restos borbulhantes da espuma anti-impacto. Shannon continuou nos braços dele, ambos ofegantes, iluminados em tom azul. Finalmente, Cooper disse:

— Teria sido muito problema usar um paraquedas?

— Mentalidade de velho mundo, Cooper.

Shannon sorriu, e ele se abaixou para beijá-la, sem se importar com a agonia das costelas e o choque do dente quebrado.

Houve outra explosão; o drone pulou e depois caiu de novo. Os dois se afastaram, assustados.

— Soren? — perguntou Shannon.

— Acabou.

— Ótimo. Isso é ótimo. — Ela mudou de posição e fez uma careta. — Acho que minha perna está quebrada.

— Isto vai te ensinar.

Cooper sorriu, ficou de pé e ergueu o corpo de Shannon, pôs um braço em volta do seu ombro, sentindo o corpo dela macio e quente.

— Nós vencemos — disse Shannon.

— Quase. Tem mais uma coisa para fazer.

— O que é?

— O que você vem me enchendo o saco desde que a gente se conheceu. — Ele tentou dar um passo cambaleante, viu que estava bem, e deu outro. Beijou o lado do cabelo de Shannon, que cheirava a fumaça e suor. — Dizer a verdade.

CAPÍTULO 44

No clarão da luz do fuzil, o homem ajoelhado na rua parecia diferente dos demais. Antes de mais nada, ele era mais velho, tinha cinquenta anos, ou talvez fosse um sessentão muito em forma. Mas era algo além disso. Natalie achou que ele tinha uma certa serenidade. O homem acabara de disparar um único tiro, não uma rajada furiosa, e enquanto os demais estavam tomados pela ferocidade ou pelo sofrimento, ele tinha a calma de um assassino. Era como se ele se sentisse em casa naquele cenário de terror.

Aquilo a assustou. Quando Natalie alinhou a massa de mira ao lugar onde ele estivera ajoelhado, ela não se conteve. Manteve o gatilho apertado e esvaziou o resto do pente no homem. As balas ricochetearam no concreto, tiraram faíscas do fuzil dele, e embora Natalie não tivesse certeza, ela achou ter visto o corpo do homem cair.

Natalie se deitou no chão, retirou o pente do fuzil e esticou a mão para pegar um novo. A bolsa estava vazia. Ela fez uma careta e falou:

— Jolene?

Ao olhar para o lado, Natalie viu a amiga no chão, com os braços abertos e uma expressão estranhamente plácida no rosto. Natalie permaneceu abaixada e correu até lá. Não foi preciso verificar a pulsação. Havia um belo buraco na testa de Jolene.

Algo desmoronou dentro de Natalie. Ela conhecera a mulher havia pouco tempo, só tivera realmente aquela única conversa, mas ambas lutaram lado a lado, e aquilo unira as duas de uma maneira que Natalie nunca havia entendido antes. Como ela, Jolene não estava ali por ideologia ou por Tesla, ou mesmo pela própria sobrevivência. Ela lutava por uma criança. Natalie respirou fundo, tremendo. Colocou a mão sobre os olhos de Jolene para fechá-los. Depois, pegou a munição extra da amiga morta e foi para a próxima janela.

No momento em que ela ergueu a cabeça, veio uma fuzilaria da rua lá embaixo, e espocaram clarões de diversos pontos. Natalie se abaixou e lutou contra a tremedeira nas mãos. A rua ficou cheia de agressores, homens atravessavam correndo impunemente. Pela primeira vez em muito tempo, ela se permitiu olhar ao redor.

Quando o ataque começou, havia oito defensores espalhados pelo andar. Oito homens e mulheres, incluindo Jolene, Kurt e a garota rechonchuda com o cachorro. Jolene morrera, não havia sinal de Kurt, e o cachorro estava choramingando e cutucando o corpo da garota. Até onde Natalie sabia, ela havia sido a única que sobrara.

A linha de defesa deles havia falhado. Os Novos Filhos passaram pelo prédio. Acabou.

Você não sabe disso. Eles foram atingidos para valer ali, mas talvez o resto da cidade não tivesse tomado tanto tiro. Natalie precisava acreditar naquilo porque, do contrário, significava que a milícia estava entrando aos borbotões em todos os lugares. Quanto tempo levaria até que os agressores chegassem ao centro da cidade e ao abrigo onde os filhos dela estavam escondidos?

Natalie sequer ousou se agachar, e em vez disso rastejou pelo chão, afastando vidro quebrado e cartuchos vazios. O arquivo estava destruído, o metal fora todo perfurado por vários buracos, de onde saíam pedaços de papel rasgado. O datapad já estava ligado; ela havia deixado o aparelho voltado para cima para que pudesse espiar o mapa enquanto recarregava, embora estivesse concentrada demais para realmente verificá-lo muitas vezes.

A cidade brilhava em cores agitadas como fogo. Não foi apenas a posição deles que fora rompida. Os Novos Filhos entraram por uma dezena de pontos, e batalhas campais se alastravam por toda a cidade. As torres de Epstein ainda se mantinham ilesas, mas as cores mostravam que a milícia se aproximava cada vez mais, vindo de todas as direções.

Eles fracassaram. De alguma forma, tudo aquilo não havia sido o suficiente.

Natalie ficou atônita. Tentou pensar no que fazer. Tinha pouca munição e estava em enorme desvantagem numérica. A situação se inverteu, e ela estava de fora, os assassinos se encontravam entre Natalie e os filhos. Não havia como cruzar a cidade.

Ela imaginou Nick na mesma situação, e soube o que ele pensaria. *Lute até que te matem.* Natalie recarregou a arma com um pente novo e se aprontou para encarar o tiroteio novamente.

Quando ela estava prestes a se levantar, o mapa de combate desapareceu da tela. Houve o vislumbre de uma imagem, e não apenas no datapad de Natalie, como ela imaginou, mas também no de Jolene. Outros no chão também se acenderam e lançaram luzes brilhantes no teto. Um painel de três metros montado no prédio oposto brilhou e ganhou vida. E em todas as telas, a mesma imagem. Uma imagem surreal e impossível.

O ex-marido dela.

CAPÍTULO 45

Quando teve a ideia mais cedo, Cooper imaginara um estúdio 3D — iluminação, maquiagem, e, mais importante, um profissional. Um âncora, talvez, ou Jakob Epstein. Alguém que ganhasse a vida falando para câmeras.

— O tempo é importante — disse Erik por videoconferência. — E credibilidade.

— Exatamente. É por isso que deveria ser alguém que sabe o que está fazendo...

— Eles não vão nos ouvir.

— O que te leva a pensar que eles vão me escutar?

— Estatisticamente, também é improvável. As chances de sucesso são...

— Ok — interrompeu Shannon. — Já chega de aumentar a confiança, Erik. A conexão está pronta?

— Sim. Nós ativamos programas invasores dormentes. A estimativa de eficiência coloca a mensagem em 96,4% das telas do país.

— Meu Deus — disse Cooper.

Shannon baixou o datapad.

— Esperem um segundo.

Os dois ainda estavam no campo de aviação, no hangar dos drones. As luzes estavam acessas, e Cooper se sentiu estranhamente exposto sob elas, com o brilho contrastando com a escuridão dos arredores da cidade. Os estampidos constantes do tiroteio continuavam ao longe, embora os tiros parecessem menos intensos do que antes, o que ele tinha dificuldade em decidir se era uma coisa positiva. Shannon estava sentada em um banco, com a perna quebrada esticada. O dom de Cooper era capaz de captar a dor pela camada de suor no pescoço dela, e pelas pupilas muito dilatadas.

— Você está bem? — perguntou Shannon.

— Sei que isto foi ideia minha. — Ele esfregou os olhos. — Mas, de repente, eu não sei o que dizer.

— Apenas abra a boca e deixe a verdade sair. Eu acredito em você. — Ela deu o seu sorrisinho de lado para Cooper. — Então não estrague tudo, ok?

Antes que ele pudesse responder, Shannon apontou a câmera do datapad para Cooper e disse:

— Agora, Erik.

— Ativando.

Cooper engoliu a resposta. Olhou fixamente para as lentes. Tentou imaginar seu rosto aparecendo subitamente em todos os datapads, todos os telefones, todas as 3Ds do país. Rapidamente, ele decidiu que era uma má ideia. O pânico tomou conta. O que Cooper deveria dizer que pudesse mudar o mundo?

Não fale para o mundo.

Fale para Todd e Kate.

— Meu nome é Nick Cooper — disse ele. — Eu sou... eu fui um soldado, um agente do Departamento de Análise e Reação, um consultor do Presidente Clay e um embaixador na Nova Canaã. Eu sou um anormal, sou um patriota e, acima de tudo, sou um pai lutando por seus filhos.

Cooper respirou fundo e exalou o ar, que passou pelo dente quebrado e provocou um choque elétrico.

— Tesla está sob ataque de uma milícia ilegal. O som que vocês ouvem é o de tiros. Neste exato momento, pessoas em ambos os lados estão morrendo. Normais e superdotados, homens e mulheres.

"Há trinta anos, o mundo mudou. Nós não pedimos por isso. Não esperamos por isso. Desde 1980, estamos tentando lidar com essa situação. Estamos fazendo um péssimo trabalho. E, ultimamente, ambos os lados parecem pensar que a guerra é a única forma de fazer a coisa certa.

"Mas as palavras *certa* e *guerra* não combinam. A guerra às vezes pode ser necessária, mas jamais é ética. Não existe tal coisa como uma guerra moral."

Cooper pensou nos filhos, encolhidos em um abrigo. Em aviões de caça caindo do céu e em um míssil destruindo a Casa Branca. Em Soren, aprisionado em um inferno virtual que Cooper imaginara.

— A guerra transforma todos nós em monstros.

"E o pior de tudo é que a guerra nunca é contida. Ela não tem regras, nem limites. Nós nos convencemos de que estamos lutando por nossos filhos, mas são eles os que mais sofrem."

■

Todd estava sentando em um beliche com Kate e olhava fixamente para a tela. O abrigo estava claro e estivera barulhento, com milhares de crianças falando ao mesmo tempo. Mas agora todas elas estavam caladas enquanto observavam as telas nas mãos e as presas à parede.

Todd mal conseguia respirar. Papai. Papai estava vivo. Ele estava com uma aparência terrível, com lábios inchados, rosto sujo, um talho embaixo do olho e sangue entre os dentes, mas estava *vivo*.

— Uma mulher inteligente me disse uma vez — continuou o pai de Todd — que não haveria guerra se as pessoas parassem de ir à televisão para dizer que havia guerra. Que o problema não estava em nossas diferenças. Estava em nossas mentiras.

"Eu tenho que acreditar nisso. Tenho que acreditar que, ao dizer a verdade, nós podemos acabar com essa situação. Não a verdade dos políticos ou dos terroristas, não a parte da verdade que achamos conveniente. A verdade inteira, até as coisas que incomodam.

"Nós somos diferentes, e lidar com essas diferenças não é fácil. Estamos todos assustados. Estamos todos sofrendo. E a maioria de nós quer apenas viver. Não queremos tomar as ruas; queremos ter um dia de trabalho, depois beber uma cerveja e brincar com nossos filhos."

Kate se contorceu encostada no irmão. Todd baixou o olhar, e viu os olhos da irmã arregalados e úmidos.

— Eu disse que ele protegeria a gente — disse ela.

— Shh.

Todd limpou a coriza do nariz da irmã, abraçou Kate e virou o datapad para que ela pudesse ver melhor.

— Mas isso não está acontecendo ao longe — disse Papai —, com pessoas que jamais conheceremos. Está acontecendo com nossas crianças. Nós sabemos que é errado e estamos nos permitindo ignorar isso.

"E há pessoas que estão levando vantagem. Extremistas de ambos os lados, que fazem isso por poder. Alguns pensam que têm mais discernimento do que vocês. Outros estão apenas assustados. No fim das contas, não importa. Os fanáticos não se importam com vocês, e se vocês permitirem, eles vão nos levar a uma guerra em benefício próprio.

"Estou falando sobre gente como John Smith. E o Secretário de Defesa Owen Leahy."

■

Parado diante da pia do banheiro masculino, Leahy se retesou, e o estômago se encheu de ácido. Ele estava no banheiro quando a 3D na parede subitamente mudou para o vídeo de Nick Cooper. Leahy rapidamente se limpou e deu descarga, e agora se encontrava paralisado.

— Ambos esses homens — continuou Cooper — lhes diriam que estão lutando por seu país. Eles podem até acreditar nisso. Mas o que querem realmente é guerra. A única arma que temos contra fanáticos é a verdade, então, cá está ela.

É impossível, pensou Leahy. *É um truque anormal. Cooper está morto. Foi assassinado há semanas.*

— Há meses, uma equipe de pesquisadores descobriu a fonte biológica do brilhantismo. Não apenas isso, mas calcularam como replicá-la.

"Este vem sendo o objetivo por trinta anos. A descoberta poderia mudar o futuro da humanidade para sempre. É um triunfo que pertence a todos nós, que deveria ter sido anunciado aos quatro ventos.

"Em vez disso, ela foi escondida. Os cientistas foram perseguidos tanto pelo governo quanto pelos terroristas. O trabalho acabou nas mãos de John Smith. A maior descoberta na história da humanidade, e ele imediatamente a transformou em arma. Usou-a para desenvolver um vírus que teria custado centenas de milhões de vidas caso tivesse conseguido soltá-lo.

"Esta é a verdade. Mas tem mais. Hoje, enquanto um exército de assassinos avançava contra sua cidade, Erik Epstein tentou implorar clemência à presidente. Ele não conseguiu falar com ela."

A imagem cortou de Cooper para uma tela dividida. De um lado, estavam sentados Erik e Jakob Epstein. Do outro, Leahy se viu encarando a si mesmo. *A ligação de mais cedo. Não. Ai, não...*

Erik: Nós nos rendemos. Incondicionalmente.

Leahy: Meio tarde para isso, não? Vocês já assassinaram 75 mil soldados. Destruíram a Casa Branca. Mataram nosso presidente.

Erik: Em legítima defesa. Foram dadas ordens para atacar, bombardear nossa cidade...

Leahy: Eu sei. Fui eu que dei as ordens.

O vídeo congelou nele, uma pausa nada lisonjeira, com um sorriso frio no rosto.

Depois, Cooper voltou.

— Esta é a verdade também. As pessoas usam nossas vidas como fichas de pôquer. Fizeram isso no Monocle. No atentado à bomba na bolsa de valores. Neste exato momento, uma turba está incendiando uma cidade de inocentes. E tudo isso por causa de mentiras.

"Tanto os normais quanto os superdotados estão olhando para o abismo. Mas ainda há tempo, pouco tempo, para fazermos uma escolha. Podemos encontrar uma maneira de seguir em frente juntos. — Ele fez uma pausa. — Ou podemos continuar brigando. Todos vocês que estão assistindo podem ficar sentados tranquilamente enquanto Tesla é destruída, enquanto milhares de brilhantes são massacrados com suas famílias. Mas não se enganem, não será uma vitória. Alguém vai sobreviver, e eles vão contra-atacar com mais violência. Sangue levará a sangue. No fim, vamos aniquilar uns aos outros."

Cooper parou de falar, e o vídeo se fixou no rosto dele por um momento, com chamas azuis ardendo por trás, e os estalinhos tênues do tiroteio. Finalmente, ele falou:

— Nós somos melhores do que isso. Temos que ser.

Um momento depois, o vídeo desapareceu, e a cena voltou para o noticiário, no qual os âncoras pestanejavam, confusos, um para o outro.

Leahy ficou atônito. As mãos tremiam. Pareciam muito velhas. Uma parte dele queria fugir, mas para onde iria? Não havia janela para passar, nenhum carro de fuga esperando para levá-lo a um lugar seguro.

Você vai ter que sair dessa blefando. Você consegue. Já fez isso antes.

Leahy respirou fundo e saiu do banheiro.

A maior sala de conferências do Camp David fora convertida para servir como Sala de Crise. Dispostos à mesa estavam os principais consultores, os sobreviventes do gabinete da presidência, os comandantes das Forças Armadas. Vinte pares de olhos encararam Owen Leahy. Em uma dezena de telas, a batalha por Tesla se alastrava.

A Presidente Ramirez se levantou, na cabeceira da mesa. Ela apertou um botão no interfone.

— Será possível mandar alguns agentes para cá, por favor?

— Senhora presidente, eu posso explicar...

A porta da sala de conferências foi escancarada, e quatro homens de terno escuro entraram correndo, com olhos que varreram o ambiente atrás de ameaças, de paletós abertos e as mãos nos bolsos.

— Detenham o Secretário Leahy por traição — disse Ramirez.

Os agentes do Serviço Secreto se entreolharam, depois sacaram as pistolas e foram na direção dele.

— Senhora presidente — falou Leahy —, isto é uma imprudência...

— Se ele resistir — disse Ramirez —, atirem nele.

Depois ela se voltou para as pessoas em volta da mesa.

— Liguem para Epstein.

CAPÍTULO 46

— Nós somos melhores do que isso. — O rosto de Cooper tinha três metros. — Temos que ser.

O vídeo cortou de volta para a âncora, uma mulher de olhos afetuosos com óculos de visual severo.

— Há três dias, desde que Nicholas Cooper, ex-agente do DAR, fez um apelo fervoroso ao povo americano, estão em andamento negociações ininterruptas entre os Estados Unidos e a Comunidade Nova Canaã, e fontes próximas à presidente dizem acreditar que isto marca, abre aspas, "uma nova era de comunicação e amizade", fecha aspas. Embora nenhum acordo tenha sido formalizado, as possíveis cláusulas vão incluir o compartilhamento dos detalhes técnicos da chamada Terapia Couzen-Park, processo pelo qual os dons anormais podem ser replicados em...

Erik Epstein mudou de canal com um gesto.

— ... a chegada do transporte de prisioneiros trazendo Samuel Miller, general aposentado de duas estrelas. Miller, que incitou e liderou o grupo de milicianos chamado Novos Filhos da Liberdade, será julgado como criminoso de guerra. A prisão dele é controversa, assim como a anistia geral dada a todos os integrantes da milícia que largaram as armas...

Outro gesto, outro canal.

— ... quarenta e cinco minutos depois havia caças a jato voando sobre Tesla. A nação inteira fora informada de que era impossível haver uma intervenção militar. A história oficial é que o Secretário de Defesa Owen Leahy exagerou os efeitos da regressão militar com o intuito de permitir que os Novos Filhos da Liberdade atacassem a Comunidade. Mas até onde a conspiração ia além dele? Como sabemos se a própria Presidente Ramirez não tomou parte desta decisão e foi apenas forçada a agir por causa da transmissão pirata?

Gesto.

— ... eu concordo que o discurso do Senhor Cooper foi emocionante. Mas o que as pessoas parecem estar ignorando é que anormais sequestraram todos os aparelhos do país. Não foi apenas uma imensa violação de privacidade, como também um ato criminoso que usou a mesma metodologia do vírus de computador que assassinou 75 mil soldados e destruiu a Casa Branca.

— Sim, mas esta não é a questão? A superioridade tecnológica deles tem que ser levada em consideração. Se os Novos Filhos da Liberdade não tivessem sido detidos, a Comunidade poderia ter usado a mesma tecnologia de maneira agressiva...

Gesto.

— ... a mídia está pintando Nick Cooper como se ele fosse uma espécie de herói. O homem é um assassino. Matou gente pelo DAR. Admitiu abertamente ter matado o ativista e escritor John Smith. Mas porque ele alega que Smith era um terrorista, nós devemos aplaudir...

— Estou ficando cansado de mim — disse Cooper. — Você se importa em me desligar?

Erik sorriu e tirou o volume da transmissão; depois, se virou e enfiou as mãos no bolso do moletom. Atrás e acima dele, imagens de vídeo continuavam sendo reproduzidas em uma dezena de quadrantes. Registros de helicópteros passando por cima das ruas de Tesla. Milhares de manifestantes lotando o entorno do espelho d'água do

Memorial Lincoln, brandindo cartazes. Owen Leahy algemado. Ethan Park em um terno elegante falando com as mãos enquanto diagramas de hélices de DNA giravam. Trabalhadores catando os escombros dos escritórios do DAR. Os irmãos Epstein iluminados por clarões de flashes, Jakob charmoso como sempre, Erik parecendo todo amarrotado e com cara de que tinha dormido até tarde. E sempre, em toda a parte, o vídeo de Cooper espancado, implorando para a câmera enquanto chamas azuis ardiam atrás dele.

Naquela noite, após Shannon ter desligado o datapad, os dois simplesmente ficaram se encarando. Cansados, esgotados e sem ideias. Fora uma sensação terrível. A oitocentos metros, a batalha continuara, o tiroteio se alastrara. Natalie estava lá fora em algum lugar, os filhos ainda estavam em perigo, e não havia literalmente nada que ele pudesse fazer. Nada além de esperar e torcer.

Poucos minutos passaram até que o telefone tocou, mas foram os poucos minutos mais demorados da vida de Cooper. Era Millie do outro lado da linha, com a voz tomada por uma leveza que ele jamais tinha ouvido quando disse que Erik e a presidente estavam conversando e concordando em confiar um no outro.

— Será que eles conseguem?

Millie fez uma pausa e depois respondeu:

— Sim, acho que conseguem.

Não muito tempo depois, a cavalaria chegou com o rugido de motores a jato e a rotação das hélices de helicópteros. Alto-falantes instalados mandavam que ambos os lados largassem as armas, vozes severas que garantiam aos exércitos no solo que aquele no céu estava totalmente armado e pronto para disparar.

Um blefe. A regressão militar havia ido tão longe que foi necessário uma ordem direta da presidente para o comandante da Base Aérea de Ellsworth sequer colocar aeronaves no céu, e eles nem tinham uma bomba. Mas os Novos Filhos não sabiam disso. E seja lá o que fossem os milicianos, de modo geral eles eram patriotas. Foi assim que o General Miller os motivou de início, ao convencê-los da ideia de que os milicianos eram os durões de que o país precisava. Certamente havia alguns psicopatas também, mas diante de ordens diretas da presidente, sem falar no aparente poderio da Força Aérea dos Estados Unidos, eles se renderam.

A Presidente Ramirez concedeu anistia geral e irrestrita para todas as pessoas em ambos os lados — a não ser por Miller, que provavelmente seria condenado ao lado de Owen Leahy —, desde que largassem as armas. Esta parte ficou entalada na garganta de Cooper, a ideia de que aqueles homens que obrigaram crianças a marchar diante deles, que tentaram matar Natalie, Todd e Kate, simplesmente voltariam para suas casas. Mas fora ele quem pedira por um meio-termo, e a natureza de um meio-termo era que ninguém ficava contente. Era assim que se sabia que um acordo justo havia sido feito.

— Os testes no campo de aviação deram certo?

— O vírus da gripe é destruído entre 75 e 100 graus. O hidrogênio líquido queima acima de 2 mil graus.

— Mas nenhum traço foi encontrado? Nada espalhado pela explosão, nada que tenha sobrevivido no chão?

— O campo de aviação ficou sob quarentena e foi incinerado. Nenhuma amostra do vírus escapou.

Foi um alívio. Na hora, não houve nada a fazer, a não ser arriscar, mas Cooper ficou atormentado pela ideia de que talvez os dois tivessem feito o serviço de Smith por ele acidentalmente.

— E agora você é uma celebridade, a caminho de uma reunião de cúpula com a presidente. Como se sente sendo uma figura pública? — brincou Cooper.

O anormal fez uma careta.

— Eu gosto de pessoas.

— Eu sei, Erik. Eu sei. — Ele sorriu. — Qual é a sua opinião sobre Ramirez?

— Ela opera com uma eficiência significativa.

— Uau — disse Cooper. — Altos elogios. O acordo está finalizado?

— Em linhas gerais. Falta colocar os pingos nos is.

Os termos do acordo estavam em todos os noticiários. Além do trabalho de Ethan, a CNC concordou em remover todas as vias de acesso abertas por softwares maliciosos de todos os sistemas de computadores, obedecer tanto as leis estaduais quanto federais, e abrir mão de todas as tentativas de soberania. A Comunidade era território americano, e assim permaneceria. Além disso, Epstein prometera metade da sua fortuna como indenização para as famílias dos mortos por seu vírus Proteus.

Da parte dela, a presidente concordou em desmanchar a Iniciativa de Monitoramento de Falhas para instalar microchips em brilhantes. Os "refúgios anormais", como o Abrigo no Madison Square Garden, foram dissolvidos, e todos os residentes, liberados para ir embora. Também se esperava que Ramirez assinasse decretos que estendessem a proteção contra a discriminação aos superdotados. Tecnicamente, isto já era coberto pela Décima quarta Emenda, mas dado os últimos anos, a lembrança era bem-vinda.

Ainda havia mil perguntas para serem respondidas — o funcionamento das academias, o futuro do DAR, julgamentos de crimes de guerra, questões de violação de direitos autorais e crimes cibernéticos, acesso ao trabalho de Ethan, e por aí vai. Cada uma delas era um possível pesadelo de política pública, um ponto crucial de inquietação civil. Nenhum combate, nenhum discurso era capaz de impedir que a vida seguisse o seu curso. Mas, na teoria, superdotados e normais teriam que lidar uns com os outros como cidadãos americanos, iguais perante a lei. Era alguma coisa.

— E quanto ao 1º de Dezembro? As tropas e a Casa Branca?

Erik baixou o olhar.

— Não tive escolha.

— Você poderia ter se rendido na ocasião.

— Estatisticamente... — Ele se interrompeu. — Talvez.

— Aqueles eram soldados americanos. Nosso presidente. Nossa história. É bacana que você esteja dando algumas centenas de bilhões de dólares, e esquecer e perdoar é um belo papo de vendedor. Mas ninguém está caindo nessa. Inclusive eu.

— Os dois lados têm culpa. "Tanto os normais quanto os superdotados estão olhando para o abismo." Suas palavras. O abismo é assustador. Pode ser o suficiente para provocar mudanças.

— Espero que sim — disse Cooper, que se levantou da cadeira e estendeu a mão. — À mudança.

Epstein o cumprimentou.

— À mudança.

— Você vai para Washington amanhã?

— Sim.

— Boa sorte.

— Sorte é uma expressão imprecisa. E você? Aonde vai?

— Em longo prazo? Não tenho certeza — respondeu Cooper. — Mas, neste exato momento, vou ver meus filhos. E ter uma conversa que estou temendo.

Erik sorriu.

— Boa sorte.

CAPÍTULO 47

— Papai! — guinchou Kate ao se jogar em Cooper.

Ele ergueu a filha, com o bumbum da menina apoiado no antebraço, o rosto enfiado no ombro do pai, e os braços em um abraço apertado no pescoço. Ela cheirava a xampu e barras de cereal, e começou imediatamente um monólogo interminável sobre como sentira falta dele, embora Cooper tivesse visitado ontem, sobre como todas as crianças queriam ser amigas dela agora que o pai era famoso, e que ela estava mantendo a amizade com aquelas que já eram suas amigas antes e...

— Ei, pai — disse Todd.

Ele estava tentando fazer uma voz adulta que não combinava com o sorriso bobo. Todd estendeu a mão para cumprimentar Cooper, que pegou e puxou o filho para um abraço.

Foi por eles que você lutou. Não por ideais, não por um acordo, não por alguma vaga noção de futuro. Por essas duas pessoas bem aqui.

— Ei — falou Natalie. Ela estava com olheiras, mas o sorriso era afetuoso.

Três pessoas.

— Ei — repetiu ele, e gesticulou para que Natalie se juntasse a eles no abraço familiar. Os quatro ficaram assim por um bom tempo. Finalmente, Cooper falou: — Provavelmente é um tiro no escuro.

— O que foi?

— Nada, estou me sentindo bobo.

— Papai, o que foi?

— Bem, eu só estava pensando... será que há uma chance, e tudo bem em dizer não, mas será que há uma chance de vocês estarem interessados em hambúrgueres e milkshakes?

As crianças correram para recolher suas coisas, o casaco, boné e datapad de Todd, o bichinho de pelúcia gasto e o novo livro de Kate — e sua nova echarpe não era bonita? Cooper deixou que fossem, curtindo a ternura da cena, respondendo a perguntas, bagunçando o cabelo dos dois. Natalie parecia distante, e ele olhou de lado para a ex-esposa, quase perguntou se estava bem, mas decidiu não fazer aquilo. Em vez disso, Cooper esticou a mão, pegou a dela e apertou.

Na manhã após o ataque, os dois se comportaram como se a situação não fosse grave na frente dos filhos. Disseram que as coisas não haviam sido assim tão sérias, não importavam os prédios queimados, os soldados uniformizados chegando em transportes pesados, os corpos ainda sendo recolhidos, o cheiro de fumaça e sangue. Só quando Todd e Kate foram dormir que eles tiveram uma chance de conversar.

Natalie contou sobre o cerco, calmamente no início, e então os olhos se afastaram, os dedos desenharam rodelas de café na mesa, a voz ficou inexpressiva quando ela descreveu o dia e a noite. As coisas que vira. As coisas que fizera. Que não tinha certeza de quantas pessoas ela matara, mas que haviam sido muitas. Que mirara o fuzil e apertara o gatilho, e fizera aquilo uma vez atrás da outra. Que jogara gasolina em chamas em homens vivos, ouvira os gritos deles, sentira o cheiro do cabelo sendo queimado, e depois atirara nos companheiros deles usando a luz da carne pegando fogo.

Quando Natalie chorou, Cooper a abraçou e disse que tudo estava bem, embora ambos soubessem que aquilo era uma mentira. Ele era um soldado, sempre havia sido, e não foi a matança que o magoou tanto, foi a ideia de Natalie executá-la.

— Você não tinha escolha — disse Cooper, e ela concordou com a cabeça, encostada em seu peito.

— Eu sei.

Natalie não teria um colapso nervoso, não ia questionar os motivos por trás de suas ações. Tinha plena consciência deles. Mas Cooper notou a mudança na ex-esposa, viu que o mundo dela se tornara um lugar mais sinistro, e sabia que ela carregaria aquele sentimento para sempre. Não em todos os momentos, nem na maioria deles. Mas o peso jamais sumiria de verdade.

Você deve tudo a ela. Todas as coisas puras na sua vida vieram de Natalie.

E você não lhe deu nada além de medo e sofrimento. Você deve mais a ela.

As coisas que fazemos pelos nossos filhos, pensou Cooper. Natalie dissera isso para ele havia quase um ano. Cooper apertou a mão da ex-esposa novamente, e ela pestanejou e sorriu para ele.

A lanchonete estava uma loucura, cheia a ponto de explodir de equipes de construção, pesquisadores e fuzileiros navais. Mas quando a hostess o viu, ela ficou empolgadíssima e disse:

— Por aqui, Senhor Cooper. Nós *arrumaremos* um espaço.

A voz da mulher saiu mais alto do que ele teria gostado, e metade do restaurante se virou para olhar, apontando e dando acenos de cabeça e sinais de positivo para Cooper.

— Aimeudeus — disse Natalie. — É o senhor mesmo, Senhor Cooper? Posso pedir o seu autógrafo? Por favor, por favor, ai, por favorzinho?

Ele mostrou o dedo médio para a ex-esposa.

A comida foi uma delícia gordurosa; batatas crocantes, hambúrgueres com o gosto que Cooper se lembrava da infância, tudo acompanhado por milkshakes de chocolate forte. Os quatro riram e fizeram piadas, entraram facilmente no antigo ritmo de uma família feliz. Foi bom. Foi mais do que bom.

Depois, eles saíram para dar uma volta. Colunas de poeira subiam ao céu azul e frio em todas as direções enquanto equipes de construção demoliam os prédios danificados. Pilares de poeira eram um progresso comparados a pilares de fumaça, pensou Cooper. Eles permaneceram próximos ao Centro da cidade, que em grande parte ficara ileso. Quando chegaram a um parquinho, Todd e Kate lançaram olhares de indagação; depois, saíram correndo para se juntar às outras crianças em um jogo espontâneo de pique que funcionava com regras complicadas que ele não conseguia entender. Cooper e Natalie se sentaram juntinhos em um banco ao sol.

— Olha só isso. — Ela sorriu. — Eu sei que é apenas um parquinho, mas, ainda assim, eles estão todos brincando juntos.

— Você acha que isso vai durar?

— Podemos ter esperanças, certo?

Os dois ficaram sentados, de barriga cheia, vendo as crianças brincarem. Um prazer simples, uma das alegrias do cotidiano que Cooper raramente aproveitava de maneira suficiente. Ele poderia ter ficado sentado ali para sempre, em um silêncio agradável e amigável, mas, em vez disso, disse:

— Eu falei com a presidente hoje.

— Ramirez? Sério?

Cooper concordou com a cabeça.

— Ela quer que eu faça parte do governo.

— Jogada esperta de marketing.

— É, mas tive a impressão de que ela está sendo sincera. Deixou claro que eu praticamente podia impor as condições, ser um embaixador, um consultor. Embora a presidente tenha feito uma sugestão. — Ele fez uma pausa. — Ela me pediu que eu voltasse para o DAR.

— Como um agente? — A voz de Natalie saiu incrédula.

— Não — respondeu Cooper. — Como o diretor.

Ela assobiou.

— Eu falei que não achava que havia um lugar para o velho DAR agora. A presidente concordou. Ela quer repensar completamente o departamento, mudá-lo de uma agência de monitoramento para, bem, algo novo. A fórmula de Ethan estava sendo mantida em segredo, mas agora que todo mundo sabe que ela existe, haverá a necessidade de alguma espécie de política. Além disso, ainda há muitas organizações terroristas por aí, e grupos de ódio em ambos os lados. A presidente disse que imaginou o novo DAR não se atendo apenas a observar anormais, mas sendo mais a interseção entre... — Cooper olhou para ela e se interrompeu.

A coluna de Natalie estava rígida, os ombros, encolhidos, e as mãos, dobradas no colo. Um dos sinais mais característicos dela, um que o dom de Cooper passara a reconhecer havia muito tempo. O sinal significava que Natalie estava pensando sobre o relacionamento e estava prestes a puxar o assunto.

Era o momento que ele temia, porque embora Cooper a amasse, e fosse sempre amá-la, ele tinha que dizer para Natalie que queria ficar com outra mulher.

— Escute — disse Cooper, no mesmo momento em que ela falou:

— Sinto muito.

Eles pararam, sem jeito.

— Vá em frente.

— Eu tenho que me desculpar. Acho que eu... — Natalie suspirou e esfregou as mãos. — Veja bem, eu nunca gostei do que você fazia, embora compreendesse. Mas está cada vez mais difícil. Enquanto a gente estava junto, e mesmo depois da separação, eu vivia com medo o tempo todo. Eu estava em uma reunião ou, sei lá, dobrando os pijamas de Kate, e minha imaginação simplesmente criava essas imagens, esses pequenos e nítidos pesadelos diurnos de coisas que poderiam estar acontecendo com você. Maneiras em que você poderia estar se machucando ou...

Ela suspirou.

— Deixa para lá. Aí, você saiu do departamento e começou a trabalhar para o Presidente Clay. Ainda estava tentando melhorar as coisas, mas estava seguro. E talvez tenha sido a preocupação, ou talvez porque pensei que a preocupação tivesse acabado, mas ali, em algum lugar, eu comecei a me perguntar se a gente havia desistido rápido demais.

— Natalie, eu...

— Só me deixe fazer isso, ok? — Ela olhou para frente. — Nós nos amamos desde sempre. E você é um ótimo pai e... Éramos bons juntos. Bons de verdade.

Ele concordou com a cabeça.

— Eu pensei que sabia como era o seu mundo. Mas não sabia, não mesmo. Fui uma turista. Naquela noite, eu vivi ali. Sozinha. Fiz o que tinha que fazer. Para proteger as crianças, exatamente como você. Mas odiei. Não posso viver daquela maneira. Não vou.

Do parquinho, Kate acenou, e Natalie acenou de volta.

— Sei que você sempre pensou que seu dom era o nosso problema, mas é principalmente o mundo em que você vive. Quando se juntou a Clay, eu fingi que você estava largando aquela vida. Mas não estava. E agora eu compreendo que você não pode. — Ela se voltou para encará-lo. — Não pode, amor. Você é bom demais nisso. Nós precisamos de você. Eles precisam de você. O próximo John Smith está por aí, em algum lugar.

— Natalie...

— Eu sei que compliquei as coisas. Apelei para você. Não me arrependo. E não me arrependo — ela quase sorriu — de ter transado novamente. Mas sinto muito, Nick. Eu estava enganada. Não posso ficar com você. Não desta maneira. Eu simplesmente não posso.

Cooper olhou para Natalie, para o rosto que beijara um milhão de vezes, para a pele em que conhecia cada sarda e linha de expressão. A mulher que um dia fora a primeira garota por quem ele se apaixonara. A mulher que ainda conseguia surpreendê-lo, apesar de seu dom e da experiência dos dois.

— Diga alguma coisa — falou ela.

— Eu só estava pensando — disse Cooper — que você é surpreendente.

— Ah, isso. — Natalie deu de ombros e sorriu. — É verdade.

Ela estendeu a mão para pegar a dele.

Juntos, os dois viram as crianças brincar.

CAPÍTULO 48

— Um instante — disse a voz atrás da parede. — Porcaria estúpida de...

A porta foi escancarada.

O equipamento em volta da coxa direita de Shannon era feito de plástico transparente, cheio de um gel verde brilhante, que ia de cinco centímetros acima do joelho até cinco centímetros abaixo da virilha, preso por tiras parecidas com centopeias que se contorciam e se entocavam enquanto ela andava. Sem dúvida era o melhor que a Comunidade podia oferecer — Cooper nunca havia visto algo como aquilo —, mas o efeito geral era uma mistura de joia steampunk e aparelho de tortura medieval.

— O que foi? — disse Shannon ao ver a expressão dele.

Cooper tentou não rir. Realmente tentou. Mas o esforço só piorou a situação. O que começou com uma risadinha contida rapidamente perdeu o controle. A culpa foi daquela expressão exasperada de *você só pode estar de brincadeira comigo* no rosto de Shannon, e da ideia de que a Garota Que Atravessa Paredes estava de muletas, seu encanto ágil reduzido a encontrões e tropeços.

— É, vai em frente e ri, babaca.

Ele fez um esforço para parar, e descobriu que simplesmente não conseguia.

— Bom proveito — disse Shannon. — Não ligue para mim.

— Desculpe. — Cooper finalmente conseguiu prender o riso. — Desculpe. Você está ótima.

— Ha-ha.

— Não, é sério. Onde posso arrumar um desses?

— Continue assim e vai descobrir.

Ele entrou, pegou a cabeça de Shannon e a beijou. Não tiveram pressa, foi uma dança de lábios e línguas. Quando finalmente se separaram, Cooper disse:

— Oi.

— Oi.

Ele olhou para baixo.

— Dói?

— Não com os analgésicos. E, de acordo com o médico de Epstein, com duas semanas usando esta monstruosidade e duas semanas de fisioterapia, estarei novinha em folha. Nada mal para um fêmur quebrado.

— Ai. Ouvir "fêmur" e "quebrado" na mesma frase me arrepia a espinha.

— Muito heroico, hein? — Shannon gesticulou para que ele entrasse. — Sabe, eu sobrevivi a uma colisão em pleno ar para salvar o mundo.

— Bem, oficialmente, *eu* salvei o mundo. É o que dizem todos os canais.

— Meu Deus. — Shannon mancou até o sofá e abaixou o corpo para se sentar. — Você já era convencido. Agora vai ficar insuportável. Cerveja?

— Claro.

Ela deu uma piscadela.

— Na geladeira. Pegue uma para mim também.

A cozinha era minúscula. Não havia nada no refrigerador além de molho de pimenta, mostarda e cerveja. Parecia muito com o dele.

— Será que você devia tomar isso com os analgésicos?

— Com toda certeza.

Shannon aceitou a cerveja e tomou um grande gole. Cooper olhou em volta e catalogou o kit de limpeza de armas na bancada, a 3D sem som, os livros abertos virados para baixo — uma vez, Shannon disse que, quando gostava de um livro, abria a lombada desta forma para que ficasse escancarado enquanto ela comia —, a cama retrátil recolhida na parede, a escrivaninha em um canto, pilhas de lixo espalhadas embaixo das folhas de uma planta de plástico. Um lugar para uma ausência de vida, uma meia-vida. Uma estação secundária para uma vida vivida em outro lugar. Ele sorriu.

— Você se lembra de quando dirigimos até aqui? Antes de tudo. Nossos passaportes falsos diziam que éramos casados.

— Tom e Allison Cappello.

— Isso mesmo. Ficamos inventando o passado, como trabalhávamos juntos na mesma firma, presos à mesa. Eu perguntei se você realmente tinha uma mesa, bancando o engraçadinho, e você retrucou dizendo algo do tipo "é, ela faz um ótimo serviço em apoiar minha planta falsa."

— É uma história verídica — disse Shannon. — Aquela mesa sabe trabalhar em equipe.

— Você não mencionou todo esse lixo aleatório em cima dela.

— Não é aleatório. Eu sei onde está tudo. Como foi seu telefonema com a presidente?

— Quase surpreendente. — Cooper contou tudo para ela.

— Uau — falou Shannon. — Você vai aceitar o emprego?

— Não sei ainda. Eu disse que preciso de férias primeiro.

— Ah? Aonde você vai?

— Nós. Aonde *nós* vamos. — Cooper se sentou ao lado dela no sofá. — Nunca tivemos aquele encontro. Que tal combinarmos em algum lugar quente? Estou pensando em drinques com rum, protetor solar e palmeiras. Sem armas. Sem tramas.

— Sem ninguém tentando nos matar?

— Por uma semana ou duas. É claro que... — Ele baixou os olhos para a perna imobilizada — eu também estava imaginando você de biquíni.

Shannon riu, aquela risada que ele sempre gostou.

— Assim que conseguir mexer a minha perna, vou te dar uma surra.

— Estou ansioso para isso, manca. Nesse meio-tempo, tem outra coisa que devemos fazer.

— É? O quê?

— Puxar a cama da parede e te levar para ela.

— É mesmo? Tem atração por deficientes, Cooper? — O sorriso foi lento e perverso. — Eu nem sei como a gente faria.

— Nick — disse ele. — Você vai me chamar de Nick. E aposto que podemos descobrir.

Eles descobriram.

EPÍLOGO

Pela terceira noite seguida, ele foi dormir tremendo, a mente sob trilhos, percorrendo caminhos que ele não escolheu em velocidades que não queria. Sentiu o suor e uma tosse também, mas não era o resfriado que o afetava.

Quando acordou, era quase meio-dia, e o sol entrava pela janela. Algum batedor de sua consciência, patrulhando à frente de seu próprio eu que despertava, o alertou de que estava prestes a se sentir péssimo outra vez. Ele respirou fundo e ficou deitado, imóvel.

Nada. Ele se sentia bem.

Falcão rolou para fora do catre. O chalé era uma cabana de madeira de dois ambientes com paredes laqueadas e cheiro de fumaça de forno à lenha. Ele cambaleou até o banheiro e deu a mijada mais longa da história. A escova de dente era de outra pessoa, porém era melhor do que nada, mesmo que 532 cerdas estivessem dobradas em ondas cansadas.

Falcão estava no meio do processo de escovar os dentes de baixo quando percebeu que sabia quantas cerdas estavam dobradas. Sem qualquer esforço ou pensamento, ele soube com a mesma certeza que a escova de dentes cairia caso a soltasse: 532 cerdas, que representavam 21,28% do número total. Falcão sorriu. Terminou a escovação. Cuspiu.

Na noite da batalha, após a milícia ter passado, ele se obrigara a sair do chão da cozinha e entrar na garagem. Levou vinte minutos entre deixar o motor morrer e errar as marchas para pegar o jeito do jipe, e quando o tiroteio começou, Falcão já havia saído da cidade, rumo a oeste. Por volta da meia-noite, ele entrara no chalé de caça usando uma pedra e com a intenção de pegar a estrada logo de manhã, mas acordara com o cérebro em chamas, e tudo desde então parecia uma alucinação.

Na cozinha, Falcão comeu milho enlatado enquanto o café pingava. Quando a máquina assobiou, ele estendeu a mão para pegar a caneca, mas não estava prestando atenção, e ela escorregou da bancada e virou de ponta-cabeça.

Foi lindo.

Falcão não sabia a matemática para descrever a cena, mas viu a fórmula claramente, a forma como a gravidade, a resistência do ar e a inércia estavam dançando, e achou tão fascinante que levou alguns segundos assistindo. Deixou que a caneca girasse cada vez mais devagar até que pudesse examinar todos os detalhes: o interior manchado com anéis aparentes, uma impressão digital fraca na alça, a forma como a poeira girava em volta dela e o sol era refletido pela borda enquanto a caneca era levada lentamente em direção ao chão.

Quando bateu, ela explodiu em fragmentos que seguiram vetores previsíveis, e Falcão ouviu o som de cada caco ao cair no ladrilho, e, por algum motivo, os pedaços o fizeram pensar em John.

No túnel de manutenção, dando uma lição sobre a importância das contingências, John prestara apenas uma pequena fração de atenção ao garoto atrás dele. Mas, depois, John parara e olhara fixamente, totalmente concentrado.

— Preciso lhe dizer uma coisa, Falcão. Algo importante. Há uma boa chance de que eu não sobreviva. Caso isso aconteça, apenas se lembre de que você é o futuro.

— Eu não compreendo.

— Você vai compreender — disse John, e em seguida eles subiram pela escada, e poucos minutos depois, ele estava morto.

John estava certo, pensou Falcão. *Não havia sentido em explicar naquele momento, mas agora você compreende.*

Ele também compreendia outras coisas. Que John o usara, que quando ele se referia a transformar um peão em uma rainha, era exatamente isso que John queria dizer. Tudo bem. Ele ainda havia se importado com o Falcão, tratara-o como homem, dera-lhe um nome, um propósito e atendera ao seu desejo mais profundo. Os motivos podem ser importantes, mas não tanto quanto os fatos.

Falcão pegou uma nova caneca, se serviu de café e bebeu lentamente, pensando. Depois, saiu do chalé e entrou no jipe. Ao pegar o cinto de segurança, foi tomado por um acesso de tosse, e se apoiou no volante até que passasse. Quando conseguiu respirar novamente, tirou um lenço de papel do bolso.

Depois, parou.

Amassou o lenço.

Limpou o nariz com as mãos e esfregou as duas.

O tanque de combustível estava com três quartos da capacidade. Ele calculou que a capacidade total era de sessenta litros. Com um rendimento de mais ou menos 11 litros a cada cem quilômetros, isso daria 570 quilômetros com o tanque completo. Com o dinheiro que havia encontrado no esconderijo, o Falcão conseguiria encher o jipe por oito, talvez dez vezes. Também precisava de comida e de dinheiro para contingências — *obrigado, John* —, então, presuma quatro mil quilômetros.

Ele invocou um mapa mental, a imagem tão nítida como se estivesse olhando para um mapa de verdade, até com o detalhe de uma escala no canto.

Primeiro, Salt Lake City.

Depois, Reno.

Sacramento.

São Francisco.

Los Angeles.

Rumo a nordeste para Las Vegas, sudeste para Phoenix.

Dar meia-volta para terminar a viagem em San Diego.

Distância total: 3.927 quilômetros.

Quarenta horas se fizesse sem parar. Mas Falcão queria comer em restaurantes, ir à igreja, andar de ônibus. Dado o período de latência pelo qual passara, porém, não podia perder tanto tempo assim. Então, era passar, digamos, quatro dias distribuindo apertos de mão e espirrando em áreas metropolitanas que abrigavam, vamos ver...

Nove milhões de pessoas.

Falcão tossiu, sorriu e deu a partida no jipe.

Havia um longo caminho a percorrer.

FIM DA TRILOGIA BRILHANTES

AGRADECIMENTOS

Em 2010, em uma viagem de escalada com meu amigo Blake Couch, me apaixonei por uma ideia. Estávamos acampando a quatrocentos metros de altitude, falando merda e bebendo bourbon quando aconteceu. Como a maioria dos casos de amor, aquele começou com uma sensação de intriga, rapidamente progrediu para o flerte, e antes que os dois se dessem conta, ambos estávamos babando sobre ideias arrojadas. A de Blake se tornou a trilogia extremamente bem-sucedida *Pines*. A minha culminou no livro que você agora tem em mãos.

Foi uma jornada longa e maravilhosa, que durou cinco anos, três livros e trezentas mil palavras — e essas foram apenas as que eu mantive. Neste meio-tempo, minha esposa e eu vendemos um apartamento em um condomínio, compramos uma casa, tivemos uma filha, rimos, cozinhamos e viajamos. Essa jornada agora está chegando ao fim, e como a maioria das experiências que mudam uma pessoa, o encerramento traz tanto alegria quanto tristeza.

Foi um prazer tão grande viver neste mundo, passar um tempo com Cooper, Shannon, Natalie, Ethan e Quinn — sinto muito, Bobby, de verdade — e John Smith, Erik Epstein e Falcão, que a noção de que esta época ficou para trás é realmente melancólica. Porém, embora eu possa voltar a este mundo em alguma ocasião, acho que essas histórias terminaram. Todo mundo teve seus momentos para brilhar e outros mais sinistros, e agradeço a eles por terem me deixado pegar carona.

Há também um monte de outras pessoas a quem sou grato, e embora algumas delas tenham deixado um rastro de vítimas, assim como meus amigos imaginários, todas são fodonas.

Meu agente literário, Scott Miller, é uma ótima pessoa e um bom amigo, que acreditou desde o início. Jon Cassir desce o chicote e coloca Hollywood na linha, e faz tudo isso na maior elegância. Obrigado aos dois, cavalheiros.

Continua sendo uma honra trabalhar com Thomas & Mercer, editores extraordinários. Nenhum poder no universo pode deter minha editora e amiga eterna, Alison Dasho. Jacque Ben-Zekry dobra o mundo à sua vontade, e ele agradece e pede por mais. Gracie Doyle chupa cana e assovia. Agradecimentos enormes adicionais vão para Tiffany Pokorny, Alan Turkus, Mikyla Bruder, Daphne Durham e Jeff Belle, gente brilhante e dedicada cujo amor por histórias arde como uma estrela.

Shasti O'Leary Soudant fez um trabalho sensacional em repensar as capas para a série inteira. Jessica Fogleman pegou aproximadamente um milhão de erros que cometi. Caitlin Alexander trouxe visão e estilo para a preparação do texto, e fez isso em uma velocidade insana.

Meu velho amigo, o Doutor Yuval Raz, foi incrivelmente generoso com o seu tempo e conhecimento. Tanto a base biológica do brilhantismo quanto a metodologia para incendiar o mundo pertencem a ele, uma justaposição que me incomoda.

Quando eu empaquei, quando fiquei insone, quando andei de um lado para o outro, chorando e me beliscando, meus parceiros Blake Crouch e Sean Chercover sempre estiveram lá para me ajudar. As palavras são todas minhas, mas muitas das soluções foram deles.

Como sempre, agradecimentos sem limites para meus pais, Tony e Sally, e meu irmão, Matt. Eu amo todos vocês.

Minhas meninas são a minha vida. Obrigado ao meu amor adulto G.G. e nosso pequeno amor, a brilhante, destemida e muito boboca Jocelyn Sally Sakey.

Finalmente, caro leitor, obrigado. Isso é o que quis fazer desde que tinha quatro anos de idade, e sou grato por todos os momentos. E, por isso, digo de novo: obrigado.

Este livro foi composto na tipologia Minion Pro,
em corpo 12/16, impresso em papel off-white
no Sistema Cameron da Divisão Gráfica da Distribuidora Record.